Schatten der Erinnerung

Lene Therese Teigen

Schatten der Erinnerung
Tulla Larsen und Edvard Munch

Aus dem Norwegischen von
Daniela Stilzebach

Roman

ebersbach & simon

Tidemands gate 28, Kristiania
Mittwoch, 26. Juli 1916,
30 °C, teils bewölkt

Sie steht vor den riesigen Fenstern und sieht nach draußen. Es ist heiß, seit fast zwei Wochen um die 30 °C. Eine nordische Hitzewelle. Die Sonne brennt sich durch die Dachfenster. Das Atelier ist lichtdurchflutet. Vier Personen spazieren die Straße entlang. Die Männer haben ihre Jacken über die Schultern geworfen, die Frauen tragen dünne Blusen, und ihre Röcke aus leichten Stoffen enden weit oberhalb der Knöchel. Zum Glück verändert sich die Mode, es ist, als würde sie sich den Temperaturen anpassen. Die beiden Männer gehen voran, hinter ihnen die Frauen, sie reden miteinander und lächeln sich an. In der Hitze stagniert alles. Die Frauen lächeln und reden. Die Männer gehen voran. Alles stagniert. Alles.

»Solltest du nicht weitermachen?«

»Willst du?«

»Ja. Da bin ich. Untätig im Atelier. Nach draußen schauend.«

»Ich habe dich so deutlich gesehen, drinnen, vor einem Fenster.«

»Frau am Fenster.«

»Genau.«

»So bin ich nie gemalt worden.«

»Das habe ich vermutet. Aber bist du so geworden?«

»Ich weiß es nicht. Lass mich hier stehen.«

Am Fenster. Von außen wirkt sie verschwommen. Etwas an der Hitze und dem Staub sorgt dafür, dass sie hinter der Scheibe wie in einem Traum erscheint. Ihr Blick ist auf einen weit entfernten Punkt gerichtet, jenseits der Straße, der Hausdächer, des Himmels. Sie erinnert sich, dass sie für Edvard zu Lemercier gegangen ist, nachdem er aus Paris abgereist war, und Drucke seiner »Frau am Fenster« bestellt hat. Acht an der Zahl. Das war im Juni 1899. Die Frau steht mit Hut und Mantel bekleidet draußen am Fenster. Entweder ist sie gekommen oder sie will gehen. Tulla aber befindet sich in ihrem eigenen großen gemauerten Haus und betrachtet die Welt davor, wie so viele andere Modelle es seinerzeit getan haben.

»Nichts mehr von dem Modell.«

»Alle wollen von dem Modell hören. Von der Beziehung.«

»Es gibt nichts zu sagen.«

»Du willst dich nicht erinnern.«

»Nein.«

»Aber du erinnerst dich.«

»~~Ich habe mich verändert.~~ Wie sehe ich aus?«

Sie trägt einen grünen Kimono mit großen blauen und kleineren weißen Blumen darauf. Die Seide ist dick, darunter hat sie fast nichts an. Auf der Oberlippe, im Nacken sowie am Kreuzbein bahnen sich Schweißperlen ihren Weg. Die roten Haare sind nach oben gewunden und mit einem Essstäbchen festgesteckt. Hans, ihr Mann, liebt alles Japanische. Manchmal muss sie ihn daran erinnern, dass das Japan, von dem er spricht, nicht zwangsläufig das Japan von heute ist. Genau genommen ist es zehn Jahre her, seit er zurückgekehrt ist.

So ist es mit allem. Alles ist im Fluss. Aber es gab eine Zeit, da stand die Welt still, und ich war ~~verzweifelt und engstirnig. Gott, wie ich es bereue.~~ Erst als ich auf dem Boden kniete und Blut wegwischte, bin ich zu mir gekommen, habe ich verstanden, dass ich, so schnell ich konnte, weglaufen musste.

Sie sieht auf die Straße hinaus. Noch immer dieselben Personen, die dort draußen flanieren. Die beiden Frauen hinter den beiden Männern. Ein Automobil fährt langsam vorbei. So viel mehr Lärm als mit den Pferden. Man stelle sich vor, dass es dasselbe Kristiania ist, in dem sie aufgewachsen ist. Alles, was seit 1869 geschehen ist. Ihr Leben währt schon lange. Es ist der Sommer, in dem Tulla 47 wird. Das Alter ist im Begriff, eine konkrete Größe zu werden.

»Erinnere mich nicht daran.«

»Er ist nach Kristiania zurückgekehrt, das weißt du.«

»Das hat nichts mit mir zu tun!«

»Dennoch bringt es dich zum Nachdenken. Zum Erinnern. Dazu, alles noch einmal durchzugehen.«

»Lass mich in Ruhe.«

»Man kommt nicht umhin. Vor drei Monaten stand es in den Zeitungen, dass er wieder in Kristiania ist. ›Edvard Munch hat das Grundstück Ekely am Hoffsveien gekauft und ist endgültig dorthin gezogen.‹«

»Danke, das weiß ich.«

»Gedenkst du ihn aufzusuchen?«

»Warum sollte ich?«

Nein, ich möchte lieber rausschauen. Nicht denken, mich nicht erinnern. Auch das ist eine Entscheidung. Es irgendwo unangetastet hinter mir zu lassen, nicht imstande zu sein, mich der Kommentare anzunehmen. Oder der Sorgen.

Viele hatten sich Sorgen gemacht, nicht nur ihre Mutter. Sie und die Schwestern hatten sich womöglich am meisten geschämt, zumindest als alle wussten, dass aus der Ehe nichts werden würde. Nachdem die Eheschließung zu Hause bekannt gemacht worden war, hatte es keine Wahl gegeben. Die Trauung musste vollzogen werden. Er aber verstand das nicht. »Es ist doch wohl nicht so schlimm, ob es dieses oder nächstes Jahr wird!« Weder sie noch die Mutter gingen vor Scham zugrunde. Ob es aber Sorge oder Scham, Verzweiflung oder Einsamkeit war, was sie nach ihrer Rückkehr aus München nach Neujahr 1901 dort draußen in Røyken hielt, weiß sie nicht. Er hatte sie genommen, sie geöffnet, sie zu der Seinen gemacht, mehr aber konnte er nicht. Immer krank, immer das Seinige im Mittelpunkt. Aber wir sind noch immer verlobt, hatte er gesagt. Das war feige, aber das verstand sie damals nicht. Also war sie nach Røyken ins »Kloster« gegangen, um ein weiteres Mal zu zeigen, dass sie es ernst meinte. Nur wenn du eine andere wirst, hatte er gesagt. Und sie wurde eine andere.

Im Frühjahr darauf habe ich Oda mehrfach Modell gestanden. Du musst vorankommen, sagte sie, du musst ihn zum Reden bewegen. Mit seinem Schweigen bringt er dich um. Ich zitterte, so kalt und erschöpft war ich. Sie sagte, ich sähe krank aus, und gab mir ihren schönen Schal. Dann hat sie mich gemalt und das Bild »Verzweiflung« genannt. 1902 bin ich nicht zur Herbstausstellung in Kristiania gegangen. Auch nicht wirklich verwunderlich, ich war nicht ich selbst, nach den entsetzlichen Tagen Anfang September.

»Du hingst in der Herbstausstellung und warst verzweifelt?«

»Alle haben gesehen, dass ich es war. Arme Mama. Da verstand sie, was die Zeit in Røyken eigentlich für mich bedeutet hat. Sie, die geglaubt hatte, ich sei dort rausgezogen, um zu radieren, weil ich die fixe Idee hatte, eine Künstlerin zu sein. Dass es nämlich darum ging, ihrem Druck zu entkommen.«

»Weswegen?«

»Wegen der Ehe. Es war bekannt geworden! Alle, denen sie auf der Straße begegnete, fragten, wann die Hochzeit stattfinden würde.«

»Hast du wirklich geglaubt, dass es eine Ehe geben wird?«

»Warum nicht? Angesichts all seiner Bedingungen schien es, als würde er es ernst meinen. Das war alles durchdacht. Nichts dem Zufall überlassen. Ich hatte es akzeptiert.«

»Aber er wollte dich nicht sehen, und du bist hinaus in die Einöde gezogen, damit er seinen Willen bekommt?«

»Edvard Munch bekommt immer seinen Willen.«

»Warum raus nach Røyken?«

»Allem voran um zu zeigen, dass ich mich wirklich verändert hatte. Ich wollte lesen und radieren und einsam durch den Wald wandern, gemäß Edvards Anweisung.«

»›Geh ins Kloster‹, darum hat er dich bereits im Sommer 1899 gebeten.«

»Und bereits da habe ich es getan! Er aber hatte sich schon entschieden, wie ich war. Die Veränderung bemerkte er ohnehin nicht. So verstockt war er. ›Ich bin hellsichtig; ich weiß, wer du bist.‹ So stur und eigensinnig. Viel schlimmer als ich! Ich begriff es nur nicht.«

»Wie hast du dich denn verändert?«

»Auf jeden Fall empfand ich keine Freude mehr. War krank. Unruhig. Ich dachte mehr nach. Lernte, allein zu sein.«

»Du hast das Bild fertiggestellt.«

»Mit irgendetwas musste ich die Tage ausfüllen. Aber niemand wird sich jemals dafür interessieren, was ich erschaffen habe. Ich hatte nicht das Talent wie Aase. Oder Oda, sie war eine Meisterin. Außerdem fertigte ich vor allem Frauenporträts an, und die waren melancholisch, allesamt. Niemand interessiert sich für so etwas. Ich hätte lieber weiter Klavier spielen sollen. Darin hatte ich Talent.«

»Aber du hattest keine Ambitionen?«

»~~Nein.~~ *Nein.«*

»Kein einziges Bild, auf das du stolz warst?«

»~~Nein.~~ *Doch, eins gab es. ›Die Braut im Wald.‹ Der Druck liegt dort drüben im Schrank. Und die Frauen da. Die haben zumindest etwas.«*

»Du gehst rüber zum Schrank.«

»Ich will das nicht. Nicht jetzt. Nicht das …«

So bleibt sie am Fenster stehen. Noch immer dieselben Personen draußen, oder sind es andere, neue? Sie flanieren jetzt paarweise; es scheint, als wären sie jünger. Das Essstäbchen zieht an der Kopfhaut. Sie denkt nach.

Ich schrieb ihm, das sei den Umständen geschuldet, die ganze Ungewissheit, all das Warten und dass er die volle Kontrolle haben wollte, ließen mich krank werden – und er bestritt es, machte mich glauben, dass ich es war, an der etwas falsch war. Selbstverständlich war ich es, an der etwas falsch war. Jeder Mensch, der alle Sinne beisammenhatte, hätte sich von ihm ferngehalten. Und von mir, vielleicht war es auch so. All diese Gefühle. All die Unruhe in mir, all das Warten, all die Halluzinationen, all die durchwachten Nächte, all die Briefe, die ich nicht abgeschickt habe, alles, was ich zu Aase gesagt habe, was ich nie hätte sagen sollen. Aber mit wem hätte ich reden sollen? Es gab niemanden, der verstand, in was ich mich verstrickte, welchen Dingen ich mich aussetzte. Und alle glaubten sie, Geld löse alles. Das tut es nicht. Eher im Gegenteil, besonders wenn ich bedenke, was er danach über mich gesagt hat. Alles wurde beschmutzt. Ich schrieb und schlug vor, dass Schluss sei, aber er antwortete nicht darauf. Er wollte, dass ich verstummte, aufhörte, ihn zu stören, ohne sein Zutun. Es war, als wäre ich kein Mensch, nur ein niederes Wesen. Aber das bin ich nicht. Eine Beziehung konnte er nur mit seinen Bildern eingehen, und das war es vermutlich, was er wollte. Mich an der Wand, ohne Ton und Regung. Ein kalter Fisch. Festgefroren. So behandelt man keinen Menschen. Es musste in einer Katastrophe enden. Das war unausweichlich. Ein endgültiger Schlusspunkt. Ich musste ihn verlassen.

Der Knall durchfuhr ihren Leib, und obwohl sie gesehen hatte, wohin der Revolver zielte, war sie sicher, dass es ihr Körper war, der in Stücke gerissen wurde. Sie erinnert sich nur, dass sie vor ihm auf dem Boden kniete und Blut wegwischte und dass ihr ganzer Körper zitterte. Was vor dem Schuss geschah, ist wie weggeweht aus der Erinnerung. Hat er wirklich auf mich geschossen, hatte sie gedacht, dann aber hatte sie ihn gehört:

»Was hast du getan?«

»Ich?«

»Was hast du getan?«

Sie hatte nichts getan. Den ganzen Tag über war sie unentschlossen gewesen. Er war es, der ihn in der Hand gehalten hatte, er, der das getan hatte. Sie hatte bloß gemacht, was er entschieden hatte: Mehrere Jahre lang hatte sie ihm gehorcht. Da sah sie, dass das Blut von seiner Hand tropfte.

»Begreifst du nicht, dass du den Arzt holen musst; hast du nichts anderes im Kopf als dich selbst?«

»Aber du bist doch selbst schuld«, sagte sie.

»Du bist es«, stöhnte er. »Du bist es.«

Da erhob sie sich, sie erschauderte, denn es war, als würde etwas Kaltes sie im Nacken packen, tatsächlich war es wohl eine Art Windhauch. Sie erinnerte sich, dass er den Revolver auf sie gerichtet und gesagt hatte: »Jetzt bist du fertig.«

Zum ersten Mal hatte er es im Atelier gesagt. Jetzt brauchst du nicht mehr zu kommen. Du bist fertig. Dann lachte er, und ich lachte, und er sagte, wir könnten doch etwas trinken, und dann zeigte er mir das Bild. Ich in dem schwarzen Kleid mit Licht auf der einen Seite und Dunkelheit auf der anderen. Es war schön. Jetzt gab es zwei Ichs: eins, das, für immer stumm stillstehend, zwischen Dunkelheit und Licht balancierte, und dann ein anderes, das für immer in Bewegung war. Ich erdreistete mich, ihn zu fragen, ob er sich etwas ansehen könne, das ich gezeichnet hatte, es waren nur Kritzeleien, aber trotzdem.

»Bekomme ich einen Kuss?«

Ich traute mich nicht. Nicht da.

Sie lief nach draußen, die Straße hinauf, nach links und dann die wenigen Meter zum Zentrum von Åsgårdstrand. Dort fand sie Dr. Grimsgaard. Er musste sie mehrfach bitten, es zu wiederholen und zu erklären, weil sie zusammenhanglos sprach und es einfach aus ihr herausbrach. Sobald er begriffen hatte, lief der Arzt in Richtung von Munchs Haus, während sich seine Frau ihrer annahm.

»Du hast zu ihr gesagt, dass du es seist, die hätte tot sein sollen.«
»Hätte ich den Revolver gegen mich gerichtet, dann hätte er ihn nicht benutzt.«
»Sicher?«
(Kurzes ironisches Lachen.) »Ob er sich aus Liebeskummer erschossen hätte, meinst du? Niemals.«

Die Arztgattin war verzweifelt, sie hatte Angst, dass Munchs Freundin noch immer an Selbstmord dachte. Die Gerüchte darüber, dass Fräulein Larsen Morphin genommen habe, hatten sie vor den Gerüchten erreicht, dass Herr Munch mit einer Dame in Åsgårdstrand angekommen sei; alle in dem kleinen Ort waren der Meinung, es müsse sich um sie handeln. Die Frau platzierte sie auf einem Diwan, setzte sich neben sie, legte ihre Arme um sie und strich ihr sanft über Kopf und Rücken, als wäre sie ein Kind. Tulla war nicht imstande, es noch länger zu unterdrücken; ihr entwichen einige seltsame Schluchzer, laut und unvermittelt; sie konnte nicht damit aufhören. Als das Mädchen auftauchte, wurde es aufgefordert, mit den Kindern zu warten und erst einmal Tee zu kochen sowie ein paar belegte Brote zu servieren. Während sie damit beschäftigt war, hingen ihr die drei kleinen Jungs am langen Rock, sie lachten und alberten herum. Die Arztgattin sagte, sie solle sie Aagot nennen, und Tulla bemerkte, dass sie viel jünger war als sie selbst. Aber wie eine Mutter saß Aagot mit den Armen um sie geschlungen da, und schließlich hatte sich Tullas Atem beruhigt. Das war ein durch und durch harmonisches Haus, mit Kinderlachen und Feuer im Ofen. Tulla fühlte sich fremd. Sie hätten längst im Bett sein sollen, lächelte Aagot, aber jetzt müssen wir vor allem auf Sie achtgeben, dann kann sich das Mädchen um die Jungen kümmern, nachdem Sie Tee und etwas zu essen bekommen haben. Sie war nicht in der Lage, etwas zu essen, es war unmöglich zu verstehen, dass man so leben konnte. Normal und gut. Als der Doktor, Wilhelm hieß er, zurückkehrte, erfuhr sie, dass er eine Überweisung ausgestellt hatte, dass Edvard zum Nähen der Wunde ins Krankenhaus nach Kristiania sollte. Er war ein ernsthafter Mann, machte ihr jedoch keine Vorwürfe. Die Blicke, die er ihr zuwarf, waren lang und forschend. Er stellte keine Fragen. Er gab ihr Chloralhydrat, und schließlich kam sie gänzlich zur Ruhe. Diese Nacht verbrachte sie bei Grimsgaards. Als sie am nächsten Tag erwachte, geschah dies mit einem klaren Gedanken im Kopf: Es muss ein Ende haben. Eine Beförderungsmöglichkeit nach Kristiania wurde organisiert. Ihre Koffer, die noch immer in seinem Haus standen, wollte sie nicht holen. Jetzt verlasse ich dich, dachte sie ~~vielleicht~~. Für immer. Ich werde endlich das tun, was für dich am besten ist. Ich hätte es schon gestern tun sollen. Aber ich bin geblieben, weil ich glaubte, wir hätten etwas zu besprechen, dass es zwischen uns Worte gäbe, die noch nicht ausgesprochen waren. Worte, die verändern könnten. Aber die gibt es nicht. Das dachte sie, denkt sie, als sie dort am Fenster steht, wobei sie jetzt nicht mehr nach draußen schaut. Ihr Blick ist nach innen gerichtet, verloren in dem, was war.

Schließlich kam er. Ich saß in der Küche, dem innersten Raum des Hauses, und es fiel mir so schwer zu atmen, dass ich kaum aufstehen konnte. Aber ich kam auf die Beine, zitternd stand ich da und wartete. Ich hörte ihn draußen im Flur meinen Namen sagen. »Tulla?« Er sprach leise. Und noch einmal, etwas lauter. »Tulla.« Ich konnte nicht antworten. Wollte er meine Stimme hören oder nicht? Hätte ich sagen sollen: »Ja, hier bin ich«, und ihm entgegengehen? Hätte das alles verändert? Oder hoffte er, dass ich bereits abgereist war? Ich blieb einfach am Fenster stehen, steif und sonderbar, hörte ihn, wie er am Schreibtisch seines Zimmers stehen blieb, auf dem ich den Revolver abgelegt hatte. Und dann stand er plötzlich in der Tür, mit einer Branntweinflasche in der einen Hand. In der anderen hatte er den Revolver. Er nahm Platz, legte den Revolver auf den Tisch und setzte die Flasche an den Mund. Ich machte einen Schritt auf ihn zu, und er sah zu mir auf, endlich. War er wütend oder nur verzweifelt? Das zu wissen war unmöglich, aber ich wollte den Revolver ins Regal zurücklegen, weshalb ich danach griff, und da war mit einem Mal seine Hand, über meiner. »Lass ihn liegen«, sagte er und drückte zu, sodass sich der Revolver in meine Handfläche bohrte. Dann lockerte er den Griff, und einen Augenblick lang fühlte es sich fast wie eine Liebkosung an, bevor er plötzlich ganz losließ. Ich zog die Hand weg.

»Du willst mich also erschießen«, sagte er. »Jetzt?«

Er nahm den Revolver und zielte. Auf den Teller, auf sein im Türspalt sichtbares Bett, auf sich, auf mich. Erschieß mich doch, nur zu, erschieß mich, dachte ich, er aber senkte die Waffe und lachte.

Im Stehen denkt sie nach. Sie fragt sich, welche Worte zwischen ihnen gewechselt wurden. Denn es fielen Sätze. Sie hatten sich nur nicht eingebrannt. Nachdem der Schuss gefallen war, war alles wie in Nebel gehüllt, das Blut floss, sie lief. Waren sie gelöscht?

»Denk nach.«
»Ich versuche es.«

Irgendetwas musste zerstört werden.

»Töte mich nur«, sagte ich, »du hast mein Leben zerstört.«

»Du wirst meins nicht zerstören«, entgegnete er.

»Erschieß mich, drück ab. Alle werden glauben, dass ich es selbst getan habe. Ich bin den ganzen Tag hier umhergegangen und habe versucht, es zu tun, aber ich kann es nicht. Du musst mir helfen.«

»Du bist verrückt.«

»Du bist am verrücktesten, Edvard.«

Dann zielte er auf mich.

»Jetzt bist du fertig«, sagte er.

»Edvard«, sagte ich und hörte, wie sanft und gleichsam nachgiebig meine Stimme wurde, als ich seinen Namen sagte: »Edvard.«

Da schaute er mir lange in die Augen, und es war unmöglich zu begreifen, aber tief dort drinnen in seinem Blick entdeckte ich einen Schimmer, vielleicht war es Liebe. Ich weiß nicht, warum, aber ich trat einen Schritt näher. »Nein«, sagte er, »nein, nein, nein.« Ein kurzes Klicken, und dann knallte es. Die Luft um uns herum bebte, und ich spürte, wie mein Körper zusammensackte. Hat er auf mich geschossen, dachte ich, hat er wirklich auf mich geschossen?

»Warum hast du danach nicht darüber gesprochen? Ich habe den Eindruck, als hättest du einfach alle Gerüchte sich ausbreiten, sie unwidersprochen stehen lassen.«

»Was hätte ich denn tun sollen?«

»Es erklären. Das Schweigen war eine Art Schuldeingeständnis.«

»Vielleicht war es meine Schuld.«

»Es ging doch nicht nur um Schuld. Sondern um Liebe. Seine Verzweiflung deutet darauf hin, dass er dich geliebt hat. Und es steht wohl außer Zweifel, dass du ihn geliebt hast.«

Ich erinnere mich nicht, wie sehr ich geliebt habe, ich erinnere mich nicht, wie sehr ich gelebt habe, wie lange ich tot war oder wie tot ich war. Ich verstehe nicht, was dazu geführt hat, dass ich mich erholt habe, ich verstand nicht das Glück, als ich es fühlte, ich verstand nicht das Leid, als ich es erfuhr. Ich verstehe mich selbst nicht. Ich verstehe nichts.

»Wolltest du nicht zum Schrank gehen?«

»Zum Schrank?«

»Ja, zu dem hier im Atelier. Öffnest du jetzt nicht die Schranktür?«

»Du kannst mich nicht zwingen.«

»Hm.«

»Was willst du?«

»Ich habe viel über dich gehört.«

»Ordinäre Menschen verbreiten eine Unmenge an Gerüchten, ohne die Wahrheit zu kennen.«

»Die Wahrheit?«

»Man sollte nicht auf eine verrückte Person hören? Eine verletzte Person?«

»Du warst doch auch verletzt.«

»Aber ich habe es überwunden, auch das mit Arne, und ich werde auch noch mehr überwinden, ~~sollte mir noch mehr bevorstehen~~.«

Sie sieht nach draußen und hat irgendwie das Gefühl, dass noch mehr bevorsteht. Auf der Straße ist niemand; die Sonne scheint, und sie weiß nicht, ob die Menschen und die Autos schon dort gewesen sind oder noch kommen werden. Der Schweiß rinnt; die Frisur hat sich gelöst. Sie zieht das Essstäbchen aus den Haaren. Es ist lang, spitz und burgunderrot, mehrfach lackiert, damit es glänzt. Windet die Haare erneut, steckt es hinein. Es spannt. Es tut gut, diesen winzig kleinen Schmerz zu spüren. Hans ist Anfang, sie Ende 40, nicht mehr lange, dann ist sie 50. Sechs Jahre Unterschied machen inzwischen mehr aus als die neun, die damals zwischen Arne und ihr lagen. Es wäre so viel angenehmer, wäre sie die Jüngere. Mathilde Munch, sechs Jahre jünger. Mathilde Blehr, sechs Jahre älter. Letzteres wurde Wirklichkeit. Und es war fantastisch, als es anfing. Ihr Leben wäre ein vollkommen anderes gewesen ohne das wahnsinnige gegenseitige Begehren, das Hans und sie empfanden.

Niemand hat mich so ~~geliebt~~ vergöttert wie Hans. Er hätte mir alles gekauft, er hat ein Schloss für uns gebaut. Er wollte mich hier, umgeben von schönen Dingen und schönen Kleidern. Endlich stellte es keine so große Gefahr dar, dass ich Geld hatte, denn das hatte er auch. Er wollte mich besitzen.

»Dieses Haar hat mich verhext; ich muss es einfach besitzen«, hatte Hans gesagt. »Und in dem Zuge muss ich wohl auch dich nehmen«, hatte er zu Tulla gesagt und Agnes verlassen.

Und die drei Kinder.

»Mein Feuer«, sagte Papa.

»Nur weil sie rote Haare hat«, sagten die Schwestern, während sie ihre langen blonden Locken kämmten.

Die nach und nach dunkler wurden und auch nicht mehr so leuchteten. Tullas blieben hell und golden schimmernd. Für immer kleine Schwester, für immer Papas Liebling. Bis er starb.

»Die Tochter von P. A. Larsen«, sagte Edvard immer, so als wäre Papa noch am Leben.

Aber das war er nicht. Er war genauso tot wie Edvards Mutter. Seit ich sechs Jahre alt war, war es meine Mutter, die die Entscheidungen über das Geschäft und uns neun lebende Kinder traf. Drei waren verstorben. Arme Mama. Armer Papa. Edvard hat meine Trauer nie verstanden. Als würde Geld dazu führen, dass man nicht trauert. Zwei Jahre zuvor hatte ich meinen kleinen Bruder verloren, und unser Haus, das fantastische »Løkken«, das alle so liebten, war nie wieder dasselbe. Frithiofs Tod hat sich in den Wänden festgesetzt, hatte Papa zu Mama gesagt, ohne zu wissen, dass ich, die ich erst fünf Jahre alt war, hinter der Tür stand und sie reden hörte. Dann starb auch er. Damals war Mama 47 Jahre alt, genauso alt wie ich jetzt. Die allergrößte Veränderung in ihrem Leben trat ein, als Papa starb. Oder ist es schlimmer, ein Kind zu verlieren?

Als Frithiof starb, bekam Tulla ein Kreuz, das sie immer bei sich trug. Sie sagten: Wenn sie es festhielte und in den Himmel hinaufschaute, dann würde er sie sehen.

So was Lächerliches. Aber sie tat es, und es tröstete sie. Er war ihr großer Bruder und bester Freund gewesen, zwei Jahre älter und ihr Held. Letzteres sagten vielleicht nur die großen Schwestern, Cecilie oder Elen, beide waren so alt, dass sie ihre Mutter hätten sein können. Sie sagten es vermutlich, damit sie ihn in guter Erinnerung behielt. So läuft es mit uns. Keine Erinnerung ist objektiv. Das ist irgendein Unfug, den man in der Schule lernt. Aber so ist es schließlich nicht. Vielleicht in der Medizin oder in der Botanik, aber Geschichte ist wirklich nicht objektiv. Tulla hat Nikka Vonens Mädcheninstitut im Vestlandet besucht, zu gewissen Reflexionen ist sie also durchaus in der Lage.

Ein Kreuz, als wären sie gute Christen gewesen. Die Mutter vielleicht. Der Vater jedoch nicht, daran kann sie sich wirklich nicht erinnern. Er ist nie in die Kirche gegangen, abgesehen von Taufen, Konfirmationen und Beerdigungen. Aber davon gab es schließlich einige, auch bevor er gestorben ist. Und Hans – er ist sogar ausgetreten. 1899, nach den Studienjahren in Amerika und vor Japan. Irgendetwas ist in Amerika wohl geschehen, etwas, das ihn zu der Einsicht brachte, dass man nicht um jeden Preis wie seine Eltern leben muss. Vielleicht wollte er kenntlich machen, dass er ein Mann der Moderne war. Zeitgleich zur Hochzeit mit Agnes trat er aus der norwegischen Kirche aus. Aber Tulla bleibt drin, warum, weiß sie selbst nicht recht. Doch, weil ihre Mutter ansonsten so enttäuscht wäre. Weil »alle« in der Kirche sind; sie gehört nicht zu jenen, die ihre Meinung auf dem nächstgelegenen Marktplatz kundtun, so eine ist sie nicht. Hans hingegen ist eigen; daran gibt es keinen Zweifel. Er ist ein Sonderling.

Drüben in Japan ist er Buddhist oder so was geworden. Drei Jahre in einer derart anderen Kultur, wiederholt er unablässig. Drei Jahre dort drüben, das macht etwas mit einem. Jaja, jaja, jaja. Ich hatte auch einige Jahre, die etwas mit mir gemacht haben. In einer anderen Kultur, sozusagen. Ohne dass ich aus diesem Grund aus der Kirche ausgetreten bin. Hätte ich vielleicht tun sollen.

Das Mädchen kommt mit der »Aftenposten«. Tulla zuckt zusammen, als Helene plötzlich im Zimmer steht. Ist sie geräuschlos eingetreten? Hat sie nicht angeklopft?

»Nicht das Mädchen, nicht die ›Aftenposten‹. Sei so gut.«
»Wir müssen das Feld erweitern. Sonst wird es zu eng.«
»Aber die Zeitung?«
»Wir brauchen die Gegenwart.«
»Deine vielleicht. Meine nicht.«
»Jetzt nimmst du die Zeitung, weil du nicht willst, dass Helene versteht, wie sehr du aus dem Gleichgewicht bist.«
»Bin ich das?«
»Ja. Deine Gedanken wandern, ohne dass es dir gelingt, sie zu steuern. Du hast keine Ahnung, was geschehen wird. Es gilt, etwas Handfestes in Angriff zu nehmen.«

Helene reicht ihr die Zeitung, und Tulla nimmt sie. Die Titelseite schreit ihr entgegen. Sie melden heftige Kämpfe nördlich und südlich der Somme.

Die Hitze führt uns in die Irre. Stillstand lässt die Luft flirren, und es fühlt sich an, als stünde die Zeit still. Aber das tut sie nicht. Sie schubst uns weiter, ohne Unterlass, und beständig geschieht etwas Neues. Schreckliche Dinge. Die schönen Orte verschwinden, bald sind sie Erinnerungen, während das, was jetzt existiert, nur ein großer widerlicher Schlammplatz ist, mit Abertausenden verletzten Soldaten und Leichen.

Während man hier im Norden zurechtkommt. Die Schiffsmakler kommen zurecht, nicht zuletzt wenn sie Vertreter von Bergens mächtigstem Schiffsmakler, Joachim Grieg, sind. »Du bist der Konsul von Bergen in Kristiania«, sage ich, und da dröhnt sein Lachen durchs Haus. Zufrieden. Stolz. Selbstgefällig?

Hans spricht von nichts anderem, als dass es für die Firma gut läuft und dass man in diesen Zeiten froh darüber sein muss. Mit dem Krieg und allem. In Anbetracht dessen, wie es den Menschen in Europa sonst geht.

Allerdings hat sie gelesen, dass es hierzulande Geschäfte gibt, die keine Bindfäden und kein Papier mehr haben, um die Waren einzupacken, zudem kaum Waren in den Regalen. Die Menschen sind verschieden. In der »Aftenposten« steht auch ein ironischer Artikel nach dem Motto »Alles ist gut in Norwegen«, eine Art Kritik an Ministerpräsident Knudsen, der alle Sorgen kleinredet, aber gleichzeitig ein Verproviantierungsministerium errichten will. Die Hitze sorgt offenbar dafür, dass das Parlament nicht in der Lage ist, eine ordentliche Debatte zu führen, es wird auch von einem handlungsunfähigen Parlament berichtet. Wozu haben wir dann die Politiker? Kann das niemand in Ordnung bringen?

Es geht einfach immer weiter. Hans hat gesagt, es würde im Nu vorübergehen, aber das tut es nicht. Gott sei Dank sind wir neutral. Aber wie lange soll das andauern? Es ist erst zwölf Jahre her, dass ich mit Arne in Belgien gewohnt habe, direkt nördlich der Somme, und nicht mehr als 17 Jahre seit dem Frühjahr auf dem Kontinent, als ich wieder und wieder auf Edvard gewartet habe. Jetzt sehe ich nur Blut, Körperteile, Bomben und Granaten vor mir. Ich muss Helene bitten, mir die Zeitung nicht mehr zu geben, es sei denn, ich frage danach. Somme! Fast schon Paris.

Den Blick auf die Straße gerichtet, lehnt sie am Fensterrahmen. Einige Zentimeter über dem Boden schwebt vibrierend eine Staubschicht; offenbar ist soeben ein Auto vorbeigefahren. Sie hat nichts bemerkt. Das hier ist wie ein Zufluchtsort, ein Schwebezustand, in dem sie abwarten kann zu entscheiden, ob sie etwas tun soll oder nicht, ob sie sich bewegen soll oder nicht, sich anziehen oder nicht, ein Bad nehmen oder nicht. Sie kann auch entscheiden, sich einen Drink zu nehmen oder die Radiernadel und eine Kupferplatte hervorzuholen. Sie kann sich an den Flügel setzen oder noch einige Minuten untätig stehen bleiben. Das tut sie, und sie lässt die Gedanken schweifen; in ihr regt sich kein Widerstand.

Nichts hängt miteinander zusammen. Ein Vierjähriger überfahren von einem Lkw in der Jens Bjelkes gate! Der Fahrer war zwölf Jahre alt, jünger als Hans junior. Es sollte verboten werden, Kinder Lkws fahren zu lassen. Und hier stehe und stehe und stehe ich, und worauf ich am allermeisten Lust habe, ist ein Drink. Aber nein, nur hier stehen und hinaussehen. Niemand in Kristiania hat so große Fenster in einer normalen Wohnung. Hans hat darauf bestanden, dass ich ein Atelier bekomme. Ich muss malen. Oder vielleicht wieder radieren. Er will, dass ich eine Künstlerin bin. Zumindest manchmal, damit er mich vorzeigen kann, wenn seine Kameraden zu Besuch kommen. Das ist meine Frau, ja, sie malt. Aber sie lässt sich unterbrechen, sie serviert uns Whisky und holt meine Zigarrenschachtel. Selbstverständlich tut sie das, denn sie ist meine Frau. Meine.

»Bist du jetzt nicht ein bisschen ungerecht?«
»*Nein, er liebt es, mich vorzuzeigen. Ich bin ein kleines Zebra im Zoo, verstehst du.*«
»Aber das ist doch ganz normal? Dass die Ehemänner stolz auf ihre hübschen Frauen sind?«
»*Er erzählt ihnen von mir.*«
»Was?«
»*›Meine Frau hat Edvard Munch verlassen‹, sagt er, holt mit der Hand aus und zeigt mich vor, als wäre ich eine Kuriosität, auf die er stolz ist, sie für seine Menagerie eingefangen zu haben.*«
»Wirklich?«
»*Selbstverständlich nur, wenn er betrunken ist. Und dann sind es all die anderen auch. Ich mag es trotzdem nicht.*«

Hans findet es toll, eine Künstlerehefrau zu haben, die er vorzeigen kann, wenn Freunde ihn zum Abendessen besuchen. Auch wenn das Haus aufgrund der Gütertrennung allein ihr gehört, war er es, der den Bau geleitet hat, und solange er sein Büro im Haus haben sollte, war er der Ansicht, dass auch sie ihr eigenes Arbeitszimmer haben müsse, ein Atelier. Die Radierung, die sie ganz am Anfang der Beziehung von ihm angefertigt hat, hatte einen so starken Eindruck auf ihn gemacht. Dabei war es doch fast nur eine Skizze! Aber er hat auf das Atelier bestanden, und sie stimmte ihm nur allzu gern zu. Sie glaubte wirklich, die Dinge würden sich ändern, dass die Arbeitslust zurückkehren würde. Es ist fünf Jahre her, seit sie beide geschieden wurden und unmittelbar danach einander heirateten. Seit bald zwei Jahren wohnen sie jetzt hier. Der Traum von einem gemeinsamen Heim und einem Neustart ist in Erfüllung gegangen. Hier sollten sie zur Ruhe kommen nach den turbulenten Jahren mit Scheidungen, Umzügen und Hausbau. Als alle getrennte Wege gingen, bekam Agnes für sich und die Kinder einen Unterschlupf in der Eilert Sundts gate; Arne hat zeitweilig bei seiner Mutter im Munkedamsveien gewohnt, während sie und Hans sich jeweils eine eigene Wohnung im selben Haus in der Eckersbergs gate mieteten.

Nach der Hochzeit im Februar 1911 zog Tulla vorübergehend hinunter zu Hans ins Erdgeschoss. Sie würden eine größere Wohnung finden und dann einen Palast bauen, sagte Hans. Nach der Zeremonie gingen sie mit den Trauzeugen essen. Marcus, Hans' Trauzeuge, erzählte, dass Munch ihm 1895 in Åsgårdstrand ganz spontan ein Gemälde geschenkt habe. Munch habe unablässig von all den hoffnungslosen Menschen gesprochen und heftig über eine schmerzende Hand geklagt. Später hatte Marcus versucht, das Gemälde zurückzugeben, was sich jedoch als unmöglich erwies. Er ist durchaus ein stolzer Mann, sagte er. Der Satz hing in der Luft. Jetzt aber hängt es an deiner Wand, erwiderte Hans dann und lachte. Sein Lachen durchbrach die seltsame Stimmung. Alle stimmten ein. Tulla hatte Alfred gebeten, ihr Trauzeuge zu sein, es sollte einfach gehalten bleiben. Endlich kam die kleine Schwester in geordnete Verhältnisse, sagte er, als er seine Rede hielt und, der Familientradition entsprechend, mit Piper-

Heidsieck-Champagner sein Glas erhob. Jetzt müssen wir uns keine Sorgen mehr um dich machen, denn jetzt bist du endlich in einem ordentlichen Hafen angelandet, sagte der eifrige Segler und meinte damit, dass die gesamte Familie erleichtert aufatme, weil mit den Künstlerflausen Schluss und sie wieder eine Dame des Bürgertums war.

In den ersten drei gemeinsamen Jahren hatten Tulla und Hans sich nur darauf vorbereitet, ein ordentliches Leben zu führen. Dann sind sie hier in ihrem eigenen neuen Backsteinhaus in der Tidemands gate gelandet. In diesem Haus sollten sie Ruhe finden. Endlich Zeit füreinander haben. Das werden sie auch. Noch immer kann sich die Zeit hinziehen, und sie kann tun, was sie will. Den ganzen Tag lang.

Aber es gelingt mir nicht, ich schaffe es nicht, mich zu konzentrieren. Nicht einmal hier drinnen, in meinem eigenen Zimmer. ~~Ich habe zu nichts Talent.~~ Ich habe nur Talent zur Nervosität.

Ich will etwas schaffen. Wenn schon nichts Bedeutungsvolles, so zumindest etwas, das nicht nichts ist. Es ist allerdings nicht verwunderlich, dass es mir nicht gelingt, zu radieren oder zu malen oder einfach zu zeichnen. Ich besitze keinen Ehrgeiz, besaß ich nie. Der Wille ist nicht groß genug. Nicht wie bei Hans: Er will Geld verdienen. Er will gut darin sein. Mit Alfred ist es das Gleiche. Er will, dass die Firma wächst, dass alle wissen, P. A. Larsens Weinhandel ist der beste. Warum bin ich nicht so? Würde es wirklich etwas bedeuten, dann könnte ich am Wettbewerb um den Besitz des zerbrechlichsten Porzellans oder des flauschigsten Teppichs oder der schwersten Gardinen teilnehmen. Aber so dumm bin ich dann doch nicht. Manch einer hat einen so starken Willen, dass der Wille an-

derer pulverisiert wird. Die anderen verlieren nicht nur das kleine bisschen Talent, das sie besitzen, sie verlieren auch den Glauben. Einige erhalten die Erlaubnis, Hauptpersonen zu sein. Andere ziehen sich stillschweigend zurück.

Wieder einmal kehren ihre Gedanken zu Edvard zurück. All die Zeit, die sie darauf verwendet hat, an ihn zu denken, sich nach ihm zu sehnen, sich zu wünschen, ihn zu verstehen. Er entzog sich und zog sie gleichzeitig mit sich. Wenn sie sich begegneten, hatte er Angst vor der Nähe zwischen ihnen. Er wollte sich nicht ergeben, wollte nicht von der Begierde gelenkt werden, vielleicht auch nicht von der Liebe, er wollte es einfach nicht. Manchmal jedoch gelang es ihm nicht, sich dagegen zu wehren. Diese Stunden waren so kostbar, und noch immer suchen sie mitunter flüchtige Erinnerungen an damals heim. Das Intensive, Unmittelbare und Nackte. Sein Blick, seine Hände, als hätte er sie neu erschaffen. Dann der kühle Wind im Nacken, das Gefühl, weggestoßen zu werden.

Die Veränderung, die Edvard wollte – dass ich lese und meinen Horizont erweitere (hm), dass ich male und radiere, um herauszufinden, wer ich bin, oder spazieren gehe, um eins zu werden mit dem großen Ganzen –, all das tat ich, weil er es wünschte. Er, der sagte: Wenn ich mich nur veränderte, dann würde das Wunderbare vielleicht geschehen. Aber alles, was geschah, war, dass ich immer nervöser wurde und er immer kränker und immer gemeiner. Ich veränderte mich verkehrt. Denn mit Ernst und Einsamkeit, Literatur und Radierung kamen die Angst und die Krankheit. Er verstand es nicht. Er, der mein »Sonnenscheingesicht« liebte. Wusste er selbst, was das Wunderbare ausmachte? Vielleicht, dass er sich selbst erlauben könnte, mich zu lieben? Mich zu lieben, ohne zu bereuen? Meine Nähe zu akzeptieren, ohne zu glauben, dass er dann nicht seine große Kunst erschaffen könne?

Sie schaut nicht mehr nach draußen, sondern hat sich, neben dem Schrank stehend, in Gedanken verloren. Den »Schrank der Sünde« nennt sie ihn. Den Schrank in ihrem Atelier. Mit Radiernadeln, Kupferplatten, Ölfarben in kleinen Tuben, Terpentin und Pinseln. Dahinter stehen die Flaschen, gut verborgen. Die Flaschen wiederum verdecken das Schlimmste, das, was sie vor sich selbst verbirgt und dem sie sich fast nie ergibt. Drinnen in der untersten Schublade, unter Skizzen und alten Drucken, liegt ein Bündel Briefe.

> *»Ich gedenke nicht, sie zu öffnen.«*
> »Du näherst dich dem Schrank, gehst davor in die Hocke und öffnest die unterste Schublade, suchst nach dem Bündel Briefe und nimmst es heraus.«
> *»Nein, nicht jetzt, jetzt bringe ich nicht die Kraft dafür auf. Vielleicht später, aber jetzt bin ich so unruhig. Ich brauche ein Gläschen für die Nerven. Das ist doch wohl in Ordnung? Schließlich ist Sommer, und es ist so heiß, dass man nicht in der Lage ist, irgendetwas zu tun.«*

»Meine liebe, liebe Freundin, ich werde es wie Hamlet ausdrücken: Geh in ein Kloster, Ophelia.« Sie kennt den Brief auswendig. »Wie er bin ich von Gespenstern umgeben, aber gehst du ins Kloster, dann werde ich dein Bruder sein. Wirst du eine Nonne, wie ich ein Mönch bin, dann geschieht vielleicht das Wunderbare.« Das Wort Mönch hatte er nicht geschrieben, nur ein paar Punkte gesetzt, aber es war eindeutig. Schön konzipiert war das Ganze: auf sieben Zeilen Referenzen zu zwei Schauspielen. »Hamlet«, das in den 1890ern so populär gewesen ist, und »Ein Puppenheim«. Darauf spielte das »Wunderbare« an – das entstehen sollte, wenn Helmer entdeckte, dass Nora ihm das Leben gerettet hatte, indem sie die Unterschrift fälschte. Das heißt, dass es eine Moral über der Moral gab, wobei die beiden in Ebenbürtigkeit und Stolz vereint sein sollten.

Zu diesem Wunderbaren kehrte Edvard beständig zurück, als etwas, von dem er wünschte, dass es letztendlich in unserer Beziehung geschah. Was hat er eigentlich damit gemeint?

Das war eine kurze Nachricht, sicher einer der vielen Zettel, von denen er sprach, die den Ausgangspunkt für den großen Brief, den entscheidenden Brief bilden sollten, in dem alles gesagt werden sollte und auf den er immer wieder zurückkam. Geschrieben hat er ihn nie. Diese Worte jedoch brannten sich ihr ein: Wirst du eine Nonne, wie ich ein Mönch bin. Wirst du eine Nonne, wie ich ein Mönch bin. *Wirst du eine Nonne, wie ich ein Mönch bin.*

Das Leben ist keine Erzählung. Es gibt keine konsequenten Übergänge von einem Kapitel zum nächsten. Allein das blanke Überleben verbindet die Teile miteinander. Das Leben ist ein Puzzle, dessen Größe sie nicht erahnt. Auch nicht, was für ein Bild es darstellen soll.

Jedenfalls nicht vor dem Tod. Dann werde ich wohl Freiwild erster Güte sein. Zum Glück gibt es keine Nachfahren, die berichten können. Und die Bilder dürfen ihre eigenen Geschichten erzählen. Die Bilder der anderen. Meine sind nichts wert. Ausgenommen vielleicht drei, vier Stück. Werde sehen, was ich mit ihnen mache. Eigentlich müsste man alles verbrennen, wenn man begreift, dass die Zeit naht. Das habe ich nicht getan, bevor ich in Røyken die Morphinflaschen leerte, was wohl der Beweis dafür ist, dass ich auf die Möglichkeit eines neuen Kapitels im Leben, über der Erde, hoffte.

Sie sieht wieder nach draußen, und es ist, als würden noch immer dieselben vier Personen auf der Straße defilieren; es ist, als würde sich dasselbe beständig wiederholen, bis zum Überdruss. Sind fünf Minuten oder fünf Stunden vergangen? Unmöglich zu wissen. Ist die Sonne weitergezogen?

»Warum stehe ich hier?«
»Du wartest.«
»Genau. Das habe ich oft getan.«
»Diesmal auf Hans. Er ist bei Agnes.«
»Aha. Mitten im Sommer?«
»Ihre Pläne haben sich geändert. Sie wollte die Kinder doch bei sich haben.«

Sie haben dich so gern, hatte Hans gesagt, um sie jetzt mitten im Sommer zu einem Aufenthalt in der Stadt zu bewegen. Selbstverständlich musste sie dabei sein, denn auch sie hatte die Kinder in der Tat gern. Besonders die kleine Wenche, die in den ersten Jahren so oft bei ihr und Hans in der Gyldenløves gate gewesen ist. Auch Agnes hatte ein bisschen Abwechslung gebraucht, da Hans sich drei Jahre in Japan aufgehalten hatte, als Hans jr. und Karen Lisbeth noch klein waren. Das war nur gerecht, meinte er, der sich ansonsten nicht sonderlich für die Emanzipation der Frau interessiert. Aber modern ist er. Damit begab sich Agnes auf ihre große Bildungsreise durch Europa, während die kleine Wenche mehrere Wochen bei Tulla und Hans wohnte. Und jetzt wird Agnes doch keinen Film in Dänemark drehen und will, dass die Kinder mit ihr Urlaub machen. Und schwups werden die Pläne geändert, und Tulla befindet sich inmitten des heißesten Sommers im stickigen Kristiania. Sie schwitzt. Hans ist bei Agnes.

Agnes hat ihre Haare rot gefärbt, doch Hans will sie nicht zurückhaben. Aber sie wollte mich haben. Meine Freundin Agnes Mowinckel. Sie ist die Stiefmutter meiner Kinder, sagt Agnes und zählt mich zur Familie.

Meine Frauen, die Künstlerinnen, sagte Hans und bestand darauf, dass sie ihr eigenes Atelier bekam. Hans mag Kunst. Er kauft Kunst. Er kauft Ludvig Karsten, das hat Tulla geregelt. Ein unschuldiger kleiner Wink an den großen Edvard Munch, der das Geld dringender brauchte als der reiche Karsten. Dann kommt Ludvig und trinkt mit den anderen Künstlern, mit denen Hans sich umgibt. Tulla spielt mit den Jungs kein Poker. Sie ist keine Heerführerin, wie Agnes eine war, sondern lediglich eine bildschöne kinderlose Künstlerehefrau, die bei Abendessen und Veranstaltungen zu Diensten steht und die Pokerkameraden begrüßt. Sie kommen her und sitzen von Freitag bis Sonntag da, trinken und spielen. Die Damen dürfen nie dabei sein. Eli Krog ist empört. Tulla versteht das. Schließlich ist Eli besser im Poker als Helge. Trotzdem. Tulla lächelt und denkt, wie herrlich es ist, dem zu entkommen. Es vorbeigleiten zu lassen. Dann haben sie ihre Damenkreise mit umso mehr Sherry und so weiter. So soll es sein. Aber Eli ist so jung und will mehr. Tulla sagt zu ihr: Wenn die Kerle große Männer spielen wollen, dann sollen sie es doch ruhig voreinander tun. Da lacht Eli.

Sherry. Vielleicht ein Gläschen oder zwei. Es ist so heiß, ich bin völlig benommen im Kopf. Jetzt passt es, es ist bald drei Uhr, und schließlich ist Sommer. Ich kann mich ein bisschen raussetzen, es wäre herrlich, ein bisschen im Schatten zu sitzen. Ein Gläschen auf der Terrasse, während ich warte.

»Worauf?«

»Dass Hans kommt und meine Gedanken stört.«

Tulla läutet nach dem Mädchen, bittet darum, draußen auf der Terrasse ein kleines Glas serviert zu bekommen. Einen Oloroso, importiert von Alfred Larsen, dem großzügigen Chef von P.A. Larsens Weinhandel. Gut, dass Wein das Hauptgeschäft ist.

Sollte es auch hierzulande eine Prohibition geben, wird es für Hans schlimmer als für mich. Sherry können sie nicht verbieten, selbst wenn sie Spirituosen verbieten, das wäre doch die Höhe. P.A. Larsens Weinlager muss unendlich sein, acht Keller in ganz Kristiania sind bis zum Rand gefüllt. Was aber soll Alfred machen, wenn es so weit kommt?

Man braucht nicht an die Riviera zu reisen, wenn das Wetter so ist wie jetzt. Tulla geht durch das gespenstische Haus mit schützenden Laken über den Möbeln sowohl im Wohnzimmer als auch im Esszimmer. Sie ist allein, das Haus ist lediglich von ihren Fantasiegestalten bevölkert, denn es ist zu neu, um über Gespenster in den Wänden zu verfügen. Hier ist nichts, nur Sägemehl und Putz und eine allzu lebhafte Fantasie. Und Helene, die sich materialisiert, als wäre sie ein Gespenst. Plötzlich steht sie direkt vor Tulla, mit einem Tablett in der Hand. Geht ruhig hinaus auf die Terrasse, stellt das Tablett auf den Tisch, spannt den Sonnenschirm auf und schenkt den Sherry ins Glas.

»Ich greife ein bisschen zu schnell nach dem Glas. Ich wirke doch wohl nicht verzweifelt?«

»Neeiin.«

»Das war überzeugend!«

»Zumindest nicht sehr verzweifelt.«

Draußen auf der Straße sieht Tulla eine Hand, die winkt, einen Kopf, der nickt. Sie hat keine Ahnung, wer es ist. Wer sind all diese Menschen, die meinen, sie zu kennen? Oder tun sie es? Ist es jemand, den sie vergessen hat? Sie ist so vielen begegnet, war so vielen nahe, die plötzlich wieder aus ihrem Leben verschwunden sind. So ist es, wenn man in zusammenhanglosen Kapiteln lebt. Und dann sind da all die Neugierigen, diejenigen, die Edvards geisteskranke Tiraden über ihre Boshaftigkeit gehört haben, die von einem gehört haben, der von einem gehört hat, der gehört hat, dass sie ihm in die Hand geschossen hat, dass sie ihn hat glauben machen, sie läge im Sterben, dass sie ihn zur Verlobung gezwungen hat, dass sie ihn durch ganz Europa verfolgt hat. All dieses Gefasel, an das sie allesamt glauben, diejenigen, die auf ihn hören. Sie muss sich jetzt wirklich entspannen; alles ist so klamm, so stockend, so beunruhigend. Auf der Terrasse ist es heiß.

Warum kann ich nicht in die Arbeit an einem Bild eintauchen wie früher? Das zumindest konnte ich, es gelang mir, ihn zu vergessen, oder vielleicht bestand der Zweck eher darin, etwas vorzeigen zu können, etwas, das er beurteilen sollte, vielleicht war ich mehr auf sein Urteil aus als auf meine eigene Ruhe bei der Arbeit, aber die kam von alleine. Jetzt ist sie so dringlich, die Sehnsucht nach einem Prozess, in dem ich mich selbst vergesse. Ich konnte an einem Bild arbeiten, und plötzlich waren viele Stunden vergangen, und ich hatte mich selbst vergessen, hatte alles vergessen außer dem Gefühl, das das Bild mir gab.

Allein am Flügel kann ich mich jetzt noch völlig vergessen und einfach nur sein. Das ist herrlich. Es ist nicht mehr wichtig, wie gut ich spiele. Ich spiele die Stücke, die ich von früher kann, und lasse es einfach kommen, wie es kommt. Mozarts Adagio aus dem Klavierkonzert 23 fließt mir aus den Händen. Ambitionen habe ich glücklicherweise nicht. Egal, was Hans meint sagen zu müssen, wenn er doch einmal innehält und zuhört. Vielleicht sind es »die Helden auf Helgeland«, die im Hintergrund spuken. Agnes hat für seinen Geschmack nämlich allzu viele Ambitionen. Und einen allzu großen Willen. Frauen sollen gefallen, hat er gesagt und mich auf seinen Schoß gezogen. Und ich habe mich einfach einfangen lassen. Dann zwitschert die Lerche ein wenig am Klavier, und er hält es für Ambitionen. Das Spielen ist jedoch reine Freude.

Wie schaffst du das, hatten die Schwestern gefragt. So sanfte Töne. So harte. Das ist ein Gefühl, entgegnete sie; ich rede, wenn ich spiele. Sie spielte Klavier, lebte und spielte. Sie hatten ein Lusthaus und Geheimnisse. Und einen Gärtner, der sich um den Garten und das Lusthaus kümmerte. Einen attraktiven, jungen Gärtner aus Schweden. Sie war 16, er 25. Therese gefiel es nicht, dass sie mit ihm sprach, sie herumalberten und lachten, weshalb sie es der Mutter petzte. Ein halbes Jahr später heiratete Therese ihren Vetter zweiten Grades Paul Fredrik Skavlan, den Sohn der kürzlich verstorbenen Gerhardine Bergh, der Cousine der Mutter. Sie hatten sich bei der Beerdigung kennengelernt. Während der Hochzeitsfeier schlich Paul sich an Tulla an und sprach über den Gärtner, stellte allerlei unangenehme Fragen. Männer. Er war ihr viel zu nahe gekommen, hatte Stielaugen gemacht. Das hat sie Therese nie erzählt. Therese wurde zu Frau Amtsrichter Skavlan in Nordland, mit sechs Kindern, bevor sie nach Hamar zogen und Herr und Frau Polizeidirektor wurden.

Und jetzt will die kleine Astrid Skavlan Schauspielerin werden, die Ärmste. Das wird hart. Eine umwerfende Schönheit ist sie nicht. Allerdings ist nicht ausgeschlossen, dass es ihr gelingt. Sie hofft sicher, dass ich sie all meinen Freunden am Theater vorstelle, aber nein. So wird man keine gute Schauspielerin, das ist das Erste, was sie lernen muss.

»Es soll von dir handeln.«

»Es gibt keine Handlung.«

»Du bist das Zentrum der Achse, der Mittelpunkt des Kreises.«

»Das wird sehr schnell zur Lüge.«

»Dich umgibt etwas, andere Teilchen, die herumschwirren, die alle in irgendeiner Weise einen Bezug zu dir haben ...«

»Aber es hängt nicht zusammen. Mein Leben besteht aus Fragmenten, die nicht zusammenpassen. All die anderen sind interessanter. Agnes, Hans, Arne, Alfred, Aase ...«

»Dein Vater?«

»Ja, er war jemand. Er hat die Firma aufgebaut. Ist nach Frankreich und Italien gereist, hat in Import und Export gemacht. Und er war eine wichtige Person in meinem Leben, bis er starb. Ich war sechs Jahre alt.«
»Deine Mutter?«
»Sie war so gewöhnlich.«
»Sie wollte, dass du froh wirst. Zufrieden. Ankommst.«
»Arme Mama.«

Mathilde Elisabeth Larsen, geborene Gløersen, wie sie immer hinzufügte, nachdem ihr Mann gestorben war, wäre so froh darüber, dass die Tochter endlich jemanden wie Hans Blehr gefunden hat. Gute Stellung und hohes Gehalt. Schöner Nachname. Endlich ist die jüngste Tochter in einem redlichen Hafen angelandet, würde sie denken und erleichtert aufatmen. Sie müsste keine Angst mehr davor haben, dass die Zeitungen irgendetwas Schreckliches über Tulla schreiben oder dass Tulla, entmutigt von irgendeinem Abenteuer, nach Hause zurückkehrt.

Ich durchlief eine totale Veränderung, und das bezeichnete Mama als mein großes »Abenteuer«. Es war schließlich eine Lebensnotwendigkeit, und sie selbst war womöglich schuld daran. Denn wie konnte sie nur glauben, dass ich so leben wollte wie Elen oder wie sie selbst? Elen Beate hätte meine Mutter sein können anstatt meine Schwester! Sie war nach Mutters Mutter benannt und trat sowohl in deren als auch in Mamas Fußstapfen als aufopfernde Hausfrau mit großer Kinderschar. Ich war aber nicht wie sie! Außerdem war das eine ganz andere Zeit. Mama dachte, eine Ehe würde mich retten, aber ich konnte nicht und musste etwas anderes finden, das mir als Lebensinhalt dienen konnte. Und es fing so gut an, mit Edvard öffnete sich mir eine neue Welt, zum Schluss aber wurde ich krank und nervös und verlor mich selbst und musste in die Einsamkeit emigrieren, als Nonne abseits des Weges, weil unsere bevorstehende Eheschließung öffentlich gemacht worden war, ohne dass ich etwas davon ahnte, und es machte mich so nervös, dass Mama und die Schwestern und die anderen Erwartungen an mich stellten, deren Ausmaß Edvard keineswegs begriff, und er war gemein und krank, und ich war verzweifelt, und alles war chaotisch. Das Herz schwand und schwand und wurde kleiner und kleiner und härter und härter, bis ich nichts mehr hatte. Weder Tränen noch Schreie. Mein Schrei verschwand, er hatte ihn gestohlen. Hinein in die Bilder damit: Du bist so und so, genau so bist du. Er hat meine Persönlichkeit gestohlen, sie zu etwas umgeformt, das er brauchte, um seine Vorstellungen davon zu bestätigen, wie die Welt zusammenhängt. Aber die Welt hängt nicht zusammen! Nirgends gibt es eine logische Reihenfolge oder einen Zusammenhang, lediglich viel zu dünne Fäden, die nichts anderes tun, als in Stücke gerissen zu werden. Sollte man denn vor Eintreffen der Mysterien des Lebens, bevor sie sich einem offenbaren und einen zwingen, alles andere zu tun als das, was man zu tun gedacht hatte, eine Art Gefühl von Zusammenhang gehegt haben. Aber es gibt keinen. Es gibt nichts, das natürlich etwas anderem folgt.

Mithilfe eines jungen, groß gewachsenen Mannes, der ihr sein Herz schenkte, gelang es Tulla ~~zu vergessen~~ weiterzukommen. *Arne Kavli war das Beste, was mir passieren konnte. So gut. So jung.* Zudem war er ein talentierter Kunstmaler. Sie ließ sich lieben, und sie ließ sich malen. *Ich schaffte es, Edvard zu vergessen. Prost.* Gunnar Heiberg war ein guter Freund, der ihr in der Not geholfen hat. Prost.

Ich vergesse nicht, was Gunnar gesagt hat: »Jetzt lässt du dich lieben, Tulla. Schließ dich nicht ein, werde nicht bitter. Das hat der große Edvard Munch trotz allem nicht verdient. Dass er nicht lieben kann, muss Strafe genug sein.« Gunnar ordnete die Dinge ein. Er konnte recht intim sein, obwohl wir niemals eine Romanze hatten, unabhängig davon, was für Gerüchte eine gewisse Person dahingehend verbreitet hat. Dafür bin ich Gunnar auf ewig dankbar. Trotz seiner »Tragödie der Liebe«. Aber die kam danach.

Die Flasche steht auf dem Tisch und wird warm. Helene hat beschlossen, das Risiko einzugehen, gescholten zu werden, weil sie die Flasche vergessen hat. Trotz allem hatte Tulla doch nur ein Glas haben wollen. Aber da die Flasche hier steht, kann sie doch auch noch eins nehmen oder zwei. Es ist unnötig, sie nur aufgrund einer Flasche Oloroso auf die Terrasse zu rufen. Dort, wo sie herkommt, gibt es mehrere, sowohl im Weinkeller in der Tidemands gate als auch bei Alfred. Zum Glück. Das warme, entspannende Gefühl breitet sich im Körper aus und sorgt für mehr Gleichgewicht zwischen dem Äußeren und dem Inneren.

Wie lange es dauert, die Kinder abzuliefern! Obwohl, Kinder – sie waren Kinder, als wir einander kennenlernten. Jetzt gehen sie dem Erwachsenendasein entgegen. So unvermeidlich und so schmerzhaft für uns Erwachsene, die gleichzeitig ins Alter hineinkriechen. Acht Jahre sind eine lange Zeit. An den Kindern sieht man die Zeit am besten. Aber die kleine Wenche ist noch immer klein. Bald neun Jahre, und sie hat einen Tag vor mir Geburtstag. Man stelle sich vor, wenn sie meine Tochter gewesen wäre. Aber ich habe ihm versprochen, dass ich kei-

ne Kinder haben will, selbstverständlich nicht. Schließlich war ich bereits alt. Und für Hans war es vollkommen ausgeschlossen, er hatte genug zu tun mit den dreien, die er mit Agnes bekommen hatte. Schließlich war ich verliebt, daher habe ich es bereitwillig versprochen, um mit ihm zusammen sein zu können. So bin ich, passe mich meinen Männern an. Aber es wäre möglich gewesen, denn Mama hat mich bekommen, als sie 41 war, und Petter, als sie 43 war, und Cecilie bekam Cis, ihr erstes und einziges Kind und meine achte Nichte, als sie 43 war. Es hätte passieren können. Aber jetzt ist es zu spät.

Tulla mag es nicht, die Kinder zu holen oder zu bringen. Es ist besser, wenn der Fahrer das erledigt. Oder Hans. Wenn sie bei Agnes auftaucht, wird so deutlich, dass sie eine gescheiterte Familie sind und dass Tulla diejenige ist, die eigentlich nicht dorthin gehört. Obwohl Agnes nicht so denkt, kann Tulla diese Gedanken einfach nicht unterbinden. Vielleicht wäre es das Beste gewesen, wenn er sie nicht verlassen hätte, wenn ich nie in ihr Leben getreten wäre, denkt sie. In Hans' Leben. Sind ein paar Jahre Verliebtheit all die Veränderungen für so viele Menschen wert? Wenn das Leben erst an Fahrt aufgenommen hat, ist es schwer umzuschalten, die Hauptpersonen um sich herum auszutauschen. Kinder haben keine Wahl.

Agnes muss doch mit den Kindern zusammen sein dürfen, wo es jetzt keine Filmaufnahmen gibt. Es ist doch Sommer, und die Theater sind geschlossen. Den Rest des Jahres ist sie von Kindermädchen und Aushilfen abhängig, um am Theater arbeiten zu können. Und mit Hans Kinder zu haben ist nicht einfach. Auch damals nicht, als sie verheiratet waren. Verduftete für drei Jahre nach Japan! Und sie saß mit zwei kleinen Kindern da. Ich bin ihr in dieser Zeit begegnet, daher weiß ich, dass sie auf die Theaterbühne zurückmusste. Das war wirklich nicht schwer zu verstehen.

Hans konnte keine Frau am Theater brauchen; Joachim Grieg selbst hatte es ihm gesagt. Wollte er seine Arbeit als Schiffsmakler und Chef von Griegs Osloer Büro fortführen, dann müsse Agnes die Schauspielerei aufgeben. Das wollte sie nicht. Das ist mein Leben, hatte sie gesagt; nach diesen entsetzlichen Jahren zu Hause muss ich zurück auf die Bühne. Sie und Hans waren seit ihrer Jugend in Bergen ein Paar gewesen.

Tulla hatte Agnes im Sommer 1904 in Drøbak kennengelernt, als sie und Arne, frisch verheiratet, endlich zur Ruhe kamen, nachdem sie über Neujahr 1904 erst von Paris nach Brügge und dann im Frühjahr nach Hause zur Mutter Mathilde Elisabeth in die Josefines gate gezogen waren. Für die nötige Stille bei der Arbeit mieteten sie sich ein Atelier im Alfheim-Gård. Dort waren auch viele andere Künstler, und die Stimmung war richtig angenehm. Sie aber war auf der Suche nach einem Ort, wo sie im Herbst wohnen konnten, und nicht in der Lage, sich zu konzentrieren. Dass Arne und die anderen die Kunst und sich selbst so ernst nahmen, schreckte sie zusätzlich ab; es war ihr unmöglich, dieselbe Leidenschaft an den Tag zu legen. Sie wusste, dass das, was sie erschuf, doch zu nichts taugte. Es wurde nichts, befand sie. Nicht wie die Porträts, die sie in Brügge gefertigt hatte. Die hatten etwas. Jetzt waren es nur Skizzen. Außer der Stadtlandschaft mit Dächern und einem Hinterhof. Arne ermunterte sie nicht. Er malte die meiste Zeit; Tulla radierte. Tulla hatte Arne dazu überredet, Nordhagens Radierklasse zu besuchen, nachdem sie ihm all das beigebracht hatte, was Edvard sie über Grafik gelehrt hatte. Letztendlich ging er aber nur einen Monat dorthin, denn mit dem Rest der Familie unter einem Dach in ihrem Mädchenzimmer in der Josefines gate zu wohnen war die reinste Qual; beide wurden sie mager und nervös und konnten nicht länger bleiben, wie freundlich sich die Mutter dem jungen Bergener mit unregelmäßigem Einkommen gegenüber auch zeigte. Sobald Tulla die Mansardenwohnung am Riddervolds plass gefunden und den Einzug für Herbst vereinbart hatte, reisten sie nach Drøbak, um Ferien zu machen. Es war Tullas erster Sommer als Frau Kavli. Und dort war auch die Schauspielerin Agnes Blehr, geborene Mowinckel, eine Freundin von Arne aus Kindertagen in Bergen, mit rotem Kleid und gelbem Kragen, und alle wussten, dass ihr Mann die Heimreise von Osaka um ein ganzes Jahr verschoben hatte. Und dann wurde es noch eins.

Unglaublich, dass sie danach Wenche bekommen hat. Sie muss ihn wirklich geliebt haben. Aber was ist mit Hans? Hat er sie mehr geliebt, als er mich liebt? »Ich hielt ›Die Helden auf Helgeland‹ nicht mehr aus«, sagte er so barsch, als wäre Henrik Ibsen schuld daran, dass Agnes eine eigensinnige Künstlerseele war, die wie ein ganzes Heer vorwärtsstürmte und bekam, was sie wollte. Aber war es wirklich verwunderlich, dass sie wütend wurde, als er drei Jahre lang nicht nach Hause kam? War sie einer der Gründe, warum er dorthin gegangen war? Lieben sie einander trotz allem noch immer? Was machen sie jetzt gerade?

»Was glaubst du?«

»Sie will ihn nicht.«

»Will er sie?«

»Glaube nicht. Schließlich will er dominieren. Und das kann er bei ihr nicht.«

»Aber bei dir?«

»Ja, so ist es wohl.«

»Wie auch Edvard es konnte?«

»Genau.«

»Aber letztendlich kannst du den Revolver holen, er liegt in der Kommode draußen in der Halle, nicht wahr?«

»Er liegt bereit.«

»Also kein Heer oder Heerführer, sondern ein Fußsoldat mit Revolver.«

»Wenn es erforderlich sein sollte.«

»Oder du könntest einfach gehen?«

»Ich bin nicht der Typ, der geht, eigentlich nicht.«

»Denn ›was werden die Leute sagen‹?«

»So hat man es mir beigebracht.«

»Solltest du dich nicht zurückziehen? Radieren? Alte Briefe lesen?«

»Alte Briefe?«

»Ist es nicht das, was du eigentlich willst? Ist es nicht das, wohin deine Gedanken wandern? Zu den Briefen und den Bildern, zu allem, was du dir selbst versprochen hast zu verbrennen, zu all dem, wovon sowohl Arne als auch Hans glauben, dass es bereits verbrannt ist? Du willst der Nostalgie frönen oder der Sehnsucht nach etwas, aus dem nie etwas werden konnte, ist es nicht so?«

Bald kommt Hans zurück und stört meine Gedanken. Dann will er ausgehen oder zu Hause bleiben oder zurück aufs Land fahren oder sofort Essen serviert bekommen, oder er hat bei Agnes gegessen und fragt sich, warum in aller Welt ich nichts gegessen habe. Sollen wir hierbleiben oder fahren, in die Stadt gehen oder zu Hause bleiben? Ich weiß nicht, was ich selbst will. Das spielt keine so große Rolle. Abgesehen davon, dass mich hier zu Hause niemand sieht, niemand, der tuschelt oder plötzlich verstummt, wenn er mich bemerkt. Ich brauche Hans für das Gleichgewicht in meinem Leben. ~~*Aber das kann nicht so bleiben, wirklich nicht. Ich funktioniere nicht mehr, etwas ist verschwunden. Es ist niemandes Schuld.*~~

Tulla fällt es enorm schwer, an sich als eine vollkommen abgetrennte Einheit zu denken, als etwas Unabhängiges von etwas anderem. Es geht darum, etwas zu bekommen oder sich nach etwas zu sehnen, die Liebe oder Bewunderung anderer Menschen zu verlieren oder zurückzugewinnen. Es geht darum, dass andere sagen, wer man ist. »Ich bin hellsichtig, ich wusste, wer du bist, viele Jahre bevor ich dich kennengelernt habe.« Deshalb war es mit Edvard so schwierig. Sie hatte sich vorbehaltlos für ihn entschieden und sich in den Augen so vieler anderer unmöglich gemacht. Als Tulla ihn verlor, stand sie nackt in einem Meer von Menschen, die sie verurteilten. Sie hatte sich unmöglich gemacht. Er hatte ihr gesagt, wer sie war und wer sie werden sollte. Ohne ihn war sie nichts davon. Sie hatte keine Ahnung, wer sie war. Aber sie hat sich gefangen.

Dank Arne, ja, ich sehe das. Aber er hat auch mich gebraucht. Zusammen wurden wir jemand, weil wir einander bestätigten. Gut aussehend, relativ jung, besonders er, und auf jeden Fall unorthodox. Er hat meine Schönheit bestätigt, nicht mein ganzes Ich, nicht die schwankende, unsichere Künstlerin, die es da vielleicht auch irgendwo gab. Zumindest gab es sie da noch mehr als jetzt. Nein, Arne hat nichts bestätigt, was nicht von Alter und Schönheit abhängig war, davon, dass ich eine Frau war. Selbst er. Der dennoch so anders war als Edvard. Und jetzt Hans. Aber vermutlich schwelt all das seit der Zeit mit Edvard in mir. Wie soll es mir gelingen, an mich selbst zu denken, unabhängig von Hans? Wird es mir jemals gelingen? Wie sollen die anderen jemals an mich denken, unabhängig von dem hässlichen Ereignis mit Edvard? Warum hat er all diese entsetzlichen Geschichten über mich erschaffen? Was habe ich getan, um all das zu verdienen? Ich war doch nur eine Frau, die liebte. Das hat er nicht ertragen. Ist nicht das die Geschichte? Unsere Geschichte?

»Jetzt muss Tulla versuchen sich zu erinnern.«

»Nein, sei so gut.«

»Es gab viel zu vergessen. Jetzt aber ist es an der Zeit, die Fäden aufzunehmen, das Puzzle zu legen, innezuhalten und die Fragmente an ihren Platz fallen zu lassen.«

»Ich will nur überleben, nicht diese Strapazen des Erinnerns.«

»Es war immer am einfachsten, es außen vor zu lassen, während das Leben weitergleitet.«

»Man muss versuchen, zu überleben. Sich zu amüsieren. Also, wenn man doch nicht stirbt.«

»Versuchen, sich lieben zu lassen, wie Gunnar es ausgedrückt hat?«

»Dass es so wichtig ist zu lieben, dafür interessiert man sich in jungen Jahren am meisten. Vielleicht habe ich all meine Fähigkeiten schlichtweg für Edvard aufgebraucht. Mehr zu geben war nicht da. Arne war auch Maler, er hatte auch Talent, aber er war nicht wie Edvard. Nicht so intensiv,

nicht so schwierig, zu ihm vorzudringen. Keine Herausforderung in dieser Hinsicht. Aber ich ließ mich lieben.«

»Du hast es geschafft, dich zugänglich zu machen, nach den grausamen Jahren, in denen du getan hast, was Edvard gesagt hat.«

»Ich begriff nicht, dass ein Mensch wirklich so sein konnte wie er.«

»Wie wer?«

»Edvard. Das war der Fehler. Dass es ihm nicht gelang, menschlich zu sein.«

Das war unmöglich zu begreifen. Also habe ich ihn letztendlich verlassen. Auch nicht sehr verwunderlich, ich erinnere mich noch immer daran, wie er rief: »Willst du, dass ich verblute? Mörderin.« So was in der Art. Er war verrückt geworden. Ist es sicher noch immer. Ich ging. Schließlich ging ich. Irgendeine andere Ehefrau hat er nicht bekommen. Und jetzt sind sie dabei, seine komplette Sonnenscheingeschichte in der Universitätsaula aufzuhängen. Die Bilder sind neu, sie sind hell, und ich weiß, wie glücklich er ist. Genau das hat er verdient. Er, der das »irdische« Leben der Kunst geopfert hat. ~~Aber man muss sich ordentlich benehmen können, selbst wenn man ein Genie ist.~~ Auch er ist ein Mensch, unabhängig davon, wie sehr er sich über alle anderen stellt. Sollte auch kein anderer das wissen, ich schon. Schließlich war ich damals das »irdische« Leben.

Wie konnte sie sich an einen Mann wie Edvard Munch verlieren? Sie, ein Mädchen aus dem neuen Bürgertum, mit hart arbeitenden Eltern, die einen Betrieb zur Expansion geführt hatten, Grundlage für viel neuen Reichtum. Sie waren die neue Klasse des Bürgertums, Arbeitstiere, die aus Løten kamen, um in der Hauptstadt Kristiania ihr Glück zu versuchen, und die wirklich Erfolg hatten. Der Vater starb, als Tulla noch ein Kind war, die Mutter jedoch brachte die neun Kinder und den Betrieb voran; sie wohnten mondän und überstanden die Krise, und fast alle Kinder waren gut versorgt. Mit Ausbildung, Ehe und Geschäftssinn. Die Mutter verstand nicht, warum keiner der vielen Ehekandidaten Erfolg bei Tulla hatte, die eigentlich Mathilde hieß, benannt nach ihr, Mathilde Elisabeth Larsen, geborene Gløersen. Warum war ihre jüngste Tochter nicht zufrieden? Warum dieser Edvard Munch?

Es war das Einzige, was ich tun konnte. Es war Schicksal, ich hatte keine Wahl. Mama wollte, dass ich zu Gesellschaften ging und die Ballkarte mit diesen selbstbeweihräuchernden Besserwissermännern füllte, aber das stand völlig außer Frage. Ungeschickt und sonderbar wenig interessiert an der sie umgebenden Welt. Voller Angst, in den Augen der Frauen ein Niemand zu sein. Und so gotterbärmlich langweilig. Dazu wenig Humor. Mit Edvard hingegen war es ein Fest. Manchmal. Andere Male verstand er überhaupt keinen Spaß. Jedenfalls nicht meinen, und keinesfalls wenn er nicht in der Stimmung war zu verstehen. Da drehte sich auch alles um ihn, aber dennoch war es anders. Man bedenke nur, wie viel Zeit verging, bis ich verstand, dass wir zum Tode verurteilt waren. Dass es keine weitere Beziehung geben würde, niemals. Dann starb plötzlich alles. Ich fühlte nichts.

»Du bist nicht zurückgegangen, um nachzusehen, wie es ihm geht?«

»Ich war vollkommen leer. Der Schuss hatte etwas verändert. Letztendlich hatte er es geschafft.«

»Was?«

»Die Liebe zu töten, ohne die Verlobung aufzuheben.«

»Also war es deine Schuld.«

»Ich war sicher, dass er mich das nächste Mal umbringen würde.«

»Aus Liebe?«

»Beharre nicht so sehr auf Liebe! Das ist banal.«

»Also Hass?«

»Genauso banal. Genauso idiotisch wie alle anderen, die versucht haben, mich dazu zu bringen, darüber zu reden. So einfach ist es nicht. Wir sind nicht banal, auch wenn wir Geld haben und Bordeaux trinken, vergiss das nicht.«

»Warum bist du nicht zurückgegangen?«

»Ich war einfach fertig mit ihm. Damit.«

»Aber war es so leicht, ihn zu verlassen, inmitten einer Blutlache?«

»Ich konnte nicht mehr, auch ich konnte nicht mehr. Es war mir egal. Ich war nicht mehr verzweifelt; eine Art Stumpfheit hatte sich eingestellt, so als hätte sich eine Membran zwischen mich und die Welt gelegt.«

»Aber du hättest zurückgehen und deine Sachen holen können? Ihn ins Krankenhaus nach Kristiania bringen lassen?«

»Ich wurde krank! Und natürlich wollte ich mich dort nicht mehr blicken lassen. Ich gebe es gern zu: Ich hatte Angst vor dem Gerede der Leute, auch ich, angesteckt von meiner Mutter. Ich wusste nur allzu gut, was ich später zu hören bekommen würde. Über Leichtfertigkeit, Starrsinn und die Ehre der Familie.«

»Womöglich hast du von dem Arzt in Åsgårdstrand Medikamente bekommen, etwas, das dich gleichgültig werden ließ?«

»In deinen Augen bin ich zu einer Art Morphinistin geworden? Vielleicht. Ich erinnere mich an nichts. Ich bin in die Josefines gate zurückgekehrt, zu Mama, Gerhard, meiner Nichte Cecilie und unseren beiden Haushaltshilfen. Aber ich habe nichts über das gesagt, was geschehen war. Dann ist Cecilie Dahl aus Røyken eingezogen, hat bei uns gewohnt, mich gepflegt und auf mich aufgepasst.«

»Du hast also nicht mit deiner Mutter gesprochen?«

»Ihren eigenen Aussagen zufolge war es Mama unmöglich zu verstehen, was ich mit meinem Leben anfing, auch ohne dass sie wusste, was bei Edvard in Åsgårdstrand geschehen war.«

»Hast du nichts von dem erzählt, was geschehen war?«

»Nicht ich. Cecilie tat es wohl. Sie blieb anschließend mehrere Jahre lang bei Mama wohnen. Nahm sich auch ihrer an. Ich weiß nicht, ob sie das Gefühl hatte, an der Sache mit dem Morphin schuld zu sein. Dass sie es hätte erkennen und mich aufhalten müssen. Vielleicht deshalb.«

Jetzt, hier, den Blick auf die Straße gerichtet, tauchen Fetzen dieser Vergangenheit auf. Sie ist jetzt eine andere. Ein weiteres Mal eine andere. *Arme Mama. Sie hat nichts von meinem Leben verstanden.* Ihr Blick ruht auf der leeren Straße, wartet beinahe darauf, dass dieselben Menschen ein weiteres Mal im Straßenstaub auftauchen. Was sind andere Menschen, wenn nicht Spiegelungen derer, die man bereits kennt? Oder zu kennen glaubt? *Menschen wie ich haben aufgehört zu glauben, dass die Leute sich wie erwartet benehmen.*

Als Tulla 15 und ihr großer Bruder Alfred 21 Jahre alt war, entschied die Mutter, dass er die Geschäfte von P. A. Larsens Wein- und Spirituosenhandel übernehmen sollte. Zwischen ihnen kam Pauline, nach Tulla nur noch Petter, der damals 13 war. Die Älteste von allen, Cecilie, wohnte zu Hause und war mit ihren 33 Jahren Zusatz-Mutter. Die zwei Jahre jüngere Elen war bereits vor Frithiofs Tod mit Thorvald verheiratet gewesen. Sie hatten sechs Kinder. Nach den beiden ältesten Schwestern kamen Gerhard, Carl Wilhelm und Therese. Zudem zwei tote Brüder. Es war Alfred, neun Jahre jünger als der älteste Bruder, der den Weinhandel übernehmen durfte. Mathilde Elisabeth besaß ökonomischen Verstand. Sie wusste, welcher der Jungen das Zeug dazu hatte und zugleich über den unerlässlichen Geschäftssinn verfügte. Es war keine leichte Entscheidung, aber sie musste getroffen werden. Sie war all das Provisorische leid. Und den Tod. Sie hatte drei Söhne und ihren geliebten Mann verloren, hatte in »Løkken« einen großen Haushalt mit vielen Angestellten und Verwandten vom Land geführt. Zusätzlich zum Weinhandel. Alfred war bereits seit drei Jahren inoffiziell Kronprinz gewesen; jetzt wurde er Familienoberhaupt. Eine Zeit lang hatte der Schwiegersohn Thorvald Ellingsen zusammen mit Carl und Alfred die Firma geleitet, gründete nunmehr aber eigenständig ein Handelsgewerbe; und Carl wurde nicht mehr mit Aufgaben betraut, die einer leitenden Funktion bedurften. Entschied die Mutter. Keiner sagte etwas, aber alle verstanden, dass Carl der Sache nicht gewachsen war. Er war nicht nur ein schlechterer Geschäftsmann als sein kleiner Bruder, sondern auch sieben Jahre älter als Alfred, der den längsten Strohhalm gezogen hatte. Die Krankheit oder die Angst oder die Introvertiertheit, oder was auch immer es war, machte es nicht besser, und jetzt wurde es sogar noch schlimmer. Gerhard, der älteste Sohn, hatte keinerlei

Interesse daran, die Firma zu leiten. Er ist mit dem Kopf woanders, sagte die Mutter mit einem Anflug von Stolz. Er hatte studiert und eine Stelle im Ministerium bekommen. Später wohnte er bei der Mutter, bis diese 1906 starb; anschließend ehelichte er eine Witwe.

Alfred Waldemar Garmann Larsen übernahm 1884 die Leitung von P. A. Larsens Weinhandel und wurde bereits im Jahr darauf als jüngstes Mitglied in den Verband des Kaufmannsstandes von Kristiania aufgenommen. Fünf Jahre darauf heiratete er seine Magdalena. Später wurde er von der Kommune zum Vorsitzenden des Armenhauses von Kristiania ernannt; er war Mitbegründer der Königlich Norwegischen Segelvereinigung, und 1912 gewann er die Olympischen Spiele im Segeln mit dem 12-Meter-Schiff Magda Nummer 1 oder so. Zur Mannschaft gehörte auch sein Sohn Petter. Alfred war Geschäftsmann mit Glück und Gespür und feierte alles, was gefeiert werden musste, mit Stil sowie in Saus und Braus.

Mama traf die Entscheidung, die schlicht und einfach getroffen werden musste. Carl zog sich in sich selbst zurück. Wann er so krank wurde, dass etwas unternommen werden musste, weiß ich nicht, aber Mama hatte wohl schon länger den Verdacht gehabt. Carl wurde erst ins Gaustad Hospital eingewiesen und später ins Eeg Asyl bei Kristiansand verlegt. Mama hielt durch, aber zu einem hohen Preis.

»Er ist nicht für diese Welt gemacht«, sagte sie.

»Ich auch nicht«, entgegnete ich, aber da wurde sie wütend.

Ich war 16 Jahre alt und meinte nur, dass ich eine andere Welt haben wollte, eine Welt, in der ich zeichnen, spielen und tanzen konnte. Und träumen.

Am Frognerbekken entlangschlendern, dem Fluss hinter ihrem Haus in Fredriksberg. Zwischen den Baumstämmen und dem Laub war das Lusthaus geradeso auszumachen. Tulla war voller Vorfreude. Dort drinnen wollte sie jemanden treffen. Nicht ins Vestlandet fahren, zu der dummen Schule, nicht das, nicht jetzt. Jetzt wollte sie hier sein, jetzt, da endlich etwas mit ihr geschah, jetzt, da sie sich veränderte, so wie die anderen Mädchen; jetzt, da sie eine andere wurde als die, die sie gewesen war. Sie wollte mit den anderen die Karl Johans gate entlangschlendern und sich umsehen. Lächeln, nicken, den Blick senken, aber dennoch heben. Dabei sein. Die Baumstämme neigten sich über den Frognerbekken. Und ihr kleines sonderbares Fredriksberg sollte mit Kopenhagen, nicht mit Dale i Sunnfjord ausgetauscht werden. Wer wollte schon dorthin, fragte sie sich. Aber sie musste, das hatte die Mutter entschieden. An der Hartvig-Nissen-Schule hatte der amüsante Lehrer Lassen gesagt, dass alle Mädchen dort auf dem Ehemarkt wie geschnitten Brot weggingen, da sie nichts lernten. Die Mutter hatte nicht gelacht, als Tulla ihr das erzählte. Nicht einmal die Konfirmation in der Uranienborg-Kirche im Frühjahr 1886 veränderte sie. Nichts beißt bei ihr an, hörte Tulla die Mutter zu Tante Antonette sagen, die bei ihnen in »Løkken« wohnte. Wie sehr sie auch bettelte, die Mutter würde ihr nicht erlauben, wie die anderen Mädchen das Internat in Kopenhagen zu besuchen. Sie empfand es als Strafe, ins Abseits geschoben zu werden. Tulla wusste, dass die Mutter sie von allen Versuchungen fernhalten wollte. Sie war zu wild, zu eigensinnig. Das bekam sie ständig zu hören.

Ich wollte nicht wie alle anderen werden und auf keinen Fall nach Hause fahren und heiraten, wie fast alle anderen auf dem Internat von Nikka Vonen es wollten. Selbst nach ein paar unkonventionellen Jahren im Vestlandet, mit Werkunterricht und Touren ins Gebirge oder mit dem Boot auf dem Fjord, mit Gartenarbeit und alldem, waren die meisten vollkommen starr im Kopf, wenn es um den künftigen Ehemann ging, den sie alle haben sollten. Ich aber sah, wie sich meine Schwestern in Kopien von Mama verwandelten, als Erste Elen mit Thorvald und der gesamten Ellingsen-Familie. Als ich vier Jahre alt war, hat sie geheiratet und Aagot bekommen, mit ihnen hatte ich also mein ganzes Leben verbracht, und jetzt war dasselbe mit Therese und Paul Fredrik Skavlan geschehen, Paul, der es gewagt hatte, mir gegenüber Annäherungsversuche zu machen, als ich 16 und er mit Therese verlobt war. Ich wollte das einfach nicht. Und wenn es geschehen musste, dann nicht auf kurze Sicht. Schließlich war auch Cecilie nicht verheiratet, obwohl sie meine Mutter hätte sein können, aber sie lebte zu Hause bei Mama und half ihr, als ihr Schatten, und ähnelte ihr mehr und mehr. Vielleicht empfand sie es als ihre Pflicht, als älteste Tochter, nachdem Elen sich so schnell mit Thorvald davongemacht hatte. Das war auch nicht verwunderlich, denn im Hinblick auf das Aussehen hatte Elen weitaus mehr Glück gehabt als Cecilie. Und als Mama ihre Hilfe nicht mehr brauchte, heiratete auch sie, ihren Psalmendichter, den Propst Skavlan, den Bruder von Paul Fredrik, auch er unser Vetter zweiten Grades.

Mathilde Elisabeth Larsen, geborene Gløersen, mit der Verantwortung für neun Kinder in allen Altersstufen, war genauso alt wie Tulla jetzt, 47, als ihr Mann Peter Andreas Larsen, Großhändler mit seiner eigenen Firma P. A. Larsen und von allen gemocht, starb. Sie hatte eindeutig das Gefühl, dass von all ihren Töchtern es ihre

Namensschwester, die hübsche Mathilde, genannt Tulla, war, die es am nötigsten hatte, sicher in einer Ehe verwahrt zu werden. In einer Ehe könnten Tullas Sturheit und Bedürfnis nach Spannung durch die vielfältigen Pflichten einer Hausfrau zur Entfaltung kommen: eine große Kinderschar und die Herausforderungen durch Todesfälle, hilfsbedürftige Verwandte sowie die Aufgaben des Ehemannes, die sich jederzeit in ihre eigenen Aufgaben verwandeln konnten, und eine Unmenge an Entscheidungen. Bei alldem würden sich Tullas Eigenschaften zum Positiven wenden, dachte die Mutter, schließlich war die Tochter so unternehmungslustig und voller Leben.

Ich dachte, wenn ich schon einen Mann finden muss, dann muss es einer sein, dessen Freundin ich sein kann, so wie Mama und Papa es waren, bevor er gestorben ist, so glaube ich zumindest. Papa hatte zu Mama aufgeschaut und ihre Fähigkeiten bewundert und sie immer um Rat gefragt, wenn es um die Firma ging. Er hatte gelacht und gescherzt, sie war die Realistin. Ich wollte keinen Mann, der mich für ein dummes Frauenzimmer hielt. Nach der Zeit bei Nikka Vonen, die uns Mädchen in so vielerlei Hinsicht ermuntert hatte, hegte ich keine Zweifel: Ich wollte einen Ebenbürtigen. Einen, der etwas von der Welt gesehen hatte, einen, mit dem ich reden konnte. Ich wollte nicht nach Hause zurückkehren und einen langweiligen Kerl finden, davon konnte einfach nicht die Rede sein. Ich wollte nicht nach Hause und langweilig werden.

Wie sich herausstellte, sollte es sich als äußerst schwierig erweisen, diesen Ebenbürtigen zu finden, diesen amüsanten, interessanten und guten Mann, der nicht über Unwesentliches dozierte, nur um die eigene Stimme zu hören und aufmunternde Zurufe von eifrigen kleinen Zuhörerinnen zu ergattern, die nur einen Wunsch hatten – ein reizendes eigenes kleines Heim mit ihm als Marionette zu erschaffen. Fast zehn Jahre lang ließ sie die Mutter einen nach dem anderen präsentieren und Situationen herbeiführen, in denen sie diese jungen Männer mit Hut treffen konnte: die Kandidaten. Sie lernte einen kennen, der jedoch zum Studieren nach Amerika ging. Er dachte wohl, er würde wieder nach Hause zurückkehren, dann aber erhielt sie einen Brief von der Familie, bei der er wohnte, mit einer Einladung, rüberzukommen, und sie nahm an. Dachte, es könnte interessant sein, Amerika zu sehen. Boston. Das war schön, und er war ein aufmerksamer und recht amüsanter Kavalier mit vielen neuen Ideen, und das gefiel ihr.

Als wir uns trennten, geschah dies mit der Hoffnung auf ein baldiges Wiedersehen in Kristiania, ich dachte, dass ich ihn vermissen würde, und vielleicht auch, dass Abstand und Vermissen etwas in Gang setzen würden, dass die Sehnsucht das Freundschaftsgefühl in Begierde verwandeln würde. Er schrieb und lud mich erneut ein; er hatte Arbeit gefunden und würde vorläufig nicht nach Kristiania kommen, da aber lehnte ich ab. Weil ich keinen Sog verspürte. So gern hätte ich das Herz heftig klopfen gespürt, wenn ich an ihn dachte. So weit entfernt von meiner Mutter und den anderen Familienmitgliedern zu wohnen, konnte ich mir auch nicht recht vorstellen. ~~Damals nicht.~~

Mittlerweile war sie über 25 und dachte, dass es den Mann, nach dem sie suchte, nicht gab. Was konnte sie tun, außer weiterhin privat Klavierstunden und Zeichenunterricht zu nehmen? Sie kleidete sich ein Stück weit originell, auch wenn sie keine Reformkleider trug, schließlich waren die so unförmig, auf das Korsett hingegen verzichtete sie zeitig. Der Mutter gelang es nie, überzeugend genug zu argumentieren, wenn sie uneins waren; Tullas Wille war immer zu stark. Es war auch nicht verwunderlich, dass sie ins Café ging und die dort verkehrenden Künstler kennenlernte. Irgendetwas musste doch geschehen. Und sie konnte es sich leisten. Und hatte Zeit. Die Mutter konnte nicht jeden ihrer Schritte überwachen. Das wollte sie auch nicht. Sie wollte ihre Jüngste nur sicher im Hafen wissen. Wollte, dass jemand auf Tulla achtgab, so wie Peter Andreas ihr ein Leben und eine Bedeutung geschenkt hatte und so wie Thorvald und Elen jetzt eine solide Einheit bildeten, mit einer großen Kinderschar und der Fähigkeit, Verantwortung zu übernehmen. Wären Elen, die große Schwester, und Thorvald, der nach dem Tod von Peter Andreas wie ein Vater für die gesamte Familie wurde, nicht gewesen, hätte sie all das nicht bewältigt. Tulla konnte ihrer Mutter nicht sagen, dass das Letzte, was sie sich vorstellen konnte, ein Leben wie das ihrige war. Die Mutter hatte nie innegehalten und sich gefragt, worin der Sinn des Lebens bestand, Tulla hingegen tat es. Das war der Zeit geschuldet. Zumindest der Zeit, der sie ihrer Meinung nach angehörte: in der nicht alle Frauen irgendjemandes Ehefrau wurden. Frauen sollten selbstverständlich Wahlrecht haben und so selbstständig sein, wie sie es wollten. Diese Ansicht zu vertreten bedeutete, emanzipiert und radikal zu sein, und das war gefährlich und verlockend, und deshalb hegte sie keinen Zweifel: Sie war eine emanzipierte Frau. Zumindest in der Theorie. Auch Geld zu haben war nicht so dumm, denn es bedeutete, dass sie der Familie nicht zur Last fiel, dass sie nicht arbeiten musste, auch wenn sie unverheiratet war, und dass sie selbstbewusst auftreten konnte, auch wenn sie nicht immer so verwegen war wie einige der anderen emanzipierten Frauen. Sie hatte es nicht nötig. Sie konnte jederzeit auf einen Chauffeur zugreifen, in ein Hotel ziehen, eine Reise buchen oder ein Geschenk kaufen. Das Geld der Familie sorgte für ein angenehmes Leben, ob sie emanzipiert war oder nicht. Sie war frei, von jeder erdenklichen Zukunft zu träumen, solange sie nur Haltung bewahrte.

1888, als 19-Jährige, war ich zum ersten Mal in der Herbstausstellung. Dort habe ich sowohl ein Bild meines entfernten Verwandten Jakob Gløersen als auch zwei Bilder des Malers Edvard Munch gesehen. Und ein Gemälde von Aasta Carlsen, die genauso alt war wie ich! Zudem eine Frau. Das Bild war gar nicht so schlecht. Es versetzte mir einen Stich sowohl vor Bewunderung als auch vor Neid, das gebe ich gern zu. Aasta Carlsen heiratete kurz darauf Harald Nørregaard und wurde zu Aase Nørregaard. Es gab bereits eine recht erfolgreiche Malerin, die Aasta Nørregaard hieß, weshalb sie sich entschied, auch ihren Vornamen zu ändern. Wenn ich gewusst hätte, wie gut ich sie kennenlernen und was für eine große Rolle sie in meiner Lebensgeschichte spielen sollte! Hätte ich mich vor ihr in Acht nehmen sollen? War sie an allem schuld? Manchmal denke ich, dass sie es war, die uns einander in die Arme getrieben hat. Manchmal denke ich, der Grund dafür war, dass sie selbst ihn nicht bekommen konnte. Sie genoss unser beider Vertrauen. Von uns beiden bekam sie zu hören, was wir machten, worüber wir sprachen, wo die Probleme lagen. Sie war diejenige, die sich im Zentrum unserer Beziehung befand. Es brauchte lange, bis ich das verstand. Selbst jetzt, acht Jahre nach ihrem Tod, gelingt es mir nicht, diese Gedanken loszulassen. Sie ist nur 39 geworden. Ein knappes Jahr später hat Harald Marit Tillier geheiratet. 21 Jahre jünger. Da war das Kapitel mit Aase beendet. Auch an ihre Bilder erinnert sich niemand mehr.

Hochzeiten sind ein Symbol. Unabhängig davon, wie viel man geschwärmt hat oder wie lange man verlobt war, verändern sich die familiären Strukturen, wenn man die Ehe eingeht. Edvard gelangte zu der Erkenntnis, dass die Beziehung zu Tulla durch die Ehe verändert werden könnte, und hielt um ihre Hand an. Um sie auf Abstand zu halten, um sie dazu zu bringen, sich so zu verhalten, wie er es wünschte, vielleicht auch, um sie dazu zu bringen, sich zu entspannen. Er hat vermutlich auch geglaubt, dadurch mehr Kontrolle über das Dasein zu erlangen. Arne hielt um ihre Hand an, weil er begriff, dass es Tullas Ehre retten würde, und weil es bequem wäre, wenn niemand Fragen bezüglich ihres Verhältnisses stellte. Hans hielt bereits bei ihrer ersten Begegnung um Tullas Hand an. *Er wollte mich besitzen. Er sah mich gleichsam vor sich zwischen den Möbeln in einer schicken, neu erbauten Villa in Frogner. Hier bin ich nun. Prost.*

Im April 1889 eröffnete Edvard Munch die allererste Einzelausstellung in Kristiania mit Gemälden und Zeichnungen. Das war das erste Mal, dass Kunst wirklich Eindruck auf sie machte. Sie glaubt sich zu erinnern, dass einige der Bilder Gedanken ausstrahlten. Sie zogen sie an. Vielleicht auch, weil viele sagten, sie seien abstoßend. Nikka Vonen hatte ihr beigebracht, hinter die Fassade zu blicken. Nach der Seele in einer Erzählung zu suchen. Vor mehreren der Bilder stand sie lange. Die anderen wurden ungeduldig. Dann gingen sie ins Café, tranken heiße Schokolade und aßen Kuchen. Sie spürte, wie die Gefühle in ihr wallten. Man stelle sich nur vor, wenn sie gewusst hätte! Die Bilder ließen die Sehnsucht groß und unvermeidbar werden, wie zu einem riesigen Klumpen in der Brust. Es musste einfach etwas geschehen.

~~Neun Jahre später lernte sie den Maler kennen.~~ Dann wurde sie krank. Drei Monate mit Lungenentzündung im Krankenhaus. Danach eine Unendlichkeit an Bällen, Ballkarten und jungen langweiligen Männern und einigen etwas amüsanteren, die Reise nach Berlin, Cecilies Hochzeit mit dem Pfarrer Skavlan und die Taufe in Trondheim. Man stelle sich vor, Erstgebärende mit 43! Es gab eine Zeit, in der sie hoffte, dies würde auch ihr passieren. Vermutlich war sie nicht fromm genug. Selbst der kleine Bruder Petter heiratete letztendlich, Julie, die Apothekerstochter aus dem Hegdehaugsveien, und zog in die Prinsessegaten in Skien. Jetzt aber sind auch sie geschieden. Er wurde fast verrückt, kündigte seine Stelle als Ingenieur, um sich einer Erfindung zu widmen. Setzte alles auf ein neues technisches Wunder. Schlussendlich zogen Julie und die Kinder nach Hause zu ihrer Schwester. Er lebte und atmete nur für die Arbeit, die Erfindung und die neue Firma, und dessen wurde Julie überdrüssig.

1898 war Tulla Tante von fast 20 Kindern. Mutter hingegen von keinem. Sollte sie kapitulieren und den Besten nehmen, der sich fand? Der Medizinstudent, der als Kind in Afrika gelebt hatte, war so geschickt, gutmütig und fleißig, das Exotische jedoch war in gewisser Hinsicht verschwunden. Sie wünschte sich ein bisschen mehr von dem Afrikanischen. Der, den sie nehmen würde, müsste irgendwie anders sein.

»Was ist mit Kandidat S?«, fragt Mathilde Elisabeth, die alte Mutter.

Ihre Antwort lautet Nein.

»Y?«

»Nein.«

»B?«

»Nein, Mama, sie sind todlangweilig, allesamt. Steif wie Stöcke, unglaublich wenig Humor. Nichts, womit man sich messen könnte. Bereits zu Tode erschrocken, nur meine Hand zu nehmen. Ich will Blut, Leidenschaft, Tränen, einen, der mich als die sieht, die ich bin.«

»Mäßige dich«, sagt die Mutter. »Du musst aufhören, so eigensinnig zu sein. Wo hast du all das nur aufgeschnappt?«

»Ich will einen haben, vor dem ich mich nackt ausziehen kann«, entgegnet sie trotzig.

»Was sagst du da?«

»Das muss man, so ist es einfach, du hast es selbst gesagt. Man gewöhnt sich daran, hat Elen gesagt.«

»Du brauchst einen, der dich zähmen kann!«

»Ich will niemanden, der über mich bestimmt!«

Sie wollte selbstständig werden, und die einzige Möglichkeit, dies zu erreichen, bestand in einem eigenen Heim. Hätte sie nicht das verflixte Geld gehabt, hätte sie arbeiten müssen. Dann hätte sie sicher einen Laden eröffnet oder wäre Musiklehrerin geworden. So, wie es sich jetzt verhielt, war sie nicht selbstständig. Sie träumte von einer eigenen Wohnung, aber daraus wurde nichts. 1889 vermietete die Mutter das geliebte »Løkken« an Direktor Dahl, und einige Jahre später kaufte Ingar Nilsen die Immobilie. Sie bauten um, was Tulla bis ins Mark traf, als sie davon erfuhr. Mathilde Elisabeth kaufte eine schöne Wohnung in Homansbyen, Josefines gate 23, 2. Etage. Dort bekam

Tulla ein großes Zimmer, es gefiel ihr, aber sie fühlte sich nie zu Hause. Edvards Behauptung, sie stamme aus Homansbyen, war nur ein Hirngespinst. Sie war erwachsen, als sie dorthin zog, und verreiste so oft wie möglich. Auch Gerhard zog 1889 mit der Mutter dorthin, da war er ein erwachsener Mann von 35 Jahren, mit Festanstellung im Ministerium. Keines der anderen Geschwister wohnte dort, aber Köchin und Zimmermädchen hatten sie. Als sie späterhin in den Cafés neue Bekanntschaften machte, kam es vor, dass sie log und sagte, sie lebe alleine in einer eigenen Wohnung in Homansbyen. Eine kleine weiße Lüge tut niemandem weh; sie selbst fühlte sich dadurch ganz anders. Nicht so prüde, nicht so abhängig.

Zu Hause sind die Fragen immer dieselben.

»Kannst du nicht etwas Hübsches anziehen? Sag etwas Nettes zu Magda. Warum nicht den cremefarbenen Rock?«

Dann geht sie mit Fanny ins Grand Café. Gunnar Heiberg kennen sie bereits; sie grüßen. Er steht auf und winkt sie an den Tisch, an dem er mit einem anderen Mann sitzt.

»Sie müssen den Maler Munch kennenlernen«, sagt er. »Edvard, das ist Mathilde Larsen. Im Übrigen nennen sie alle nur Tulla.«

»Setzen Sie sich.«

Sie stoßen an. Und da senkt sie den Blick, als würde sie geblendet; vielleicht glauben die anderen das. Aber wie sollte sie jetzt sie selbst sein? Durch und durch und mit dem Blick. Und sie weiß nicht, was sie von ihm will. Mit ihm.

»Ich habe Sie auf der Straße gesehen und dachte, Sie sind Schauspielerin«, sagt er.

»Weil die Haare offen waren, so als würde ich etwas wollen?«
»Schauspielerin«, lacht Fanny.
»Wir sehen uns wieder. Ich male Sie.«

Ich male Sie! Haha, nun gut, ich komme! Oder was auch immer dort gesagt wurde. Ich erinnere mich nicht. Aber meine Antwort lautete Ja. Selbstverständlich. Sie sind der einzige Maler, den ich bewundere, ich habe alle Ausstellungen gesehen, an denen Sie beteiligt waren, sogar in Deutschland bin ich gewesen. Das habe ich nicht laut gesagt. Damals nicht.

»Sie müssen sich nichts darauf einbilden.«
Sagt er das, oder ist es der Blick, den er ihr zuwirft? Das reizt sie. Das Gegenteil der idiotischen Ballkavaliere.
»Spiel etwas für uns«, sagt Mathilde Elisabeth. »Etwas Schönes.«

Das will ich aber nicht. In seine Bilder hinein will ich. So als wären sie Haut. Raue, aufgescheuerte, blutige Haut. Dort hinein will ich.

Dann sitzt sie ihm Modell und wird gesehen. Als die, die sie ist, da ist sie sich sicher. Was er sieht, ist das Äußere, aber dennoch sieht er sie auf eine andere Weise. So wie sie sich selbst von außen sieht. In diesem Moment wird sie gespalten. Zerschnitten, zersplittert, verstreut. Wird mehrere. Und das ist der Weg zum Inneren, vielleicht ist es das, ihr Blick, der sich plötzlich nicht nach außen kehrt. Sie versucht sich nach innen zu wenden, aber das ist so wahnsinnig verschwommen. Sie weiß, dass dort etwas ist, aber ihr wird schwindlig, übel, sie glaubt, sie sähe Blut, Tränen, Schleim, Ausfluss, eine Flut innerer Substanzen, über die niemand spricht, aber sie sind da und verschleiern ihren Blick. Es ist, als würde sie an dem, was sie sieht, zweifeln, jetzt nach der Spaltung. Und sie lässt das Haar lang über den Rücken fallen, liebt das Gefühl, wie der Wind es anhebt, vereinzelt diese kühle Berührung im Nacken zu spüren. Wie Liebkosungen einer fremden, kalten Hand.

Ich habe mich vor Edvard entkleidet. Das hat sich richtig angefühlt, auch vor allem anderen. Ich musste es tun. Vielleicht hat er es missverstanden. Vielleicht war das der Grund. Dass er schlicht und einfach geglaubt hat, er könne, ohne irgendeine Verpflichtung, intim mit mir sein. Dass ich so eine war. Obwohl ich mich nicht so benommen habe. Keineswegs. Ich wagte nicht einmal, ihn zu küssen, als er um einen kleinen, unschuldigen Kuss bat! Da kannten wir einander seit vier Monaten. Jedes Mal wenn ich eintraf, um gemalt zu werden, fühlte es sich wie eine Art Andacht an. Er sprach wenig, arbeitete intensiv, ich wusste doch nicht, was ich sagen sollte, weshalb ich einfach nur dastand und ihn ansah. Ihn um die Fähigkeit zur Konzentration beneidete, so sehr in etwas vertieft zu sein, dass er alles vergaß, selbst die übliche Höflichkeit. Endlich ein echter Mensch, dachte ich und ließ ihn mich sehen. ~~Endlich einer, dem ich vertrauen kann.~~

Das Bündel mit Edvards Briefen liegt im Atelier. Die Verlockung ist wieder da. Das darf nicht zu oft passieren. Manchmal, wenn sie weiß, dass sie für eine Weile allein sein wird, nimmt sie sie hervor. Liest sie erneut, versucht ein weiteres Mal, ihn zu verstehen. Woraus hat ihre Liebe bestanden? Die Leidenschaft war so stark; es war eine Besessenheit. Jetzt ist es bald 18 Jahre her, dass sie ihn an ihrem Geburtstag kennengelernt hat; da war es noch ein Jahr hin, bis sie 30 und eine alte Jungfer wurde. Jetzt ist sie alt. Was ist aus den Gefühlen geworden? Sie sucht und sucht nach der alten Sehnsucht, nach dem guten Gefühl, dass alles hoffnungslos ist, dass sie ebenso gut sterben könnte. Denn das hatte etwas Gutes an sich. Ist der Tod nahe, ist das Leben es auch.

Das Glas ist leer; die Straße ist leer; die Terrasse liegt im Schatten. Sie streckt die Beine aus, rekelt sich. Lange, schlanke Beine. *Die habe ich zumindest noch immer. Niemand kann mir meine Beine nehmen. Oder die Haare.* Es gibt nicht viele Frauen, die sich der Fünfzig nähern und kein einziges graues Haar haben. Sie streicht mit den Händen über ihre Brüste, den Bauch und die Oberschenkel. Der Schweiß macht die Handflächen feucht. *Die Figur habe ich auch. Wenn ich nur darauf achte, genug zu essen. Man kann auch zu mager werden, darüber weiß ich alles.* Sie steht auf, etwas unsicher wegen des langen Sitzens in der Hitze, vielleicht auch wegen der drei kleinen Gläser Sherry. Der Kimono klebt an ihren Brüsten und an den Oberschenkeln. Hans ist nicht zurückgekommen. Vielleicht kann sie jetzt etwas tun. Vielleicht kann sie eine Skizze anfertigen, ein Motiv finden, das es wert ist, weiter damit zu arbeiten. Wenn sie nur die Zeit einfangen könnte, den Stillstand!

Tulla ruft nach Helene, sagt, dass sie die Flasche wegräumen kann, dass sie ein wenig ins Atelier geht, dass sie nicht gestört werden möchte. Helene ist sofort zur Stelle; sie muss sich in unmittelbarer Nähe aufgehalten haben. Wie lange wohl schon? Etwas ist verändert; etwas an Helene. Wie kann es sein, dass Tulla es bisher nicht gesehen hat? Sind es ihre Haare? Sie sind kurz und modern geschnitten. Direkt hübsch war sie nie, aber jetzt ist da etwas, etwas Neues. Vielleicht hat sie einen Freund gefunden. *Sie ist zwölf Jahre jünger als ich. Sechs Jahre jünger als Hans.* Helene macht einen Knicks und verschwindet mit Flasche und Glas.

Durch die gespenstischen Stuben mit den weichen Teppichen und den schweren Gardinen, den Gemälden an den Wänden. Alle Freunde finden sich dort, zumindest die Männer. *Sogar Edvard und Arne, und sie hängen nebeneinander. Hans hat Humor.*

In der Tür zum Atelier: *meinem eigenen Zimmer.* Aber wie notwendig ist es, wo sie doch keine Mutter ist und nicht mit Schürze am Kochtopf stehen muss? Das Atelier bittet schließlich um Aktivität. Im Wohnzimmer hingegen kann sie sich zurücklehnen und entspannen. Einen Drink nehmen. Oder zwei. Im Atelier aber – die Fenster lassen den Raum riesig erscheinen. Vier Meter hohe Decke. Sie liebt das Zimmer und sich selbst darin; sie kann hier nur nichts tun. Nichts, was wichtig und gut ist. Es ist, als befände sich zwischen ihr und ihrer Umgebung eine Membran. Ist es nur das Wetter? Draußen ist es noch immer so heiß wie zuvor, eine Ecke des Fensters liegt im Schatten, und darin sieht sie ihr Spiegelbild. Zum Glück undeutlich, das Alter ist unmöglich auszumachen. Sie zieht das Essstäbchen aus den Haaren; sie fluten Schultern und Rücken; die Locken umgeben sie wie ein Heiligenschein. Sie löst den Kimono, lässt ihn von den Schultern gleiten, betrachtet sich, erschafft ein Bild. Sollen die anderen sie doch so sehen; ist es das, was sie will?

Sie kann sich umdrehen und anfangen. Sie will es. Das ist es, was sie will. Aber sie schwitzt; es sind wieder die Nerven. Warum so rastlos? Drei Gläser sind genug. Sonst merkt er es. Was führt dazu, dass sie sich genau jetzt dazu entschließt, die Briefe hervorzuholen? Zu Hans hat sie doch gesagt, dass sie nicht mehr existieren, dass sie vor langer Zeit verbrannt wurden. Ist es nur, weil sie diesen einen Satz lesen will: dass er sie gern hat, dass es das ist, was es so schwierig macht? Sie kann den Satz auswendig: »Auf deinen reizenden Brief, liebe Tulla, kann ich jedoch nur antworten, du weißt doch, dass ich dich gern habe, das ist ja gerade das Verrückte.« Trotzdem muss sie es niedergeschrieben sehen, mit Edvards Handschrift.

Dann muss die Sünde aus dem Schrank. Zuerst die Flasche, ein schöner rubinroter Portwein, und ein reizendes kleines Kristallglas. Dann, ganz unten: das Bündel Briefe. Kein rotes Seidenband hält sie zusammen, lediglich ein simpler Bindfaden.

»Liebes Fräulein! Sie waren nicht zu Hause, als ich heute bei Ihnen war. Sind Sie so nett und geben dem Boten Bescheid, wann und wo ich Sie treffen kann, da ich Tulla gern einen kleinen Gruß senden möchten, die, wie ich gehört habe, krank ist. Sollte der Bote Sie nicht antreffen, schicken Sie mir, sobald Sie können, einen Brief ins Grand. Ehrerbietig, E. Munch.« Fanny hat ihr die hübsche Karte gegeben.

»Meine liebe Tullik! Wann werden wir mit Fräulein Lie zusammen sein? Und wo? Ist es möglich, sich in einem Restaurant hier in der Stadt zu treffen? Vielleicht eine Fahrt zum Holmenkollen? Oder einem anderen Ort? Vielleicht kommst du heute oder morgen zu mir, dann können wir es absprechen? Dein E M«

»Liebe Tullik! Lass bald etwas von dir hören! Auf jeden Fall kommst du am 2., nicht wahr? Vielleicht hast du Zeit, ein bisschen früher zu kommen? Dein Edvard«

Sie antwortet: »Ein Treffen heute ist nicht möglich. Ich bin nicht imstande, in eine Weinstube oder in ein Café zu gehen.« – »Ich kann morgen nicht zum Segeln hinausfahren. Fanny ist heute krank, aber ich hoffe, dass sie morgen wieder gesund ist.« – »Du darfst hier nicht anrufen. Wenn du mit der Reise bis Donnerstagnachmittag wartest, dann können wir am Vormittag hinausfahren, wie wir es vereinbart haben.« – »Fanny kann uns begleiten, das wäre natürlich das Beste. Alle Cafés und Weinstuben sind schließlich schrecklich und unmöglich.« – »Du hast selbst vorgeschlagen, dass wir einander etwas länger als üblich sehen, bevor du abreist, aber das liegt an dir – an dem Tag kannst du vermutlich doch nichts anderes ausrichten?« – »Wenn du nicht vor morgen nach dem Mittag abreist, können wir vormittags ins Bekkelaget fahren. Deine T.«

Er schickte ihr Nachrichten und bat sie, etwas früher als vereinbart ins Atelier zu kommen, lud sie zu Ausflügen ein, ins Café. Sie wollte, musste jedoch darauf achten, jemanden dabeizuhaben, eine Freundin oder jemand anderen, der als Anstandsperson fungieren konnte. Oft war es Fanny Lie. Tullas Mutter brauchte nichts davon zu erfahren, und wenn sie doch etwas herausfand, dann durfte sie zumindest nichts von irgendeiner Form der Unsittlichkeit hören. Er erzählte, und sie hörte zu. Sie scherzte, und er lachte. Er wollte sie erneut malen, und sie ließ es zu. Er redete und redete, über neue Pläne, über Ausstellungen, Käufer und Geld. Er redete von Künstlern, die er kennengelernt hatte, und über Kunstwerke, die er gesehen hatte.

Dann fuhr sie nach Paris und sah Werke von Rodin, von dem er so viel gesprochen hatte. Sie war unersättlich, wollte lernen, wollte erleben, wollte sich Edvard würdig erweisen. Wollte sich vorbereiten. Dann zurück nach Kristiania.

Am zweiten Tag des neuen Jahres 1899 ging sie in sein Atelier, das er sich mit Alfred Hauge teilte. Da küssten sie sich zum ersten Mal. Da hatte er mit dem großen Bild begonnen, »Leben und Tod«; wie sie jetzt gehört hat, hat er es umgemalt und nennt es »Stoffwechsel«, sie aber befindet sich noch immer in dem Bild; auch das hat sie gehört. Nackt. Sie hatte beschlossen, es zu tun, wenn er sie fragte. Und er hatte erklärt und erklärt, wovon das Bild ein Teil sein sollte, und sie hatte sich geehrt gefühlt, Modell für ein so wichtiges künstlerisches Projekt stehen zu dürfen. Den Lebensfries. Also war sie in die kleine Küche gegangen und hatte langsam Kleidungsstück um Kleidungsstück abgelegt. Er hatte ihr eine Decke gegeben, die sie sich umlegen konnte, immer wenn sie sich aufwärmen und ausruhen wollte. Sie öffnete die Knöpfe der Bluse, löste das Mieder mit der strammen Schnürung. War so nervös, als sollte sie in Wirklichkeit das tun, dabei sollte sie doch nur Teil einer großen und wichtigen Arbeit sein. Sie wickelte die Decke um sich und ging hinaus in den Raum, wo er wartete.

Vielleicht missverstand er, vielleicht missverstand ich. Ich hätte mich nicht für ihn ausziehen sollen, das hat er missverstanden. Glaubte, ich sei anmaßend, etwas, das ich wirklich nicht war. Er war es, der mich so gemacht hat, er, der mich dazu gebracht hat, die Kleider abzulegen, er, der mich geöffnet hat, gesagt hat, das sei ganz natürlich. Ich war eine vollkommen andere, wenn ich vor ihm stand, splitterfasernackt. Er schaute und schaute und schaute, malte konzentriert, sagte nichts. Ich empfand es als Sektion, als würde er in mich hineinsehen. Erst jetzt fange ich an zu verstehen, dass er nichts anderes gesehen hat als Form. Komposition, Balance, horizontale und vertikale Linien. Ich war so sicher, zu etwas beizutragen, das gut werden würde, etwas, das die Kunst auf einen neuen Weg führen würde. Ich behielt meinen Stolz, und ich entdeckte, dass er mich mochte. Etwas wurde sanfter.

Plötzlich steht Helene da, in der Tür zum Atelier, und Tulla zuckt zusammen, rafft den Kimono um sich. Helene knickst.

»Entschuldigung, ich nahm an, Sie hätten gehört, dass ich geklopft habe.«

»Du brauchst dich nicht zu entschuldigen«, sagt sie, »ich war nur überrascht, ich war weit weg in Gedanken, verstehst du.«

»Ja, dennoch Entschuldigung. Der Herr ist am Telefon.«

Sie geht hinaus in den Flur, wo das Telefon hängt. Hans ist bei Agnes, seine Stimme dröhnt durch den Hörer, sagt, dass Agnes sie sehen wolle, ob sie nicht das Auto nehmen und zu ihnen kommen könne.

»Agnes fragt, warum du nicht mitgekommen bist.«

»Du hast mich nicht gebeten«, sagt sie, aber sie sagt es leise, er vernimmt es nicht, weil er nicht zuhört.

»Kommst du?«

»Ich glaube nicht, ich bin ein bisschen müde«, entgegnet sie und spürt, wie sich die drei Gläser wie Samt in ihren Körper gebettet haben.

»Der Chauffeur fährt dich doch; das ist doch wohl nicht zu viel verlangt?«

»Ich habe ihm freigegeben. Er wollte zum Baden.«

»Was ist der Sinn eines eigenen Wagens mit Chauffeur, wenn du ihm freigibst?«

Du bist es, der will, dass ich einen Wagen mit Chauffeur habe, denkt sie. Ich kann ein Taxi nehmen wie alle anderen auch. Und warum soll er in Uniform bereitstehen und warten, wenn ich nicht ausgehen will?

»Du bist viel zu nett. Agnes lädt uns zu deinem Geburtstag nach Hvasser ein«, sagt Hans. »Da hat Wenche doch auch Geburtstag. Dazu sagst du doch wohl nicht Nein?«

Und sie hört sich selbst Danke sagen. Warum auch nicht? Agnes ist viel amüsanter als Hans. Eigentlich. Hauptsache, sie fängt nicht an, vom Theater zu reden, denn dann zieht sie mit ihren Antipathien vom Leder, dass einem angst und bange wird. Nach Hvasser kommt sicher auch Sigurd Bødtker; wie schön es doch wäre, ihn wiederzusehen!

Niemals werde ich all das vergessen, was er und Ingrid nach dem Selbstmordversuch für mich getan haben, zuerst in Drøbak und dann in Paris, als wir mit Arne dorthin gefahren sind. Wären sie nicht gewesen, dann wäre ich tot. Ich hatte keine Kraft. Jetzt sind auch sie geschieden, und Sigurd darf sogar bei Agnes im Elisenbergveien wohnen. Ich erinnere mich gut an eine Zeit, als sie sich über seine Theaterkritiken schwarzgeärgert hat. Herrgott. Das Leben, die Zeit und die Orte. Nein.

»Ja?«

»Ich will damit aufhören.«

»Du weißt, dass das nicht geht.«

»Du zwingst mich weiterhin?«

»Du hast keine Wahl. Die Gedanken kommen einfach.«

»Du meinst also, mir fehlt es an Selbstkontrolle?«

»Gedanken erfordern keine Selbstkontrolle. Deine Entscheidungen hingegen schon: deine Handlungen.«

»Du bist es, die mich weiterhin zwingt.«

»Vielleicht. Du liebäugelst damit. Du musst die alten Briefe lesen. Es ist dieses Gefühl. Das Hoffnungslose, Schmerzhafte, Herrliche.«

Es gibt keinen Weg zurück. Sie geht ins Atelier. Dort liegen die Briefe, auf dem Tisch beim Fenster. Davon kann sie süchtig werden; das ist wie mit Morphin; aufhören ist nicht leicht. Es ist unmöglich, sie nicht in die Hand zu nehmen; sie muss jetzt weitermachen, bevor Hans plötzlich zurück ist und sie sie verstecken muss.

Agnes hat mit Hans geschlafen, und Hans hat mit Tulla geschlafen, und Tulla hat mit Edvard geschlafen, und er hat vor Tulla mit unendlich vielen geschlafen. Und sie war unerfahren. *Ich hatte so eine Angst, schwanger zu werden. Ich litt, als ich nach Hause ging, nachdem ich mit ihm zusammen gewesen war, und ich musste Mama anlügen.* 29 Jahre alt, und trotzdem, so war es. Sie war immer unruhig, all die Lügen und die ewige Angst vor einer Schwangerschaft. Das unterschied sich von allem, was sie bisher erlebt hatte. Sie war so glücklich, wenn sie ihn sehen durfte. Vielleicht war das der Grund, warum sie sich so wahnsinnig verliebte, ihn mochte oder von ihm besessen war, oder was es nun war, vielleicht weil das, was sie mit Edvard erlebte, das Gegenteil von all dem war, was sie bisher erlebt hatte.

Ich wusste, dass ich mit diesem Mann alles machen wollte. So war es einfach. Unabhängig davon, wozu es führen würde, sollte es geschehen. Einige hatten gesagt, er hätte Syphilis, und ich dachte nur: Wenn ich daran sterbe, dann ist es mir recht. Ich muss ihn lieben, Liebe mit ihm machen. Er ist der Mann, mit dem es geschehen soll. So muss es einfach sein. Und er wollte alles mit mir machen, und ich hatte es nie zuvor getan, und er öffnete das Tor in eine Welt, von der ich nichts wusste, unsere geheime Welt, und er wurde ein anderer, und auch ich wurde womöglich eine andere. Ich durfte seine Haut berühren, und er streichelte mich mit seinen Händen, lange, langsame, weiche Bewegungen, so als wäre der Pinsel mit den Handflächen, mit den Fingern ausgetauscht worden. Er erschuf mich aufs Neue und aufs Neue. Sein Gesicht war ganz nah an meinem. Er war mein, und ich war sein, und er hatte ein anderes Gesicht als sonst, und dieses Gesicht liebte ich, und ich liebte es, seine Hand zu halten, ihn zu streicheln und mich an ihn zu kuscheln.

Edvard brachte Tulla bei, zu genießen, obwohl er womöglich selbst nicht in der Lage dazu war. Sie wusste, dass er es könnte, aber es war, als würde er es aufhalten. Er wollte nicht. Er meinte, er würde krank davon. Jetzt denkt sie, dass er vielleicht krank davon wurde, sich selbst aufgehalten zu haben. Alles musste erklärt werden, reflektiert werden. Er hatte eine Vorstellung davon, was ein Künstler sein sollte und musste, und das beinhaltete Einsamkeit, Schmerz und Dunkelheit. Nichts konnte einfach geschehen; er konnte sich nicht einfach nur mitreißen lassen. Nein, alles im Leben war Leid und Nerven, alles außer dem eigentlichen Schöpfungsakt. Dabei ließ er sich von der Intuition in Richtungen treiben, von deren Existenz er nichts ahnte. So arbeitete er, zumindest manchmal. Und deshalb konnte er mit derart unsäglichen, idiotischen Aussagen kommen, dass er hellsichtig sei und voraussagen könne, was geschehen würde. Deshalb meinte er allen Ernstes, dass er sie bereits gemalt habe, fünf Jahre bevor er sie kennenlernte. Sie war die Frau mit den drei Gesichtern. Sie war der Vampir, die Sphinx. So versuchte er, sie zu einer anderen zu machen. Sie wurde eine Pappfigur, eine Idee. Niemals konnte sie ihm sich selbst zeigen. Er konnte sie nicht sehen. Denn das, was man sieht, ist gefärbt von dem, was man zu sehen glaubt.

Was dachte Aase eigentlich über mich, über die Beziehung zwischen Edvard und mir? Ich erinnere mich, wie ich zu ihr und Harald kam, sie hatte gespürt, dass zwischen uns etwas geschehen war. Ich erzählte nichts, sie aber stellte Fragen über Edvard, darüber, was er zu mir gesagt hat, was ich geantwortet habe, was ich über das dachte, was Edvard meiner Meinung nach dachte, dann kam sie mit ihren Gedanken über das, was Edvard dachte, schlug vor, was ich zu ihm sagen solle, erzählte, wie er war, fragte, ob ich glaubte, dass wir heiraten würden, ob ich ihn in einem zukünftigen Heim vor mir sähe, sie ließ nicht locker. Und ich liebte es, über ihn zu reden, und verstand keineswegs, dass sie mich mit all ihren Fragen leitete, dass sie dadurch, wie sie ihn mir gegenüber darstellte, eine Art Vorstellung davon aufbaute, wer er war. Denk daran, ich kenne ihn gut, pflegte sie zu sagen. Wir reden miteinander, fügte sie hinzu, du kannst es mir sagen, vielleicht kann ich es ihm erklären, meinte sie, als die schwierige Zeit anbrach. Ich begriff nicht, wie sehr sie unsere gesamte Beziehung prägte. Sie kannten einander, seit sie 18 war. Sie hatte sich Hals über Kopf in ihn verliebt, das habe ich jetzt begriffen. Sie wünschte, sie wäre es, die eine Beziehung mit ihm führte. Also lebte sie es durch mich aus, steuerte uns so, wie es sich ihren Wünschen gemäß entwickeln sollte. Sie wollte nicht, dass zwischen uns etwas Endgültiges entstand, und das wusste sie auch, aber sie konnte nicht darauf verzichten, es sich entwickeln zu lassen, sie wollte den Schmerz, sie wollte das Unbehagen. Denn sie selbst hatte wegen Edvard Munch viele Qualen durchlebt. Um der finanziellen und sozialen Sicherheit willen hatte sie den Anwalt Harald Nørregaard geheiratet, ihren besten Freund und Lebensgefährten. All das begriff ich zu spät.

Nur wenige Wochen nachdem die Beziehung zwischen ihm und Tulla eine Tatsache geworden war, wurde Edvard krank. Probleme mit einem Lungenflügel brachten ihn für einige Wochen ins Vår Frues Hospital. Anschließend war er ebenso lange als Rekonvaleszent in Nordstrand bei seiner Tante Karen und seiner Schwester Inger. Es ging ihm nicht gut, seine geplante Reise in den Süden wollte er jedoch antreten, und er wollte Tulla dabeihaben. Bei allem Verliebtsein machte sie sich Sorgen, dachte jedoch, würde er nur gesund, dann würde alles gut werden. Sie wollten nach Berlin und Paris – Orte, an denen er bereits viele Male gewesen war und wo er viele Freunde hatte. Sie sollte ein Teil seiner Welt werden. *Würde er nur gesund, dann würde alles gut werden!*

Der Diskretion halber fuhr sie voraus. Sie wartete auf ihn in Berlin, in seinem Stammhotel Janson, und er kam nach. Dann reisten sie weiter nach Dresden, und nach ein paar Tagen dort nach Paris, wo sie beide jeweils ein Zimmer im Hotel in der 66, rue de Seine bezogen. In Paris trafen sie Oda Krohg und Gunnar Heiberg, die ein Verhältnis hatten, obwohl Oda mit Christian verheiratet war, zudem war sie mit ihrem erst zehn Jahre alten Sohn Per dort. Die große Schwester Nana, Edvards Patenkind, war bereits 14 und bei Christian zu Hause in Kristiania. Tulla bewunderte Odas Vitalität und Energie, bekam aber auch

Angst: Die freie Liebe war vielleicht ein gängiges Prinzip, sie jedoch auszuleben, wie Oda es tat, wie jetzt mit Gunnar Heiberg? Oda lachte viel und flüsterte Tulla zu, dass das Bürgertum sich vor ihrer offenen und freien Art zu leben fürchte. Meinte Oda, dass Tulla Teil des Bürgertums war oder dass sie frei war wie sie selbst? Edvards Vetter Diriks war auch dort, sein guter Freund, der englische Komponist Delius, und viele andere.

Mit all diesen Menschen zusammen zu sein, die Zeit zu verbringen, mit ihnen anzustoßen. Ich mochte es, inmitten all dieser amüsanten Menschen zu sein und gleichzeitig Edvard zu gehören. Alle wussten, dass wir ein Verhältnis hatten, und das machte mich so froh, so ausgelassen. Ich war verliebt und glücklich, und das ließ Edvard verstummen, jedoch verstand ich nicht, warum. Warum wurde er wütend, als ich eines Abends für alle Champagner spendierte? Ich wollte es, und ich konnte es. Warum es nicht tun? In Kristiania hatte ich die ganze Zeit Rücksicht auf meine Mutter und die Schwestern nehmen müssen, stets war die Angst gegenwärtig gewesen, entdeckt zu werden, dass jemand tratschte, egal, wie vorsichtig ich war, weil ich wusste, wie schnell sich ein Gerücht verbreiten kann. In Paris war ich frei! Aber auch wieder nicht, denn Edvards Blick wurde dunkel, und er zog sich zurück, sagte, es gehe ihm nicht gut und er wolle nicht mit den anderen zusammen sein.

»Du hast seine Eifersucht entdeckt?«
»Warum war er eifersüchtig, wenn ich die Seine war?«
»Vielleicht war er sich da nicht sicher?«
»Er musste doch begreifen, dass ich nicht an anderen interessiert war! Ich hatte nie einem anderen Mann gehört, das wusste er!«

»Vielleicht hat er dich nicht verstanden?«

»Ich konnte nichts dafür, dass sie mit mir reden oder mit mir anstoßen wollten. Ich war unschuldig.«

Warum hat er das nicht verstanden? Nein, sie waren nicht verlobt, und sie hatten einander keinerlei Versprechen gegeben. Ihre Beziehung wurde vermutlich als freie Liebe kategorisiert, sie selbst aber wusste, dass sie mit ihm zusammen sein wollte, unter welcher Kategorie auch immer. War das für ihn nicht deutlich genug? Warum glaubte er, dass sie das mit anderen wollte? War es, weil sie beide theoretisch mit anderen intim sein konnten? Sie wollte nur mit ihm zusammen sein. War es, weil er es viele Male zuvor getan hatte? Oder war seine Eifersucht die Strafe dafür, dass sie sich überhaupt mit ihm eingelassen hatte? Wenn du es mit mir getan hast, dann könntest du es mit allen tun? Dachte er so?

Edvards Zustand verschlechterte sich, und Tulla kränkelte. Sie schlug vor, die anderen zu verlassen und zu zweit gen Süden zu reisen. Er war so seltsam im Beisein der anderen, und sie wollte ihn am liebsten für sich haben. Und er wollte sie für sich haben, das spürte sie, weil er beim kleinsten Anlass eifersüchtig wurde. So etwas kann zu Beginn einer Beziehung vorteilhaft sein, weil man sich gern geschätzt wissen möchte, allerdings kann es auch krankhaft werden. Wie sich herausstellte, gehörte Edvard zu dieser Sorte. Zudem war er noch immer krank. Wurde er mitunter eifersüchtiger, wenn er krank war? Die beste Medizin wäre es, von Paris an einen wärmeren Ort zu reisen. Warum nicht weiterziehen, fragte sie, warum nicht einen Ort finden, an dem wir alleine sein und gleichzeitig etwas gegen unseren schlechten Gesundheitszustand tun können? Die Wahl fiel auf Florenz.

Edvard an Tulla, Florenz, Frühjahr 1899: »Auf deinen reizenden Brief, liebe Tulla, kann ich jedoch nur antworten, du weißt doch, dass ich dich gern habe, das ist ja gerade das Verrückte. Ich glaube, dass ich nicht dafür geeignet bin, jemanden gern zu haben. Oder dass jemand mich gern hat. Ich bin unmöglich. Ich glaube, ich bin nur dafür geeignet, Bilder zu malen. Ich spüre, dass ich zwischen der Liebe und meiner Arbeit wählen muss. Wie mich das quält. Ich muss versuchen, das zu erklären, und habe viel auf Zettel geschrieben, die ich jedoch weggeworfen habe. Du wirst später einen längeren Brief erhalten.«

Das schrieb er aus Florenz. Wir sind zusammen dort gewesen, und wir verlebten einige Wochen vollkommener Idylle. Wir schliefen zusammen, wir aßen zusammen, gingen spazieren und arbeiteten. Er arbeitete, und ich stand ihm Modell oder schaute ihm zu oder saß mit einem Stück Kohle in der Hand da und versuchte mich an etwas. Später schrieb er, dass wir wie Eheleute zusammengelebt hätten. So war es. Dann aber wurde er krank und lag danieder, und da durfte ich auf der Bettkante sitzen. Ich war so besorgt und fühlte, dass ich ihn liebe, mehr als man einen anderen Menschen lieben kann. Wie verzweifelt ich war! Letztendlich musste ich abreisen. Das sei die einzige Möglichkeit, wie er gesund werden könne, meinte er. Dass wir getrennt waren. Irgendwie sagte er bereits damals, dass ich ihn krank mache. Aber ich habe es nicht verstanden. Ich glaubte, dass sich alles verändern würde, wenn es ihm nur besser ginge. Dann würden wir zusammen sein. Darin waren wir uns einig. Es wurde verabredet, dass ich nach Paris zurückreisen und dort auf ihn warten solle, er würde gesund werden und zu Kräften kommen und mir folgen. Das versprach er. Es müsse ihm nur besser gehen.

Späterhin war Krankheit immer das friedlichste Gesprächsthema zwischen ihnen. Sie liebte Edvards Ermahnungen und Ratschläge. »Jetzt musst du dich warm anziehen! Geh hinaus an die frische Luft. Geh zum Arzt.« Sie schrieb: Nimm Hämatogen! Kalte Abreibungen sollen gut sein. Wie traurig, dass es dir schlecht geht. Es schmerzt mich, dass du Schmerzen hast, entgegnete er. Das Warten auf ihn machte sie krank. Und sie weiß heute, dass sie das bereits zu diesem Zeitpunkt wusste. Komm zu mir, und mir wird es gut gehen, hätte sie zu sagen versuchen können, die Antwort aber hätte, wie immer, gelautet, dass er zu krank sei, um mit ihr zusammen zu sein. Und ginge es ihm besser, dann müsse er zuerst arbeiten. In den Briefen schrieben sie viel über Krankheit, wobei sie eine Fürsorge füreinander bewiesen. *Er auch, das weiß ich.*

Sie dachte nur daran, wie er wieder gesund werden sollte. Gesund genug, um zu arbeiten und mit ihr zusammen zu sein. Immer in dieser Reihenfolge, das akzeptierte sie. *Aber eigentlich konnte er wohl nicht mit mir zusammen sein, weil er sich der »irdischen« Liebe, wie er es nannte, nicht öffnen konnte. Das wurde ihm zu viel.*

Edvard an Tulla, Florenz, Frühjahr 1899: »Wir sind uns unter sonderbaren Umständen begegnet, wenn du so willst – unter denen und den Sternen, wenn du so willst – unter denen und der Fügung, wenn du so willst. Ich kann nichts dafür, dass für mich der höchste Augenblick ist, wenn ich eines meiner Bilder betrachte und sehe, dass es gut ist. Du hast etwas, wofür du lebst! Ich weiß, dass dieses große Reich der Liebe für mich ein Kanaan ist – das ich sehe und nicht erreiche. Und du fragst, warum ich dir nicht sage, dass ich dich gern habe, wo du doch spürst, dass ich dich gern habe. Da hast du recht, ich aber spüre, dass es schwer ist, dieses Wort zu verwenden, das Ausdruck der großen Liebe sein soll, die ich nicht erlangen kann.«

Tulla dachte: Wenn er wirklich der Ansicht war, die Beziehung nicht fortsetzen zu können, dann war er nicht ehrlich in dem, was er schrieb. Dann verschleierte er die Bedeutung. Oder er war sich seiner Sache nicht sicher.

»Aber er hat doch geschrieben, dass er nicht mit dir leben kann.«

»Wie konnte ich dann damals das Gegenteilige lesen?«

»Weil er geschrieben hat, dass er dich gern hat.«

»Gern haben bedeutet, dass man zusammen sein will, so dachte ich.«

»Hast du geglaubt, dass er dich so lieben würde, wie du ihn geliebt hast?«

»Ich wusste nicht, dass ›lieben‹ nicht für alle dieselbe Bedeutung hat.«

»Naiv.«

»Ja. Aber ich sagte wieder und wieder, dass ich mich ganz hinten in die Schlange stelle, dass ich mit wenig zufrieden sei.«

»Du warst zu allem bereit, nur um einen kleinen Zipfel von ihm abzubekommen.«

»Das war ich.«

Ein Mann, der die Ehe vorschlägt, muss doch wohl der Meinung sein, dass die, die heiraten, sich zumindest im selben Zimmer aufhalten können? Er sprach immer mit doppelter Zunge. Vielleicht tat sie das auch. Ihre Kommunikation war sonderbar; das hat sie im Nachhinein eingesehen. Dass sie beide Aases Einmischung zuließen und dass Tulla sich einbildete, er würde sie in einer neuen Weise sehen, wenn sie sich veränderte, war naiv. Er stellte strenge Forderungen, und sie akzeptierte alles. Sie war naiv, aber sie hielt nichts davon, eine ebenbürtige Künstlerehefrau zu werden, sollte jemand das behaupten. Sie wollte ihm dienen. Als er ihr im Herbst 1900 in Berlin schrieb und die Ehe vorschlug, geschah dies schließlich unter diesen Bedingungen, und sie akzeptierte alles.

Man stelle sich das nur vor. Ich wollte eine Sklavin sein. – Gestern war es wieder zu viel, vielleicht bin ich deshalb so unpässlich. Ich weiß es doch, und in der Tat bekomme ich manchmal die kleinen Andeutungen der Freundinnen mit, wenn wir unter uns sind und zufällig ich es bin, die die Initiative zu einem weiteren kleinen Glas ergreift. Aber manchmal muss ich mich einfach beruhigen. Hans trinkt sicher doppelt so viel wie ich. Er dürfte jedenfalls nichts sagen. Von sehr vielen anderen gar nicht zu sprechen. In Paris hat der ganze Haufen wahnsinnig viel getrunken. Oda war tüchtig darin. Aber nicht nur sie. Alle. So offensichtlich ist es nur, wenn es sich dabei um eine Frau handelt. Das fällt den Leuten besonders auf. Das ist irgendwie schlimmer. Das bekam Oda zu spüren.

Wir zechten die ganze Nacht, und ich verlor die Stimme. Aber Gunnar schrieb, Oda malte, mit Per am Rockzipfel, oder sie schickte ihn zu mir. Ich erklärte mich bereit, als Kindermädchen zu fungieren, denn mir fehlte es an der inneren Ruhe, um zu zeichnen oder zu radieren, zudem verfügte ich weder über die Fähigkeiten noch den Antrieb dazu. Ich konnte nichts tun als warten. Warten und warten. Ich schrieb lange, dumme Briefe. Hätte niemals so schreiben sollen, niemals. Aber ich brauchte Zerstreuung, ich brauchte es, dass jemand mit mir zusammen sein wollte, mich zu Vergnügungen mitnahm, und es war nur natürlich, Edvard von dem zu berichten, was ich erlebte. Ich brauchte Ersatz und bekam ihn. Aber der Einzige, an den ich dachte, war Edvard, und der Einzige, mit dem ich eigentlich zusammen sein wollte, war er.

Die Erklärung dafür, warum er der Meinung war, sie sei zu sehr daran interessiert, in Restaurants und Cafés zu gehen, muss in den Briefen liegen, die sie ihm aus Paris schickte. Aber was sollte sie tun? Sie wartete nur auf ihn, und sie hatte nur die anderen Künstler, mit denen sie zusammen sein konnte. Schließlich hatten sie ausgemacht, dass sie nach Paris zurückfahren und dort auf ihn warten sollte. Die Freunde in Paris gingen ständig aus und zechten; sie musste sich in der langen Zeit doch ein bisschen amüsieren dürfen. Warum verstand er das nicht? Und dann war da dieses eine Mal, als sie zusammen in Paris waren und sie beide ein bisschen betrunken waren und sie der gesamten Gesellschaft Champagner spendierte. Aber sie war doch so voller Freude gewesen, und außerdem hatte das Café Piper-Heidsieck-Champagner. Anschließend war er die ganze Nacht in ihrem Zimmer geblieben. Danach war sie verlegen, es war so intensiv gewesen, so anders. Auch er wirkte beschämt. Da hatte sie vorgeschlagen, dass sie Paris zusammen verlassen und an einen anderen Ort fahren sollten, wo sie unter sich sein konnten, einen wärmeren Ort, wo er ganz gesund werden konnte. Und das war für eine kleine Weile wirklich ein Paradies für zwei. Dann aber wurde er kränker, und sie reiste ab, damit er zur Ruhe kommen und gesund werden konnte.

»Adieu ~~à demain~~, meine liebe Freundin, trink in Paris ein Glas Absinth für mich und sei zumindest du heiter«, schrieb Edvard vom Krankenbett aus, direkt nachdem sie abgereist war. Dann war sie mit den Künstlerfreunden in Paris, während er sich in Italien erholen sollte, und sie war froh, weil er versprochen hatte, nachzukommen; sie war glücklich, weil sie die Seine war. Sie tat das Dümmste, was sie jemals getan hat: Die Sehnsucht und ihre unerschütterliche Liebe, ohne Gedanken an seine Eifersucht, ließ sie Brief um Brief um Brief mit kleinen Geschichten darüber schreiben, womit sie sich die Zeit vertrieb. Mit wem sie sie verbrachte. Je mehr sie berichtete, desto näher beieinander waren sie ihrem Empfinden nach.

Niemand ist so schön wie eine verliebte Frau, die sicher ist, dass ihr Mann der allerbeste ist. Sie strahlte. Alle wollten mit ihr zusammen sein; sie entging der Angst vor der Einsamkeit. Die galanten Künstlerkameraden umwarben sie nach besten Kräften. Sie begriff nicht, dass sie auf ein wenig freie Liebe aus waren, denn da sie Edvard ein wenig gegeben hatte, könnten doch wohl auch sie ein wenig abbekommen. Man schaue sich nur Oda an! Tulla aber gehörte nur Edvard; kein anderer Mann interessierte sie in dieser Weise. Sie hatte schließlich ihn, den Größten von ihnen allen! Und deshalb amüsierte sie sich und liebte die Möglichkeit, mit diesen amüsanten Menschen offen und frei umzugehen. Das war etwas anderes als in Kristiania! Dann und wann ließ sie den armen Kerlen ein Lächeln zuteilwerden und erzählte gern kleine Episoden von dem, was sie und Edvard während der Reise erlebt hatten, oder gab ihnen zu verstehen, dass sie für ihn etwas beim Drucker Lemercier in Paris regelte. Irgendetwas musste schließlich auch als Beweis herhalten, dass die Beziehung wirklich existierte! Und so wurde auch das ein Teil von ihr, diese sonderbare Ausstrahlung, von der sie sprachen, und sie hörte, wie sie Edvards Namen flüsterten. Warum bist du so geheimnisvoll, fragten sie, was habt ihr getan? Ich liebe, so einfach ist das, konnte sie mit einem kleinen Lächeln antworten, aber am liebsten nur gegenüber den Frauen. Sie verfügten über ein größeres Verständnis und koppelten es nicht an das Körperliche wie die Männer. Ihr geheimnisvolles Lächeln, das bekam sie auch späterhin zu hören. Sie erinnert sich an jene, die Arnes Gemälde von ihr, das grüne, eine nordische Mona Lisa nannten, des Lächelns wegen. Aber vielleicht kam das Lächeln mit der Unsicherheit, mit all der Sehnsucht?

Zu später Stunde war sie mit den nordischen Künstlern im Pariser Nachtleben unterwegs und schrieb Edvard davon. Sie kam mit den wahren Pariserinnen und Parisern ins Gespräch, mit denen, die davon lebten, ein Teil des Lebens zu sein. In den Hallen lernte sie die Prostituierten kennen und stellte fest, dass die Männer der Gesellschaft das Gewerbe für vollkommen in Ordnung hielten; sie waren in ihrem Element! Sie aber sprach mit den Mädchen und freundete sich mit ihnen an. Eine Nacht hat sie noch immer besonders gut in Erinnerung. Sie waren nicht vor sechs zu Hause, mit den Armen voller Blumen, die Skredsvig auf dem Heimweg allen Frauen gekauft hatte. Die Mädchen hatten ihr die schrecklichsten Dinge von den ständig wechselnden Männern erzählt, davon, was sie machen mussten. Dass sie keine Wahl hatten, wenn sie überleben wollten.

Alle nahmen von ihr Notiz. Nicht zuletzt Gunnar Heiberg, der Dramatiker, dem zu Ohren gekommen war, dass sie Edvards neue Flamme sei. Er stürzte sich auf sie, zu Odas Unmut und Tullas Überraschung. Er wollte über Edvard reden, und es gab nichts, was sie lieber wollte. Allerdings kam er ihr dabei ein wenig zu nahe, zudem hatte er die lästige Tendenz, ihr an die Schulter zu fassen, ihren Ellenbogen festzuhalten oder ihr mit einer Hand über den Rücken zu streichen, so en passant, während sie dastanden oder dasaßen und über Edvard sprachen. Heiberg ließ sich sowohl über Edvards Kunst als auch über dessen Persönlichkeit aus, während Tulla widersprach und erklärte. Und sie wurde nur noch schöner. Aber das begriff sie selbst nicht. Und Gunnar nahm sich Freiheiten heraus, wie es bloß ein Mann im Zeitalter der freien Liebe konnte, und sie musste ihn auf Abstand halten. War sie anfangs von ihm fasziniert und froh darüber, all die Aufmerksamkeit zu erhalten, die sie bei Edvard vermisste, wurde sie allmählich etwas skeptischer. Das bemerkte er durchaus und entwickelte nach und nach, auf eine ganz andere Weise, Respekt vor ihr. So war sie auch Zeugin der Krise in seinem Verhältnis zu Oda, und späterhin wurde sie zu ihrer beider engsten Vertrauten, was die komplizierte Liebesbeziehung betraf. Als sie am 16. Januar 1905 im Nationaltheater die Premiere von »Die Tragödie der Liebe« besuchte, musste sie allerdings feststellen, dass Gunnar Heiberg sowohl ihr als auch Odas Leben als Material für sein Schauspiel verwendet hatte. Erst im Nachhinein wurde ihr außerdem bewusst, dass Gunnar anfangs versucht hatte, sie im Kampf zwischen sich und Oda zu benutzen, dass er Oda hatte eifersüchtig machen wollen.

Es gelang ihm nicht, denn das Einzige, woran Tulla dachte, war Edvard. Und mit all den Tränen, dem Absinth und den Zankereien wurde Oda auch kein Rollenmodell. Tulla musste sich um den zehnjährigen Per kümmern und ihn mit nach Grez-sur-Loing nehmen, damit er dem schlimmsten Krach entkam. Das war allerdings unkompliziert, denn gab man ihm einen Zeichenblock und ein bisschen Kohle, dann war er zufrieden. Edvard schrieb sie über Gunnar; vieles nur in Andeutungen, denn es war gänzlich unnötig, ihn wissen zu lassen, wie dumm Gunnar sich ihr gegenüber benahm. Dass sie jedoch stundenlang über Edvard sprachen, das berichtete sie, woraufhin Edvard rasend eifersüchtig und wütend wurde. Sie nahm ihn in Besitz, und das gefiel ihm nicht; er war ein einsamer Wolf, ein Genie, das unter keinen Umständen im Bilde einer liebenden Frau erschaffen werden sollte. Sie begriff, dass es sich um eine alte Geschichte zwischen den Männern handeln musste, an der sie nicht teilhaben durfte. War Edvard einst mit einer der Damen abgezogen, für die Gunnar Heiberg geschwärmt hatte? Handelte es sich womöglich um Dagny Juel? Einige sagten, Tulla würde ihr ähneln, sie sei eine ebenso bezaubernde Schönheit. Hatte Gunnar eine Möglichkeit gesehen, sich zu rächen; reagierte Edvard deshalb so?

Tulla an Edvard, Paris, Frühjahr 1899: »Warum sind du und Heiberg keine Freunde? Wir waren gestern die ganze Zeit zusammen. Er hat zu viel Nettes zu mir gesagt, du glaubst nicht, was für einen starken Eindruck er auf mich gemacht hat, so überrascht hat mich selten jemand. Aber, aber. Er hat mich übrigens gebeten, dich zu grüßen. Du warst natürlich die ganze Zeit das allgemeine Gesprächsthema. Alle haben den armen kranken Mann in Florenz bedauert und fanden, es sei unbarmherzig (hm) von mir gewesen, abzureisen. Warum magst du jene nicht, die im Grunde deine größten Bewunderer sind?«

Tulla an Edvard, Paris, Frühjahr 1899: »Danke für deinen Brief, schön, dass du dich etwas besser fühlst, ich hoffe, du bist vorsichtig. Mach mir eine Freude, indem du oft schreibst, nur ein bisschen, ich muss von dir hören. Hier ist es ziemlich kalt, heute vielleicht nicht, die Sonne scheint, aber zuvor hat es in Strömen geregnet und gestürmt. Wie sind deine Pläne? Heute erwarte ich Heiberg, er wollte kommen, sollte er nicht zu Frau Krohg nach Grez gefahren sein. Er ist schrecklich amüsant, fast ein wenig reizend. Zuweilen ... aber nein, das zu erzählen dauert zu lange.«

Tulla an Edvard, Paris, Frühjahr 1899: »Sitz du lieber mehr auf der Terrasse, und nimm mich dann mit dort hinaus, sei so nett. Ich werde brav und mucksmäuschenstill dasitzen und mich bei mir freuen. Zuerst darüber, an deiner Seite zu sein, und dann über all die Herrlichkeit drum herum. Was du geschrieben hast, war so schön. Du stimmst mich so heiter, indem du so etwas zu mir sagst. Ach, wenn ich jetzt nur ein wenig, eine Weile mit dir zusammen sein könnte, manchmal sehne ich mich so nach dir, dass ich meine, in deiner Nähe zu sein, dabei ist der Abstand zwischen uns so groß. Du musst nicht wütend auf mich sein, siehst du. Danke für die reizenden Blumen – zuerst glaubte ich, es seien Sommervögel, sie waren ihnen so ähnlich, und der herrliche Duft war noch vorhanden. Warum aber wirfst du Briefe weg, die du an mich geschrieben hast? Es sind doch gerade solche Stimmungsbriefe, die abgeschickt werden sollten. Ich bin sicher, dass ich diese am meisten schätzen würde. Und dann hältst du mitten in einem spannenden Satz inne, etwas anderes erwarte ich auch nicht von dir (hm), einfach, weil du Angst hast vor langen Reflexionen, nun ja, ich kenne sie ja ein bisschen; einzelne haben einen tiefen und unvergesslichen Eindruck auf mich gemacht. Aber das will ich dir sagen: Heiberg wirkt auf mich überhaupt nicht gewinnend, im Gegenteil und merkwürdigerweise immer weniger, je länger ich mit ihm zusammen bin. Die ersten Tage hatte er sich sozusagen auf mich gestürzt (fast komisch, von Segelckes hatte er erfahren, dass ein Frl. L ~~viel~~ mit dir zusammen war, weshalb er mich treffen wollte. Hat sofort, fast brutal, angefangen, über unsere Beziehung zu reden, wurde jedoch ebenso brutal von mir gestoppt). Aber wir haben immer über dich gesprochen und nur über dich, und ich finde es amüsant, seine Ansichten über dich zu hören, obwohl sie nicht mit meinen übereinstimmen. Wenn er auf dich zu sprechen kommt, wird er eifrig, eifriger als sonst, jeder Nerv ist förmlich angespannt, und ich merke, dass er dich bewundert und gleichzeitig einen leichten Groll gegen dich hegt, wegen etwas, von dem ich nichts weiß. Er hat sich mir gegenüber auch noch in anderer Weise merkwürdig verhalten, aber ich habe keine Lust, darüber zu schreiben.

Jetzt sehne ich mich so nach Florenz, was gäbe ich nicht, um dort zu sein! Bist du manchmal bei Sonnenuntergang am Piazzale Michelangelo gewesen? Lebe wohl und werde gesund – und schreib, wenn du kannst, an deine Tulla.«

Edvards Briefe waren nicht so zahlreich, wie sie es sich gewünscht hätte, und sie erfuhr nie, wann und ob er ihr überhaupt nach Paris folgen würde. Hingegen berichtete er immerfort, dass er keine Kraft habe, dass die Krankheit sich einfach fortsetze. Dann wurde auch sie schwach; sie verlor die Stimme, wurde matt, schlapp und antriebslos. Sie scharten sich um ihr Krankenbett und baten sie, dass sie aufstand und sie zu den Festlichkeiten begleitete: Radtouren, Stadtbummel, Abendessen und Nächte im Café. Sie aber hatte keinerlei Energie mehr. Sie war so erschöpft. Warum wurde Edvard nicht gesund? *Wenn er nur gesund wird, dann kann das Leben beginnen!*

Der Arzt verschrieb irgendwelche Kapseln und sagte, sie müsse vor Mitternacht zu Bett gehen, sich ausruhen und gut essen, da sie viel zu dünn sei. Sie nahm die Kapseln, jedoch brannten sie in der Speiseröhre. Sie aß gehorsam, ruhte sich aus und nahm zu, und letztendlich gab es niemanden mehr, der glaubte, dass sie noch immer krank sei.

Signe Scheel kam aus Italien, wo sie in Florenz vielen begegnet war und gehört hatte, dass Tulla und Edvard ein Paar waren. Die Gerüchte machten die Runde, und Tulla war froh: Wie schön, dass alle erfuhren, dass sie Edvards Partnerin war! Sie schrieb ihm und erzählte von den Gerüchten, was ihm jedoch nicht gefiel. Edvard wollte nicht Teil eines Paares sein, er, der Ausnahmemensch. Eine einsame Seele.

Die Künstlerseele braucht Raum, das Genie ist ein Mann im Kosmos. Plaudereien über Paarkonstellationen passten nicht ins Bild. Zum Schluss habe ich es verstanden, aber erst lange nachdem Schluss war.

Sie schrieb an Edvard, so als befänden sie sich im selben Raum und als plauderte sie mit ihm, während er seiner Beschäftigung nachging. Edvards Briefe waren voller Skepsis gegenüber jenen, mit denen sie verkehrte, und dem, was sie mit ihnen zusammen unternahm. Sie drückten eine Ambivalenz in Bezug auf ihr Verhältnis aus, ohne dass er es schaffte, auszusprechen, dass er nicht mehr wollte. Diesen Briefen wohnte etwas Trauriges inne, und ihre Empfängerin muss dessen so überdrüssig gewesen sein.

Es ist nicht zu begreifen, dass ich das war, oder doch: Ich spüre es im Körper, erkenne das Gefühl wieder. Ich verlor jegliche

Energie, ohne dass es mir gelang, zu verstehen, warum. Ich wurde schlapp und antriebslos, hörte auf zu essen, wollte wegschlummern, um den Gedanken zu entrinnen, die ohne Sinn und Ziel durch meinen Kopf rasten. Suchten mich diese Anfälle späterhin heim, versetzten sie mich in die Zeit mit Edvard zurück, ohne dass ich es erklären konnte. Das Gefühl von Leere, das Gefühl von etwas, von dem ich nicht einmal weiß, was es ist, Hoffnungslosigkeit und Unsicherheit, und da bin ich plötzlich wieder inmitten des Sturms an Gefühlen, in dem ich mich damals befand.

Gemeinsam mit den Künstlerfreunden war sie in Grez-sur-Loing, mietete sich ein Zimmer im Hôtel Chevillon, in dem sie fast alle wohnten. Entspannte herrlich in der Ruhe. Der Fluss rann still vorbei; nach dem Frühstück setzten sie sich ans Ufer, redeten oder lasen, oder sie spazierten über die Brücke, hin zu dem großen See, wo es einige idyllische Pavillons und schöne Pfade gab. Rund um den See fuhr ein lustiger Miniaturzug, der bei gemütlichen Gaststätten hielt. Nach den Strapazen in Paris hatte sie Ruhe wirklich nötig; es war anstrengend gewesen, zwischen Oda und Gunnar und all ihren Disputen zu stehen, gar nicht von der Anstrengung zu sprechen, sich all der aufdringlichen Mannsbilder zu erwehren, die nicht begriffen, dass sie ihre Wahl bereits getroffen hatte, dass sie nicht zur Verfügung stand, obwohl sie alleine war. Das Zimmer hatte prächtige Fenster in Blau, Orange, Grün und Gelb, und wenn in den Morgenstunden die Sonne durch sie hereinfiel, bildeten sich faszinierende Lichtspiele; das ganze Zimmer badete in verschiedenen Farben. Für Tulla aber war es schwarz. Die Briefe von Edvard waren sonderbar, voller Berichte darüber, wie elend es ihm ging, wie fürchterlich er sich fühlte und wie enorm seine Frustration darüber war, nicht arbeiten zu können. Sie glaubte, sein Zustand habe sich durch die Reise in den Süden verschlechtert, und empfand Schuld, weil es ihre Idee gewesen war. Wenn er nicht bald herkommt, halte ich es nicht mehr aus, dachte sie und war nicht imstande, die Tage in Grez zu genießen. Es wurde auch nicht besser dadurch, Odas verweinte Augen zu sehen und zu hören, dass es ihr und Gunnar nicht gelang, aus all dem, was zwischen ihnen stand, herauszufinden. Bestand die Liebe nur aus Schmerz? Tulla wunderte sich zudem über Edvards kritische Kommentare, denn was stimmte eigentlich nicht mit Gunnar und Oda; warum kümmerte Edvard das? Sollte sie die beiden nicht mehr sehen, nur weil es Edvard nicht gefiel? Alfred Hauge, der sich in Kristiania ein Atelier mit Edvard teilte, war auch da. Tulla versuchte sich an Ölfarben, malte ein Bild, das Oda und Alfred korrigierten, sie waren gute Lehrmeister. Und es war herrlich, etwas vollkommen anderes zu tun, zumindest verkürzte es die Wartezeit ein wenig.

Schließlich kam Edvard nach Paris, wie er es mir versprochen hatte, als ich ihn in Florenz verließ. Allerdings wollte er mich nicht sehen, bevor er sich nicht besser fühlte, und bat mich zu warten. Er lag krank im Hotel, während ich mit den anderen draußen in Grez war und darauf wartete, nach Paris fahren zu dürfen, um mit ihm zusammen zu sein. So nah und doch so fern! Auch andere wollte er nicht sehen. Zum Glück. Was aber dachten die anderen? Was sollte ich sagen? Du musst gesund werden! Es war so schwer, nicht zu schreiben, nicht hinzufahren. Das Einzige, was ich wollte, war nach Paris fahren, in sein Hotelzimmer gehen und ihn pflegen, ihm über die

Stirn streichen, Essen servieren, seine Hemden waschen und ihn in die Arme nehmen. Meinen Jungen. So aber wollte er es nicht, und ich schlug es auch nicht vor. Nicht so.

Dieses Warten darauf, dass er gesund genug war, um mit ihr zusammen zu sein, war ein Muster, das in Paris seinen Anfang nahm. Genau genommen ist es seit Beginn der Beziehung so gewesen, aber das erkennt sie erst jetzt. Es ging einfach immer so weiter. Sie wartete und wartete; er hielt sie auf Distanz. Letztendlich verließ sie ihn blutend. Wie schwer er es auch hatte, so konnte sie ihm nicht helfen. Ihre Liebe hatte keinen Wert und war zu nichts zu gebrauchen.

Von Beginn an saß oder lag ich da, antriebslos, und wartete darauf, Nachricht zu erhalten, wann es Edvard besser gehen würde und er Zeit hätte, mich zu sehen. Ich war abwechselnd entweder froh und zufrieden, weil ich mich zusammenriss, mitunter aufgeheitert durch ein paar nette Worte von Edvard auf einer Postkarte oder in einem Brief, oder krank und elend. Ich hatte Schmerzen im Magen, in der Brust oder im Kopf. Ich brauchte ihn zwangsläufig nicht einmal in persona, allein ein noch so kleines Wort auf einer Postkarte reichte aus, um mich in bessere Stimmung zu versetzen. Aber er ließ mich warten, war, was mich betraf, abwechselnd verzweifelt und verärgert. Ich wurde kränker. Er wurde nicht gesund. Und fühlte ich mich nicht allzu schlecht, so musste ich andere Vergnügungen finden, um den schlimmsten Kummer zu lindern, denn ich hielt es nicht aus, mit der Verzweiflung und der Ungewissheit allein zu sein. Es war besser zu vergessen. Wenn es zu schlimm wurde, nahm ich Zuflucht zur Flasche.

Tulla an Edvard, Grez-sur-Loing, Frühjahr 1899: »Mein lieber Edvard. Heute Morgen kam ein bisschen mehr von dir, danke, aber wenn du dich doch nur viel besser fühlen würdest! Sofern das Wetter in Paris nicht besser ist als hier, dann ist es nicht gut für dich. Heute klappere ich vor Kälte mit den Zähnen, habe bis jetzt gelegen, weiß nicht, was es ist, ich habe zu nichts Energie. Vorgestern war Alfred Hauge hier und hat mich am Abend mit nach Marlotte genommen, aber es war fürchterlich. Heute wollte der Baron, dass ich mit einem deiner Freunde, der hier wohnt, zu ihm zum Frühstück komme ... aber ich hatte nicht die Kraft. Nein, mein lieber Freund, ich werde tun, was du möchtest – auf dich warten ... ich werde nicht kommen, bevor du telegrafierst, das verspreche ich dir. Aber du hast keine Vorstellung davon, was es für mich bedeutet, jetzt hier zu sein, es ist oft nicht auszuhalten! Ich habe ... die ganze Nacht deine Hand gehalten, aber davon hattest du wohl keine Schmerzen? Ein Kuss von deiner Tulla.«

Es ist, als wäre das jemand anderem passiert. Ich habe unsagbares Mitleid mit dieser anderen, die das erlebt hat. Und ich spüre eine vertraute wahnsinnige Mattheit im Körper, während es gleichzeitig kribbelt und sticht. Die wohlbekannte Unruhe, die ich im vergangenen Jahr so häufig verspürt habe, ist das ihr Ursprung? Sollte ich die Briefe nicht weglegen, sollte ich nicht etwas vollkommen anderes tun? Sollte ich nicht jemanden treffen oder vielleicht doch zu Agnes fahren? Es tut mir nicht gut, allein zu sein, allein mit diesen Gedanken.

»Du streckst die Hand nach der Flasche aus.«
»Du hast recht. Das tue ich. Schenke ein.«

»Aber nur ein halbes Glas. Halt inne.«

»Hältst du mich jetzt auf?«

»Du musst lange durchhalten. Geh es ruhig an. Ein halbes Glas dunkler roter Samt reicht.«

»Das sind meine Worte.«

»Das weiß ich. Du streckst die Hand nach den Briefen aus.«

»Soll ich?«

»Das hängt mit dem Glas zusammen, nicht wahr?«

»Nur einen noch.«

Edvard an Tulla, Paris, 25. Mai 1899: »Meine liebe Tulla! Ich bin auf, bin aber sehr schwach. Ich bedaure es sehr, dass du Regenwetter hast, wo du doch ein Sonnenscheingesicht hast. Mein Kopf schmerzt von meinen Gedanken, wie sonderbar das Leben ist und wie sonderbar das Leben sich meiner annimmt. Du weißt all das, was ich getan und geopfert habe, um mit dir zusammen zu sein: Ich habe meine Gesundheit so stark und so oft aufs Spiel gesetzt, dass womöglich zweifelhaft ist, ob ich sie zurückgewinne. Ich habe all meine Arbeit vernachlässigt. Du darfst nicht ungerecht sein, liebe Freundin. Du darfst nicht mehr verlangen. Es tut mir so weh, dass du traurig bist, aber wie kann es anders sein als so, wie es ist? Du bist gewiss so vernünftig, das einzusehen.

Ob ich weiterhin malen kann? Vermutlich habe ich es vergessen. Hast du noch Kupferplatten? Du musst es wirklich weiter versuchen. Du solltest versuchen, eine Landschaft zu radieren. Ich werde zusehen, ein paar Platten zu besorgen. Später werde ich dir alles über die Ätzung erklären. Viele Grüße von deinem Edvard.«

Später wird er ihr das mit der Ätzung erklären! Er sieht

sie beide im selben Raum, die Köpfe über eine Arbeit gebeugt, er denkt an eine Begegnung in der Zukunft. Oder vielleicht denkt er daran, ihr zu schreiben. Wenigstens das.

Zu einer Begegnung kam es in Paris, sie verbrachte eine Nacht in seinem Hotelzimmer, obwohl er krank war. Das war kein großer Erfolg, und er fuhr ohne sie nach Hause, nach Norwegen, auf demselben Schiff von Antwerpen wie Oda und ihr Sohn Per. Sie wollte nach Hause zu ihrem Ehemann Christian und ihrer Tochter Nana.

Also war ich ein weiteres Mal allein in Paris, dieses Mal jedoch wohnte ich in Edvards Hotel und wurde in seinem Zimmer einquartiert. Die Besitzer waren so nett zu mir. Wie ich ihn vermisste. Er hatte mich gebeten, bei Lemercier den Druck mehrerer seiner Bilder zu veranlassen, weshalb ich vollends beschäftigt war. Ich hatte wichtige Aufgaben und wusste, dass ich diese Dinge beherrsche, damit könnte ich ein Leben lang fortfahren.

Zeitgleich tauchten Elen und Thorvald in Paris auf. Sie sagten, sie wollten ihren Sohn Johan besuchen, die eigentliche Ursache waren aber wohl Mamas Sorgen um mich. Ich traf sie zufällig im Café de la Régence. Sie müssen mehrere Tage dorthin gegangen sein, um mich dort abzupassen. Jetzt kommst du mit uns nach Hause, sagte Elen wieder und wieder und wollte, dass ich sie zu ermüdenden Einkaufstouren durch die Warenhäuser begleite. Dort fragte sie mich aus, wie und mit wem ich meine Zeit verbrachte, und bat mich ganz nett, das alles zu vergessen und nach Hause zu kommen. Mama ist krank vor Sorge, sagte sie. Du musst Rücksicht nehmen, es nützt nichts, nur an sich zu denken. Damals verstand ich nicht, dass Mama Angst hatte, ich würde in der Anstalt landen, so wie Carl. Schließlich reisten sie ab, rangen mir jedoch das Verspre-

chen ab, mit Johan zusammen nach Hause zu fahren, und das tat ich. Er war ein anständiger Junge. Nur fünf Jahre jünger als ich und alles in bester Ordnung. Ausbildung im Ausland, Verlobung, Hochzeit und Kinder innerhalb der nächsten vier Jahre. Um Tante Tulla war es schlimmer bestellt. Wir hatten übrigens eine richtig nette Heimreise. Das Wasser war ganz ruhig, wir saßen an Deck und unterhielten uns. Es war nicht leicht, in ihm neue Ideen auszumachen, obwohl er sich als einen Mann des Fortschritts bezeichnete. Er war genauso langweilig wie all die Männer, mit denen ich mich, wenn es nach Mama gegangen wäre, hätte verloben sollen. Ein anständiges Mannsbild, mit anderen Worten. Er wurde Vater von vier Kindern und ist vor 20 Jahren gestorben, als das kleinste zwei Jahre alt war. Elen und Mama waren so froh, als ich Paris verließ, sie glaubten mir meine Flausen ausgetrieben zu haben.

Schlussendlich ließ sie sich überreden, aber nur, weil Edvard bereits abgereist war. Mitte Juni 1899 fuhr Tulla mit dem Schiff von Antwerpen nach Hause, zwei Wochen nachdem Edvard Paris verlassen hatte. Begleitet wurde sie von Elens ältestem Sohn Johan de Besche Ellingsen, einem 24-Jährigen mit dem Abschluss in der Tasche, der nach Norwegen wollte, um zu heiraten. Gunnar Heiberg blieb in Paris, Oda treu ergeben, wie ein zweiter Ehemann, erzählte er später. Sieben Jahre lang lebte er ausschließlich mit ihr und für sie. Sie ihrerseits hatte sie beide und weitere. Tulla hätte nie so leben können, unabhängig davon, wie frei sie sich ansonsten gern fühlte. Und unabhängig davon, was böse Zungen über sie redeten.

Ich bin überzeugt davon, dass es Melancholie war, irgendeine Form von Nervenschwäche, verursacht durch all das War-

ten und die Ungewissheit. Dann wurde ich rastlos, musste raus, musste mit Leuten reden, konnte nicht alleine sein, bekam Angst vor dem, was ich möglicherweise tun würde, konnte nicht schlafen, dachte an die entsetzliche Zukunft, die im Großen und Ganzen im Nebel lag, auf Eis lag – bis Edvard sich entschied, was er mit mir anfangen wollte. Dann, ohne dass ich etwas dafür konnte oder es verstand, dachte ich plötzlich an etwas vollkommen anderes, vermochte nicht, mich ruhig zu verhalten, vermochte nicht, alleine zu sein. Genau das, was ich seiner Meinung nach lernen musste, vermochte ich nicht, vermochte es nicht, im Hier und Jetzt zu sein. In keiner Weise. Glaubte, ich müsse verrückt sein. Dann das Gegenteil: das totale, unsagbare, wahnsinnige Mattheitsgefühl. Ich sah alles schwarz. Im wahrsten Sinne des Wortes bestand alles aus Grautönen. Sah ich Wolken und Himmel, so waren sie grau in grau, in mir drin war es schwarz. Als Edvard anfing, davon zu reden, dass ich mich verändern müsse, damit er eine Fortführung der Beziehung in Erwägung ziehen könne, war ich nicht anderer Meinung. Ich hielt es ja mit mir selbst nicht mehr aus. Es musste etwas geschehen, und ich brauchte Hilfe. Edvards Rat wurde voll und ganz ernst genommen.

Sie dachte immer, sie könne das aushalten, sie würde stärker werden, es sei nur eine Frage der Zeit, dachte, es sei die Melancholie, die sie antriebslos machte, dass sie diese nur überwinden müsse.

Er will mich doch haben, dachte ich, ich muss nur lernen zu warten. Es war, als würde ich jeglichen Mut verlieren und müsse ständig liegen, konnte mich nicht bewegen, konnte nichts. Fühlte mich so krank, so krank.

Es war eindeutig Melancholie, das begreife ich jetzt. Ich hielt den Druck nicht aus, das Reisen, das Warten. Vor allem war es das Warten, das ich nicht aushielt. Es war vollkommen unmöglich zu verstehen, wie er dachte. Seine Wahrnehmung der Wirklichkeit war für mich vollkommen unbegreiflich. Ich sagte Ja – ja, ich verstehe, ja, ich tue all das, was du willst, ich werde bestrebt sein, es von deiner Perspektive aus zu betrachten –, wie er mich zu versprechen zwang.

Er hatte sie gern; das wusste sie; das fühlte sie so stark, wenn sie zusammen waren. Es waren nur sein Blick oder seine Arme, die Intensität der plötzlichen Zärtlichkeiten. Er brauchte sie. Dann sagte er es, aber sonst nie. »Ich brauche dich.« Nicht liebe. »Ich habe dich doch gern, es ist klar, dass ich das tue, und das ist das große Problem.« Das schrieb er; das hat sie also schwarz auf weiß. Kein Wunder, dass sie zur Melancholikerin wurde und sich vollkommen veränderte, ungeachtet dessen, was er glaubte.

»Du musst eine andere werden, erst dann können wir zusammen sein«, sagte er. »Erst dann kann ich in Erwägung ziehen, dich in einer neuen Weise zu sehen.«

Ich tat es. Bevor ich ihm begegnete, war ich keine Melancholikerin. Er machte mich absichtlich verrückt. Verwirrte mich, ließ mich warten, versprach Dinge, die er nie hielt, kam nicht, rief nicht an, sandte nicht die Briefe, die er eigenen Aussagen zufolge hatte senden wollen. Waren wir mit anderen zusammen, dann unterschlug er seine Gefühle für mich. »Zeig dich nicht in den Straßen«, sagte er, »ich will dir dort nicht begegnen. Nicht zusammen mit Fremden.« Nichts über das Warum, und ich verstand es einfach nicht. Ich hatte zuvor noch niemanden geliebt, hatte zuvor mit niemandem Liebe gemacht. Er hatte mich erweckt, hatte die Leidenschaft in mir erweckt. Dann schimpfte er mich aus, weil ich Liebe mit ihm machen wollte. Dann aber wollte er es selbst, und da konnte er alles vergessen, er bedauerte es sogar. Danach war ich lasterhaft und gefährlich, und niemand sollte einem so falschen Geschöpf wie mir begegnen, das unschuldige Männer wie ihn täuschte.

> *»Ich sagte: Du bist gleichsam immer einen Kopf größer als alle anderen. Nur ich kann dir das sagen, aber nicht nur ich denke das. All deine Freunde denken dasselbe. Du glaubst, du seist besser als andere.«*
> »Was hat er entgegnet?«
> *»Ich erinnere mich nicht. Er hatte schließlich recht.« (kurzes, müdes, ironisches Lachen)*

Sie begann Spiegel zu meiden. Eines Tages bat sie plötzlich darum, den hübschen im Atelier, neben der Tür, zu entfernen. Erst als sie mit dem Glas in der Hand dastand und die Wand anschaute, dort, wo der Spiegel zu hängen pflegte, begriff sie, dass es einen Zusammenhang gab. Dass es um die Zeit ging. Die verdammte Zeit. Erst all die Zeit des Wartens und die Angst davor, dass das Leben nicht zu dem wird, was man sich erhofft. Dass es an einem vorbeizieht. Dann einige intensive Jahre, in denen man jeden Tag lebt und stirbt, in denen der Tod ein Resultat dessen ist, dass das Herz einen nicht atmen lässt. Dann neue Tage, ruhige Tage, ein neues Leben, in dem man aufatmet, tanzt und gesehen wird. Dann ergreift einen das Leben im Sturm, und man wird geliebt; das Physische ist so nah und gegenwärtig, und der kleine Tod erinnert einen an das große Leben. Dann hält es eines Tages inne, und man sieht sich im Spiegel und sieht die Veränderung. Man sieht jemanden, den das Leben langsam zeichnet, oder der Tod, oder was auch immer es ist.

Vielleicht ist es der Blick in den Spiegel, der sie das erkennen lässt, und vielleicht ist das der Grund, weshalb Hans es merkt, und womöglich ist das auch der Grund, warum er immer seltener zu Hause ist. Schließlich ist er ein Mann im besten Alter, Anfang vierzig, mit Würde und Appetit. Es ist so entsetzlich, einzusehen, dass er angefangen hat, sie zu langweilen oder sie zu nerven, oder was auch immer es sein mag. Seine japanischen Finessen ermüden sie langsam. Er wiederholt seine Kunstgriffe und erneuert sich nicht. Sie soll applaudieren und mitspielen, aber selbstverständlich nicht zu viele Vorschläge, Wünsche oder Forderungen vorbringen. Dort liegt sie, und dort macht er rum, und sie wird nicht mehr befriedigt. Daraus sollen die Mädchen lernen, denkt sie. Nicht, dass sie über ihren Vater sprechen würde, aber ein wenig sexuelle Lebensweisheit schadet ihnen nicht, dann, wenn die kleine Wenche erwachsen wird.

Es gab keine Kinder. Nun hatte sie das auch nicht erwartet, mit Edvard. Das hatte sie versprochen, das hat sie eingehalten. So stark war der Wille, mit jemandem zusammen zu sein, den sie seit nunmehr bald 14 Jahren nicht gesehen hat. Sie hatte eingesehen, dass es keine Kinder geben würde, wenn sie mit ihm zusammen war. Hatte es akzeptiert. Dann hat sie Arne geheiratet. Der junge, attraktive, selbstbewusste Arne, der sich ebenso der Kunst opfern wollte. Der kein traditionelles Leben mit Ehefrau und Kindern im trauten Heim führen wollte. Er wollte eine Begleiterin, weshalb sie einfach das Leben wiederaufnehmen konnte, von dem sie geglaubt hatte, sie würde es mit Edvard führen. Von dem sie vielleicht geträumt hatte. Arne wollte sie in der Tat im selben Zimmer, im selben Bett und häufig als Modell. Er stellte keine Forderungen. Sie lebten so anders, als Edvard es ihr vorgespiegelt hatte. Sie sagte zu sich selbst: Das ist besser. Das Kind jedoch, das sie versprochen hatte, mit Edvard nicht zu bekommen, das bekam sie auch mit Arne nicht. Als sie Weihnachten 1903 mit Arne in Belgien war, erlitt sie, zu einem frühen Zeitpunkt der Schwangerschaft, eine Fehlgeburt. Sie hatte gerade erst begriffen, dass sie schwanger war. Das Kind wäre heute zwölf Jahre alt, drei Jahre älter als die kleine Wenche. Er sagte, für ihn sei das vollkommen in Ordnung; er wolle am liebsten nur malen und mit ihr zusammen sein.

Arne wollte das gute Leben leben, in dem für den Gedanken an Kinder eigentlich kein Platz war, er war zufrieden, so wie es war. Für mich wurde es zu einer Art seltsamem Wink des Schicksals. Nach der Beziehung zu Edvard war etwas zerstört, ich hätte die Kinderlosigkeit niemals versprechen sollen. Niemand merkte, dass ich trauerte, ich war nicht einmal sicher gewesen, ob ich schwanger war, bevor es vorüber war. Aber ich hätte doch eine ganze Heerschar von Nichten und Neffen, und das wäre doch auch gut, meinte Arne und fing an, mich gutmütig »Tante Tulla« zu nennen. Damals hatte ich 20 Nichten und Neffen und war bereits Großtante von fünf.

Vier Jahre später waren wir geschieden, und jetzt lässt er sich auch von Hildur Mønniche scheiden. Auch sie war ihm wohl nicht heiter genug. Wie geht es ihm jetzt? Gewiss war er es, der gehen wollte, und sie, die verletzt zurückbleibt. Hat er eine Neue kennengelernt? Eine noch Jüngere?

»Du verdienst das Beste«, sagte Hans, als er sich in Tulla verliebte, »mein armes Mädchen, was hast du mit der Bohnenstange aus Bergen gemacht? Er kann doch kein Mann für dich gewesen sein«, sagte Hans. »Verfügt dieser Körper über ausreichend Leidenschaft?«

Die Bohnenstange war Arne, groß und dünn war er schon immer gewesen. Hans und er kannten sich aus Kindertagen in Bergen. Zudem hatte Arne Agnes gemalt, als sie mit Klein Hans schwanger war, wodurch sie auch in Kristiania Kontakt hatten, bevor Hans nach Japan gegangen war. Das Bild hängt bei Agnes im Elisenbergveien im Wohnzimmer. Später hat er mich in dem grünen Kleid gemalt, das war, bevor wir geheiratet haben. Es wurde zu einer Art geheimem Verlobungsritual, man sieht es an meinem Blick. Edvard hat mich in dem schwarzen Kleid gemalt. Zeigte es oft bei Ausstellungen, auch nachdem ich aus seinem Leben verschwunden war. Auch danach war ich dabei. Vielleicht war das für ihn eine bessere Art des Umgangs mit mir. Stumm an der Wand in einem Ausstellungsraum. So gab es meinerseits nicht viel Quengelei und Forderungen nach körperlicher Nähe.

»Ich dachte, Sie sind Schauspielerin. Ich glaube, ich muss Sie malen.«

Ich antwortete ja, selbstverständlich. »Sie sind der einzige Maler, den ich bewundere, ich habe alle Ausstellungen gesehen, an denen Sie beteiligt waren, sogar in Deutschland bin ich gewesen. Erst als ich Ihre Kunst sah, habe ich entdeckt, was Kunst sein kann. Etwas Wirkliches, etwas, das mich erzittern lässt. Das macht etwas mit mir.«

»Sie machen etwas mit mir. Ich will Sie küssen.« Sagte er. Nach mehreren Monaten. Aber die Erlaubnis dazu erhielt er nicht. Obwohl ich es mir wünschte, obwohl ich es gern woll-

te. Aber ich traute mich nicht. Das war Anfang Dezember, an seinem Geburtstag. Aber dann, am 2. Januar, passierte es.

»Sie dürfen nicht glauben, dass Sie mich kennen«, sagte er.

Ein großer Schrei, das ist es, was ich ausstoßen möchte. Mich jetzt umdrehen, meinen eigenen Schrei erschaffen. Die Radiersachen nehmen – die Kupferplatte hervorholen – loslegen. Aber ich kann nicht. Wie erschafft man eine unendlich langsame Implosion?

Am Fenster. Frau am Fenster. Stilles Leben, tote Natur. Totes Leben. Zwei am Strand, Frau und Mann, Selbstbildnis, Baum des Wissens, Adam und Eva im Paradies, Die drei Gesichter des Mannes. Der Kuss. Braut in der Dunkelheit, Die Einsamen.

Es geht um deinen Blick, sagt Edvard. Sie glaubt, dass er das gesagt hat. So oder so hat er es in seiner rätselhaften Art gesagt. Es geht um den Blick. Darum, was du siehst. Wer du bist. Wer bist du, der sieht, was du siehst.

Ich sehe, und ich erzähle, was ich gesehen habe. Es geht um den Blick. Den liebevollen Blick. Den humoristischen Blick. Die Verzweiflung. Den Wahnsinn. Den Hass.

Sie sieht. Sie spaziert durch die Straßen von Potsdam, Berlin, Paris, Grez, München, Brügge. Und sieht. Motive. Etwas, das sie vielleicht zeichnen sollte. Oder malen. Vielleicht radieren. Sie sagt, sie müsse radieren. Sie hat etwas.

»Du hast einen Blick. Du hast einen Blick dafür. Da ist etwas.«

Es sind so viele Eindrücke. Automobil, Telefon, Straßenbahnwagen, Expresszug, Grammofon, Radio, Kinematograf. Zeitungen. Nachrichten. »Aftenposten«, 26. Juli: Paris, 25. Juli: »Französischer Erfolg bei Estrées«. Berlin, 25. Juli: »Britisch-französischer Vorstoß nördlich von Somme zurückgedrängt.« Was soll man glauben? Es ist, als wären Jahrtausende vergangen, seit ich in Paris war. Dabei sind es nur 16 Jahre, seit ich mit Edvard dort gewesen bin. Hätten wir damals ein Kind bekommen, wäre er oder sie heute erst 16 Jahre alt. Vielleicht ein Mädchen, genauso alt wie ich, als ich an der Nissen aufgehört und gegen meinen Willen ins Vestlandet gefahren bin, um bei Nikka Vonen in die Pensionatsschule zu gehen. Hätte es etwas verändert, wenn ich schwanger geworden wäre? Wäre ich jetzt Mathilde Munch? Übrigens, es sollte ein Junge werden.

Irgendwo dort hinten gibt es etwas, aber es ist wie eine Bühne mit Vorhang um Vorhang um Vorhang. Wie funktioniert das Gedächtnis? Es ist so diesig. Sie erinnert sich durchaus an das, was heute Morgen geschehen ist, vielleicht, aber nur, wenn es sich vom Gewohnten unterscheidet. Und wenn sich alles unterscheidet, ergibt es nur ein großes vernebeltes Chaos. Außerdem muss man sich nicht an alles erinnern. Einiges sollte vergessen werden. Und einige sollten die Dinge etwas schneller vergessen, als sie es tun. Einige arbeiten sich an alten Geschichten ab, drehen und verzerren die Wahrheit, spucken Gift und Galle über alles und jeden. Tulla hält lieber den Mund. So will sie einfach nicht werden. Ein wenig Bildung muss man schon haben, wie Mama Mathilde Elisabeth gesagt hätte.

Es ist bereits zehn Jahre her, seit Mama gestorben ist. Ich muss ihr nicht mehr Bericht erstatten. Trotzdem tue ich es noch immer. Trage die innere Stimme immer bei mir: Was kann ich Mama erzählen, was kann ich nicht erzählen? Wie verletzt wird sie sein, wie schockiert, wie wütend? Wo verläuft die Grenze dessen, was Mama erträgt? Ertrug sie eigentlich die Scham, durch Kristianias Straßen zu gehen, als aus unserer Ehe nichts wurde? Es war in den Zeitungen bekannt gemacht worden, und sie hatte Glückwünsche von Freunden und Bekannten entgegengenommen. Hatte den Kopf hoch gehalten und gedacht, dass die Familie schon einen Kunstmaler aushalten könne, das Wichtigste war, dass es eine Ehe gab. Dann wurde nichts daraus, stattdessen musste sie das Gerede der Leute, das Flüstern und Tuscheln sowie die mitleidigen Blicke aller erdenklichen Menschen ertragen. Ich war voller Schmerz und klammerte mich an den Gedanken, dass er die Verlobung noch nicht gelöst hatte; könnte ich nur beweisen, dass ich vollkommen verändert war, dann könnten wir die Ehe eingehen. Er musste es einfach einsehen.

Noch immer hört sie die Kommentare der Mutter und weiß, was sie über die von ihr getroffenen Entscheidungen denken würde. Das ist ihr Maßstab. Ihr innerer Kompass. Das, was sie dazu gebracht hat, durch das gesamte bunt gemischte Leben hindurch eine Art Bürgerlichkeit zu bewahren. Jetzt ist sie glücklicherweise mit einem Blehr verheiratet. Ach, wie froh die Mutter wäre, dass sie endlich von einem ordentlichen Mann mit einem ordentlichen Beruf gerettet worden ist. Auch wenn sie die Scheidung nicht ertragen hätte. Sie hätte nicht verstanden, warum Arne und Tulla sich faktisch einig waren, dass es das Beste war. Unfug, hätte sie gesagt.

»Sie sagen, du seist eine Bohemienne, aber weißt du was – da hört es auf, denen gebe ich Bescheid. So etwas Freches über meine Tochter zu sagen.«

Aber, Mama, stell dir vor, ich wäre eine? Und was glaubst du eigentlich, was eine Bohemienne ist? Oder … war? Aber durchweg gut ist Hans Blehr nicht, Mama. Schiffsmakler … All diese verschleiernden Titel. Arne hingegen, er war zu gut. Viel zu gut für mich. Ein Mann der Freude, wird über Arne Kavli gesagt, einer, der die Kunst beherrscht, es sich gemütlich zu machen. Während ich … nein. In unserem Paradies fand sich eine Schlange, und das war meine Vergangenheit. Die, auf der wir unsere Beziehung aufbauten. Wären da nicht Edvard Munch und sein Egoismus gewesen, dann hätte Arne mich nicht bekommen, das wusste ich, und das wusste er. Ich war blass, mager und schweigsam, wirklich etwas für einen jungen Mann, der erpicht auf das Leben und Erfahrungen war und eine Herausforderung brauchte. 24! Was für ein Start für eine Liebesbeziehung. Die Vergangenheit machte mich mystisch und interessant, gewiss doch. Er wollte mich vermutlich wegen der Mystik, nicht aber wegen der Schlange. Arnes helle Bilder sind neueren Datums. Er musste jemanden finden, der in Dur sang. Aber es hält nicht mit dieser Hildur. Es gibt Gerüchte. Arne hat die Gelegenheit beim Schopfe gepackt und es geschafft, sie zu heiraten, ein paar Wochen bevor Hans und ich im Februar 1911 geheiratet haben. Sie ist 14 Jahre jünger als ich. Arne neun Jahre jünger als ich, und Hans sechs Jahre. Nächstes Mal wird es wohl eine noch Jüngere. Also für Arne. Und für Hans?

Es sind nur ihre Männer, die sich eine ältere Ehefrau ausgesucht haben. Die Frage ist, ob sich das auf Dauer lohnt, für Tulla. Mit Hildur wurde Arne endlich zu dem weltgewandten, erfahrenen Mann, der zu sein er ein solches Potenzial hatte. Galant, nett und mit Talent für das gute Leben. Frühreif, sagten sie; mit 17 hatte er in der Kunstvereinigung Bergen ausgestellt, mit 18 war er mit dem Gemälde »Regen« bei der Herbstausstellung vertreten. Und Tulla stand er zu Diensten, seit er 24 war, ein Jahr später waren sie verheiratet.

Als wir im Herbst 1902 zusammen nach Paris fuhren, war ich 33, und alles war bereits vorbei. Das dachte ich damals. Fertig mit allem. Ich bin nicht gestorben, jetzt gilt es also nur, ein bisschen länger zu leben, dachte ich, und da stand Arne, und das Leben ging weiter. Ich habe Arne gut erzogen, das versichere ich. Aber er wollte mich nur bekleidet malen, keinen Akt. Ich wollte es, wollte vor ihm stehen, das andere zermalmen, nur in seinem Bild sein, aber er ließ mich nicht. Nicht ohne Kleider, sagte er und hob den Pinsel. Aber ich passte nicht hinein in Bilder mit Segelbooten und Sommerhüten. Das war nicht ich, damals zumindest nicht, nachdem Edvard mich verändert hatte. So viel Einsicht habe selbst ich erlangt. Und jetzt wird Hans mich verlassen. Ich bin zu alt geworden.

Sie steht auf, schaut sich um, aus dem Fenster, auf die Straße, die flirrende Hitze da draußen, im Zimmer die verblasste Wand, dort, wo der Spiegel gehangen hat, der Flügel, der Schrank mit Farbe, Kupferplatten, Pinseln und Nadeln, Flaschen und Briefen. Die Dachfenster sorgen für ein reizendes Licht. Es sickert herein wie warme Milch. Warum nicht einfach nur hier stehen und schauen; das ist ebenso sehr Kunst wie alles andere. Das Haus gehört jedenfalls ihr, und das Atelier ist ihr Zimmer, hier kann sie niemand rausjagen. Abgesehen von Hans' verurteilendem Blick, wenn er ihn umherschweifen lässt und keine Veränderung sieht. Sie arbeitet nicht. Sie hat nichts Neues, womit sie ihn unterhalten kann. Er hat keinen Respekt. Nicht einmal vor dem Bild von der Braut im Wald. Ihr bestes. Er verkauft Boote und erwartet, dafür bewundert zu werden. Das Geld fließt herein; das ist sein Maßstab. *Das war Papas; das ist Alfreds; das sollte meiner sein. Es war das Geld, das mich unabhängig gemacht hat. Aber wie unabhängig wurde ich eigentlich durch das verdammte Geld?*

Jetzt kommt er bald. Die Briefe müssen zurück, ganz unten in den Schrank der Sünde, dann die Flasche, dann die Radiersachen. Was verbirgt was? Sie wartet auf Hans. Helene geht still umher mit ihrer neuen Frisur und entfernt die weißen Laken von den Möbeln. Ohne die weißen Gespenster wird es dunkler in den Zimmern, mit all dem Licht von außen, das mit einer solchen Kraft die Grenze zwischen Hell und Dunkel markiert. Sie bleiben in der Stadt; sie hat das Telefon und Helenes höfliche Antwort gehört. Jetzt, da die Kinder abgeliefert sind, wird Hans selbstverständlich arbeiten. Dann kann Tulla entscheiden, ob sie alleine raus aufs Land fährt oder ob sie mit ihm in Kristiania bleibt. Es wird wohl Letzteres eintreten. Ich verfüge nicht über Selbstständigkeit, denkt sie. Was soll aus mir werden, wenn ... Aber nein. Nicht denken. Es ist still hier drinnen. Eine bebende, klamme Stille. Helenes Schritte sind vorsichtig, wie üblich. Und sie hört, wie Hans die Haushaltshilfen zurechtweist, und wird verlegen: Ihr wisst doch, dass es der Hausherrin schlecht geht. Nehmt ein bisschen Rücksicht auf die Hausherrin; bringt ihr warme Umschläge und grünen Tee, sagt er und verschwindet in sein großes, geräumiges Büro mit Zigarren und Whisky in der Schublade. Er, der es in Japan mit Geishas getan hat. Aber das war, bevor er »Die Helden auf Helgeland« verlassen hat. Erst jetzt ist sie diejenige, Mathilde Blehr, geborene Larsen.

Ich sehe ihn in seiner kleinen Küche in dem Haus in Åsgårdstrand. Er sitzt dort mit einer Hand an der Flasche und dem Revolver in der anderen. Er war so betrunken. So widerlich. Ich hatte den ganzen Tag gewartet, ein weiteres Mal in Ungewissheit. Wo war er? Mit wem war er zusammen? Was tat er? Er hatte mich selbst dorthin mitgenommen. In dieser Nacht war er zu mir gekommen, hatte sich neben mich gelegt, ich aber unternahm keinen Versuch, etwas von ihm zu bekommen, nicht einmal Mitleid. Ich lag einfach da, völlig erschöpft. Erschöpft davon, mich zu fragen, was nun geschehen würde, was nach seinem Ermessen das nächste Kapitel werden sollte. Ich spürte, dass er mich ansah, aber kein Kuss auf die Wange, kein väterlicher oder brüderlicher Klapps. Er erhob sich vom Bett, deckte mich zu und ging. Es war seine Initiative, wenn er etwas von mir wollte, musste tatsächlich er die Verantwortung für das übernehmen, was geschah. Überlass es nicht mir, um mich dann am nächsten Tag zu schelten.

Selbstverständlich wollte ich ihn in dieser Nacht, und er kam zu mir, er legte sich neben mich. Sah mich an, bevor er die Decke wieder über mir ausbreitete, aber nein, er besaß nicht den Mut zum nächsten Schritt. Er sollte eine Schwester bekommen, wenn es das war, was er wollte. Das war es, worum er gebeten hatte, das waren die Bedingungen.

Sie ist einfach hier im Atelier. *Bald höre ich wohl auch damit auf.* Der Stillstand wird zu aufdringlich. Und viel schlimmer, wenn Hans da ist. Ist sie jedoch allein, dann ist es beruhigend, hier einzutreten. Es ist möglich, vieles zu akzeptieren, sogar dass es nichts gibt, was sie dazu bringt, neue Bilder zu erschaffen. So, als wäre es jetzt genug. Genug Versuche, genug Fehler, Schluss mit den Anfängen. Sie sieht jedoch ein, dass weitere kommen. Denn wenn das zu Ende geht, muss sie erneut beginnen.

Sie setzt sich an den Flügel, Mozarts Adagio ist eingerostet, aber wiedererkennbar. Er sollte gestimmt werden. Sie denkt nicht, wenn sie spielt, es passiert einfach.

Ich ließ mich nicht locken, und er war enttäuscht. Am Tag darauf musste ich in Herrenkleidern zu ihm ins Atelier kommen. Das tat ich, denn das hatten wir am Abend zuvor besprochen. Es gefiel ihm nicht. Und diese seine Frustration, vielleicht weil ich nicht drauflosplapperte, vielleicht weil ich mich nicht an ihn schmiegte und versuchte, mir einen Kuss zu erschleichen. Ich war nicht die, die er zu treffen suchte, die zu verändern er alles getan hatte. Paradoxerweise war sie es, die er haben wollte. Er ging seiner Wege, und ich wartete in seinem Haus. Dieser Tag war eine Miniaturausgabe der vier Jahre, in denen ich im Großen und Ganzen nur darauf gewartet hatte, dass er gesund genug wurde, um mit mir zusammen zu sein. Was sollte jetzt geschehen? Als er zurückkam, war er betrunken. Er wollte das Essen nicht, das ich für ihn zubereitet hatte. Er nahm seinen Revolver, saß da und sah ihn an.

Sie steht vor den riesigen Fenstern und sieht nach draußen. Zwei Paare kommen Arm in Arm die Straße herauf: Mann und Frau, Frau und Mann. Es sind noch immer 30 Grad; der Schweiß rinnt zwischen den Schulterblättern hinab.

Man muss vergessen, sonst wird man verrückt. Es ist besser, ein Bild zu erschaffen, darin zu verschwinden. Viel besser.

Sie braucht einen kalten Windhauch im Nacken. Bekäme sie den, dann könnte sie sich vielleicht umdrehen, könnte vielleicht etwas Gutes schaffen, die Pinsel hervorholen, oder vielleicht sollte sie doch ein Bild radieren.

Da hört sie die Autotür zuschlagen. Hans geht zur Eingangstür. Bald darauf nehmen sie vor dem Abendessen einen Pjolter, einen Whisky mit Soda.

Kirkeveien 42, Oslo, Montag, 25. Februar 1929, –12 °C, teils bewölkt

»Ich sehe dich.«
»Lass mich in Ruhe.«
»Das ist unmöglich. Das weißt du.«
»Ich schlafe.«
»Du bist wach.«

Die Menschen müssen vorankommen; die Welt dreht sich. Aus der Ferne dringen Geräusche herein; es ist, als wäre sie in Baumwolle gehüllt. Geburt und Tod, Geburt und Tod. Der Kirkeveien ist belebt, selbst in beißender Winterkälte. Alles dreht sich und dreht sich. Sie kneift die Augen zusammen, ist nicht imstande, jetzt schon zu erwachen.

Lass mich länger schlafen, erspar mir das Denken, erspar mir, einen weiteren Morgen zu erwachen, an dem ich nicht aufhöre zu zittern, an dem die Unruhe unbeherrschbar ist, an dem ich den Spiegel meide, die Menschen meide, am liebsten auch mich selbst. Lass mich hier so lange liegen, bis sich der Ministerialrat mit den Orchideen nach einem weiteren Tag im Ministerium taktvoll in die Mietwohnung in der ersten Etage schleicht, während ich noch immer im Bett liege.

Gestern war auch so ein Tag, oder Abend, besser gesagt. Volles Haus und stürmischer Jubel zum Schluss. Wie er je-

doch begann. Nein, ich muss mich im Spiegel sehen. In einem halben Jahr bin ich 60. Obwohl ich das Aussehen immer ausmünzen konnte, ist etwas passiert. Ich ahne es. Die Jungen, die hierherkommen, sind alle so galant, mitunter ist das ein wenig verdächtig. Ich bin nicht so dumm, als dass ich nicht verstünde, dass ich nicht mehr so aussehe, als wäre ich 30, obwohl ich mich immer gut gehalten habe. Obwohl ich noch immer anziehend auf Männer wirke. Denn das tue ich, wenn ich will. Wann immer ich will.

»Wann hat es angefangen?«
»Ach Gott, erspar mir das.«
»Es bleibt dir nicht erspart.«
»Ich will das nicht. Bin nicht imstande zu denken.«
»Du kannst dich ebenso gut darauf einlassen.«
»Ich muss etwas Dummes getan haben.«
»Jetzt erinnerst du dich: Du siehst ihn dir entgegenkommen.«
»Schwach, ganz schwach.«
»Bei Gimle. Bald wirst du die Bygdøy allé überqueren.«
»Dort geht Edvard Munch.«
»Er geht westwärts die Straße hinunter. Du gehst auf der gegenüberliegenden Seite hinauf.«
»Herrgott.«
»Du bleibst stehen.«

Er ist ein alter Mann geworden. Er ist nur sechs Jahre älter als ich, aber er ist ein alter Mann geworden. Er bewegte sich nicht mehr mit dem vitalen Gang oder dem aufrechten Rücken. Aber ich habe ihn wiedererkannt. Nach bald 30 Jahren. Er ging langsam, leicht vornübergebeugt, zusammengesunken, in die eigenen Gedanken vertieft. Er hat mich selbstverständlich nicht gesehen. Sicher auch niemand anderen. Er wollte niemanden sehen, da bin ich mir sicher. Ich aber habe ihn gesehen. Zum ersten Mal, seit ich weggerannt bin. Dort ging er, und auf der anderen Straßenseite stand ich und sah ihn gehen.

»Hättest du ihn nicht aufhalten sollen?«

»Nach ihm rufen?«

»Du hättest die Straße überqueren können, sodass ihr euch zufällig begegnet.«

»Bald 30 Jahre nachdem alles vorüber war? Würde das die Bedeutung der Beziehung nicht übertreiben?«

»Du denkst noch immer an ihn?«

»Ich denke noch immer an vieles. Nicht nur an ihn: an das. Ich bin darüber hinweg. Auch er ist darüber hinweggekommen. Letztendlich. Unabhängig davon, wie vulgär er sich benommen hat.«

»Hast du wirklich nicht das Bedürfnis, ihn wiederzusehen?«

Es wäre mir nie in den Sinn gekommen, ihn aufzuhalten. Noch weniger, mit ihm zu reden. Wozu sollte das gut sein? Ich hätte ihn fragen können, was er mit seiner entsetzlichen »Alpha und Omega«-Serie gemeint hat, allerdings hätte sich dieses Gespräch nicht gerade für diese respektable Gegend geeignet. Alle hatten versucht, sie vor mir zu verbergen, aber ich bekam es mit. Die Drucke wurden schließlich als Mappe veröffentlicht, mit Begleittext. Was für ein armseliger Racheversuch. Denn diesen Eindruck vermittelte sie, nicht nur mir, obwohl er es war, der mich getäuscht hatte. Er, der mir nicht direkt ins Gesicht sagen konnte, dass er es nicht aushielt, mich in seinem Leben zu haben. Er, der mich absichtlich zwei Jahre lang fern der Zivilisation leben ließ, nein, drei! Ich kann einfach nicht glauben, dass er gewusst hat, was er tat. Dass er mich bewusst zerstören wollte. Das Beste für ihn wäre gewesen, wenn ich tot gewesen wäre, dann hätte er keine Angst davor haben müssen, dass ich ihm schreiben oder auftauchen würde. Denn das war es wohl, wovor er Angst hatte. Jedes Mal, wenn er mich sah, machte er mir neue Versprechungen. Versprechungen, die er nicht hielt. Ich weiß, dass er verzweifelt war. Vielleicht war es für ihn schlimmer als für mich, vielleicht musste er deshalb diese Karikaturen erschaffen, dieses entsetzliche Theater. Das war doch nur eine fürchterliche Selbstmitleids-Chose. Aber so ist es, wenn man Edvard Munch heißt. Nichts wird hinterfragt.

Hört man auf, jemanden zu lieben, und sieht den Betreffenden dann, viele Jahre später, wieder, dann steht der Tod zwischen einem. Weil die Liebe vorüber ist, ist es, als wäre er tot. Was ich gesehen habe, war ein alter Mann. Ziemlich alt. All die Fragen, die mich einst verrückt gemacht haben: Schreibt er oder nicht, wird er gesund oder nicht, soll ich schreiben oder nicht? Wo ist er? Was macht er? Fragt er sich, wie es mir geht? Hat er mich gern? Oder nicht? Das hat keinerlei Bedeutung mehr. Für einander sind wir Tote. Das einzige Wir, das es noch gibt, ist dieses Wir des Todes. Es ist tot zwischen uns. Was aber lässt mich trotzdem diese ekelerregende Unruhe verspüren, dieses gewaltige Gefühl von Verlust? Denn ich weiß genau, dass es nicht Liebe ist. Aber vielleicht traue re ich um den Tod. Das Leben und der Tod. Dass es möglich ist, dass so etwas vorübergeht. Dass das Leben einfach seinen Lauf genommen hat.

Das tut mir nur weh, ich habe mir selbst versprochen, nicht über ihn zu reden, es nicht zu erwähnen. Und daher war es etwas viel für mich, bevor die Gäste eintreffen sollten, sodass Josefine absagen musste, einige kamen dann aber trotzdem, und sie blieben, schließlich gab es hier Unmengen an gutem Essen, das nicht verderben durfte, und es gab guten Wein, den Alfred geschickt hatte. P. A. Larsens Weinimport war von A S Vinmonopolet aufgekauft worden, was Alfred jedoch nicht daran hindert, gute Weine auf Lager zu haben, schließlich ist er Händler, muss man wissen. Und trotz allem bin ich die einzige seiner Schwestern, die wirklich guten Wein zu schätzen weiß, das fehlte noch. Armer Alfred, jetzt ist Magda weg, und er hat nur noch die Boote. Damit ist er bis zum 13. gekommen: Magda XIII. Schade, dass ich nicht rauche, denn Zigaretten produziert er im großen Stil, da wäre ich also bis zu meinem Tod sicher versorgt gewesen. Das muss auch nicht mehr so lange hin sein, so alt, wie ich geworden bin. Kein halbes Jahr mehr, bis ich 60 bin. Herrgott. Und er … 66 am 12. Dezember. Das Datum ist wie eingemeißelt. Er hat einsam ausgesehen. Und alt. Hätte ich ihn aufhalten sollen? Sind wir so alt geworden, dass alles außer der Zeit unwesentlich ist? Bin ich so weit gekommen? Ist er es?

Die Jungen platzierten sich, mit Josefines Segen, um den Braten, denn es wäre schade gewesen, würde er verderben, und ich habe doch nie Appetit; dort saßen sie also in meiner Stube, und ich hatte mich zum Ausruhen zurückgezogen, denn als ich zurückgekommen war, wurden es ein paar Gläser, ich musste mich beruhigen. Ihn zu sehen hat Eindruck gemacht, das ist nicht zu leugnen.

Ich schwebte also leicht über dem Bett, so empfand ich es, und versuchte wirklich runterzukommen. Und als ich mich schließlich entspannte, drangen Stimmen und Gelächter sowie Zigarettenrauch ins Schlafzimmer, und ich konnte nicht umhin, ins Esszimmer zu gehen, und dort saßen sie. Und weitere Gäste wurden herbeigerufen, als ich erschien. Meine Freunde, einige davon junge Studenten und Künstler, die kom-

men, wenn ich meine Gesellschaften gebe, die mich das Leben spüren lassen, sie tranken und lachten, redeten und aßen. Ich setzte mich an den Tisch, und an mehr erinnere ich mich nicht, aber ich habe das Gefühl, Edvards Namen erwähnt zu haben. Das habe ich in all den Jahren vermieden. Vielleicht abgesehen von der Begegnung mit Eli Greve, der Kunsthistorikerin. Aber das war auch etwas anderes. Sie versuchte, ihn als Menschen zu verstehen, und ich kannte ihn unbestreitbar ziemlich gut, weshalb ich nach bestem Wissen und Gewissen meinen Beitrag leistete. Ich hoffe wirklich, mich gestern, oder heute Nacht, nicht blamiert zu haben. Ebenso wenig wie ihn. Ich habe mir selbst versprochen, nicht so tief zu sinken, dass ich allen davon erzähle, was damals geschehen ist. Auch wenn er das getan hat, so werde ich es nicht tun. Ich bin nicht vulgär. Also was habe ich gestern Abend eigentlich zu den Gästen gesagt?

Fröstelnd aus dem Bett, barfuß auf eiskaltem Boden, als müsste sie plötzlich einfach hinüber zur Kommode, sie geht in die Hocke und zieht die unterste Schublade heraus. Links unten, unter der Seidenwäsche, die sie nicht mehr trägt, tastet sie nach den Papieren. Als wäre es ein Zwang. Da fällt ein Zeitungsausschnitt heraus, zwei Jahre alt, da hatte sie sie zum letzten Mal gelesen und versucht, besser zu verstehen, warum sie die Bedeutung der Briefe nicht begriffen hatte. Durch das Fenster fällt weißes Licht herein – sie wird geblendet von Schnee und Licht, die sich wie ein Teppich über das Frogner-Stadion und die Arbeiter gelegt haben, die den Vigeland-Park errichten. Sie hat keine Wahl, muss zurück in das warme Bett, das Nest, das sie warm hält.

Habe ich gestern etwas über die Briefe gesagt? Ein vages Bild von einem jungen Mann in einer Türöffnung, oder war es beim Flügel? War das gestern? Heute Nacht? War es ein Traum? Nein, ich halte das nicht aus. Halte es nicht aus, etwas gesagt zu haben, halte es nicht aus, zu lesen, halte es nicht aus, aufzustehen. Verdammt, dass ich ihn auch dort sehen musste! Verdammt, dass mich das erneut durcheinanderbringen muss!

»Lies jetzt, dann hast du deinen Frieden.«
»Du, die du meinem Herzen mehr auferlegt hast als jeder sonst.«
»Such den Brief. Betrachte die Sache in seiner Handschrift.«
»Das ist unnötig.«
»Du brauchst das jetzt.«

Die Straße ist auch komplett weiß. Weiße Wolken vor knallblauem Himmel. Weißer Gehsteig, in Pelz gehüllte Menschen, Winterhüte. Eiskalt und schön. Mein Kiosk unten im Garten ist geöffnet, der Betreiber erledigt zum Glück seine Arbeit, da bleibt eine junge Frau stehen. Was kauft man an einem so kalten Tag an einem Kiosk? P.-A.-Larsen-Zigaretten? Gott sei Dank kann es noch nicht so spät sein. Unglaublich, dass ich mit 59 in der Lage bin, so lange zu schlafen. Gut darin, ins Bett zu gehen, bin ich hingegen nicht.

Fröstelnd zurück ins Bett, mit Brief und Zeitungsausschnitt. Also wird es ein solcher Tag. Vielleicht auch gut so, nach der Schufterei von gestern. Ein wenig meditative Nachdenklichkeit kann manchmal angebracht sein.

1927, die größte Munch-Ausstellung aller Zeiten, stand in der Zeitung. Warum habe ich das ausgeschnitten? Eine hübsche Fotografie des alternden Mannes, anders als seine Selbstporträts, die ich gesehen habe. Ich habe nicht alles gesehen, habe damit aufgehört. Aber zu der Ausstellung 1927 musste ich doch gehen. Die Ausstellung wurde zuerst in Deutschland gezeigt und dann, nachdem sie in Berlin gewesen war, in die Nationalgalerie geholt. Das machte mich nervös, selbst nach so vielen Jahren. Welche Bilder würde er ausstellen? Würde ich dabei sein? Würde die alte Geschichte wieder hochkochen? Würde jemand weitere Gerüchte über mich in die Welt setzen? Über uns? Ich ging hin, nachdem die Bilder eine Weile dort gehangen hatten, wollte nicht riskieren, Bekannten zu begegnen. Aber das Personal starrte, das war nicht angenehm. Nackt oder angezogen, jung oder alt, hübsch oder hässlich, ich war in allen Versionen vertreten. Wie er selbst. Ich hielt es aus, aber zu einem hohen Preis. Hat eine Frau in einem Bild rote Haare, bekomme ich sofort zu hören, dass ich es sei. Was für ein Unsinn. Er baute gern rot-orangefarbene Töne in die Bilder ein, das machte sich gut als Frauenhaar oder Efeu. So einfach. So vereinfachend.

Seither habe ich kein Bild mehr gesehen, nicht einmal die beiden, die ich selbst besitze. Das Gemälde vom Haus in Åsgårdstrand, Nygaardsgrund, wie er es nannte, und dann selbstverständlich »Seine Majestät«, der Druck des Selbstbildnisses mit Knochenarm, den ich mit ins Bett zu nehmen pflegte, wenn die Entbehrung zu groß wurde. Nach Mamas Tod habe ich sie vom Dachboden in die Abstellkammer gebracht. Zuvor waren sie in meinem Zimmer in der Josefines gate gewesen. Arne gefiel das nicht. Also stellte ich sie auf den Dachboden in der Tordenskiolds gate, als wir unser eigenes Heim bekamen, in die Kellerkammer in der Eckersbergs gate, als *ich dort in den zwei Wohnungen lebte, ganz hinten in meinen Kleiderschrank in der Gyldenløves gate, in der ersten gemeinsamen Wohnung von Hans und mir, und in der Tidemands gate verstaute ich sie im Atelier. Jetzt stehen sie auf dem Dachboden, obwohl ich Herrin in meinem eigenen Haus bin. Hans habe ich nie erzählt, dass ich sie besitze. Sie neben der anderen Kunst an der Wand hängen zu haben würde sich zu intim anfühlen.*

Edvard an Tulla, Sommer 1899: »Liebe Tulla! Du bist jetzt vermutlich in Drøbak und hast vermutlich auch eine Unterkunft gefunden, das kann nicht schwer sein. Es ist schließlich ein sehr nettes Hotel. Du kennst niemanden in Drøbak, sagst du! Oh ja! Es wäre schön, dich wiederzusehen, aber ich tue alles, um nicht an dich zu denken. Ich muss jetzt alles in meiner Macht Stehende tun, um zu malen, und werde ich in diesen zwei Monaten nicht gesund, werde ich nie gesund. Ich nehme massenhaft Chinin, Eisen, Arseniktabletten; das muss helfen. Du hast es gut, du kannst baden, wenn es so warm ist. Ich werde es in absehbarer Zeit mit Moorbädern versuchen, denn ins Meer darf ich natürlich nicht. Mir geht es ausgezeichnet in meinem Chateau, wenn sonst alles in Ordnung ist. Ich sitze im Garten oder liege in einer Hängematte, und dann steht immerfort eine Leinwand bereit, so kann ich in meinen guten Momenten den lieben Gott überlisten und ein paar Striche machen. Lies, Dons und Vogts kommen nie hierher, sie sehen meine verzerrten Züge, wenn sie sich zeigen, sie glauben bestimmt, ich sei vollkommen verrückt.«

Diesen Brief schrieb er nach nur einem Jahr. Drei weitere Jahre sollten vergehen, bevor es knallte und das Band durch-

trennt wurde. Drei lange Jahre mit Krankheit und Warten, Verzweiflung und Entbehrung. Wie konnten die mikroskopisch kurzen Begegnungen all den Schmerz aufwiegen? Wie dumm konnte man sein? Wie naiv? Ach, welch traurige Geschichte. Welch Unglück, diejenige zu sein, der meine Rolle zugeteilt wurde. Aber ich gab nicht auf. Und als nach Como im Sommer 1900 alles vorüber war, als wir beide krank waren und er nicht mehr imstande war, etwas mit mir zu tun zu haben, selbst da löste er die Verlobung nicht, und selbst da drängte er darauf, dass ich mich verändern müsse, wenn er die Ehe aushalten solle. Wie verrückt war er? Und wie verrückt war ich, die all das akzeptierte? Ich hatte mich wirklich verändert, und das musste ich ihm verständlich machen. Ich war ein anderer Mensch. Dennoch wollte er die Ehe verschieben. Warum wollte er nicht loslassen? Ich schrieb ihm doch sogar einen Brief und gab ihm die Möglichkeit, die Beziehung zu beenden, ja, ich machte beinahe Schluss. Warum hat er die Möglichkeit nicht ergriffen?

Tulla an Edvard, spätes Frühjahr 1900: »Hast du kein Gefühl der Freundschaft für mich übrig, dann kann es niemals funktionieren. Glaubst du nicht, dass ich genug von dir halte, um mich mit allem abzufinden, was zu deinem Besten wäre, dann muss zwischen uns Schluss sein. Deine Tulla.«

Hat er wirklich gesagt, ich müsse beweisen, dass ich vollkommen verändert war? Dass ein Jahr in Røyken fernab aller Menschen erforderlich sei, damit er überzeugt war? Hing es so zusammen? Bin ich deshalb in Røyken gelandet, selbst nachdem die Verschiebung zur Tatsache geworden war? Nachdem er Aases Mann Harald dazu gebracht hatte, seinen Schwager

Thorvald zu kontaktieren, damit dieser nach Deutschland fuhr, um mich nach Hause zu holen? Das war es, was ich Eli Greve erzählt habe, aber sagte er wirklich ein Jahr? Auf den einen Brief, den ich vor Weihnachten 1901 geschrieben habe, erhielt ich keine Antwort. Ich dachte, der Grund, warum er nicht antwortete, sei, dass kein volles Jahr vergangen war. Ich hörte auch nichts von ihm, nachdem ein Jahr vergangen war. Ich hatte langsam versucht, wieder unter Menschen zu gehen. Alle sagten, ich müsse nach vorn schauen. Ich versuchte es, aber die meisten Tage waren schwarz. Ich fuhr sogar ein paarmal nach Kristiania, unter anderem zu Aase und Harald in den Munkedamsveien, und ich traf Oda, die mich malte. Sigurd nahm mich mit ins Theater, zusammen mit seiner Frau Inger, die sich als Hans' Schwester erweisen sollte, damals aber kannte ich ihn natürlich noch nicht. Sie alle versuchten mich aufzumuntern, sie stellten mich sogar Arne vor. Alle meinten selbstverständlich, ich solle Edvard vergessen, die Verlobung vergessen, ein neues Leben beginnen. Mama wollte, dass ich zurückkomme und mit ihr in der Josefines gate wohne. Wir müssten das einfach aushalten, sagte sie. Das Gerede der Leute hatte sie die ganze Zeit ertragen, daher war sie wohl der Meinung, auch mir würde es nicht schaden, mit dem Getuschel im Rücken die Straße entlangzugehen. Und ich war ja nicht tot, das wäre schlimmer, meinte sie. Oda malte mich. Mir war so kalt in ihrem Atelier, dass sie mir einen herrlichen Schal in den schönsten Farben umlegte. Sie sagte, ich müsse mit Edvard sprechen, es nütze nichts, in einer derart passiven Weise zu leben, wir seien es dem Leben schuldig, offen zu sein. Es sei nichts Falsches daran, ihn haben zu wollen. Aber in mir drin war so vieles erloschen, ich hatte keinen Willen mehr. Du musst dich wirklich mit ihm aussprechen, sagte sie. Sie wollte das Bild »Verzweiflung« nennen. Uff. Ich dachte, sie wolle, dass Edvard es sieht und dann versteht, wie zerrissen und verzweifelt mein Leben war. Kann sein, dass ich selbst, tief im Inneren, das auch wollte. Wenn er das Bild nur zu sehen bekäme und begriffe, dass er mich aufsuchen musste! Es wurde zur Herbstausstellung angenommen, die am 24. September öffnete. Ich war jedoch nicht in der Lage, so lange zu warten. Ende August trank ich das Morphin. Er hatte versprochen, zum Sterbebett zu kommen, wenn er gerufen würde. Das hatte er doch. Und er kam. Da waren zwei Jahre vergangen, seit wir uns in Süddeutschland getrennt hatten. Zwei lange, einsame Jahre. Aber bereits das vorangegangene Jahr war ich im Großen und Ganzen allein gewesen und hatte auf ihn gewartet. Das, was in Grez unerträglich gewesen war, wurde zu Hause in Norwegen zur Qual. Wir kannten einander knapp ein Jahr. Das war im Sommer 1899.

Im Juni 1899 fuhr erst Edvard von Paris aus nach Hause, krank und elend, ohne dass sie mehr als eine Nacht miteinander verbracht hatten. Zwei Wochen später reiste Tulla mit Zug und Schiff, in Begleitung ihres Neffen Johan, nach Hause.

In Kristiania kehrte sie in ihr geräumiges Zimmer bei der Mutter in der Josefines gate 23 zurück. Geplant war, dass sie umgehend südwärts fuhr und in Drøbak allein Urlaub machte. Dort würde sie Freunde treffen, und der Weg über den Fjord wäre kurz, sollte er einen kleinen Besuch gestatten.

Einen Tag vor meiner geplanten Abreise von Kristiania nach Drøbak stellte ich fest, dass die Leute glaubten, ich hätte im Ausland die Schwindsucht bekommen, sie tuschelten, wenn ich auf der Straße an ihnen vorbeiging. Wer hatte die Gerüchte in die Welt gesetzt? Das war ein fürchterliches klaustrophobisches Gefühl. Damals kannte dort jeder jeden. Das war Kristiania. Etwas vollkommen anderes als Oslo heute. Lediglich vier Jahre trägt die Stadt ihren neuen Namen, aber das hat etwas verändert. Sie ist größer geworden.

Einen Tag, bevor sie in diesem Sommer nach Drøbak fahren sollte, begegnete Tulla auf der Straße in Kristiania Nils Collett Vogt. Auch er hatte vor, in Drøbak Urlaub zu machen, und er erzählte schmunzelnd, dass er im vergangenen Winter, als Edvard und sie frisch verliebt waren, also vor der Reise ins Ausland, Edvard geneckt habe. Sie hätte zeitgleich mit mehreren etwas laufen, habe er gesagt. Edvard sei nur einer von vielen. Er amüsierte sich und erwartete, dass sie in sein Lachen einstimmte. Da war plötzlich alles klar. Sie begriff, wie Edvards Verdächtigungen und düstere Eifersucht entstanden waren. Vogt hatte Geschichten über sie erzählt, die Edvard nur in einer Weise verstehen konnte. Er hatte etwas zusammengeschwindelt. Ohne sie zu kennen! Und sie war so gutgläubig gewesen, dass sie nichts begriffen hatte. Jetzt verstand sie alles. Deshalb dachte Edvard so schlecht von ihr, unter anderem was Gunnar Heiberg betraf. In seinen Anschuldigungen war er vollkommen unfair. Gunnar wollte nur Oda! Nils Collett Vogt hatte es ihr verdorben, und jetzt stand er da und lachte ihr ins Gesicht, so als sollte sie das Ganze für einen amüsanten Scherz halten. Sie hätte ihn umbringen können.

Da verstand ich all sein Gerede, dass er hellsichtig sei, dass er, mehrere Jahre bevor er mir begegnet war, durch seine Bilder die Erzählung über mich erschaffen habe. Die drei Ge-

sichter der Frau, die drei Frauengestalten: Madonna, Dirne und Vampir. Freude, Trauer und Bosheit; alles hat er in Prinzipien ganz ohne Nuancen verwandelt. Seit er das zum ersten Mal erwähnt hat, hat es mich geärgert, und ich dachte, er würde von einer windigen Idee sprechen und nicht von etwas, das mit irgendeinem realen Menschen zu tun hatte, am allerwenigsten mit mir selbst. Dass ich die eigentliche Inkarnation der Frau mit lediglich drei Ausdrücken sein sollte! Und so fing all das mit diesem gemeinen Mann an, der mit diesem unangenehmen Grinsen vor mir stand.

Sie muss aufstehen, etwas Warmes anziehen. Kann nicht länger im Bett liegen. Sie ist 59, was kein Alter ist. Heute wird sie einen ruhigen Abend zu Hause verbringen. Morgen soll sie zur Premiere ins Nye Teater, zusammen mit Rulle Rasmussen. Sie muss gehen, wie schwer es auch sein wird loszukommen. Warum können diese verflixten Gedanken sie nicht loslassen? Wieder eine Art von Erinnerungsabfolge, über die sie keine Kontrolle hat. Das ist kein Radioprogramm, das sie abschalten kann, wenn es ihr passt; es dröhnt einfach in ihrem Kopf; es gibt nichts, was es stoppt. Und warum wird es ein ums andere Mal wiederholt?

Ich hätte die Briefe verbrennen sollen, wie Josefine es vor zwei Jahren vorgeschlagen hat, als sie sah, wie nah es mir ging, sie zu lesen. Auch sie hat sie gelesen, da bin ich mir sicher. Ich bringe nicht die Kraft auf, sie zu fragen, will keine große Sache daraus machen. Sowohl Arne als auch Hans habe ich angelogen und gesagt, dass ich seine Briefe verbrannt hätte. Ich selbst schrieb vor allem wohl Nichtssagendes, dass ich mich nach ihm sehnte und dass ich mit allem einverstanden war, was er vorschlug, mit allen Bedingungen, die er stellte. Und so kam es vor, dass ich der Meinung war, er sei ungerecht, aber nicht oft. ~~*Er muss sie weggeworfen haben.*~~

Wie kann es sein, dass ich mich derart an ihn band? Nur weil er mein Erster gewesen ist? Weil er mir das Paradies geschenkt hat, von dessen Existenz ich nichts ahnte? Selbst als er es mir nicht mehr schenkte, wollte ich lieber mit ihm zusammen sein, als einen anderen zu finden. Was darauf hindeutet, dass seine Beschuldigungen, ich sei kalt und nur auf eine Sache aus, reine Erfindungen waren. Wäre ich auf das Physische aus gewesen, wäre es wohl das Vernünftigste gewesen, sich einen anderen Mann zu suchen! Und dass er glauben konnte, ich würde mit anderen zusammen sein! Seine Fantasie war vollkommen krank. Ich war doch keine Bohemienne und hatte niemals das Bedürfnis nach freier Liebe. Ich wollte nur Edvard, ob die Liebe nun frei war oder nicht.

Draußen ist es eiskalt, die Kälte kriecht durch die Wände herein. Tulla wickelt sich gut in die Decke ein und lässt die Briefe über das Bett verstreut liegen. Die Stunden vergehen; sie bemerkt es nicht. Mehrfach schleicht sich Josefine zu ihrer Tür und fragt sich, ob es nicht an der Zeit wäre, dass die Hausherrin aufstünde, aber soll sie sie wirklich wecken, und was für eine Laune hat sie heute? Das war wirklich eine Aufregung gestern; die Hausherrin aß Suppe mit einem Korkenzieher und bemerkte nichts davon, so betrunken war sie. Ich sollte vielleicht kündigen, denkt Josefine, aber dann findet sie keine neue, und was geschieht dann mit ihr? Sie ist nie ohne Bedienstete gewesen, abgesehen von den Jahren, in denen sie in Hotels und Pensionen lebte, aber dort war schließlich auch gut für sie gesorgt. Sie kann nicht kochen. Sie kommt alleine nicht klar. Sie braucht mich. Josefine beugt sich nach unten und schaut durchs Schlüsselloch: Ist die Hausherrin wach?

Da ist der Brief. Edvard an Tulla, Frühjahr 1899: »Erinnerst du dich an die weiße Katze, die uns angeschaut hat? Gleichsam in die Seele hinein, und ich sagte, dass du genau solche Augen hast. Du hast geweint, glaube ich. Das war hässlich ausgedrückt von mir, aber es war etwas dran, ich will es erklären: Ich habe viele Frauen gesehen, die Tausende wechselnde Ausdrücke hatten – wie ein Kristall. Jedoch bin ich keiner begegnet, die so ausgeprägt nur drei hatte – jedoch starke. Das ist insofern sonderbar, als es eine Vorahnung birgt. Das entspricht nämlich voll und ganz meinem Bild von den drei Frauen. Du hast einen Ausdruck der tiefsten Trauer, etwas des Ausdrucksvollsten, was ich je gesehen habe, wie die weinenden Madonnen der alten Präraffaeliten. Dann, wenn du heiter bist, nie habe ich einen solchen Ausdruck strahlender Freude gesehen, als würde plötzlich Sonne dein Antlitz erleuchten. Dann hast du das dritte Gesicht, und das ist jenes, das mir Angst macht – es ist das Schicksalsgesicht.«

»Nur drei Ausdrücke. Wurde dir das zum Schicksal?«

»Er legte fest, wer und was ich war, und das musste in seine Vorstellungswelt passen.«

»Du selbst warst anderer Auffassung?«

(kurzes Lachen) »Schließlich bin ich ein Mensch, selbst ich. Er dachte, seine Erfahrung und seine Sicht auf die Dinge seien das Wichtigste.«

»Er war daran interessiert, eine Perspektive zu zeichnen, einen Blickwinkel, nicht wahr?«

»Was war mit meinem Verständnis von mir selbst? Oder noch besser: meinem Verständnis von ihm?«

»Dialog war womöglich nicht seine stärkste Seite?«
»Was für ein Verständnis des Subjektiven!«

Ich sollte also bitte schön die drei Gesichter sein, nicht mehr, nicht weniger. Man stelle sich vor, wenn ich nur Sonnenschein hätte sein können! Mit seinem Sonnenscheingesicht umhergehen, nannte er es. Was für eine Rolle im Spiel des Lebens! Edvard war in Åsgårdstrand und malte »Der Tanz des Lebens«, während ich wartete und wartete. Er nahm Tabletten mit Chinin, Eisen und Arsenik und hoffte, dies würde ihm Linderung verschaffen. Ich verlor den Überblick über die Tage und fuhr schließlich nach Drøbak, trotz der Gefahr, Vogt zu begegnen. In der Nähe einiger der gemeinsamen Freunde sein zu dürfen war besser, als mitten im Sommer alleine in Kristiania zu sitzen. Sei ein liebes Mädchen und komm nicht hierher, schrieb er. Ich verlange, dass du dich fernhältst. Jetzt geht es mir so gut, dass ich arbeiten kann! Und dann: »Du weißt doch, dass ich dich gern habe, das ist ja gerade das Verrückte.« Das ist ja gerade das Verrückte.

Daraufhin schickt sie ihm eine hübsche Truhe aus dem Gudbrandsdal; sie weiß, was ihm gefällt. Die Truhe ist etwas Besonderes, da das Geburtsjahr ihrer Mutter mit verschnörkelten Zahlen direkt über das Schlüsselloch gemalt ist. Und er kann nicht widerstehen, denn im nächsten Brief ist zu lesen, dass er sie so gern sehen möchte, es ihm nur erst etwas besser gehen müsse. Vielen Dank für die Truhe; sie ist ein vollkommenes Kunstwerk; ich erfreue mich jeden Tag daran. Somit weiß sie, dass sie dort bei ihm im Zimmer steht, dass er jedes Mal, wenn er die Truhe sieht, an sie denkt. Das glaubt sie, denn mit dem Gedächtnis der Menschen kennt sie sich ein wenig aus.

Darüber, wie Erinnerungen gespeichert werden. Sie verfügt über Intuition. Er hat sich über die Truhe gefreut; das konnte er nicht verbergen. All die Qualen, weil sie das Geld hatte. Es war doch einfach nur eine Freude, ihm etwas Schönes schenken zu können. Das hatte nichts mit Geld zu tun. Wenn es dazu eingesetzt werden konnte, Freude zu bereiten, dann gab es nichts Besseres. Zu hören zu bekommen, dass man jemanden kauft, weil man das Pech hat, Geld zu haben, und ihn benutzt, das ist hart. Er sagte viel, was sie verletzte. Viel. Über all die Affären, die sie gehabt haben soll, über alle, die er hatte. Alles, was er ihr über seine Frauengeschichten erzählte, sollte all die Affären aufwiegen, die sie angeblich gehabt hatte. Sie sah ein, dass es nur Unsinn war, aber es war schwer auszuhalten und entsetzlich, dass er nicht verstand, wie er sie mit seinen Worten quälte. Zu der Truhe aber hat er nicht Nein gesagt. Als sie das letzte Mal in Åsgårdstrand war, stand sie neben der Tür in seinem Schlafzimmer. Steht sie dort noch immer? Er konnte sie nicht entbehren, auch wenn er gleichzeitig das Gefühl hatte, sie hätte ihn gekauft. Sie aber war es, die sie ausgesucht hatte, sie, die sie geschickt hatte, sie, die verstanden hatte, dass genau so eine Truhe etwas für ihn war. An Edvard von deiner lästigen Tulla, hatte sie auf die Karte geschrieben.

In Drøbak ertrug ich den Oslofjord zwischen ihm und mir letztendlich nicht, und so kam es, dass ich ihn überquerte, ohne dass es abgesprochen war. Er wurde so wütend. Nachdem ich sie jedoch eine Weile vor ihm in der Luft hatte hängen lassen, nahm er meine Hand. Als ich die zwei kurzen Schritte auf ihn zu machte, spürte ich seinen Arm um meine Taille. Er atmete mir in den Nacken und küsste mich flüchtig, so als wollte er ausprobieren, wie es war, ein Vampir zu sein, richtete sich jedoch schnell wieder auf. Schroff, streng, wütend. Aber tief im Inneren seiner Augen fand sich etwas Sanftes, etwas Bekanntes. Ich musste es einfach sehen. Ich musste es sehen.

Und sie schließt die Augen und lehnt sich zurück in die Kissen und weiß, dass es Wahnsinn ist, denn das Einzige, worum sie trauert, ist die Zeit, und dass sie all das für jemanden empfunden hat, der gestern auf der Straße an ihr vorbeigegangen und der jetzt irrelevant für sie ist. Und dann denkt sie an all das, was später geschah, und dass es jetzt vorbei ist, und hier sitzt sie nun, und gestern hat sie ihn gesehen, und vergangene Woche hat sie einen ganzen Abend mit Arne und dessen junger Frau verbracht, und das war so schön, und das Leben ist so vieles gewesen, aber so vieles ist vorbei. So viele Tage erfüllt von Stillstand, so viele Niederlagen, so viele Demütigungen.

Noch immer spürt sie den Schock im Zwerchfell, ihre Sprachlosigkeit, das Gefühl der Demütigung. Warum war er im Café Gravesen? Wen wollte er dort treffen? Sie war so enttäuscht, und sie fühlte sich so getäuscht, so wenig wert. Sie war von Drøbak aus wieder nach Kristiania gefahren, und sie glaubte selbstverständlich, dass er noch immer in Åsgårdstrand war, und dann saß er dort plötzlich im Café, direkt vor ihr, zusammen mit Aase. Und selbstverständlich reagierte sie, weil sie der Meinung war, er hätte ihr mitteilen müssen, dass er nach Kristiania wolle. Er wurde wütend, denn niemand dürfe Rechenschaft von ihm verlangen. Als hätte sie irgendein Recht darauf, wütend zu werden! Man stelle sich nur vor, dass einem so wenig Verständnis entgegengebracht wird, in Gegenwart anderer Leute. Was für eine Demütigung. Warum hatte er nicht gesagt, dass er nach Kristiania wollte? Sie hatte ihm doch mitgeteilt, dass sie dort sein würde, dass sie aus Drøbak abreisen würde. Wie hatte er sich ihre Reaktion vorgestellt, wenn sie sich zufällig begegneten? Wusste er eigentlich überhaupt etwas über die Liebe? Darüber, in einer Beziehung zu sein? Noch weitaus schlimmer wurde es, als Aase sie zurechtwies, Edvard könne ein derartiges Benehmen nicht verkraften, so als wäre sie ein ungezogenes Mädchen und Aase die Erwachsene.

»Wirst du eine Nonne, wie ich ein … bin, dann geschieht vielleicht das Wunderbare.« Hier ist sie, die Postkarte mit der knappen Nachricht … *Herrgott. Aber ich ging ins Kloster. Das erste von vielen. Musste es ihm beweisen. Musste es.*

Tulla an Edvard, Sommer 1899: »Lillehammer, Samstagmorgen. Mein lieber Edvard. Jetzt bin ich auf dem Sprung und werde auf meinen Berg hinauffahren, eine Stunde Fahrt von hier aus. Habe gerade ein Dampfbad genommen, ist es nicht erstaunlich, dass so etwas hier existiert, für die Einwohner ist es gewiss etwas Unbekanntes, eine Bedienung gab es nicht, und ich war ganz alleine. Wärst du hier gewesen, hättest du gut mit hineinkommen können. Aber heiß war es, weshalb ich noch immer zittere und vollkommen matt bin. Wenn man bedenkt, dass du an dem Tag so lange am Telefon gestanden hast. Ja, ich habe auch gewartet, dachte aber, dass du womöglich das Telegramm nicht rechtzeitig bekommen hast. Wie schön, wenn wir eines Tages unsere Stimmen hören können. Heute habe ich dir die Kupferplatte geschickt. Habe ich sie vielleicht zu lange geätzt? Sie lag eine Dreiviertelstunde drin. Müssen nicht alle Stellen, an denen das Kupfer offen liegt, mit kleinen Bläschen gefüllt sein, bevor es fertig ist? Die Post kommt zum Glück jeden Tag um zwei

Uhr, daher bitte ich dich, mein lieber Freund, sie zu benutzen. Tausende Grüße von deiner Tulla.

Habe mich gestern hier von einer Amateurin fotografieren lassen. Sie hat eine Unmenge an Bildern gemacht, wovon ein paar gut sind, die lächelnde T. ist jedoch nicht gut geworden. Ich glaube, ich befand mich nicht in meiner lächelnden Phase. Dienstag oder Mittwoch bekommst du sie. Denkst du bei Gelegenheit daran, die Kupferplatten vorzubereiten?«

Ich hatte vermutlich gerade nicht mein Sonnenscheingesicht. Aber ich fuhr ins Gudbrandsdal auf den Smerud-Hof, wo ich ein Kloster für mich fand. Das hatte er wohl nicht erwartet. Aber ich wollte lieber alleine sein als mit jemandem aus der Familie zusammen. Worüber sollte ich mit ihnen reden? Alles hatte sich verändert, sie würden nichts von meinem Leben verstehen, von meinen Prioritäten. Es bliebe lediglich bei einer ewigen Quengelei, warum ich nichts anderes aus meinem Leben machte. Dann stand mein Geburtstag an, und ich wusste, dass auch das schwierig werden würde, weil wir nie so groß feierten, und Mama wollte mir so gern eine ordentliche Geburtstagsfeier bereiten, zusammen mit Elen und Thorvald, Alfred und Magda, die gesagt hatten, das Fest könne gern in ihrer Villa im Drammensveien stattfinden. »Dram«, wie sie genannt wurde. Aber nein, ich hatte keine Lust, zu Alfred und Magda zu gehen, in ihr erfolgreiches Leben. Ich würde Edvard so fürchterlich vermissen, und ich war überzeugt, dass er eine Einladung nicht annehmen würde. Deshalb reiste ich ab, musste es einfach tun. Dann war ich oben auf dem Smerud-Hof. Und mein 30. Geburtstag brach an, und selbstverständlich entwickelte ich die lebhaftesten Fantasien, was an diesem Tag geschehen würde. Oh Gott, wie ich enttäuscht wurde.

Sie erhielt von ihm keinen Gruß zum 30. Geburtstag, auch von keinem anderen. Keinem aus der Familie. Sie hatten sie vermutlich abgeschrieben, meinten, sie sei verrückt, alleine tief ins Gebirge zu reisen, anstatt freundliche Tante und aufopfernde Tochter zu spielen. Keine Geschenke. Und in der Nacht hatte sie so merkwürdig geträumt, oder waren es Halluzinationen? Aufgrund von Menstruationsbeschwerden war sie fiebrig; vielleicht halluzinierte sie deshalb, denn sie sah ihn über sich schweben und hörte ihn sagen, dass er um ein Uhr käme, und sie hatte das Gemälde von ihm, das mit dem Knochenarm, mit im Bett, und am Tag darauf, an ihrem 30. Geburtstag, am 10. August 1899, fuhr sie eine ganze Stunde lang hinunter zum Bahnhof, um ihn abzuholen, aber er kam nicht, und mit dem Zug trafen auch weder Briefe noch Geschenke für sie ein.

Tulla an Edvard, 10. August 1899: »Mein Lieber, ich war entsetzlich enttäuscht heute, dass du mir nicht ein paar Zeilen geschickt hast. Es ist doch mein Geburtstag, aber du hast ihn vermutlich vergessen. Ja, stell dir vor, ich habe mich den ganzen Tag gefreut, dass du vielleicht kommst, von der Stadt sind es doch nur fünf Stunden mit dem Zug. Ich sehe vor mir, wie du mich fragst, ob ich verrückt bin, und das bin ich vielleicht manchmal, aber ich werde dir sagen, warum ich glaubte, dass du kommen würdest. Heute Nacht ging es mir schlecht, natürliche Ursachen im Übrigen, und so hatte ich wie immer Fieber und ~~lag da und~~ fantasierte, wie ich im Bett lag, genau wie in dem Selbstbildnis im ›Quickborn‹, und ich sah dich über mir schweben und sagen, ich komme bald, und ich fuhr hinunter zum Bahnhof, um dich vom Ein-Uhr-Zug abzuholen. Ich bin so betrübt, dass ich dir gestern den Brief geschickt habe, aber ich konnte nicht anders, ich war vollkommen außer mir vor Sorge. Ich musste dir diesen Brief einfach schicken, alles, was ich geschrieben habe, habe ich auch so gemeint, und ich habe weitaus mehr gemeint. Weil du mir nicht geschrieben hast, musste ich mich mit all deinen anderen Briefen, seit der Zeit in Florenz, begnügen. Mir scheint, es ist lange her, viele Jahre, seit du sie geschrieben hast. Aber ich liebe es, all deine Briefe aus Fiesole erneut zu lesen. Darin gibst du mir so viel, du bittest mich, so viel zu schreiben, wie ich kann, möchtest du das jetzt auch? Du sagst es mir jedenfalls nie. Findest du, ich schreibe dir zu oft? Mir ist heute nicht sonderlich nach Geburtstag, gewiss ist das meist ein Tag, an dem man sich freuen sollte. Ich bin 30 Jahre alt, aber das ist wohl kein Grund, sich nicht zu freuen. Ich empfinde es nicht als Last, ganz im Gegenteil. Es ist genau ein Jahr her, dass ich dir begegnet bin, und dann all das Darauffolgende, das mir so viel bedeutet hat, mir alles bedeutet hat. Seit ich dich kennengelernt habe, hat alles einen anderen Sinn erhalten, und all der Kummer und das Leid, die zwangsläufig damit verbunden sind, dich gern zu haben, etwas mit dir gemeinsam zu haben, können dennoch nicht die Freude und all die herrlichen Augenblicke trüben, die wir zusammen hatten. Vielleicht empfindest du es nicht so, so charakterfest, stark und energisch, wie du als Künstler und als Mensch bist, aber dennoch habe ich das Gefühl, dass du mich gern hast, du aber erst gesund werden musst. Nun, Adieu, mein lieber Freund. Tausend Küsse von deiner Tulla.«

Sie hatte einen entsetzlichen Geburtstag und war vollkommen wehrlos, als am Tag darauf ein Gratulationsbrief mit amüsanten kleinen Zeichnungen von Edvard eintraf. Eine solche Freude und gleichzeitig ein solcher Kummer über den vergangenen Tag; sie verkraftete es kaum; alles wurde grau und schwarz, und der Dank, den sie sandte, war klein. Er versprach auch, dass sie sein Haus bekommen solle, und zwei Tage später kam es, das Gemälde von Nygaardsgrund, dem Haus in Åsgårdstrand, das er nur zwei Wochen vor ihrer ersten Begegnung, an ihrem Geburtstag vor einem Jahr, gekauft hatte. Sie hängte es an die Wand, lag in dem viel zu kurzen Bett und stellte sich vor, dass er um das Haus herumging, in den Garten, dass er in der Hängematte lag, dass er vor einer Leinwand stand, sah zwischen Bäumen und Büschen seinen Körper vor sich, so nah, so nah. Das neue Atelier fand sich nicht auf dem Bild, weshalb sie ihn immer wieder aus dem Bilderrahmen hinausgehen sah.

Sie bedankte sich so knapp, war so melancholisch. Erinnerte sich daran, dass sie sich später dafür entschuldigen musste. »Ach, du kannst mir glauben, dass ich hier gemalt habe«, schrieb sie ihm; »irgendetwas muss ich doch tun, siehst du, und ich bin nicht imstande, den ganzen Tag zu lesen. Ich male die Kinder auf dem Hof und die alte Frau, den Stall, die Berge und den grünen Fluss, Kühe und Kälber und Schweine und mich selbst. Ja, hier siehst du die schlechte Zeichnung meiner Wand, all meine Anstrengungen. Aber du verstehst doch, wie es wäre, wenn ich nur ein bisschen gelernt hätte!« Erneut drängte sie, dass er zu ihr kommen möge. Es würde ihm so guttun, nach Smerud zu kommen, wo es meilenweit im Umkreis keine Menschenseele gab, lediglich die Leute auf dem Hof. An die Zeichnung, die sie ihm geschickt hatte, erinnert sie sich noch; es war eine ziemlich schlechte Skizze von der einen Wand ihres Zimmers auf Smerud, in aller Eile angefertigt: der Kleiderhaken mit ihrem Nachthemd, an der Wand die beiden Botticellis, die Edvard in Italien gekauft hatte, die sie bekommen oder sich genommen hatte; auf dem Nachttisch ein Schädel – ihr »Selbstbildnis in einer Woche«, das schrieb sie auf die Skizze – und an der Wand zudem ein »Selbstbildnis im Augenblick« – das heißt, dort war sie noch nicht zu einem Schädel geworden – und »meine Produkte«, nämlich ein Gemälde des Hauses auf Smerud, eines von einem kleinen Jungen sowie drei weitere Bilder; ihr »viel zu kurzes Bett« sowie eine Kommode mit einer Flasche darauf. So lag sie also in dem kurzen Bett und halluzinierte über ihn und stellte sich vor, was er in Åsgårdstrand machte, und hoffte innerlich darauf, dass er eines Tages in ihrer Tür stehen und »surprise« sagen würde. Auch sein Quickborn-Selbstbildnis mit dem Knochenarm hatte sie gezeichnet. Nach der Zeit auf Smerud nannte sie es nur »Eure Majestät« oder »Seine Majestät«. Jetzt stehen sie auf dem Dachboden, sowohl die Majestät als auch sein Haus.

Soll ich sie vom Dachboden holen? Vielleicht das Gemälde. Nicht Seine Majestät, ich verkrafte es nicht, dass sein Blick mir folgt und alles sieht, was ich tue. Aber vielleicht sollte ich Nygaardsgrund hier ins Schlafzimmer hängen? Es ist jetzt an der Zeit, nach gestern. Ich fühle viel mehr, wenn ich diese Briefe sehe und zurückdenke, als zu dem Zeitpunkt, als ich ihn in persona gesehen habe. Er war für mich irrelevant. Es gab keinen Grund, ihn aufzuhalten. Eigentlich ist das traurig. All die Mühen, das ganze Leben, und dann ist es vorbei. Alles wurde so anders, nachdem er auf mich gezielt und gesagt hatte, dass ich fertig sei, und gelacht hatte, und dann anschließend der Schuss. Etwas verschwand. Die Magie? Die Liebe? War es Liebe? Seither hat sich eine Art Nostalgie über das Ganze gelegt, nachdem das Lähmende und die Dunkelheit ihren Griff gelockert hatten, nachdem Arne sich meiner angenommen und mich nach Weihnachten 1903 in Paris in eine neue Zeit gehoben hatte. Die Dinge veränderten sich. Als wir im Sommer 1904 Nana Krohg in Drøbak trafen und ich begriff, dass Edvard ihr verboten hatte, mich zu grüßen, betrachtete ich es mehr von seinem Standpunkt aus. Er war verletzt. Es war nur nicht möglich zu verstehen, weshalb. Ich musste seine Briefe erneut lesen. Wieder. Und wieder. Mit einigen Jahren Abstand. Habe ich gestern Abend oder heute Nacht irgendetwas erzählt? Wer war eigentlich da und hat meinen Braten gegessen und meinen Wein getrunken? Diese verflixten schwarzen Löcher, ich erinnere mich an nichts. Es waren ein paar Gläser zu viel, das kann ich nicht leugnen.

Sie schließt die Augen, lässt sich in den Halbschlaf, den Halbtraum, den halbwachen Zustand sinken, zieht die Decke bis zum Kinn hinauf, lässt Briefbögen und alte Umschläge darauf verrutschen; einige sind gelesen und vergessen; andere liegen noch immer in vergilbten Umschlägen, mit Stempeln aus einer Stadt, die es nicht mehr gibt, Kristiania, aus einer Zeit, die es nicht mehr gibt, um 1800 herum, aus Tagen, deren einst reale Existenz unvorstellbar ist, von ihrer Begegnung an ihrem Geburtstag am 10. August 1898 bis zu dem letzten Tag in Åsgårdstrand. Und allem danach. Allem danach.

Als wir Anfang September 1902 gemeinsam von Drøbak nach Åsgårdstrand fuhren, durfte ich endlich wieder in sein Haus. Nachdem ich das Gemälde über meinem Bett hängen gehabt hatte, zuerst fast ein halbes Jahr lang in München und dann anderthalb Jahre in Røyken, und darüber fantasiert hatte, wie es wäre, durch die Tür zu gehen, in die Küche, und etwas für ihn zu kochen oder in der Tür zu stehen und nach ihm zu rufen, während er in seinem Atelier arbeitete oder draußen im Garten vor der Leinwand stand, »es gibt Essen«, würde ich rufen, oder ruhig mit einer Kaffeetasse auf der Treppe zu sitzen und zuzusehen, wie er im Garten malte oder zwischen den Bäumen in der Hängematte lag, gelangte ich tatsächlich dorthin. Nach der sonderbaren Fahrt über den Fjord und der Wanderung zum Haus und dem gemeinsamen Abend mit ihm, an dem das Gespräch so träge verlief, und der Nacht, in der er zu mir kam und ich so tat, als wäre ich bewusstlos, und dem Morgen, an dem er gegangen war, und der kurzen Begegnung im Atelier, die darin resultierte, dass er weglief, nach alldem befand ich mich tatsächlich wieder im Haus und wartete darauf, dass er nach Hause kommen würde. Es war wie ein schlechter Scherz, an all das zu denken, was zu tun ich geträumt hatte, wenn ich wieder dorthin kommen dürfte. Denn es war nicht idyllisch, und das Warten war eine Qual, und ich hatte seinen Revolver genommen, denn eigentlich gab es doch wohl nur eins zu tun? Meinte ich das wirklich? Oder war es mein größter Wunsch, dass Edvard mich fand, halb tot, sodass er mich retten musste, sich meiner annehmen musste, sich endlich ergeben und sagen musste, dass er mich liebt? Ich erinnere mich nicht. Ich weiß es nicht.

Er kam nie herauf zu mir nach Smerud im Sommer 1899, und letztendlich reiste ich gen Åsgårdstrand ab, um mit ihm zu reden, ich musste Klarheit haben, musste wissen, wie die Dinge standen, wie viel Zeit er eigentlich brauchte, um gesund zu werden und seine Arbeit zu verrichten, bevor er Kontakt zu mir aufnehmen würde. Wir verbrachten einen langen

Abend im Hotel in Åsgårdstrand, wo ich mir für die Nacht ein Zimmer nahm. Ich durfte nicht nach Nygaardsgrund kommen, er hatte Angst vor dem Gerede der Leute und vor Störungen. Aber wir saßen im Hotel mit Weingläsern auf dem Tisch. Edvard redete und redete und erklärte alles von seinem Standpunkt aus. Stellte Bedingungen für die Beziehung, und ich sagte zu allem Ja. Du musst verstehen, wie ich bin, sagte er. Er, der nicht verstand, wie ich war, der nicht auch nur ein einziges Mal auf den Gedanken kommen würde, dass er versuchen sollte, etwas von einem anderen Standpunkt aus als seinem eigenen zu betrachten. Ich durfte keine Bedingungen stellen, denn so war er, das würde er nicht aushalten, das waren seine Bedingungen. Ich dürfe nicht erwarten, dass er zu bestimmten Uhrzeiten auftauchen oder zu bestimmten Anlässen schreiben würde, so als wäre er ein gewöhnlicher Partner. Ich entgegnete, dass er mich zu Beginn verwöhnt habe und dass es schwierig sei, wo doch alles, was ich wollte, darin bestand, ihn zu sehen, und wenn ich hielt, was ich versprochen hatte, dann bemerke er es nicht und komme trotzdem mit verletzenden Bemerkungen. Du hast vorab festgelegt, wie ich bin, sagte ich. Da antwortete er: Entweder es sei vorüber oder ich müsse all seinen Bedingungen Folge leisten. Und da antwortete ich Ja, Ja, Ja. Und ich verließ ihn, wie er es wünschte, und trug dennoch eine Freude im Leib, weil er Bedingungen stellte, weil das doch bedeutete, dass er eine Beziehung haben wollte, dass wir letztendlich zusammen sein würden, ansonsten hätte er doch wohl nicht so gesprochen? Ansonsten wäre er doch wohl nicht so aufgebracht gewesen? Ansonsten hätte es ihn doch wohl nicht gekümmert?

Sie fuhr wieder hinauf in ihr Kloster, und sie malte, las und unternahm weiterhin Spaziergänge, wie es ihr Herr und Meister befohlen hatte. Sie schmierte weiterhin Gemälde zusammen und arbeitete weiterhin an den Radierungen. In Kristiania war sie Johan Nordhagen begegnet, den Edvard ihr vorgestellt hatte. Der Lehrer, der Nordhagens Radierschule betrieb, ließ sie an einigen Unterrichtsstunden teilnehmen, ausreichend, um mehr über das rein Praktische zu erfahren und Edvard nicht mehr wegen jeder Kleinigkeit fragen zu müssen. Sie arbeitete, las und unternahm Spaziergänge, aber allmählich wurde es Herbst und kalt, und es war unendlich einsam, und bald war sie wieder in Kristiania. Dort verbrachten sie einen angenehmen Abend zusammen, einen Abend, für den sie ihm dankte. Er war ihr gegenüber nicht gemein; alles war gut, obwohl er erneut Eifersucht und Misstrauen äußerte. Das aber deutete doch auch auf Liebe hin, und sie schaute ihm in die Augen und stellte fest, dass sie tief dort drinnen vorhanden war. Und seine hübschen Hände, die diese reizenden Bilder erschufen, die durfte sie ergreifen, berühren, streicheln. Und er berührte sie. Er erschuf sie neu.

Tulla an Edvard, Kristiania, Spätsommer 1899: »Mein lieber Freund. Obwohl ich finde, dass wir es gestern zusammen so gut hatten, hatte ich eine fürchterliche und schlaflose Nacht. Wie kannst du glauben, dass ich dich hinters Licht führen will? Warum musst du mich immer der Lüge beschuldigen, vor allem wenn von gewissen unwesentlichen Menschen die Rede ist, die manchmal zufällig meinen Weg kreuzen? Ich habe keinen Grund, dich anzulügen, aber ich denke auch, dass es gewisse alltägliche Bagatellen gibt, die es nicht wert sind, dir vorzuplappern. Kannst du nicht verstehen, dass ich es nicht aushalte, von dir in irgendeiner Weise verdächtigt zu werden? Gehe ich an einem Abend aus, dann weil ich es brauche, weil ich ein wenig Abwechslung in meinen Gedanken brauche, die sich immer um dich drehen. Das ist keine Vergnügungssucht, das ist am häufigsten Melancholie: Ich nehme das ernst, für mich ist es das Ernsthafteste überhaupt, und du musst versuchen, mir nicht zu misstrauen. Und dann willst du mich am liebsten nicht vor März sehen? Hast du das gemeint? Willst du mich vielleicht nie mehr wiedersehen? Ach, du tust mir oft unrecht. Es widerstrebt mir, dir zu schreiben und mich dir gegenüber zu beklagen, der du jetzt so unendlich viel zu erledigen hast, aber ich fühle mich elend und todmüde, wenn du sagst, dass du mich so gut entbehren kannst. Deine Tulla«

Für die Freude darüber, dass sie tatsächlich zusammen gewesen waren, zahlte sie einen schmerzhaft hohen Preis. Es verging eine ganze Woche, ohne dass sie etwas von ihm hörte, auch keine Reaktion auf den Brief, den sie so schnell danach gesandt hatte, selbstverständlich, weil sie sich ihm so nahe fühlte. Sie fühlte sich ihm immer so nahe, das war ein Teil des Problems. Jetzt hörte sie nichts von ihm, weder einen Dank für die Begegnung noch eine Erklärung für sein krankhaftes Misstrauen. Sie wurde krank; alles war schwarz; alles war hoffnungslos; sie konnte keine Ruhe finden; sie ging in ihrem Zimmer in der Josefines gate auf und ab, während die Familie vor der Tür stand und sich fragte, warum sie nicht zum Frühstück, zum Mittagessen oder zum Abendessen erschien. Ihr Schwager Skavlan und die hochschwangere Therese waren aus Nordland zu Besuch, es war sehr beengt und entsetzlich, ein solches Nervenbündel zu sein, während das Haus vor Verwandten und Besuch überquoll. Magda war krank, und sie glaubten, es handele sich um ein Geistesleiden, Alfred war völlig aufgelöst. Hatte es etwas mit ihrer Beziehung zu tun? Um Trost zu suchen, kam er nach Hause zur Mutter. Für Tulla aber war es unmöglich, zu Hause zu sein, wo der ganz normale Wahnsinn tobte, sie selbst fühlte sich völlig fern jeglicher Normalität. Da traf sie Aase, die Edvard im Laufe des Sommers mehrfach getroffen hatte, ohne dass Tulla mit ihnen hatte zusammen sein dürfen. Auch Tulla traf Aase mehrfach; manchmal in der Hoffnung, gleichzeitig auch Edvard zu begegnen. Das aber geschah nur ein Mal, und da ging sie schlussendlich. Um ihm zu zeigen, dass sie nicht dort sitzen und darauf warten würde, dass sie zur selben Zeit aufbrachen. Es war so nett, aber sie ging. Er sollte sehen, dass sie Wort hielt, dass sie selbstständig war.

Edvard an Tulla, Spätsommer 1899: »Meine liebe Tulla! Ebenso sehr deinetwegen habe ich nicht geschrieben! Ich fürchtete, der Brief würde zu sehr von der Bitterkeit erfüllt sein, von der ich selbst erfüllt war, krank und verzweifelt, wie ich war, seit wir uns trennten. Der Sommer ist jetzt vorüber, und ich habe fast nichts geschafft, und viel besser geht es mir auch nicht. Aber dieses Krankheitsgerede langweilt mich. Liebe Tulla, so weh es auch tut, muss ich nun von dir verlangen, dass du nicht hierherkommst, bevor ich es sage. Ich muss versuchen, wenigstens ein bisschen zu malen. Zudem darfst du dich nicht den Maßnahmen widersetzen, die ich ergreife, um so weit gesund zu werden, dass ich die Ausstellung durchführen kann, auf die ich mich jetzt so viele Jahre gefreut habe. Das ist eine Forderung: Ich bitte dich inständig, dich mir zu fügen und ein liebes Mädchen zu sein, unserer Beziehung wegen ...«

Aase lud mich zum Vormittagstee ein, sie habe Nachricht von Edvard, sagte sie. Als ich ankam, war ich unglaublich aufgeregt, das Gespräch jedoch war ganz entsetzlich. Sie erklärte mir eingehend, was Edvard dachte und fühlte. Das war in etwa dasselbe wie das, was er selbst in Åsgårdstrand gesagt hatte, es jedoch von Aase zu hören, machte es verständlicher und erfüllte mich gleichzeitig mit Hoffnungslosigkeit. Etwas machte sich in mir breit, eine Art Enttäuschung. Warum musste ich mit Aase zusammensitzen und über Edvard sprechen? Warum ging Aase vertrauter mit ihm um als ich, seine Partnerin? Warum musste es so sein? Ich wurde eifersüchtig. Aase war die Freundin, die er am meisten schätzte. Edvard und Aase kannten einander, seit sie 18 war, noch bevor ich 1888 ihr Gemälde in der Herbstausstellung gesehen habe. Während sie dasaß und redete, betrachtete ich das Foto, das sie eingerahmt hatte, auf dem Edvard ganz nah neben ihr steht und sie, eine 20-Jährige, so viel Vertrauen und Stärke ausstrahlt. Ich hatte es bereits viele Male zuvor studiert. Er muss sie damals doch gemocht haben. Das war so offensichtlich: Sie hätten ein Paar sein sollen. Aber das konnten sie nicht, weil sie beide arme Künstler waren. Es ging einfach nicht. Aase blieb standhaft und heiratete Harald Nørregaard, den Anwalt. Ich aber wurde mir immer sicherer: Hätte Aase frei wählen können, dann hätte sie Edvard die Möglichkeit gegeben. Ob er sie jedoch ergriffen hätte, das ist wirklich nicht sicher. Jetzt ist Aase seit über 20 Jahren tot, sie bekam eine Lungenentzündung und starb daran. Arne und ich haben sie nie besucht, obwohl ich mehrfach daran gedacht hatte. Es hat sich nicht ergeben, es hatte etwas mit dem Abstand zu tun, den die Geschichte mit Edvard erschaffen hatte. Ich wusste, dass ihm das nicht gefallen würde. Aase und Harald waren Edvards Freunde. Aase war meine Freundin, bevor ich Edvard kennengelernt habe, *aber es war nicht so eng wie mit Edvard, nehme ich an. Nachdem ich allmählich verstand, wie sie sich von Edvard benutzen ließ, wie sie damit zwischen Edvard und mich geriet, fragte ich mich, was für eine Art von Freundin sie überhaupt war. Das war nicht richtig. Ich versuchte ihn zu bitten, es zu unterlassen, mit Aase über alles zu sprechen, was nur mit uns beiden zu tun hatte, aber das ganze Gegenteil trat ein. Sie lud uns auch niemals ein. Vielleicht hatte er ihr verboten, Kontakt aufzunehmen.*

Es klopft an der Tür. Sie zuckt zusammen, bemerkt im selben Augenblick, dass ihre Hände eiskalt und steif sind, dass der ganze Körper verspannt ist und dass sie viel zu lange mit den Briefen hier gelegen hat.

»Sie müssen aufstehen, ich habe den Ofen im Wohnzimmer angefeuert, Sie sollten sich besser dorthin setzen. Sie müssen etwas essen.«

Josefine ist wie eine Mutter.

»Habe ich gestern etwas gesagt, das ich nicht hätte sagen sollen, Josefine«, fragt sie leise, »hast du etwas mitbekommen?«

»Sie sagten, dass die Briefe existieren.«

Sie sagt es gequält, es ist beinahe so, als würde sie mit sich ringen.

»Oh? Nicht mehr?«

»Aber wenn diese Menschen die Briefe lesen wollen!«

»Herrgott, das sind meine Briefe, warum sollten sie für jemand anderen von Interesse sein?«

»Es geht doch nicht um Sie; es geht um Herrn Munch.«

»Habe ich etwas über ihn gesagt?«

»Nein. Oder doch, nur, dass Sie ihn gestern Nachmittag gesehen haben.«

»Mehr nicht?«

»Das war alles.«

»Sicher?«

»Nun, also, etwas später fragten Sie, ob die Anwesenden hören wollten, wie er den Finger verloren hat.«

»Ja? Was dann?«

»Ihr junger Freund, der Medizinstudent, sagte Nein.«

»Also habe ich nichts gesagt?«

»Nein.«

»Sicher? Josefine?«

»Nein, also – einer von ihnen blieb noch, als die anderen gingen. Er stellte Ihnen ein bisschen zu viele Fragen. Wollte, dass Sie ihm die Briefe geben, aber da sagten Sie Nein.«

»Ja? Hat er dort in der Türöffnung gestanden?«

»Das weiß ich nicht, ich war in der Küche, erst als Sie etwas lauter wurden, begriff ich, dass nicht alle gegangen waren. Daraufhin habe ich ihn aus dem Haus bugsiert.«

»Weißt du, wer es war?«

»Nein, es war einer von den ganz Jungen.«

»Jaha, ein junger Mann. Das klingt nicht gefährlich.«

»Möchten Sie etwas essen?«

»Danke, Josefine. Stell mir ein wenig hin.«

»In Ordnung.«

Josefine knickst. Josefine geht. Josefine hat die Briefe gelesen, da ist sich Tulla ganz sicher.

Aus den Federn, auf den eiskalten Holzboden. Sie greift nach dem Morgenmantel, entscheidet sich jedoch um; es ist am besten, sich anzuziehen. Keine Kraft zum Waschen und Hübschmachen, das kann warten. Sie geht zur Kommode, deren unterste Schublade noch immer herausgezogen ist, und nimmt die Seidenunterwäsche aus der Zeit mit Hans heraus. Wählt etwas richtig Schönes aus. Das Anziehen dauert lange; sie ist mehrfach kurz davor, das Gleichgewicht zu verlieren, nicht ganz standfest nach den gestrigen Eskapaden. Sie sammelt die Briefe zusammen, damit Josefine das Bett machen kann. Geht zur Kommode, hält jedoch inne. Soll ich, soll ich nicht?

»Nimm sie mit ins Wohnzimmer.«
»Das ist keine gute Idee.«
»Du musst mehr lesen, bevor du sie verbrennst.«
»Vielleicht sollte ich nicht alle verbrennen?«
»Die wichtigsten kannst du aufheben.«
»Eine Weile noch, Hauptsache, sie werden verbrannt, bevor ich sterbe.«
»Warum sind sie eigentlich so gefährlich? Nach deinem Tod können andere sie doch wohl lesen?«
»Das ist mein Privatleben.«
»Aber dann bist du doch tot.«
»Schluss!«

Eilig ergreift sie den chaotischen Haufen aus Umschlägen und Briefbögen und öffnet die Tür, hinaus in den Flur, dann hinein in die kühle Halle mit der Treppe hinauf zur ersten Etage, wo der lautlose Ministerialrat vom Außenministerium, Waldemar Foss, wohnt. Sie sieht es förmlich vor sich, wie er ganz vorsichtig die Treppe hinaufgeht, hinauf zu seinen Blumen, die er so liebevoll pflegt. Er ist ein penibler älterer Herr, sie kann sich glücklich schätzen, ihn zum Mieter zu haben. Glücklicherweise kommt er nicht gerade in diesem Augenblick; sie spürt, wie ihr Körper ins Wohnzimmer eilen will, so als hätte sie etwas zu verbergen, denn sie hat nicht die Kraft, ihm zu begegnen, hat nicht die Kraft, seinem freundlichen Blick zu begegnen, einem Blick, der nicht verurteilt, der nicht prüft, der sie aber dennoch dazu bringt, sich zu schämen. Er ist schlicht und einfach zu anständig, dieser Mann. Dann schlüpft sie ins Esszimmer, wo gestern alle um den Tisch versammelt waren, wo sie sich an Gelächter und Zigarettenrauch erinnern kann; der eine oder andere saß wohl mit Pfeife da, während freigiebig eingeschenkt und dieses und jenes diskutiert wurde. Der Name Edvard Munch steht noch im Raum; es beginnt zu dämmern. *Wenn ich mich nur nicht blamiert habe.* Über dem Ganzen liegt eine Art Nebel. Jetzt sieht das Zimmer picobello aus; Josefine hat alle Beweise dessen beseitigt, was zumindest für Tulla ein gediegenes Zechgelage gewesen ist. Ins Wohnzimmer, wo der Flügel steht, die Wände mit Gemälden behangen sind. Dort beim Fenster liegt die Tageszeitung, neben dem Butterbrot mit Käse. Josefine weiß, dass das alles ist, was Tulla braucht, alles, was sie haben will.

Die »Aftenposten« und eine kleine Tasse schwarzer Kaffee, Josefine ist ein Schatz. Also soll ich die Briefe doch vergessen, das ist wohl der Grund, warum sie die Zeitung hingelegt hat. In Ordnung, Josefine, ich lese gehorsam. In Triest sind es –20 °C, ganz Europa inmitten einer Kältewelle. Herrgott, da steht mehr über Gunnar. Man stelle sich nur vor, tot. Alle sterben sie. Im vergangenen Jahr Sigurd. Herrgott. Nein, blätter um: Der attraktive Kronprinz will heiraten, und das ganze Volk wartet mit Geschenken auf. Alfred hat sicher etwas besorgt, auch in meinem Namen. Mein lieber Bruder regelt das für alle. Als das Clubhaus der Königin brannte, hat er 50 000 für den Wiederaufbau gespendet. P. A. Larsen lief außergewöhnlich gut. Und jetzt sind wir Teil von A S Vinmonopolet.

Der Kronprinz soll auch eine höhere Apanage erhalten. 100 000 im Jahr, das ist durchaus nicht schlecht. Meine Nichte Astrid Skavlan hatte Premiere am Nationaltheater und wird für ihr Talent gelobt. Das ist nett, und sie hat es verdient, weil sie nicht lockergelassen hat. Es war eine winzig kleine Rolle, aber trotzdem. Das will ich sehen, ich werde Agnes fragen, ob sie Zeit hat, mich zu begleiten, dann kann sie das Urteil fällen und nicht ich. Aber vermutlich hat sie keine Zeit, selbst jetzt, da alle Vöglein das Nest verlassen haben und in Paris gelandet sind, zumindest Wenche und Karen Lisbeth. So ist es, Theaterregisseurin zu sein erfordert eine andere Ernsthaftigkeit als das Dasein als Schauspielerin. Es geht alles rasend schnell dort auf dem Hof. Hans hatte recht, sie macht ein ganzes Heer aus. Ich aber war kein Heer, und auch mich hat er verlassen.

Das Butterbrot liegt vor mir, ich rühre es nicht an. Der Kaffee ist getrunken, und ich muss ein bisschen warten, bevor ich um mehr bitte, denn ein kleines Gläschen wäre nicht zu verachten. Erst recht nicht nach den gestrigen Ausschweifungen. Ich zittere. Vor dem Fenster saust die Straßenbahn vorbei auf dem Weg nach Majorstuen. Diejenigen, die zum Nationaltheater wollen, können die neue U-Bahn dorthin nehmen. Ich aber bleibe heute Abend zu Hause. Es ist belastend, allein schon an die Tour morgen ins Zentrum hinunter zu denken. Zum Nye Teater, einer wirklichen Attraktion für die Hauptstadt. Herrlich, dass es so kalt ist, da kann ich den Pelz anziehen. Zum Glück kommt Rulle mit dem Taxi hier vorbei, dann muss ich nicht laufen. Oben in der Maries gate hat eine Fleischerei eröffnet, und sie bauen überall. Alles ist im Wandel begriffen, der Schnee jedoch legt einen Schleier über das Ganze, so als drosselte die Zeit das Tempo.

Sollte sie doch ein bisschen essen? Neben dem Teller liegen die Briefe. Sie ist noch nicht fertig damit. Alle müssen gelesen werden. Wird sie das in zwei Jahren wieder tun? Fünf vergehen lassen? Oder zehn? Es ist, als wäre sie wieder dort. Das unangenehme Gefühl, dass nichts geklärt ist, dass sie in keiner Weise selbst die Kontrolle über ihr eigenes Schicksal hat, sie empfindet es als Unruhe, als Kribbeln, Stechen und Unwohlsein. Warum will sie das spüren? Ist das, was dem Tod so nahe gewesen ist, das Lebendigste, woran sie sich erinnert? Oder stellen die Briefe an sich den Fluch dar? Würde sie das alles nicht empfinden ohne sie? Diese Zeitreise wird erheblich konkreter dadurch, dass sie lesen kann, was er geschrieben hat. Hat er auf Ekely ihre Briefe bei sich? Dann könnte er ja all das lesen, was sie zu dieser Zeit gedacht hat. Das ist doch schrecklich! Diese Briefe aber wird er niemals zurückbekommen; egal, ob es für ihn Freude oder Ärgernis bedeuten würde. *Niemals.*

Mir gelingt es nicht, darüber hinwegzukommen, dass er das letzte Mal, bevor wir uns 1900 getrennt haben, über mich gelacht hat, dass er gelacht hat, als ich sagte, ich wolle weiterhin radieren. Nach all der Aufmunterung, die er mir hat zuteilwerden lassen. »Du hast Fortschritte gemacht«, »das ist doch richtig gut«, »jetzt solltest du eine Landschaft radieren«, »Ist das nicht Fräulein Scheel?«. Und dann plötzlich dieses boshafte Lachen. Es ist vollkommen unglaublich, dass ich wieder angefangen habe, dass ich mich bereits in München dazu gezwungen habe. Das Gerede von Veränderung. Ich war verändert – daran gab es keinen Zweifel! Und das war sein Werk. Aber er hat nie etwas über das Klavierspielen gesagt, obwohl ich gut darin war, das weiß ich. Selbst Delius hat mich gelobt, als ich in Grez geübt hatte. Er überließ mir sein Piano, während er in London war. Pfui, wie sauer Jelka Rosen wurde. Weil er ständig flirtete. Und sie wollte ihn haben. Ich war selbstverständlich nicht interessiert, ich wollte nur Edvard. Herrgott. Sie hat ihn doch bekommen. Er war einfach so. Von sich eingenommen wie alle Mannsbilder zu dieser Zeit. Die ganze Bande hielt sich für Genies. Glaubten, sie könnten mit den Frauen alles machen. Jaja, Kameradinnen sollten wir sein, wenn es passte, aber unabhängig davon, wie talentiert die Frauen waren, so waren doch sie es, die auf die Kinder aufpassten und sich um den Haushalt kümmerten. Aber so ist es vermutlich noch immer. So viel moderner sind wir nicht geworden. In einigen Bereichen hat es sich womöglich in die entgegengesetzte Richtung entwickelt. Das dachte ich oft, als ich mit Hans zusammen war.

Für den Flügel hatte ich glücklicherweise Platz, als ich aus der Tidemands gate hierhergezogen bin. Und ich habe ihn genutzt. Nicht jeden Tag, aber zumindest jede Woche. Allerdings bin ich nicht gerade ein kleines Fräulein Reiss; etwas Neues zu lernen geht nicht mehr so schnell. Fast bin ich ein bisschen neidisch. Auf eigene Faust in einem kleinen Auto herumzureisen und auf Tournee zu gehen. Sie hat es sogar geschafft, sich einen Arzt zu angeln, der fast 20 Jahre älter ist. Ich glaube daran. Wähle nicht die zu jungen, die verlassen dich. Josefine achtet gut auf den Flügel, er steht als glänzendes schwarzes Schmuckstück im Wohnzimmer.

Dann setzt sie sich an den Flügel und nimmt die Noten hervor, die sie überraschenderweise aus Nikka Vonens Mädcheninstitut mitnehmen durfte, als sie nach zwei Jahren im Vestlandet nach Kristiania zurückkehrte.

Die sollst du haben, eines Tages bewältigst du es, sagte Nikka und sah mich mit scharfem Blick an. Vergeude nicht dein Leben, wollte sie vermutlich sagen. Nutze es. Und hier sitze ich, und was habe ich getan? War es eine Vergeudung des eigenen Lebens oder nicht? Ein wenig unsicher, ein wenig flach, ein wenig stakkato, manchmal zu schnell, manchmal zu langsam, es gehört viel dazu, all meine Fehler zu überhören, aber dennoch: Es besteht kein Zweifel daran, dass dies das Adagio aus Mozarts Klavierkonzert 23 ist. »Diese Melodie ist etwas mehr als 100 Jahre alt und noch immer so ergreifend«, sagte Nikka und fügte hinzu: »Denk daran, dass es im Leben auch Dinge gibt, die sich nicht ändern.« Aber was? Die bildende Kunst hat sich seit damals auf jeden Fall verändert. Aber sie hatte recht, das Adagio hat nicht verloren. Aber ich spiele es selten, wenn die Mädchen etwas hören wollen. Karen Lisbet und die kleine Wenche, die auch gar nicht mehr so klein ist. Meine Mädchen, die eigentlich Agnes' Mädchen sind. Sie sind selbst auch gar nicht so schlecht, aber sie bitten immer mich zu spielen. »Warte damit«, sagte Nikka, »nimm dir etwas mehr Zeit, erarbeite es dir. Eines Tages wird es dir gelingen.« Dann übte ich, und dann konnte ich es. Als ich in Paris war, misslang es bereits wieder, aber mit Delius als Zuhörer gelang es mir wieder, nachdem ich heimlich geübt hatte. Und jetzt, jetzt fließt es nur so heraus, ohne Widerstand, ohne das Feuer von früher, aber es sitzt noch immer in den Fingern. Josefine findet es traurig, mir hingegen gefällt die Melodie so gut. Das Melancholische daran. Die große Sehnsucht. Dann bricht es jäh ab, und es ist, als wäre alles verschwunden. Nicht nur aus dem Kopf oder aus den Fingern, vielmehr erinnere ich mich nicht einmal mehr daran, wie die Melodie weitergeht, ich erinnere mich nicht daran, worauf die Sehnsucht gerichtet ist. Auf wen oder was. Es herrscht wirklich vollkommene Leere.

Dann nehme ich die Noten und lese, und dann komme ich rein, aber es ist stakkato, es sitzt nicht mehr in den Fingern, ich muss aufhören. Sollte wieder anfangen zu üben, das ist es, was sie sagen, willst du gut bleiben, dann darfst du nicht aufhören. Aber es ist so einfach, aufzugeben. Es ist so einfach, sich zurückzulehnen und teilnahmslos zu werden. Diese Mattheit ist so vertraut, mir geht es bestimmt seit 30 Jahren so, seit ich in die fatale Beziehung zu Seiner Majestät dem Maler geriet. Sollte ich hinaufgehen und ihn anschauen? Der Gedanke, auf den Dachboden hinaufzugehen, reizt. Nein, lieber zuerst ein kleines Glas, um zu entspannen. Ich bin momentan viel zu unruhig, das ist nicht gut. Und die Kälte kriecht in mich hinein, wenn ich nur auf den Kirkeveien hinaus schaue. Dort draußen findet sich keine Dame ohne Pelz.

Aber radieren oder malen? Damit ist ganz und gar Schluss. Ganz selten ist die Lust zwar vorhanden, bevor sie jedoch versucht hat, sich daran zu erinnern, wo all die Sachen verstaut sind, hat sie vergessen, was so wichtig daran war, wieder damit anzufangen. Es kommt vor, dass sie mit einem Bleistift in der Hand dasitzt, und wenn sie nach unten sieht, dann findet sich dort eine Zeichnung, die jedoch nicht bewusst angefertigt wurde, nicht mit der Absicht, dass etwas entstehen soll. Ihre Hinterlassenschaften gelangen nie in ein Museum. Und das ist vollkommen in Ordnung. Letztendlich wird die Erde unter der Last all dessen zusammenbrechen, was aufgehoben werden soll. Man sollte mehr verbrennen. Die Briefe sollten verbrannt werden. Aber jetzt noch nicht. Soll sie die neue Zeitung oder die alten Briefe lesen? Zuerst die Zeitung, dann kann sie anschließend bei den Briefen entspannen. Sich dem Schwelgen in Erinnerungen und Melancholie richtig hingeben. Es ist absurd, aber sie tun auch gut, diese Reisen in die Vergangenheit.

Ein Sechsjähriger ist erstickt, während er mit einigen Kameraden im Schnee gespielt hat, wie traurig. Die Leute sollten besser auf ihre Kinder aufpassen. Im Casino wird ein Film mit dem Titel ›Companionate Marriage‹ gezeigt. »Wir sind mit Schweigen aufgewachsen, aber auch unter dem Eindruck der Vorstellung, dass das Sexualleben sündhaft ist. Aber es bedarf des Studiums, das Leben gemeinsam zu leben«, heißt es in der Anzeige. Vielleicht sollte ich mir den Film anschauen? Viertel nach sieben und Viertel nach neun, mit Betty Bronson in der Hauptrolle. Oder das Carl Johan Teater. Dort feiert ein neuer Film namens ›Das Revue-Mädchen‹ Premiere, er soll pikant und nur für Erwachsene sein. Was könnten sie da zusammengeschustert haben? So viel Unterhaltung jeden einzelnen Abend, seitenweise Kinoanzeigen, und dann habe ich zu nichts Lust. Da ist auch die Anzeige für die Eröffnung des Nye Teater morgen, in dem sie ausschließlich neue norwegische Stücke spielen. Und zur Eröffnung gibt es die komplette Hamsun-Trilogie. Dienstag »An des Reiches Pforten«, am Tag darauf »Spiel des Lebens« und am 28. »Abendröte«. Ich soll dorthin, ich soll zusammen mit der gesamten Kulturelite Oslos erscheinen. Wir sind so modern geworden. Fantastisch, dass Schanche das gelungen ist. Noch ein Bergener und noch ein alter Freund von Agnes. Mein Kollege, würde Agnes jetzt einwerfen, um zu unterstreichen, dass sie eine »working woman« ist. Arbeitspferd, wie Hans gesagt hat, und dann drückte er mich, die sich in Schale geworfen hatte, damit er etwas Hübsches zum Anschauen hatte. Agnes jedoch hilft Ingolf Schanche, und übermorgen steht sie als Schauspielerin im »Spiel des Lebens« auf der Bühne, zusammen mit Maurstad und Lillebil Ibsen, die bei Max Reinhardt Erfolge gefeiert hat, zurückgekehrt ist und Tancred geheiratet hat, den Enkel von Henrik Ibsen und Bjørnstjerne Bjørnson. Johan Hauge und Mary Koren Wiberg verkörpern in allen drei Vorstellungen Kareno und Frau, das hat man sich wirklich amüsant ausgedacht. Eine Menge erstklassiger Schauspieler treten für Schanche an, der selbst jeden Abend spielt und zudem der Intendant ist. Drei Premieren auf einmal! Schanche ist auch ein alter Freund von Hans. Möchte wissen, ob er morgen mit der neuen Frau im Schlepptau kommt. Hoffe nicht. Es läuft so einigermaßen mit ihnen, habe ich gehört. Sie ist es, die jetzt ein Auto mit Chauffeur hat. Mein Anwalt gewährt mir nicht mehr viel Spielraum, was die Finanzen angeht, deshalb muss ich hier einen Kiosk betreiben und die erste Etage an einen netten Herrn mit Orchideen vermieten und ansonsten mit der treuen Josefine, meiner Stütze im Leben, zurechtkommen.

»Josefine, ein kleines Glas Portwein und noch etwas Kaffee, bist du so nett.«

»Sagst du das, oder denkst du das?«

»Ich werde es sagen.«

»Du willst wieder trinken?«

»Ich brauche es.«

»Nach all dem, was du gestern und in der Nacht getrunken hast?«

»Ich werde nur ein kleines Glas nehmen. Es ist doch bald Mittagszeit.«

»Das kann ich nicht steuern, du musst einfach trinken.«

»Ich kann tun und lassen, was ich will, zum Glück. Wenn ich trinken will, bis ich sterbe, dann tue ich das!«

Sie klingelt nach Josefine, die sich umgehend einfindet. Tulla hüstelt und sieht Josefine an, die ihr die Worte aus dem Mund nimmt.

»Ein kleines Glas Portwein?«

»Ja, nur ein kleines. Vielleicht auch noch ein bisschen Kaffee.«

»Ich bringe es sofort.«

»Danke.«

»Und Obst?«

»Ja, Obst ist gut.«

Dann kommt Josefine mit der Flasche und schenkt ein. Tulla trinkt den roten Tropfen und spürt, wie die Wärme durch ihren Körper wogt, das tut so gut. Josefine wartet, beeilt sich, das Glas aufzufüllen, ohne dass Tulla darum bitten muss. In Reichweite platziert sie eine Schale mit Trauben und geht. Die Flasche nimmt sie mit. Sie weiß durchaus von jener, die im Schrank neben dem Grammofon steht, sagt jedoch nichts. Tulla wird heute kein Glas extra trinken. Selbstverständlich nicht. Jetzt wird sie wieder in die Briefe eintauchen. Wo war sie? Ach ja, bei Aase Nørregards erster großer lästiger Einmischung.

Sie war vollkommen eindeutig in ihren Worten. Ich müsse ihm Zeit und Raum gewähren und dürfe ihn nicht drängen. Er sei empfindsam und zerbrechlich, erklärte sie. So als wäre ich im Verhältnis dazu eine starke Pflanze. Sorgsam suchend, gleichsam prüfend, um genau die Worte zu finden, die ihn beschreiben konnten. Ich kannte ihn doch selbst! Es war, wie vor den Oberlehrer gerufen zu werden und seine Strafe zu empfangen. Was hatte er ihr eingeredet? Sie sprach von einer Krise, die an dem Tag eingetreten war, als wir im Gravesen zufällig aufeinandertrafen. Dass ich ihn besitzen wolle, dass ich offensichtlich den Eindruck erweckt habe, er müsse mir über all seine Schritte Rechenschaft ablegen. Sie sagte, er würde es nicht aushalten, dass jemand anderes ihn lenkt oder über ihn bestimmt, und dann hätte ich in aller Öffentlichkeit für einen Aufruhr gesorgt. Das solltest du wissen, Tulla – er ist schon immer so gewesen! Ich fragte nur, warum er nicht geschrieben habe, dass er nach Kristiania fahren würde, schließlich hatte ich einen Schock erlitten, als ich ihn sah! Er bezeichnet es als eine große Krise, Tulla, sagte Aase.

Tulla an Edvard, Frühherbst 1899, Samstag: »Mein geliebter Freund, ich habe heute mit Aase gesprochen. Ich habe von eurem gestrigen Gespräch erfahren, und ich verstehe, jedenfalls glaube ich, dass ich dich verstehe. Du sollst deinen Willen bekommen, ich werde dir keinerlei Zwang auferlegen, ich werde mit ganzer Seele versuchen, in der Zeit, in der du noch hier bist, deinen Weg nicht zu kreuzen. Ich werde dich nicht aufsuchen. Ich werde den Zufall walten lassen. Ich weiß, dass du mir gegenüber so sein musst, wie du bist, und dass dir mein Verhalten als das Gegenteil von dem erschienen sein muss, was ich dir versprochen habe. Du darfst mit mir machen, wozu du imstande bist. Ich bin für alles dankbar, aber ich fordere nicht mehr als das, was du mir geben kannst und willst. Mit jeder Stunde, die vergeht, habe ich dich mehr lieb, und so wird es immer sein. Ich halte so unendlich viel von dir. Ich kann dir nicht mehr sagen. Viele, viele Grüße von deiner Tulla.«

Zwei Stunden später: »Lieber Freund. Ich habe nachgedacht und nachgedacht und überlegt und erneut nachgedacht, und ich bin zu dem Schluss gekommen, dass ich von hier fliehen muss. All das ist für uns beide zu aufreibend, und mein innigster Wunsch ist es, dass du das Recht erhältst, allem zu entkommen, was jetzt in dieser schwierigen Zeit, die du durchmachst, für dich nicht zum Wesentlichsten zählt. Daher packe ich meine Sachen und reise in den nächsten Tagen nach Kopenhagen, und ich wünsche dir, mein innig geliebter Freund, dass dir das einen Teil der Last nimmt! Tausend Grüße und Küsse von deiner Tulla.«

Innerhalb weniger Stunden hatte sich für mich alles verkehrt, und ich traf eine Entscheidung. Ich musste weg, das war vollkommen einleuchtend. Es nutzte nichts, als Nervenbündel in meinem Zimmer in der Josefines gate zu sitzen, mit der kompletten Sippschaft vor der Tür. Ich hielt es auch nicht mehr aus, meine Mutter so besorgt zu sehen. Sie verstand schließlich, dass etwas nicht so war, wie es sein sollte. Ich wusste, dass er plante, nach Berlin zu fahren und dort eine Ausstellung abzuhalten, mein Gedanke war also, vor ihm in dieselbe Richtung zu reisen. Dann könnten wir uns dort treffen, wenn er gesund genug oder bereit dazu war. Oder wenn er es überhaupt wollte. War es etwas, das Aase gesagt hatte, was dazu führte, dass ich mich so schnell entschloss? Brachte sie mich dazu, das Feld zu räumen?

Kein Wort von ihm, nachdem ich den Brief in aller Eile geschrieben hatte. Nicht einmal eine Postkarte.

Kurz nach meiner Ankunft in Kopenhagen traf ich auf der Straße Vilhelm Krag, er war so perplex, mich zu sehen, dass er mich zu meiner Pension begleitete! Und ich machte es mir mit meiner Freundin Elise Rustad gemütlich, sie war Bildhauerin und eine gute Freundin von Edvard Brandes. Wir waren bei Brandes zum Austern-Essen mit Champagner zu Gast und badeten anschließend in seinem hypermodernen Badezimmer. Das war besser als das Hotel Victoria. Er lud uns zum Frühstück, zum Mittag und zum Abendessen und in sein Bett ein. Es ist beinahe seltsam, dass es dieselbe Reise war: Die netten

Begegnungen, mit Gelächter und Gesprächen, sehe ich vage vor mir, während ich die schmerzhafte Angst davor, dass alles vorüber war, die Nervosität in Bezug auf Edvard, noch immer ganz deutlich spüre. Alles war schwarz und schwierig, ich tat, was in meiner Macht stand, um herauszufinden, wie ich komplett verschwinden könnte, das war es doch, was er am liebsten wollte.

Zum ersten Mal schickte ich einen fast ironischen Brief aus Kopenhagen, wo ich ein paar Wochen blieb. Ich berichtete ausführlich von Edvard Brandes und versuchte Edvard möglichst eifersüchtig zu machen. Er musste mich doch kontaktieren, wenn ich schrieb, dass andere Männer mich zu einem Bad in ihrem Badezimmer sowie zu Übernachtungsbesuchen in ihrem Bett einluden. Ich befürchte jedoch, dass ihn das stattdessen skeptischer werden ließ. Er konnte nicht wissen, dass das für mich vollkommen undenkbar war. Man schloss immer von sich auf andere, war es nicht so? Im Übrigen war es Elise, die Brandes haben wollte, im Jahr darauf waren sie verheiratet. So schrieb ich und bat ihn, ein bisschen an andere zu denken anstatt nur an sich selbst.

Jetzt bist du vermutlich froh, dass du mich los bist, vielleicht hast du mich bereits vergessen! Du selbst hast die große Krise in Gang gesetzt, von der du sprichst, du wolltest es so! Für mich ist alles komplett schwarz, schrieb ich an Edvard, meinen Maler: Wo ist der Brief, der große? Ich warte so. Du musst verstehen, dass mein Leben momentan nur daraus besteht, auf den Brief zu warten und darauf, wie ich weiterleben soll. Ich bin es leid, dass du mir von Aase Grüße ausrichten lässt. Kannst du etwas von dir hören lassen? Ich bin hier hilflos. Die Laune ist ebenso finster wie das heutige Wetter, die Wolken über mir sind schwarz. Ich bin nicht undankbar für all das, was du für mich geopfert hast, aber ich kann es nicht anders verstehen, als dass das einzige Unrecht, das ich dir angetan habe, aus dem Wunsch besteht, mit dir zusammen zu sein. Mit all dem, was zwischen uns getreten ist, weiß ich nicht mehr, was ich tun soll. Hilf mir!

Er aber half ihr nicht, noch kontaktierte er sie oder tauchte auf. Es verging nicht viel Zeit, und sie hielt es in Kopenhagen nicht mehr aus und reiste nach Berlin. Aase hatte gesagt, dass von Edvards Reise nach Berlin vorerst keine Rede sein konnte, Tulla aber wollte dorthin, um das Radieren zu studieren, um etwas zu tun zu haben, wo sie es doch nicht aushielt, in Kristiania zu sein. Aber war das richtig? Würde er wütend werden, wenn sie nach Berlin reiste, in »seine« Stadt? Sie beschloss, dort nicht in »sein« Hotel zu ziehen, sondern sich bis auf Weiteres vielmehr eine Pension zu suchen. Er hatte ihr geschrieben und gemeint, sie würde ihren Willen so oder so durchsetzen. Jetzt schrieb sie und fragte, ob es in Ordnung sei, dass sie nach Berlin reiste, und sie bat ihn, den langen Brief zu schicken, der laut ihm wichtiger war als jeder andere, denn sie war sich ganz sicher zu wissen, was darin stehen würde. Sollte sie zerbrechen, dann konnte dies ebenso gut sofort geschehen, und dann konnten sie nur hoffen, dass er es später nicht bereuen würde.

Tulla an Edward, Herbst 1899: »… als ob ich nicht verstünde, dass du ernsthaft meinst, was du mir sagst. Glaubst du, dass ich, nachdem ich dich so gut kennengelernt habe, auch nur einen Augenblick lang im Zweifel darüber gewesen bin? Und dass du vor allem zusehen musst, hinreichend gesund zu werden, um zu arbeiten? Schäm dich. Ich weiß durchaus, dass du mit mir leidest, wenn du siehst, dass es mir schlecht geht, und ich bin verzweifelt darüber, dass ich es weder in deiner Anwesenheit noch schriftlich vermeiden konnte, dir das zu zeigen, und für dich alles nur noch schlimmer gemacht habe, aber bisweilen war es schier unmöglich, mich zu beherrschen. Und auch ich war in letzter Zeit nicht ganz gesund. Manchmal bin ich so müde, und ich denke so oft, ob ich dir nicht den größten Dienst erweisen und dir den größten Beweis dafür liefern würde, wie viel du mir bedeutest, wenn ich ganz verschwinden würde. Nein, es ist schon spät, vielleicht erfreut es dich, dass ich mich mehrere Stunden am Tag in Federzeichnung übe. Wenn ich Haydn fertig bekomme, werde ich ihn dir schicken, dann kannst du ihn kritisieren. Ich sitze hier und betrachte deine Behausung in Åsgårdstrand, die vor mir an der Wand hängt – das sind doch mal Erinnerungen!«

Die Zeit in Berlin war in jeglicher Hinsicht dunkel. Es wurde Herbst und ein trüber November, alles war mürrisch und scheußlich. Die Pensionen und Hotels, in denen sie wohnte, waren kalt und ungemütlich. Noch immer kann sie spüren, wie sie alles anwidert, wie ihr das Atmen schwerfällt, die Luft nicht in die Brust vordringt, sondern im Hals stecken bleibt. Sie hatte nichts mehr vorzubringen, nichts mehr zu geben. Die wenigen Briefe, die von Edvard kamen, waren voll von Vorwürfen. Die Mutter war besorgt und wollte sie bei sich haben. Es war unmöglich, denen zu Hause zu erklären, warum sie in Deutschland blieb. Aber sie konnte nicht heimkehren, denn das würde bedeuten, dass sie verrückt vor Sehnsucht wurde, während er an einem anderen Ort saß, hustete und malte. Nein, das ging nicht. Sie musste ihm Luft zum Atmen lassen und brauchte selbst welche. Nur war die Luft in den Straßen Berlins so schlecht. Aase schrieb Briefe und schickte kurze Grüße von Edvard. Auch das verstimmte sie. Warum schrieb er nicht selbst? Warum ließ er über Aase Grüße ausrichten? Tat er das überhaupt oder schrieb sie es nur? Er war krank in Kristiania, sie war krank in Berlin. Alles war schwarz.

Edvard an Tulla, Herbst 1899: »Mein lieber Freund! Erneut muss ich dir dasselbe schreiben: Ich kann keinen Gruß senden, wenn so viel gesagt werden müsste. Ich bin verzweifelt über das Ganze. Für mich befindet sich alles in einer verzweifelten Dunkelheit. Und ständig denke ich daran, dass es dir so schlecht geht, ohne die geringste Möglichkeit für mich, dir zu helfen. Ich verfüge nicht über die moralische und physische Kraft, meine Gemälde auszustellen, meine Arbeit von drei Jahren. Das ist eine ernste Sache für mich, dessen Zuhause ein anderer Ort ist als die Erde, und du suchst beständig nach einer irdischen Freude bei mir, der ich dir immer erklärt habe, dass ich der Erde nicht angehöre. So wie es gelaufen ist, geht es nicht mehr weiter, das ist sicher. Ein Beschluss muss gefasst werden. In meiner Verzweiflung bin ich jetzt darauf gekommen, dass es dich möglicherweise beruhigen würde, wenn wir zumindest formell verheiratet wären. Du bekämst eine Art Zuhause und trügest meinen Namen, anderes könnte es jedoch nicht bedeuten. Alles andere ist eine Frage der Zukunft. Vorläufig muss und will ich so stark werden, dass ich meine Arbeit wiederaufnehmen kann, sowie so stark, dass ich dir eine Hilfe sein kann. Ich reise zuerst an den Holmenkollen, um Ruhe und Kraft zu finden. Du musst in Berlin bleiben, denn alles ist vorbei, wenn du mich jetzt daran hinderst, ins Gleichgewicht zu kommen. Sag mir, was du darüber denkst! Für mich ist es der einzige Strohhalm, der uns beide vor dem Untergang retten kann. Dein EM«

Das war ein merkwürdiger Heiratsantrag. Aber es war einer. Mathilde Munch. Sie saß in Berlin; er war in Kristiania oder vielleicht noch immer in Åsgårdstrand und machte ihr einen Antrag. Nicht gerade auf Knien. Edvard Munch wollte mit ihr verheiratet sein. Was sollte sie antworten? In ihr fand sich ein jubelndes Ja, aber gleichzeitig auch ein nagender Zweifel. Du bekommst meinen Namen und eine Art Zuhause. Mathilde Munch? Mit allem anderen würden sie sich später auseinandersetzen. Allem anderen? Was war das? Später? Wann war das? Wie lange musste sie warten? Nach dem Gespräch mit Aase war das alles nahezu unbegreiflich. Er konnte sie nicht sehen; er hielt es nicht aus, mit ihr zusammen zu sein, musste sich ausschließlich auf seine Arbeit konzentrieren. Aase aber konnte er sehen? Mit ihr konnte er sprechen? Er wollte, dass Tulla sich verändert, damit er es besser mit ihr aushielt. Denn er wollte es auch; irgendwo tief drinnen ist es wohl das, was er wollte? Ansonsten hätte er doch nicht vorzuschlagen brauchen, dass sie sich verändert, oder jetzt die Ehe? In einem weiteren, kurz darauf abgeschickten Brief: »Ich schlage die Eheschließung vor, weil es dir gegenüber der Familie und anderen vielleicht eine einfachere Position verschafft, eine Art Zuhause. Es wird eine Art Verbindung zwischen uns und bietet die Möglichkeit für eine spätere Bindung auf Grundlage dessen, dass du schließlich eine kleine Vorstellung davon bekommst, was und wer ich bin und was ich will.«

Damals verstand sie nicht, dass derjenige, der sich hätte verändern müssen, damit eine Beziehung daraus hätte werden können, er war. Ach, diese Unruhe, die sie nie ganz losgelassen hat. All das macht sie krank, warum es also hervorholen? Warum diese Briefe lesen? Wie selbstzerstörerisch kann man sein? Sie weiß, dass sie damals krank wurde und dass der Grund dafür all die Zweifel, die Sehnsucht und das ganze Sammelsurium an Gefühlen waren, die sie nicht auseinanderhalten konnte. Sie wurde krank. Er verstand nichts; er wollte nicht verstehen; er konnte nicht.

»Er hat mich krank gemacht.«

»Es ist noch ein wenig Portwein im Glas. Du brauchst es jetzt.«

»Ja.«

»Und du hast eine Flasche versteckt, nicht wahr?«

»Der große Fehler war, dass die Familie so hineingezogen wurde.«

»Sollten wir das nicht in der richtigen Reihenfolge abhandeln?«

Sicher ist nur, dass ich Mamas wegen heiraten musste, nachdem es erst öffentlich gemacht worden war. Meine Mutter litt unter all den Fragen, die ihr zu der bevorstehenden Hochzeit gestellt wurden. Fragen, die sie keineswegs beantworten konnte. Er verstand das nicht. Und seiner Schwester und seiner Tante war es egal. Sie liebten ihn und wollten ihn nicht mit mir teilen. Sie arbeiteten gegen mich, brachten ihn nicht zur Vernunft, ganz im Gegenteil. Anfangs waren sie so süß, so liebenswert, hatten mir geschrieben und von Åsgårdstrand und dem neuen Atelier berichtet, dann aber war Schluss. Danach herrschte ausschließlich Kälte. Und damals auf dem Bahnhof in Røyken, das werde ich nie vergessen. Der Blick, den sie mir zuwarf, Tante Karen, verächtlich, arrogant. Das war wirklich erniedrigend. Formal war ich noch immer mit ihrem Goldjungen verlobt. Er hatte doch gesagt, dass wir noch immer verlobt waren, und er hatte nicht mit mir gebrochen. Ebenso wenig ich mit ihm. Ihre Blicke jagten mir kalte Schauer über den Rücken. Und Cecilie sahen sie an, als wäre sie eine Dirne. Es mussten doch alle verstehen, dass das, was ihre Schwester Anna mit oder gegen Hamsun tat, faktisch nichts mit Cecilie zu tun hatte. Was für ein schreckliches Benehmen.

Herbst 1899. Tulla ist in Berlin, Edvard in Kristiania. Neben dem Warten und dem Sehnen wurde das Radieren zum Wichtigsten. Sie malte kaum noch, legte die Pinsel beiseite und nahm die Radiernadel zur Hand. Hilfe bekam sie von Lehrer Gehrke, den sie drei Nachmittage in der Woche engagierte; zusätzlich hatte sie zwei Vormittage in der Woche einen Zeichenlehrer. Sie las auch, Bücher, von denen Edvard meinte, sie müsse sie lesen, um ihren Horizont zu erweitern. Einige waren richtig gut; das war keine Qual. Das Radieren mochte sie am liebsten. Das war das Einzige, mit dem es ihr gelang, die Tage auszufüllen. Es entstanden viele Radierungen, viele, mit denen sie, auf ihrem Niveau, nicht ganz unzufrieden war.

Ich bildete mir nie viel auf das ein, was ich fertigte. Es war nur Zeitvertreib. Nach und nach merkten einige an, dass das ein oder andere Bild etwas habe, ich aber war mir nie sicher, nicht nach all den Jahren des Wartens. Arne hat es nie verstanden. Edvards Aufmunterungen hingegen, die bedeuteten etwas. Manchmal vergaß ich mich und verschwand in der Arbeit, mühte mich und mühte mich, versuchte und irrte, gab nicht auf. Seine künstlerische Arbeit war etwas vollkommen anderes, es kam mir nie in den Sinn, dass es auch nur irgendeine Ähnlichkeit zwischen dem gab, woran ich mich versuchte, und dem, was er tat. Nur einmal fühlte ich, dass mir wirklich etwas gelang, etwas, das gleichsam außerhalb meiner selbst entstand, etwas, das eine wirkliche Selbstständigkeit aufwies. Nicht viele bekamen es zu sehen, dafür war ich zu dieser Zeit viel zu deprimiert. Die Platte habe ich aufgehoben, den Druck aber habe ich nicht mehr, weiß nicht einmal, was daraus geworden ist. In regelmäßigen Abständen kommt mir der Gedanke, dass ich versuchen könnte, es erneut zu drucken, dass es Spaß machen würde. Aber nein, es ist zwar amüsant, etwas zu sehen, das einmal war, aber man bedenke nur, wenn ich damit fortgefahren hätte, wenn ich wirklich geglaubt hätte, etwas erreichen zu können, wenn ich mich weiterentwickelt hätte! Dann hätte ich vielleicht mehr Bilder fertigen können, die genauso gut waren. Oder besser. Es ist einfacher, davon zu träumen. Ich unternahm einige Versuche zusammen mit Arne, aber im Atelier in der Tidemands gate wurde nichts daraus, vielleicht war es zu groß, zu erfüllt mit Erwartung, zumindest war Hans mit einer Art von Erwartung erfüllt, die mich untätig werden ließ. Was hast du heute gemacht? Wie viele Bilder hast du produziert? So als produzierte man Bilder in der gleichen Weise, wie man Boote baute. Das ist nicht das Gleiche. Das hat Hans nicht verstanden. Aber das war vielleicht auch nicht verwunderlich, schließlich waren alle seine Künstlerfreunde so produktiv, zumal er die erfolgreichen Männer zu kennen pflegte. Mit Arne zusammen war es hingegen nicht so schwer, wie ich zuerst geglaubt hatte, denn unabhängig davon, wie jung er war, so war er bereits da ein bekannter Künstler und ich nur seine neun Jahre ältere Ehefrau. Arne war der Bedeutendere, er stellte die ganze Zeit aus und verkaufte Bilder. Ich arbeitete manchmal, vor allem in den ersten Jahren, als ich ihn das wenige lehrte, was ich über die Radierung wusste, aber ich konnte doch keinerlei groß angelegte Produktion in Gang setzen. Dafür fehlte mir wirklich das Selbstvertrauen.

Das ist so eine Sache mit dem Traum von dem, was hätte sein können. Dasselbe trifft auf das Klavierspielen zu. Wenn man nur bedenkt, wie gut es der kleinen Elisabeth Reiss gelingt. Sie arbeitet stets hart, nicht so wie ich, die nie genug geübt hat und die es nie weiter gebracht hat als bis zum Herumklimpern. Sie sagten, ich hätte Talent, aber nein, daraus habe ich nichts gemacht. Es hat mich auch niemand dazu aufgefordert, aus so einer Familie komme ich nicht. Die Schwägerin meiner Nichte Liv Skavlan, Fräulein Reiss, hingegen verfügt sowohl über den familiären Rückhalt als auch über einen außergewöhnlichen Antrieb, und das hat zu Resultaten geführt. Es war ein Erlebnis, sie im vergangenen Jahr in der Aula zu hören. Sie ist ein echtes Talent. Amüsanter ist jedoch, dass sie Esprit hat, zudem war sie mehrere Jahre lang Schülerin von Bokken. Das führt eben zu Resultaten, da bin ich mir sicher. Bereits jetzt gibt sie diese kleinen Konzerte, bei denen sie zwischen den Stücken scherzt und das Publikum unterhält. Man braucht sich nur die Jungen anzuschauen und zu überlegen, was daraus hätte werden können, wenn man nur ein bisschen mehr gewollt hätte. Mein Wille aber wies nur in eine Richtung. Aber schließlich war ich auch mit der Vorstellung aufgewachsen, dass das Ziel darin bestand, einen Mann zu finden. Mama sprach von nichts anderem.

Mama sagte immer, dass ich auf meine Figur achten solle, dass es nicht allen vergönnt war, so rank und schlank zu sein. Ich dürfe einfach nicht zu viel essen. Das tat ich auch nicht. Das habe ich nie getan. Eher das Gegenteil. Vielleicht ist es ihre Schuld. Sie meinte, es würde leicht für mich sein, einen Ehemann zu finden, so wie für Elen. Elen war auch hübsch.

Cecilie hässlich. Aber letztendlich hat sie ihren Gemeindepfarrer abbekommen, und jetzt ist sie 78 und seit über 15 Jahren Witwe. Er ist tot, und irgendwann stirbt sie, und dann ist diese Geschichte vorüber. Ich bin so froh, dass Mama meine beiden Scheidungen nicht erleben musste. Es reicht aus, sie selbst zu erleben, ohne die Sorge, wie die Alten es aufnehmen. Sie hatte auf mich gewartet und gewartet, erst als ich in Paris war, dann auf Smerud, dann in Berlin, München und Røyken. Dabei wusste sie doch, dass es mir schlecht ging. Als Carl im Eeg Asyl in Kristiansand landete, fragte sie sich selbstverständlich, ob auch ich in der Anstalt enden würde. Arme Mama. Sie war glücklich, als ich Arne traf und endlich anständig verheiratet wurde, obwohl er Künstler war. Edvard wäre schlimmer gewesen, über ihn kursierten so viele hässliche Geschichten.

»Sie dürfen nicht glauben, dass Sie mich kennen.«

Hat er das gesagt oder war es nur sein Blick? Auf dem Heimweg lässt sie das Haar lang über den Rücken fallen, sie spürt, wie der Wind es anhebt, spürt die kühle Regung im Nacken, wie Liebkosungen einer fremden, kalten Hand. Er hatte angenommen, sie sei womöglich Schauspielerin.

In Berlin stand Gehrke über sie gebeugt, eifrig in seiner Lehrtätigkeit, sicher auch, weil sich dort etwas fand. Sie hatte einen guten Blick. Und er mochte sie. Das aber bemerkte sie kaum. Ansonsten war sie mit Maya Vogt, Nils Collett Vogts kleiner Schwester, zusammen, die ebenso viel Humor hatte wie er, aber das war die richtige Art von Humor, und sie hatten mitunter sogar ein bisschen Spaß, trotz all des Schmerzes. Daneben pflegte sie in Berlin Umgang mit dem polnischen Dichter Wysocki und den Obstfelders, die viel stritten. Die Ehefrau war am nüchternsten und hoffnungslosesten, wenn sie betrunken war, und das war sie ziemlich oft. Sie war Dänin und zehn Jahre jünger als Sigbjørn. Tulla wartete und wartete und wartete und wartete. Als sie dort mit Edvards Briefen in den Händen sitzt, kommt das Gefühl von damals in ihr hoch. Sie ermahnte Edvard, der geschrieben hatte, dass es ihm wieder schlechter ging: Nimm Hämatogen – werde gesund!

Tulla an Edvard, Herbst 1899: »Dienstag. Du Lieber, ich muss dir heute Abend oder besser gesagt Nacht ein wenig schreiben; denn es ist 1 Uhr, und ich kann nicht schlafen. Ich habe dir so viel zu sagen, was auch gesagt werden muss, aber es ist so schwierig, und das umso mehr, nachdem du mir von den Briefen erzählt hast, die du geschrieben, aber nicht abgeschickt hast, denn schließlich weiß ich, dass du darin Dinge gesagt hast, die vielleicht nie gesagt würden, wenn wir einander sähen. Ich liebe alles, was du schreibst, und freue mich wie ein Kind über jedes Wort, aber ich bin gewiss, dass wir einander sehr viel näher gekommen wären, wenn du dich entschlossen hättest, mir die Briefe zu geben. Du darfst nicht denken, dass ich dir das vorwerfe, aber ich spüre so deutlich, dass es vieles gibt, worüber du mit mir sprechen musst, mein Lieber, schreibe mir, was du willst, über das, was uns beide betrifft; selbst wenn es wie Peitschenhiebe ist, nehme ich es hin, aber sag es. Es stimmt, dass ich in der Zeit, in der wir zusammen waren, mehr gelitten habe, als du erahnst – und jetzt ist es nicht besser, ganz im Gegenteil, gleichzeitig fühle ich jedoch, dass ich mehr und mehr von dir halte. Als würde das, was ich für dich empfinde, mit jedem Kampf, den ich austrage, noch stärker, aber du musst verstehen, es lässt mich verzweifeln, dass du dir deine Gefühle für mich nie eingestehen willst und mir nicht genug vertraust, um in allem offen zu sein. Ich kann dir nicht in dieser Weise schreiben, wenn du nicht das Gleiche tust. Mir geht es momentan entsetzlich, vielleicht sollte ich all das nicht jetzt schreiben, wo du krank bist, aber ich muss. Deine Tulla.«

In Berlin wurde sie krank. Ihre Mutter schrieb und wollte wissen, wie es ihr ging, und es war schwer zu antworten. »Ich bin hier, um das Radieren zu studieren, alles ist gut!« Der eine Arzt, Edvards Arzt Dr. Asch, meinte, es seien nur die Nerven und sie brauche Veränderung und Erholung und eine andere, zuträglichere Umgebung. Können Sie Herrn Munch bitten, mich zu kontaktieren?, fragte er. Er wollte mit Edvard über sie sprechen, das begriff sie. Sie befürchtete, er wolle versuchen, ihn zur Vernunft zu bringen. Sie hatte erzählt, dass sie in Ungewissheit abwartete, dass ihr komplettes Leben in der Warteschleife hing. Sie hatte auch versucht, ihm zu erklären, dass Edvard einfach erst eine Unmenge an Dingen erledigen müsse, bevor er bereit war, irgendwelche Entscheidungen zu treffen. Dass sie jetzt aber auf jeden Fall heiraten würden. Das würde alles besser machen. Wann?, fragte der Arzt. Das weiß ich noch nicht, entgegnete sie da und sah doch ein, dass es Wahnsinn war. Dieses Warten würde sie das Leben kosten. Edvard schrieb und meinte, sie müsse einen anderen Arzt hinzuziehen, es sei sonderbar, dass es ihr nicht besser gehe, wenn es nur die Nerven waren. Dr. Goldschneider untersuchte sie und fand heraus, dass sie in einem Lungenflügel einen weit fortgeschrittenen Spitzenkatarrh hatte. Sie müsse an einen Ort mit besserer Luft. Jetzt aber sollte Edvard bald nach Berlin kommen; sie konnte die Stadt schlicht und einfach nicht verlassen.

Somit war auch sie offiziell krank. Bereits einige Jahre zuvor hatte sie wegen Lungenentzündung drei Monate im Krankenhaus gelegen und wusste, dass ihre Mutter Todesängste ausstand. Frithiof war daran gestorben! Aber das war 1873, und das war lange her. Die Ärzte verfügten nunmehr über bessere Methoden, und ein Spitzenkatarrh war nicht so gefährlich. Nur nicht frieren, gut essen, sich bewegen. Aber sie konnte doch nicht essen, und sie fror ständig! Zum Glück hatte sie eine neue Unterkunft gefunden und dort auch einen neuen Freund. Der Pianist Kiær ging mit ihr spazieren, sooft sie wollte, und hatte, da sie krank war, ihr sogar sein Zimmer überlassen, welches das beste des Hauses war. Das Wetter hatte sich gebessert, im Tiergarten grünte es, und die Vögel sangen; die Sonne schien, und in den Straßen duftete es nach Veilchen. Sie gaben ein Abschiedsfest für die Obstfelders. Ein halbes Jahr später war er an Tuberkulose verstorben. Das war wirklich traurig. Sie waren in Berlin so oft zusammen gewesen und waren so gute Freunde geworden. Er war ein feiner Mensch. Und die Ehefrau, die schwanger war … Das Kind kam an dem Tag zur Welt, an dem er starb.

Edvard an Tulla, Spätherbst 1899: »Mein lieber Freund! Hier sind einige der kleinen Episteln, die ich ab und an schicke und die Teile des großen Briefes sind, der dich in die Lage versetzen soll, mich zu kennen. Wenn du mich einmal verstehst, wirst du begreifen, wie unmöglich die Art war, in der du mit mir umgegangen bist, und dass es mich langsam umbringen würde, wenn man mir die Einsamkeit nähme. Deshalb wirst du auch verstehen, dass die Ehe, die möglicherweise zustande kommt, so gestaltet werden muss, wie ich es angedeutet habe. Diese Schwächung, wenn es denn keine internistische Erkrankung ist, wird lange andauern, zumindest das erste halbe Jahr oder Jahr geht es nur darum, irgendwo Kuren zu machen. Bis auf Weiteres müssten wir jedenfalls wie Geschwister leben. Meine Liebe zu dir musst du vor allem als Bruderliebe betrachten. Vielleicht wirst auch du mit der Zeit eine andere Art der Liebe entwickeln, nämlich die der Schwester, und ohne die geht es nicht mit mir. Dann geschieht vielleicht das Wunderbare. Dennoch wirst du womöglich in besseren Verhältnisse leben: eine Art Zuhause bekommen, freier sein, und ich könnte dir in vielerlei Hinsicht helfen. Du könntest radieren, und ich würde dir Bücher besorgen, und du könntest deinen Geist bilden, der absolut nicht entwickelt ist. Andere große neue Interessen werden sich dir eröffnen, und die Leidenschaft, die sich jetzt, auf eine beinahe unnatürliche Weise, nur um eine Sache dreht, wird sich anders verteilen, und du wirst auch mich besser verstehen. Also antworte mir offen und ehrlich. Hier darf nichts im Verborgenen bleiben, und du musst resignieren – lernen zu resignieren –, denn mit Ungestüm und Zwang hast du bei mir das Gegenteil von dem erreicht, was du erreichen wolltest. Viele Grüße, dein Edvard«

Dass sie versucht habe, ihm die Einsamkeit zu nehmen – das war wirklich nicht der Fall! Ganz im Gegenteil. Sie hatte verstanden, dass er allein sein musste, sowohl um denken als auch um arbeiten zu können. Das war für ihn eine Lebensnotwendigkeit, das hatte er doch so viele Male gesagt! Aber einige Abmachungen mussten sie doch treffen können. Ansonsten würde es vollkommen unerträglich, sie zu sein; das sollte er wirklich verstehen können. Edvard schrieb: »Ich verstehe, dass deine Liebe stark ist. Ich bewundere deine Fähigkeit zu großer

Liebe. Ich bewundere, dass du deinen Leib und meinen Leib unter deiner Liebe sterben lässt, aber du musst entschuldigen, dass ich mich nicht für diese Liebe erwärmen kann.«

Er schrieb, dass ich ihm im Akt nichts geben würde, dass er etwas erhalten wolle, er jedoch mehr das Gefühl habe, ich würde nehmen. Damals hat mich das krank gemacht; als ich diesen Satz las, war es, als würde ich sinken und sinken. Es war so grausam geschrieben, als wolle er mir wehtun. Endlich verstehe ich es. Der Grund war, dass er sich selbst niemals vergessen konnte. Er lehrte mich zu genießen, konnte selbst aber nicht genießen. Lediglich seine Bilder gaben ihm etwas. Wie sollte ich das verstehen können? Wie oft er auch versuchte, es mir zu sagen? »Du bist zu viel Frau, um dich mit einer halben Liebe zu begnügen. Ich verfüge körperlich über ziemlich wenig Kraft, alles muss in die Arbeit fließen. Es war ein gewaltiger Kampf zwischen meiner Liebe zur Arbeit und meiner Liebe zu dir. Unser Zusammenleben hat mich gelehrt, dass ich mich nicht teilen kann.« Der Arzt hatte gesagt, er müsse es ganz ruhig angehen, sonst würde er nie gesund werden. Das war auch ein Grund dafür, warum er mich nur wie ein Bruder lieben wollte, er sollte keinen Orgasmus bekommen, der Arzt hatte ihm Enthaltsamkeit verschrieben. Er hat es nie direkt so formuliert, aber sicher handelte es sich um eine Form von Neurasthenie. Damals erhielten doch so viele Männer diese Diagnose, genau wie die Frauen mit ihrer Hysterie. Merkwürdigerweise gibt es das nicht mehr. Es muss unter den Medizinern aus der Mode gekommen sein. Zum Glück ist die Gesellschaft heute etwas offener als damals, vermutlich sollte man jetzt jung sein.

Obstfelder hatte den Roman »Das Kreuz« geschrieben, den alle gelesen hatten, alle außer Tulla. Maya sah sie mit großen Augen an: »Du siehst ihn fast täglich und hast es nicht gelesen?« Dann las sie: »Das ist ja das Gefährliche: Wir machen die einzelne Frau zu *der* Frau – dem Phantom zwischen uns.« Hatte Edvard das nicht gelesen? Hier stand es doch schwarz auf weiß, dass man diese Vorstellung von *der* Frau erschafft, dass keine reale Frau so ist. Aber dennoch bezogen sich alle auf die Vorstellung von der Phantomfrau, nicht nur Edvard. Und sie selbst arbeitete schließlich daran, diese Frau zu werden, das war das Einzige, was sie tun konnte. Du verstehst uns Frauen nicht, wir denken nur an das eine, erinnert sie sich an ihn geschrieben zu haben. Das ist es, was sie zu Hause gelernt hat. Das Ziel war jedoch nicht das Sexuelle, das Ziel bestand darin, ein Heim zu schaffen, Mutter und Ehefrau zu sein. Aber nicht allen gelingt es, und sind sie dann keine echten Frauen? Das kann doch nicht sein. Das Buch steht im Regal, sie nimmt es heraus und findet schnell die Seiten, die sie bereits viele Male gelesen hat: »Es gibt Tausende, ja Hunderttausende Männer auf der Welt. Aber es gibt bloß eine Frau, bloß eine einzige. Es ist die Frau, die sich in allen Frauen findet, das schleichende Phantom.« War Edvard der Meinung, dass sich dieses Phantom in ihr fand? »Denn in Wirklichkeit sind diese Frauen, diese Lehrerinnen und diese Kassiererinnen und diese Balldamen und diese Matronen, nicht *die* Frau. *Die* Frau ist ein Phantom.«

Obstfelder wollte, dass wir den subjektiven Standpunkt des Mannes erkennen, dass es sich um eine Vorstellung handelt, nichts Ewiges. Ich mochte ihn sehr gern, und es war eine

Tragödie, dass er direkt danach gestorben ist. Später entdeckte ich, dass er nicht der Erste war, der schrieb, dass sich in allen Frauen diese Frau findet; es war nicht seinen eigenen Gedanken entsprungen, das weiß ich jetzt. Mehrere Schriftsteller schrieben zu dieser Zeit genau das Gleiche, und viele von ihnen hielten es sogar für eine objektive Wahrheit. Das war eine Art Seuche zum Ende des 19. Jahrhunderts, und auch Edvard wurde von ihr erfasst. Ein derartiger Eigenbrötler war er nicht, dass er sich nicht vom Zeitgeist beeinflussen ließe.

»Ein langer Brief ist nötig, um dir die Sachlage zu erklären. Ob du verstehst, was ich mit dieser formalen Ehe meine? Du musst blind das tun, was ich will, und daran glauben, dass ich tun werde, was ich kann, um dir zu helfen«, schrieb Edvard. Er befürchtete, Tulla würde nicht verstehen, dass er das mit dem Getrenntleben ernst meinte. Gleichzeitig wollte er ihr so gern helfen; er wollte doch, dass es ihr gut ging. Es war so schön, dass er sich sorgte, wenn es ihr schlecht ging, oder sie auszubilden trachtete. Er war so väterlich, und sie, die ihren Vater vor langer Zeit verloren hatte, war von diesem Väterlichen angetan. Sie mochte das Gefühl, dass auf sie aufgepasst und über sie bestimmt wurde. Davon hatte es in ihrem Leben zu wenig gegeben. Er war ihr Lehrer und Meister, eine richtige Vaterfigur. Es war schwer, nicht daran zu glauben, dass es sich um Liebe handelte.

Dann war Edvards Geburtstag, genau ein Jahr nachdem er in seinem Atelier eine Flasche Champagner hervorholte und ich für ihn Modell stehen sollte. Er hatte gesagt, ich müsse ihn küssen, weil es sein Geburtstag war, aber das traute ich mich nicht. Dieses Mal feierte ich Edvards Geburtstag mit den

Obstfelders und Maya Vogt. Ich schickte ihm drei Fotografien von mir, ihm, der mich nicht einmal um irgendeine Fotografie gebeten hatte. Er wollte sie bestimmt nicht haben. »Danke für all das Zugesandte«, schrieb er nach dem Geburtstag und teilte mir mit: »Ich selbst feire meinen Geburtstag nicht, da ich nach dem Überschreiten des Kindesalters keinen Grund mehr dafür gesehen habe.« Aber im vergangenen Jahr, Edvard – im vergangenen Jahr hast du eine Flasche Champagner hervorgeholt! War das nur ein Vorwand, um mich zu küssen? Und ich war überglücklich, selbst über diese zurechtweisende Nachricht, die beinhaltete, dass dem von mir Geschickten keine große Gefahr innewohne. Er mochte die Fotografien, und er lobte erneut meine Radierungen: »Du hast überraschende Fortschritte gemacht! Du hast allen Grund, zufrieden zu sein mit dem, was du erreicht hast, und das muss doch Lust darauf machen, weiterzuarbeiten!«

Edvard an Tulla, Herbst 1899: »Du sagst, du verstehst nicht, dass ich dich in Deutschland, wo ich eine Ausstellung abhalten möchte, vorläufig nicht sehen will. Wie ist es möglich, dass du das nicht verstehst, wo ich doch all meine Ausstellungen, meine Arbeit habe aufgeben müssen. Du musst jetzt verstehen, wie geschwächt ich bin und dass Ruhe notwendig ist … Ich bin probeweise einige Tage in der Stadt gewesen. Cafés und Städte ertrage ich nicht mehr. Du musst dich da hineinversetzen, wie es ist, wenn ich eine Ausstellung zustande bringen will. Denn das Unglück geschah, weil du nur deine eigene Liebe, deine eigene Lust, deinen eigenen Willen gesehen hast, deshalb musste meine arme Lebensanschauung weichen. Ich will dir das nicht vorwerfen, ich bewundere deine Stärke als Frau und verachte meine Schwäche als Mann, aber es ist ein Unglück, wenn eine Frau wie du einem Mann wie mir begegnet, wenn zwei so verschiedene Lebensauffassungen aufeinandertreffen. Da du mich um eine Entscheidung bittest, muss ich dir sagen, ich halte das Ganze für unmöglich. Habe es lange schon gewusst, aber ich habe bis zuletzt gekämpft, um dich zu beruhigen und dich dazu zu bringen, zu verstehen. Die Unmöglichkeit beruht auf unseren ganz verschiedenen Lebensauffassungen. Du, in Freude erzogen, zu Lebensfreude, konntest alles tun, was du wolltest, hattest einen Willen, alles zu tun, was du wolltest, du glaubst an das Evangelium der Lebensfreude. Ich ~~erzogen~~ aufgewachsen in Trauer, Unglück und Krankheit, und dadurch habe ich eine entgegengesetzte Lebensauffassung entwickelt. Du hast mich nicht gesehen, verstanden oder gedacht oder gehört, deshalb hast du mir gegenüber die ganze Zeit getan, was du ansonsten nicht getan hättest. Du hast geglaubt, mich und meine Bilder zu verstehen, aber das hast du nie. Meine Bilder sind Kinder des Schmerzes und der Trauer, und niemals habe ich das Evangelium des Lebensgenusses besungen.

Aus deinem letzten Brief meine ich ein wenig Nachdenken herauszulesen. Wenn du damit tatsächlich angefangen hättest, dann wäre dieses Leid für dich leichter zu ertragen. Ich besitze keine Kraft mehr dazu. Ich muss meine brennende Sehnsucht danach befriedigen, die Freude zu genießen, die die Auseinandersetzung mit meiner Arbeit darstellt, meine einzige Freude. ~~Ich brauche Einsamkeit.~~ Ich muss zurückkehren zu meiner Freiheit und zu meiner Einsamkeit. Der Fehler war, dass du mich nicht gehört, nicht verstanden hast. Als ich dir vor einem Jahr begegnet bin, habe ich dir so viel über mich erzählt, über meine verlorene Fähigkeit zur körperlichen Liebe, über meine

Unmöglichkeit als Mensch, meine einzige Stütze – meine Arbeit –, und ich werde es dir weiterhin erzählen. Du hast nichts gehört, nichts verstanden.«

Tulla an Edvard, Berlin, 1899: »Ich glaube durchaus, dass dein Brief in großer Eile und ziemlich unüberlegt geschrieben wurde, es ist hart, von dir zu hören, dass ich weder sehe noch höre noch verstehe, und ich glaube, dass du eines Tages anders über mich denken wirst und dann vielleicht findest, dass ich sowohl besser gesehen als auch besser gehört und verstanden habe als all diese anderen Menschen, die sich deine Freunde nennen und an die du so fest glaubst, Beispiele dafür habe ich hier genug.

Jetzt, da du mich aufgibst, ist alles gleichgültig. Körper und Seele sind müde, und ich möchte am liebsten im Bett bleiben, kraftlos, wie ich bin. Ich denke Tag und Nacht an dich, wie es dir geht, kannst du mir nicht eine Zeile schicken, ist es eine Schande zu antworten? Aase schrieb von einem verzweifelten Brief von dir, vermutlich ging es um mich. Man richtet so viele Fragen von zu Hause an mich, ob ich nicht bald heimkäme, und du kannst wohl verstehen, wie schwierig meine Position meiner Mutter gegenüber gerade ist.«

Ich war zerbrochen. War das eine Trennung, oder was meinte er? Nein, ich brauche noch ein Glas. Es nützt nichts. Was habe ich geantwortet? Er macht doch Schluss? Hätte ich das nicht einfach einsehen und das Ganze beenden können? Hätte ich mir das Leben genommen? War es der Selbsterhaltungstrieb, der mich das aushalten ließ? Oder war ich einfach nur naiv? Warum habe ich diese Briefe hervorgeholt? Was habe ich gestern zu den anderen gesagt? Dass sie existieren? Was habe ich gesagt?

»Josefine!«

Endlich kommt sie, ich sollte eine Jüngere einstellen, keine, die fast genauso alt ist wie ich. Das ist völlig falsch. Sie ist so langsam.

»Was habe ich gestern über die Briefe gesagt? Und schenke noch einmal ein, sei so nett.«

»Soll ich zuerst einschenken oder zuerst reden?«

»Zuerst Portwein.«

Ein sehr alter Portwein, der in P. A. Larsens Weinlager gelegen hat, bevor er jetzt über die Ladentheke von A S Vinmonopolet geht, wird bis zum Rand in das schöne Kristallglas gefüllt. Sie hebt es vor dem Fenster mit dem kühlen blauweißen Schnee auf dem Kirkeveien davor und sieht, wie das Licht die blutrote Flüssigkeit wie einen Rubin funkeln lässt. Josefine ist großzügig gewesen; das Glas ist bis zum Rand gefüllt, in der Hoffnung, dass ein Glas ausreichen wird.

Josefine stellt die Flasche auf den Salontisch. Da kann ich mich selbst bedienen, aber ich weiß, dass sie jeden Zentimeter Portwein abzählt, der aus der Flasche weicht. Und sie weiß, dass ich es weiß. Es ist schwer, etwas vor ihr zu verbergen, aber sie ist diskret und gutgläubig. Sie meint, ich vertrage wenig. Ich halte es nicht aus, wie sie mich ermahnt, als wäre sie meine Mutter. Schlimm genug, dass der junge Arzt, der so offensichtlich großes Interesse an der kleinen Wenche hegt, vorschlägt, ich solle den Konsum aus gesundheitlichen Gründen einschränken. In einem Bericht, den er gelesen habe, wurde darauf hingewiesen, dass Sherry vor dem Essen gesundheitsschädlich sei, und so weiter. Ich bin nicht dumm. Selbstverständlich sollte man nahezu enthaltsam sein. Aber ich bin in einer Familie aufgewachsen, in der man sich ein Glas geneh-

migt, um es sich gemütlich zu machen, wir haben davon gelebt, Qualitätswein, Süßwein und Spirituosen an eine Reihe der besten Familien zu verkaufen, und sie alle haben es gut verkraftet. Ich bin nicht dumm. Ich weiß, ich sollte warten, zum Beispiel nicht am Vormittag trinken. Aber ein kleines Glas Wein soll in der Tat gesund sein, Herr Doktor.

Das sanfte Gefühl stellt sich schnell ein. Ihm wohnt Betäubung inne, und die braucht sie. Sie sieht zu Josefine auf, die ängstlich wirkt. Herrgott, es muss doch wohl erlaubt sein, sich ein Glas zu genehmigen!

»Was habe ich gestern zu den Gästen gesagt? Sei ehrlich.«

»Aber das bin ich doch immer.«

»Ja, selbstverständlich, Josefine. Ich meinte, dass du keine Rücksicht nehmen sollst.«

»Also. Sie sagten, Sie hätten einen Stapel mit Briefen von Herrn Edvard Munch. Dem Maler. Und dass Sie ihm gestern begegnet sind.«

»Ich weiß, dass er Maler ist. Und ich bin ihm nicht begegnet. Ich habe ihn gesehen.«

»Jawohl. Ja, so haben Sie es gesagt.«

»Und dann?«

»Jemand hat gefragt, wo sich dieser Stapel befindet.«

»Und dann?«

»Sie sagten, das sei geheim.«

»Und da haben Sie vermutlich versucht, es aus mir herauszuquetschen?«

»Der junge Medizinstudent hat sie davon abgehalten.«

»Dedichen? Wie galant.«

»Ja. Er war sehr nett.«

»Weil er sich als Teil der Familie sieht, Josefine. Er hat

ein Auge auf Wenche geworfen. Und ich muss sagen, ich glaube, es wird erwidert.«

»Das ist günstig.«

»So?«

»Ja, denn er hat Sie auch davon abgehalten, als Sie von dem Maler erzählen wollten.«

»Aha.«

»Ja, über das mit dem Finger.«

»Ach, Herrgott.«

»Dann sprachen alle über Hamsun und die Stücke und das Nye Teater, woraufhin Sie über Schanche, Agnes und Hans sprachen … und Hans Stormoen und Alfred Maurstad und eine ganze Reihe jüngerer männlicher Schauspieler.«

»Warst du die ganze Zeit dabei?«

»Ich musste. Ich fand, Sie hätten sich hinlegen müssen. Daher wollte ich Sie wieder ins Schlafzimmer begleiten.«

»Habe ich etwas Falsches getan?«

»Nein. Nichts, außer, als Sie Suppe essen wollten, da haben Sie einen Korkenzieher verwendet, der dort direkt neben dem Teller lag, weshalb es nicht so verwunderlich war.«

»Ich habe nicht gesehen, dass es kein Löffel war, meinst du?«

»Ja, mehr war es nicht.«

»Herrje. Aber ich bin zu mir gekommen, oder nicht? Ich meine mich ein wenig zu erinnern, dass sie gegangen sind.«

»Ja, wie üblich haben Sie sich erholt. Aber es wäre viel besser gewesen, wenn Sie ins Bett gegangen wären.«

»Danke, Josefine. Du hast mich offensichtlich gerettet.«

»Nicht ich. Dieser Arzt war es.«

»Er ist Student, Josefine.«

»Bald fertig, hat er gesagt.«

»Das hat er wohl gesagt.«

»Kann ich gehen?«

»Ja. Lass die Flasche stehen.«

Josefine knickst widerwillig, bleibt zweifelnd bei der Flasche stehen, bevor sie sich umdreht und zur Tür geht.

»Übrigens, Josefine?«

»Ja?«

Sie hält inne und dreht sich zu Tulla um.

»Könntest du so nett sein, auf den Dachboden hinaufzugehen und das Gemälde zu holen, das dort steht? Von einem kleinen Haus, mit einigen Bäumen drum herum. Ein ganz einfaches Haus, beinahe eine Hütte.«

»Ich weiß durchaus, welches Sie meinen. Es ist von ihm, nicht wahr?«

»Mittlerweile ist es bestimmt etwas wert. Vielleicht nicht so schlau, es dort oben stehen zu lassen. Ich erwäge es aufzuhängen.«

»Das andere auch?«

»Seine Majestät höchstpersönlich?«

»Ja. Munch. Das ist vermutlich auch etwas wert?«

»Vielleicht. Wir lassen ihn noch ein wenig auf dem Dachboden stehen. Ständig seinen Blick auf mir, das halte ich nicht aus.«

»Soll ich es vielleicht einpacken?«

»Nein. Er braucht Luft.«

Dann geht Josefine, um den Auftrag zu erledigen, wie üblich. Und Tulla sitzt weiterhin in der Stube mit dem kalten, klaren Wintertag draußen vor den Fenstern, mit den quietschenden Schienen, wenn die Straßenbahn hinunter nach Frogner oder hinauf nach Majorstuen fährt.

Sie sitzt da, umgeben von den alten Briefen, einer Zeitung, von der ihr Gunnar Heibergs Name entgegenlacht, und neben sich einem halb leeren Glas Portwein der besten Sorte. Die Flasche steht auf dem Tisch.

Gunnar ist tot. Seit drei Tagen. Vielleicht war das der Grund, warum sie gestern Edvard auf der anderen Straßenseite entdeckt hat. Die Ereignisse fallen zusammen. Viele würden behaupten, dass so etwas kein Zufall war, nicht zuletzt zu der Zeit, als sie und Edvard zusammen waren. Viele in dem Kreis waren damals Mystiker. Jedenfalls ein wenig oder für eine Weile. Es war in Mode. Gunnar war ein Ehrenmann; das steht überall. Dramatiker, Theaterchef, Essayist, Journalist. All die großen Zeitungen des Nordens schreiben über ihn, steht in der »Aftenposten«. In der »Politiken« hat gestanden: »Unter all den Wildfängen, die in den 80er- und 90er-Jahren des vergangenen Jahrhunderts den norwegischen Parnass bevölkert haben, war er der Lotse mit den geschmeidigen Bewegungen, der scharfen Zunge und dem sicheren Späherblick.« Ein intelligenter Gesellschaftskritiker. Es gibt wohl niemanden außer Seiner Majestät, der das bezweifelt. Gunnar hat wirklich viel erreicht. Erneuerer der Bühnensprache war er auch, mit den amüsanten Repliken, die gleichsam erst auf der Bühne zu ihrem Recht kamen. Es waren keine Lesedramen wie die von Ibsen, aber ebenso sehr handelten sie immer von etwas Wichtigem. Echtes Theater, nennt Agnes das. Es ist nur nicht besonders angenehm, wenn man feststellt, dass es von einem selbst handelt. Aber diese Zeit ist zum Glück vorbei. Jetzt ist sie bald so alt, dass es sie beinahe stolz macht, wie sehr er sich von ihrem Leben hat inspirieren lassen. Ihren Erfahrungen mit Edvard. Ihrem Selbstmordversuch. Da hast du es – es war wirklich die Tragödie der Liebe. *Meine Geschichte mit Edvard Munch. Unsere Geschichte.*

Tulla an Edvard, Potsdam, 30. Dezember 1899: »Mein lieber Freund! Nun befinde ich mich hier, weit entfernt von allen, in einem kleinen Gasthof, ›Stadt Wittenberg‹, wo ich es hoffentlich verhältnismäßig ruhig und gut haben werde. Du kannst mir glauben, dass es schwierig ist, eine Unterkunft zu finden. Sie sehen einen mit argwöhnischem Blick an und können sich nur einen Grund vorstellen, warum eine Frau alleine wohnen möchte. Die Obstfelders waren zur Sicherheit mitgekommen, aber das hat nicht viel geholfen. Die Deutschen sind eine Spezies, die keinen Instinkt besitzt. In Berlin habe ich die unglaublichsten Dinge erlebt, obwohl ich nie auffalle, während Frau Obstfelder, die überall herumschreit und Szenen macht, in Ruhe gelassen wird. Ja, nun sitze ich also hier mutterseelenallein, lediglich mit Büchern und Radiersachen zur Unterhaltung, aber vielleicht ist es gut für mich, mich daran zu gewöhnen! Du kannst dich nicht richtig in das Wesen einer Frau hineinversetzen, lieber Edvard, du vergisst, dass du ein Mann bist, der den Kopf voll von tausend Dingen hat, der genug in sich selbst findet und der alles aus sich selbst herausholen kann und vollständig darin aufgeht, während wir nur in dem aufgehen und an den denken können, den wir gern haben, und alles andere seinem Schicksal überlassen. So sind wir, weißt du. Ich sehne mich nach etwas von dir, frage mich, wie es dir geht. Zeitigt dein ruhiger Aufenthalt dort oben nicht bald ein Resultat? Ich fühle mich in letzter Zeit viel besser und glaube sogar, ein wenig zugenommen zu haben, aber nach all dem Umziehen bin ich wieder erkältet, weshalb ich nicht weiß, ob ich morgen Abend nach Berlin fahren kann, wie ich es Frl. Vogt und

Obstfelder versprochen habe. Danke, du Lieber, für alles in diesem alten Jahr, was du für mich gewesen bist – alles. Und möge dir das neue mehr Freude bringen als das alte und Gesundheit und alles Gute. Tausend Grüße, ein Neujahrskuss von deinem einsamen Freund Tulla.«

Tulla an Edvard, Potsdam, 1. Januar 1900: »Mein lieber, lieber Freund. Jetzt habe ich einen Brief von Aase erhalten, in dem sie schreibt, wohin du gereist bist, und ein wenig später deinen Brief, von dem ich beinahe wusste, dass ich ihn heute bekommen musste, danke. Ach, ich wünschte, ich könnte dir alles sagen, was ich fühle und denke und meine über das, was für uns beide jetzt das Wichtigste ist, ich könnte alles zusammen vollkommen klar ausdrücken, aber ich kann es nicht, viele Dinge geraten gleichsam zwischen die Worte, und so viele kleine Nuancen verschwinden, aber versuche du, es zu verstehen, und zweifle nicht an mir, sondern glaube, dass das, was ich dir sage und was ich dir verspreche, für mich das Größte, das Aufrichtigste und das Heiligste ist. Ich habe in letzter Zeit viel gelitten, ich habe den härtesten Kampf meines Lebens gekämpft, um die Möglichkeit, dich gehen zu lassen, deinetwegen, und ich war der Verzweiflung nahe, und ich habe gebettelt, sterben zu dürfen, um dich zu retten, aber ich konnte nicht. Ich kann dich nicht aufgeben, ich muss dein bleiben, selbst wenn ich von dir entfernt sein muss, du bist der Einzige in der Welt, für den ich leben und atmen möchte, und es soll mir zum einzigen Glück und zum Leben werden zu glauben, dass das, was du tust und sagst, zum Besten für dich und mich ist, glaube mir, wenn ich sage, dass ich weiß, was mir bevorsteht. Ich verstehe vollkommen, was du mit einer ungezwungenen Ehe deinerseits meinst, für mich muss es meiner Natur gemäß anders werden. Ich muss zu dem Glauben gelangen, dass, was du tust und bestimmst, das Entscheidende ist. Mein lieber Freund, das sind keine leeren Versprechungen und Launen, nicht die Überlegungen einiger Stunden, sondern das ist mein voller Ernst. Nie habe ich den Ernst der Lage so gespürt wie jetzt. Sag mir, wenn es dir besser geht, alles, was du willst, schreib es mir, damit alles gesagt ist, bevor wir uns treffen. Eindeutig müssen wir wissen, was wir jeweils denken. Aber bitte mich nicht, im Winter nach Hause zu kommen. Wohin du willst, aber nicht nach Hause, ich kann das nicht. Lass uns alles andernorts entscheiden! Für mich ist es gewiss das Beste, vorläufig hier zu bleiben, ich bin drei Nachmittage mit Radieren und zwei Vormittage mit Zeichnen beschäftigt, und das ist so beruhigend, ich spüre, dass es gut für meinen unruhigen Geist und mein rastloses Jagen ist, in Ruhe hier zu bleiben. Das ist ein herrlicher Vorschlag von dir, der Comer See, wo du so gern gewesen bist, aber lieber später, wenn du mich treffen kannst. Ich wünsche dir von Herzen, dass du dort oben stark wirst, es ist wohl in der Nähe von Fåberg, wo ich im Sommer gelitten und gekämpft habe. Ich sehe hier niemanden außer den Obstfelders und Fräulein Vogt, die eine wunderbar rührende Krankenschwester ist, mich zwingt, das widerliche deutsche Essen zu mir zu nehmen, und mir Arsenik wegen meiner Anämie verabreicht. Ich schicke dir bald eine schlechte Lithografie von einer Ehefrau, jetzt ist sie in der Druckerei. Ich habe dein Selbstbildnis und dein Haus an meiner Wand hängen. Adieu, lieber, geliebter Freund, leb wohl. Ich denke immer an dich, und ich liebe dich. Tausend Grüße. Deine Tulla.«

Tulla an Edvard, Potsdam, 2. Januar 1900: »Mein lieber Freund! Wie du oben siehst, bin ich erneut umgezogen.

In dem kleinen Gasthof bin ich erfroren, zudem sorgte das dortige Billardlokal Tag und Nacht für Lärm, daher musste ich in den sauren Apfel beißen und hierher ziehen, in die einzige Pension der Stadt, ein christliches Hospiz, wo ich im Übrigen mache, was ich will, ich kann auf meinem Zimmer essen oder unten zusammen mit zehn anderen, vor allem alten Damen und einigen Amerikanern. Aber nunmehr muss ich sagen, dass ich dieses Umherstreifen, Kofferpacken und alles andere, was es nach sich zieht, leid bin, und ich hoffe, dass es mir hier gefällt und ich von diesen christlichen Damen einigermaßen behandelt werde. Jedoch ist es mein inniger Wunsch, dass es nicht so lange dauert, bis du hierherkommen kannst. Es ist so lange her, seit ich zuletzt von dir gehört habe, mehrere Tage vor Weihnachten? Ach, schreib, wenn du kannst! Ich sitze jetzt in meinem stillen, ruhigen Zimmer und ätze. Der ganze Tisch ist mit allerlei Säuren und solchen Dingen gefüllt, und meine Hände sind schwarz von Asphalt. Es sind die beiden ersten realistischen, Gesichter versuche ich jetzt. Ich habe vergessen, dich zu fragen, ob auch du der Meinung bist, dass der Fischer wirklich gut ausgeführt war. Ich möchte am liebsten dein Urteil hören. Der Lehrer, Gehrke, hat ihn sehr gelobt. Ich habe gerade ausgepackt und verschiedene Dinge an den Wänden angebracht, u. a. dein Gemälde und dein Bild, sodass ich zumindest etwas Schönes zum Anschauen habe. Über dem Bett steht ein Schild mit: ›Fasset eure Seelen in Geduld‹, was durchaus gut zu mir passt. Ich wohne in der Nähe von Sanssouci, sodass es hier gute Gelegenheiten für schöne Spaziergänge gibt. Am Vormittag gedenke ich fleißig zu zeichnen und zu radieren und am Nachmittag zu faulenzen und zu lesen. Ich habe zu Weihnachten eine Menge

Bücher bekommen. Von den Nørregaards eins von Ibsen; das ich übrigens am selben Tag gelesen habe, als es hier erschienen ist. Hast du es gelesen, und was hältst du von dem alten Meister? Hier vor mir auf dem Tisch liegen: ›Niels Lyhne‹, Carlyle, Jonas Lie, Krag, Dostojewski und viele andere. Bist du mit der Auswahl zufrieden? Wenn du mir nur bald ein paar Zeilen schicken würdest, mein lieber Freund! Gestern war ein seltsamer Neujahrstag, ich habe ihn vor allem liegend verbracht. Gestern Nachmittag war Fräulein Vogt eine Weile bei mir. Die armen Obstfelders, jetzt haben sie bald kein Geld mehr übrig von dem Stipendium, und er kann hier nicht arbeiten. Adieu, lebe wohl, und hoffentlich geht es dir besser. Viele Grüße von deiner Tulla. Heute ist der 2. Januar!«

»Der 2. Januar?«

»Der Tag, an dem wir einander das erste Mal geküsst haben. Als ernsthaft etwas aus uns wurde.«

»Erinnert er sich daran?«

Edvard an Tulla, 1900: »Du hast mir erzählt, dass du mich so gut verstehst, und ich habe es zuerst geglaubt, aber welch ein Irrtum. Du hast nie darüber nachgedacht, dass ich jemand bin, der den Großteil seines Lebens im Krankenbett verbracht hat und rekonvaleszent war und zudem dem aussterbenden Geschlecht angehört. Mit deinem frischen Blut hast du die wenigen Tropfen gefordert, die ich besaß. Mein lieber Freund! Ich wollte einen längeren Brief schreiben und anlässlich deines letzten Briefes über vieles sprechen, da du aber um eine bestimmte Antwort bittest, halte ich es für meine Pflicht, nicht zu warten. Ich muss dir sagen, dass ich das Ganze für unmöglich halte, und möchte schreiben, was ich vor etwa einem Jahr zu Beginn unserer Beziehung zu dir gesagt habe, allerdings ohne gehört oder verstanden zu werden. Meine Lebensauffassung ist die des Schmerzes, meine Fähigkeit zur körperlichen Liebe existiert nicht mehr. Die Fähigkeit, mich in der Liebe zu vergessen, besitze ich nicht, und im Grunde habe ich sie niemals besessen. Ich habe nichts verborgen, ich habe versucht, dir einen Eindruck von meiner traurigen Sicht auf das Leben zu vermitteln, weil ich dir eine Enttäuschung ersparen wollte. Du hast nicht gehört, du hast nicht gesehen.«

Als er das nächste Mal schrieb, war es, als hätte er den vorhergehenden Brief vergessen. Dieser hier war so reizend und verzweifelt, und sie überkam Lust, ihn festzuhalten, ihn zu trösten und ihn ihren Jungen zu nennen. Es ist noch immer herzzerreißend, und es ist vollkommen unverständlich, dass es derselbe Mann war, den sie gestern auf der Straße gesehen hat, der ihr vor Tausenden von Jahren das hier geschrieben hat.

Edvard an Tulla, 1900: »Die sonderbarsten Dinge, die in den vergangenen Monaten geschehen sind, haben einen entsetzlich starken Eindruck auf mich gemacht, mich nahezu verwandelt. Ich meine, hinter all diesen Dingen eine starke Hand zu vernehmen. So viele vorab gefühlte und so viele vorausgeahnte Dinge haben jetzt eine so starke Gegenwart. Ich denke, fühlt sich die Liebe nicht wie die Liebe fürs Leben an, dann ist sie nichts wert. Nicht nur all die Krankheit und Nervosität haben mich verzweifeln lassen, sondern auch, wie ich übrigens bereits wusste, aber nie so deutlich bestätigt bekommen habe, meine Unmöglichkeit als Mensch; wie ich mich selbst plage, so plage ich oft die, mit denen ich zusammen bin. Ich habe ja bereits früher versucht, dir einiges davon zu erklären. Möglich, dass es in diesem Bereich niemanden wie mich gibt; es ist, als wäre die Einsamkeit für mich zur Lebensbedingung geworden, sodass ich die wenige Kraft, die ich besitze, für mein Denken und meine Arbeit verwenden muss.

In der Zeit, in der wir fast wie Verheiratete zusammen waren, obwohl Gott weiß nicht annähernd so sehr, wie ich in gewissem Sinne wollte, aber nicht konnte, da alles zusammenbrach, wurde ich unbeholfen wie ein Kind. Meine Pflichten wurden vernachlässigt. Das und alles Übrige führten dazu, dass ich mich selbst und dich gequält habe – wie ich die quäle, die mir nahestehen und die ich gern habe und von denen ich mich aus diesem Grund fernhalten muss. Ich bin also ein unglücklicher Mensch. Es ist, als würde das, was für andere Lust und Freude darstellt, schwarz. Und ich frage mich, ob ich überhaupt das Recht habe, die Liebe, diese ernsthafte Sache, anzurühren, wenn sie doch durch die Berührung meiner Hände zu einem Medusakopf werden könnte.«

Sie hat Mitleid mit dieser Frau, die all diese Briefe erhalten hat, und findet diese Geschichte traurig und nutzlos; was würde sie denken, wenn sie das Ende der Geschichte nicht kennen würde? Es ist das Ende, was es unerträglich macht, und das Ende bedeutet auch das Ende der Liebe, der Tränen, der Gefühle und der Zeit, die erlischt, und der Stadt, die sich verändert, und der Züge, die an Fahrt aufnehmen, und der Bahnhöfe, derer es mehr werden, und der Menschen, die von der Erde aufsaugt werden und dort unten verrotten, während sie sich dreht und dreht, und warum soll sie nicht etwas trinken und eine Träne vergießen, einen Spiegel hervornehmen und den fremden Menschen betrachten, der eine so traurige Geschichte hat, dass sie die Frau mittleren Alters unablässig anschauen muss, die unablässig mit diesem verwunderten Blick zurückschaut.

Hans wollte die Scheidung, weil Tulla 50 wurde. Offiziell hatte er eine andere kennengelernt, Elsa Florelius. Ganz plötzlich fing er an, über die Wechseljahre zu sprechen. Sie glaubt, es kam daher, dass er gesehen hatte, wie sie sich im Spiegel betrachtete. Er hatte in der Badezimmertür gestanden und sie durch den Spiegel angesehen. Sein Gesichtsausdruck war verblüfft.

»Ich habe mich selbst nicht wiedererkannt«, sagte sie mit einem kurzen Lachen.

»Das habe ich gesehen. Sonderbarer Ausdruck.«

»So ist es eben. Ich werde bald 50, wie du weißt. Und du bald 45.«

»44.«

»44, in Ordnung. Ansonsten belastet dich das Alter aber doch wohl mehr als mich. Ganz konkret.«

Er lachte nicht und entzog sich ihr, als sie ihm den Bauch tätschelte.

»Hast du getrunken?«, fragte er.

»Ja, einen kleinen Drink. Das hast du doch wohl auch?«

Das hatte er. Das mit dem Bauch gefiel ihm nicht. Sie hatte immer einen kleinen Vorteil gehabt, mit ihrer Figur. Er aber war ein Mann, und ein bisschen Übergewicht war all right für ihn. Er wusste, dass sie da nicht ganz einverstanden war. Etwas veränderte sich daraufhin. Danach sah er sie anders an. Sprach nicht mehr von der großen Feier zu ihrem 50. Geburtstag. Dann hatte er spätabends plötzlich Besprechungen, und sie begriff schnell, dass er den Rückzug plante. Er hatte Elsa Florelius kennengelernt, die ebenfalls rothaarig war. Eines Abends war Elsas Mann auf der Jagd nach ihr in der Stadt unterwegs und traf Arne Kavli bei einem Drink und mit einer Zigarette in seiner langen, eleganten Hand. »Elsa ist mit Hans Blehr abgehauen«, sagte Arne, »aber das sollten Sie sich nicht zu Herzen nehmen, das hat meine erste Frau auch getan. Er liebt Frauen mit roten Haaren.«

Arne nahm es nicht so schwer. Vielleicht war er seinem Modell Hildur ins Netz gegangen, bevor Hans Tulla an Land gezogen hatte. Gute Ehen wurden es jedoch für keinen. Und an diesem Abend in der Stadt war er ein einsamer Mann mit zwei Ehen hinter sich, während Hans mit Elsa zugange war, die seine Ehefrau Nummer drei, von vier, werden sollte. Nur Tulla hatte er es noch nicht gesagt. Neun Jahre vergingen, bevor Arne Drude fand und endlich zur Ruhe kommen konnte. Mit ihr wurde er zu einem viel ausgeglicheneren Mann. Unabhängig von seinem Alter. Denn jung ist schließlich sie.

Nach fast zehn Jahren mit Tulla als Frau Blehr verduftete Hans mit der »Femme« Elsa, während Tulla die »Witwe« des Schiffsmaklers wurde, das Haus in der Tidemands gate verkaufen und ihren Standard herunterschrauben musste. Ein zweistöckiges Haus im Kirkeveien war kein schlechter Ersatz, auch wenn es nicht speziell für sie gebaut worden war. Und einen Chauffeur gab es auch nicht dazu. Agnes nahm Tulla unter ihre Fittiche, und die große, bunte Familie veränderte ihre Form. Der Kontakt zu den Kindern blieb jedoch glücklicherweise bestehen. Im ersten Sommer, nachdem Hans ausgezogen war, reiste sie mit Agnes und den Mädchen in die Bretagne. Sie erinnert sich an lange Tage in weißem Licht, lang gestreckte Sandbänke und ein Gefühl der Einsamkeit, das in keinem Verhältnis zu dem großzügigen Angebot der energischen und sechs Jahre jüngeren Agnes stand, Kinder, Sorgen und Freude zu teilen. Sie fühlte sich wie 50, und das war uralt. Die Scheidung machte das Alter so deutlich, Tulla hatte Hans verändert, und das war deutlich zu sehen. In der Bretagne streifte sie mit einem kleinen köstlichen Flachmann durch die Dünen, der an einer Schnur um ihren Hals hing. Sie fiel auf, obwohl sie selbst kaum etwas dafür tat.

An einem Tag im vergangenen Sommer verließ sie ihr Haus im Kirkeveien, überquerte die Middelthunsgate, passierte das Frogner-Stadion und trat in den im Bau befindlichen Vigeland-Park. Dann spazierte sie am Frognerbekken entlang hinunter zu ihrem alten »Løkken«, das jetzt die Adresse Ingar Nilsens vei hatte. Sie ging am Zaun entlang und betrachtete das prächtige Anwesen. Sie hatten um- und angebaut sowie modernisiert, im Garten liefen kleine, süße Mädchen umher, ein Chauffeur mit Mütze auf dem Kopf polierte den nagelneuen Opel, während Frau Ingar Nielsen, vormals Wiel, aus Halden, die Mädchen zum Essen hereinrief. Oder war es womöglich vielmehr Ingrid, Ingars Tochter, die ihre Kinder rief? Plötzlich sah sie ihre eigene Mutter dort in der Tür stehen und spürte die rauen Bohlen unter der Hand, als sie um die Ecke und hin zum Spielhaus im Gestrüpp hinter dem Haus schlich. Spürte, dass die Füße den Abhang zum Fluss hinunterlaufen wollten, zu dem geheimen Ort dort unten, von dem nur sie wusste: *Lass mich wieder träumen; lass das Leben erneut vor mir liegen.* Sie wusste, würde sie dort hinuntergehen, würde sie zwischen den Baumstämmen und dem Laub das Lusthaus sehen. Und sie war wieder 16 und erinnerte sich an Birger, den schwedischen Gärtner, sowie den Entschluss der Mutter, sie ins Internat im Vestlandet zu schicken, obwohl keine der

Schwestern dort gewesen war. Sie wollte nicht dorthin; sie wollte in Kristiania bleiben, jetzt, da endlich etwas mit ihr geschah, jetzt, da sie sich veränderte, so wie die anderen Mädchen, jetzt, da sie jemand anderes wurde, als sie es gewesen war. *Ich wollte mit den anderen die Karl Johans gate entlangschlendern und Ausschau halten. Lächeln, nicken, den Blick senken, aber dennoch aufschauen. Dabei sein.* Die Baumstämme neigten sich über den Frognerbekken, und der Frühling sorgte für ein Kribbeln im Bauch. Sollte sie schon irgendwohin reisen, dann wollte sie viel lieber nach Kopenhagen. Wer will schon nach Dale i Sunnfjord? Aber sie musste, das hatte Mama beschlossen. Sie besaß viel zu viel Energie und wollte sich nicht beugen wie die anderen Mädchen. Tulla ging am Zaun des Grundstücks entlang, das die Mutter Anfang der 1890er an Ingar Nilsen verkauft hatte, wie eine Spannerin. Jedoch war es die Vergangenheit, die sich aufdrängte, nicht die Gegenwart. Sie spürte es in den Beinen, wie es war, auf dem Absatz den Pfad hinterm Haus zum Fluss hinunterzurutschen; sie sah sich selbst mit all der schmerzlichen Sehnsucht, die eine 16-Jährige verspüren kann. Die Zeit drängte sich schlicht und einfach auf.

Wer hätte gedacht, dass ich so nahe an Vigelands enormer Penisverlängerung, dem Monolithen im Frognerpark, wohnen würde. Ein monumentaleres Phallussymbol muss man wohl lange suchen, vor allem hier im kalten Norden. Jetzt aber ragt er dort auf, für alle Zeit erigiert. Mein Kiosk draußen im Garten läuft gut, aufgrund des Frogner-Stadions und jetzt auch wegen des Skulpturenparks, alle wollen in den Frognerpark und einen Blick auf die drei Steinmetze werfen, die, auf Gerüsten stehend, an Vigelands nackten Menschen arbeiten.

Ich kann mir die Entrüstung eines gewissen älteren Herrn vorstellen. Dass Vigeland einen ganzen Park für seine unmenschliche Kunst erhalten soll! Man muss sich mit der neuen Stadt gutstellen, aber das versteht er sicher nicht. Sich nicht immer darüberstellen, sondern vielmehr den richtigen Leuten schmeicheln. Wissen, wer wen kennt. Aber sowohl Museumsdirektor Thiis als auch Kunstsammler Stenersen haben große Pläne, es verwundert mich also nicht, wenn auch er letztendlich ein Museum bekommt. Sein Schnauben höre ich von seinem Haus auf Ekely bis hierher.

Ich werde nie wieder heiraten. Das war das Erste, was ich dachte, als Hans bekannt gab, dass er sich scheiden lassen wolle. Die Zeit läuft einem davon. Wenn man glaubt, es würde endlich anfangen, es würde besser werden, dann ist es schon vorbei. Fast sechs Jahre bekam ich in dem Haus, bevor es vorbei war. Das Atelier habe ich viel zu wenig genutzt. Der gute Blehr legte sich lediglich eine andere zu, eines anderen Mannes Frau mit roten Haaren, eine, die lächelt und lacht, wenn er seine fleischigen Lippen öffnet, eine, die ihm mit dem Blick folgt, wenn er das Glas an den Mund setzt. Eine, die ihre Beine für seine lange Zunge spreizt, für seine japanischen Finessen, die mit der Zeit recht eintönig werden.

Jetzt hat auch Arne wieder geheiratet. Nach Hildur, die wohl als Projekt missglückte, war er fast zehn Jahre allein. Vielleicht findet er in seiner dritten Ehe das Glück. Drude ist 32, man bedenke, jünger als ich, als er mich vor 26 Jahren geheiratet hat! Hätten wir das Kind bekommen, wären sie fast gleichaltrig. Aber das hat es früher schon gegeben, und vielleicht ist es nicht das Schlechteste. Langsam verliere ich den Glauben an diese Ehen mit jüngeren Männern, für die Frauen ist das anstrengend. Arne wird mit Drude wieder 30, während ich bald eine einsame Witwe von 60 Jahren bin. Ich sage

Witwe. Geschiedene Frau klingt so grausam. Die Zeit ist ironisch. Besonders gegenüber uns Frauen. Ironisch und boshaft.

Kann verstehen, dass Hans nicht mit einer 50-Jährigen verheiratet sein will! Er wollte immer bewundert, bedient und gehätschelt werden und hatte wirklich keinen Sinn für die Emanzipation der Frau. Man sollte fast meinen, bei uns zu Hause ging sie rückwärts anstatt vorwärts. So empfand ich es jedenfalls. Ich hatte mein Leben, er aber erwartete, dass ich nach seiner Pfeife tanzte, wenn es ihm passte. Ich hätte mir einen alten Mann suchen sollen statt des feierwütigen Charmeurs, der des Kartenspiels und des Pjolter sowie eines kleinen Tête-à-Tête mit einer schönen Frau niemals überdrüssig wurde. Späterhin wurde ich ein wenig träge und genehmigte mir dann und wann ein Glas, um zu entspannen, und das gefiel ihm nicht. Da lief es nicht so gut mit der Kontrolle, die er gern über mich haben wollte. Ich verlor ein Stück weit das Interesse, glaube ich, und das merkte er. Es gibt Grenzen dafür, wie viele spannende Menschen man ständig zu Gast in seinem Haus haben sollte, Grenzen dafür, wie viele Geschäftsessen, Kartenspiel- und Herrenrunden mit Pjolter und Zigarre man als Gastgeberin tatsächlich bewirten sollte. Selbstverständlich habe ich darüber mit Agnes gesprochen, und sie stimmte dem vollends zu. Hans ärgerte sich schwarz, als wir zwei uns zusammenrotteten. Das tun wir noch immer. Ich habe viel engeren Kontakt zu den Kindern als er. Das ist nicht normal. Aber so ist es. So wurde ich im Handumdrehen von einer jungen zu einer alten Frau.

Mit Hans Blehr könnte ich heute niemals Umgang haben, während es mit Arne vollkommen anders ist. Durch Rulle sind wir uns vor einer Woche zufällig begegnet, wir waren mit August Mohr im Grand, und dort trafen wir Arne und Drude, und dann fuhren wir alle hierher und feierten weiter.

Das war so nett, als wäre man mit einem alten Freund zusammen. Es versetzte mich in derart gute Laune, das war wie ein kompletter Lebensabschnitt, den ich vergessen hatte. Und es war in der Tat schön, dass es mir wieder eingefallen ist. Arne und ich hatten es gut, solange es andauerte. Für ihn hege ich wirklich echte Freundschaftsgefühle und wünsche ihm nur das Beste. Hans wünsche ich alles Schlechte. Wären da nicht die Kinder. Selbstverständlich ist es für sie nicht gut, wenn es für ihren Vater schlecht läuft. Aber das ist wohl nicht der Fall. Der Schiffsmakler kommt durchaus klar. Das alles liegt hinter mir. Ein neuer Ehemann kommt nicht infrage. Auf keinen Fall. Ein wenig Lammfleisch habe ich jedoch gekostet, und das war köstlich. Außerhalb des Betts hingegen war er zu dumm. Und so fragt man sich immer, warum sie das wollen, diese jungen, glatten Körper – was wollen sie mit einer 50-Jährigen? Abgesehen von der Erfahrung und vielleicht den Geschichten zum Angeben.

Aber ich habe nichts erzählt. Und ich habe darauf geachtet, seiner überdrüssig zu werden, bevor er meiner überdrüssig wurde. Es war friedlich mit Arne damals, als wir zusammen waren, gut und schön. Wir waren viel in der Stadt unterwegs, er liebte das Caféleben. Die Aufregung von früher war jedoch verschwunden. Was mich betrifft. Wir arbeiteten ein paarmal zusammen und reisten viel, wenn er Ausstellungen hatte. Ich hatte einiges über Grafik gelernt, und das lernte er nun von mir. Es war vielleicht nicht viel Neues, aber er selbst nahm nur kurz Unterricht bei Nordhagen, im Frühjahr 1904, nachdem wir aus Belgien zurückgekommen waren, bevor wir nach Drøbak fuhren. Da wohnten wir zu Hause bei Mama in der Josefines gate, sie war so froh, dass ich endlich in den Hafen eingelaufen war, und wusste nur Gutes über Arne zu berichten. Vielmehr war wohl er es, der in den Hafen einge-

laufen war, doch darüber verlor sie niemals ein Wort. Also über den Altersunterschied. Aber es herrschte zu viel Lärm in der Josefines gate, zu viele Menschen, wir wurden nervös, sowohl Arne als auch ich. Auch ich hatte früher ein wenig Unterricht bei Nordhagen genommen, nur einige Tage, Edvard hatte das organisiert. Jetzt war Arne den ganzen April über Schüler in Nordhagens Radierklasse, aber da hatte ich ihm bereits viele gute Ratschläge gegeben. Sowohl aus der Zeit, als ich in Berlin bei Gehrke studierte, als auch Details, die ich von Edvard aufgeschnappt hatte. Arne war aufmerksam und lernte rasend schnell. Er war viel geschickter als ich. So behände. Mein Strich war schwerer, zumindest am Anfang. Aber einiges wurde gut. Kompositorisch sticht »Die Braut im Wald« hervor, aber auch die Frauenporträts stehen meinem Herzen nahe. Ich habe mich für die älteren Frauen entschieden, die etwas zu erzählen haben. Es waren belgische Modelle aus der Zeit, in der Arne und ich dort lebten, sowie deutsche Modelle aus der Zeit in München, bevor ich mich traute, nach Norwegen zurückzukehren. Der, der abbildet, oder der, der sich abbilden lässt. Das ist ein großer Unterschied.

Ich bin die Frau mit den drei Gesichtern. Im »Tanz des Lebens« sehne ich mich, tanze ich und erinnere ich mich. Ich bin die Sphinx und der Vampir. Ich tröste und ich küsse, ich zerstöre und töte. Ich bin alles. Wir Menschen sind alles. Als ich seine Bilder zum ersten Mal gesehen habe, ist etwas mit mir geschehen. Es waren meine Gedanken, die den Bildern begegneten und für Widerhall sorgten. Die Erzählung war meine, die Gedanken waren meine. Seine Bilder halfen mir dabei, tiefer in mich hineinzuschauen. Ebenso wie er mir beigebracht hat, mehr zu reflektieren, das gebe ich gern zu. Als ich von Paris nach Hause fuhr, war ich so erpicht darauf, dass wir uns bald sehen würden. Dass er arbeiten konnte und zu sich selbst zurückfand, damit wir wieder zusammen sein konnten. Ich hatte nicht verstanden, wer er war. Und ich war verzweifelt darüber, ihm zufällig hier in der Stadt zu begegnen, während ich ihn in Åsgårdstrand wähnte. Er hatte mir nicht erzählt, dass er herkommen würde, sicher weil er nicht irgendein Rendezvous wollte, er war zu feige, es mir zu erklären. Vermutlich wusste er, dass er nicht in der Lage wäre, mir zu verweigern, ihn zu sehen. Vielleicht war es so. Diese zufällige Begegnung im Gravesen jedoch gehört zum Schlimmsten, was ich erlebt habe.

Ach Gott, wie sehr ich an Aase gedacht habe. Sie ist tot. Schneller weg, als wir uns umschauen konnten. Ganz schrecklich. So traurig für Harald, sie war seine große Liebe. War er ihre? Ich glaube, sie hätte lieber Edvard gehabt. So, wie sie die Köpfe zusammengesteckt und geflüstert haben. So einmütig, so vernünftig und interessant. Sie sprachen weiterhin über mich, bis zu dem Tag, an dem er nach Berlin reiste. Sie schrieb mir einen Brief und erzählte, dass auch Harald von Edvard damit bombardiert worden war, wie fürchterlich es ihm gehe, weil es mir schlecht ging. Was sollte ich darauf antworten? Ich schrieb und bat ihn, damit aufzuhören, mit anderen über uns zu sprechen. Aase erhob Einspruch, und das war sowohl loyal als auch sehr dumm, denn ihr Brief führte schließlich dazu, dass ich davon erfuhr, und ich möchte wissen, ob sie das nicht auch bezweckt hatte. Es war doch nicht ihre Pflicht, sich einzumischen? Ich bat ihn, aufzuhören, was er jedoch nicht tat. Das war respektlos. Das war ein klares Zeichen. Aber ich wollte es nicht sehen.

Nur noch ein Glas, noch einen Brief. Vielleicht zwei. Dann wird sie sie weglegen. Sie wegräumen. Einen besseren Platz finden. Vielleicht auf dem Dachboden, zusammen mit Seiner Majestät. Ihre Scherze waren für ihn schwer zu ertragen. Da musste er schon gute Laune haben. Mit einem Scherz versetzte man ihn allerdings nicht in gute Laune. Herrschte ein Unwetter, so herrschte ein Unwetter.

Edvard an Tulla, 1900: »Liebe Tulla. Ich finde nicht, dass dein Brief so dumm war. Ich wollte dir schon so viele Male so vieles sagen, aber da geht es mir wohl wie dir – die vielen Gedanken, Eindrücke und Stimmungen verschwinden angesichts des weißen Papiers. Und wo anfangen? Wie sie sammeln? All diese Dinge tauchen schließlich in verschiedenen Stimmungen auf. Vielleicht kann ich dir später einige niedergeschriebene Eindrücke vermitteln. Du weißt, dass ich nie so nah mit einem Menschen zusammengelebt habe. Das hat in mir beinahe eine Revolution ausgelöst. Als Begleiter einer Frau fühle ich mich fast noch unmöglicher. Mehr, als ich gedacht hätte, und du weißt, je länger dieses Verhältnis andauert, desto näher rückt die Entscheidung: entweder komplettes Beisammensein oder Trennung. So erscheint es mir zumindest jetzt. Früher glaubte ich an die freie Liebe, was ich mir jahrelang in Form verschiedener Glaubenssätze erarbeitet hatte, von denen ich dachte, sie würden standhalten. In dieser langen Krankheitsphase oder fast die ganze Zeit, in der wir zusammen waren, hat alles zusammen – meine grenzenlose Nervosität, meine plötzlichen Krankheitsanfälle, meine Liebe zu dir, durchdrungen von Zweifel, von Gedanken, von bösen Ahnungen (die ich im Übrigen immer habe) – diesen Glaubenspfeiler umgestürzt. Ob sich das später ändert, weiß ich nicht. Ich fühle mich anders als im Winter. So stehen wir also vor dem ständigen Zusammenleben, und da steigen Tausende von Zweifeln auf. Es erscheint mir als eine Unmöglichkeit, zumindest jetzt. Trotz meiner Liebe zu dir erscheint es mir aus vielen Gründen unmöglich, dass wir beide zusammenleben. Vielleicht noch unmöglicher mit dir als mit vielen anderen. Warum, werde ich erklären. Du bist in einem ganz anderen Umfeld aufgewachsen, dem Umfeld, das das Gegenteil von meinem und dem meiner Freunde ist. Du bist in der reichen Bourgeoisie aufgewachsen, und ohne dich kränken zu wollen, du weißt, dass deren Lebensauffassung in jeder Hinsicht der meiner Kreise entgegensteht.«

Das hatte er früher bereits gesagt, ich erkannte es wieder. Aber er schreibt auch »meine Liebe zu dir«, also sah ich ein weiteres Mal, dass Liebe vorhanden war. Warum sich also nicht einfach hingeben? Warum musste er so viel nachdenken? Hat man jemanden gern, dann hat man ihn gern. Das hatte ich ihm bereits ein Jahr zuvor geschrieben. Er hat mir nie darauf geantwortet. »Ja, ich glaube gern, dass du es fürchterlich schlimm findest, dass du mich lieb gewonnen hast, aber wenn man jemanden gern hat, dann denkt man gewiss nicht daran, ob man zusammenpasst oder nicht, man hat sich schlichtweg gern, selbst wenn man sich selbst oder den anderen zu Tode quält. Das ist meine Meinung.«

Alle sagen, die Karen in dem Schauspiel sei Oda, aber ich weiß, dass auch ich es bin. Gunnar Heiberg hat mich ausgefragt, wollte ständig, dass wir uns über das Wesen der Liebe unterhalten, sprach davon, dass Mann und Frau so verschieden sind, und fragte sich, wie Edvard mit einer so fordernden Frau wie mir zusammen sein konnte. Und ich sagte, dass ich doch nicht fordernd sei, aber seiner Meinung nach war ich das. Weil ich liebte. Ich musste ihn ordentlich zurechtweisen, damit er aufhörte, über Edvard zu sprechen, jedoch redeten wir weiter über die Liebe und das Leben, und das schätzte ich immer sehr. Man bedenke nur, jetzt ist Gunnar tot! Es herrscht kein Zweifel daran, dass es einen großen Unterschied zwischen Mann und Frau gibt, wie er es beschrieben hat, aber es besteht auch ein großer Unterschied zwischen den Chancen, die man erhält, wodurch sich unsere Leben unterschiedlich entwickeln. Hätte ich es vermocht, ein Mann zu sein? Dann wäre meine Erziehung eine vollkommen andere gewesen. Ich hätte wissen müssen, dass mein Lebensziel von Anfang an ein anderes war. Aber letztendlich wurden Gunnar und ich die besten Kameraden, in Paris führten wir viele Gespräche. Im Sommer 1899 fuhr ich mit einer Nachricht von ihm für Oda sogar bis nach Eidsvoll, weil sie umgehend nach ihrer Rückkehr aus Frankreich – mit demselben Boot wie Edvard, zwei Wochen vor mir – dorthin zu ihrer Schwester gefahren war. Ich wurde zu einer Eingeweihten, und das brauchten sie dringend, unabhängig davon, wie frei ihre Beziehung war. Das war nicht gerade leicht für den guten Christian Krohg. Gunnar und ich waren kein Paar, weder bevor ich Edvard kennenlernte noch in Paris, während ich darauf wartete, dass Edvard aus Italien zurückkam. Auch nicht, als ich mit Sigurd und Arne in Paris war, was das betrifft. Nie. Unabhängig davon, welche gemeinen Gerüchte Edvard in die Welt setzte. Aber dass Gunnar mich in seinem Spiel benutzte, um Oda eifersüchtig zu machen, das begriff ich erst später. Wir unterhielten uns so gut, und er war so intelligent und vornehm, und seine Dramen waren gut. »Die Tragödie der Liebe« mochte ich hingegen nicht. Arne und ich waren kurz nach Neujahr 1905 bei der Premiere im Nationaltheater, da hatten wir es uns so hübsch in unserer Mansarde am Tordenskjolds plass eingerichtet, mit einem Dienstmädchen und vier Zimmern. Das Mädchen hieß Rakel, man stelle sich nur vor, daran erinnere ich mich.

Mama war nicht zufrieden. Aber wir waren es. Das war eine glückliche Zeit.

Es war sonderbar, im Saal des Nationaltheaters zu sitzen und das Schauspiel zu sehen. Oda war wohl das Modell für Karen, wie viele sagten, aber ich war es auch. Vielleicht war ich die Einzige, die es sah, aber es hat mich verletzt. Die Karen im Stück wohnt mit ihren beiden Schwestern und einem Bruder zusammen, der im Ministerium arbeitet, genau wie bei mir, und wenn sie über die Liebe spricht, dann so, wie ich in diesem Frühjahr darüber gesprochen habe, in dem mich noch nicht all der Schmerz um Edvard bedrückte. Ich liebte ihn einfach nur innig, und darüber wollte Gunnar mich reden hören. Die Liebe. Und ich war es, die sich das Leben nehmen wollte, wie Karen es in dem Stück tut. Nicht Oda. Johanne Dybwad war fantastisch, daran erinnere ich mich, während Halfdan Christensens Erling Kruse eindimensional war. Ich weiß, ich bin kritisch. Das liegt daran, dass ich so lange von Theatermenschen umgeben war. Und ich verfüge über Intuition, ich weiß, was es heißt, sich voll und ganz in das Leben eines anderen Menschen hineinzuversetzen. Ich sehe, wenn es nicht gelingt. Und man hat dazugelernt, wenn man zuhörte, wie Agnes über das Theater sprach. Jetzt, da sie Regisseurin ist und Erfolg hat, ist es besser. Früher war es schlimm, alles und alle mussten dran glauben. Aber in der Regel hatte sie recht.

Jetzt ist Gunnar tot. Drei Tage hat er dort gelegen, leblos. Entsetzlich. Ich habe mich gefragt, ob er spürte, dass er mir helfen musste, nach dem mit Edvard. Dass er eine Art Verantwortung trug. Er hat das Ganze organisiert. Brachte Bødtker dazu, mit seiner Frau und mir nach Berlin zu fahren, mit Arne als viertem Mann. Stand dort unten parat und hat uns mit offenen Armen empfangen. Vielleicht war das der Lohn für »Die Tragödie der Liebe«. Als Entschädigung gab er mir

Arne. Nicht nur Edvard hat mich benutzt. So ist die Natur des Künstlers. Gunnar war so direkt und wirkte so präsent. Ich habe ihm nie gesagt, was ich über das Schauspiel denke. Zehn Jahre lang waren wir eine Familie, er heiratete Birgit, Hans' kleine Schwester, nur zwei Monate nachdem Hans und ich am 7. Februar 1911 geheiratet hatten. Und in den Jahren, in denen ich mit Arne verheiratet war, war Sigurd Bødtker mit Ingrid Blehr verheiratet, eine der anderen kleinen Schwestern von Hans, sodass auch sie, nach dem mit Edvard, mit in Paris gewesen ist. So klein war unsere Welt. Und jetzt ist Gunnar tot, und Birgit ist Witwe. Eine echte Witwe. Die Ärmste. Jetzt ist es vorbei. Bald ist es auch mit mir aus und vorbei.

»Pathos steht dir nicht.«
»Schluss mit der Einmischung.«
»Du musst jetzt zu der Geschichte zurückkehren.«
»Ich weiß nicht, ob ich dazu imstande bin.«
»Er ist nach Berlin gekommen.«
»Schlussendlich, stell dir vor.«

Edvard sollte nach Berlin kommen. Teilte jedoch vorab mit, dass er Tulla dort nicht sehen wolle. Es gäbe andere Freunde, die er treffen wolle, und es gebe keine Möglichkeit, sie zu sehen. Sie wurde wütend. Er hatte sie doch gebeten, in Berlin zu bleiben, weil er dorthin kommen würde; er hatte hoch und heilig versprochen, dass sie miteinander sprechen würden, das lange Gespräch, das so bedeutsam war. Und dann wollte er sie doch nicht sehen. Sie war seit fast einem halben Jahr dort. Sie wollten heiraten, und das war sein Vorschlag! Tulla hatte sich allen Facetten des Verwandlungsprojekts gewidmet, das Edvard in Gang gesetzt hatte und das seine wichtigste Bedingung dafür war, mit ihr zusammen sein zu können. Und sie war verändert. Noch ein Glas. Noch ein paar Briefe. *Dann gehe ich hinauf auf den Dachboden und treffe ihn.*

Tulla an Edvard, Berlin, 1900: »Ich muss auch eine gewisse Rücksicht nehmen, ich habe eine Mutter, auf die ich Rücksicht nehmen muss, solange sie lebt. Die anderen bedeuten mir nichts mehr. Du glaubst, dass ich tun und lassen kann, was ich will, weil ich dieses verdammte Geld habe, aber das empfinde ich nicht so. Ich halte es nicht aus, mir vorzustellen, dass du die Menschen triffst, mit denen ich in Berlin verkehre, mich aber nicht; da ist es besser, du bittest mich, weit wegzufahren. Empfändest du es als Zwang, mich zu sehen? Warum sollen wir uns dann überhaupt treffen? Lieber, ich bitte dich um eins: Sag mir, was auch immer du mir zu sagen hast.«

Ich erinnere mich, dass wir uns im Tiergarten trafen, eine unserer wenigen Begegnungen dieses Frühjahr in Berlin. Wir waren dort bei schönstem Frühlingswetter, wir ließen uns sogar fotografieren. Der Abstand zwischen uns war groß. Er fragte, ob ich seine Bedingungen für die Ehe verstünde, was ich bestätigte. Er sagte, unter dieser Voraussetzung könne ich mit den Vorbereitungen für die Hochzeit beginnen. Leg los, sagte er. Ich muss an meine Ausstellung denken, du aber kannst herausfinden, wie man das rein praktisch erledigt. Dann müssen wir uns demnächst sehen und alles in Ruhe besprechen. Ich sagte Ja. Wir gingen Arm in Arm. Ich sah verstohlen zu ihm hinüber, und er war nicht heiter. Freust du dich nicht ein bisschen, mich zu sehen? Er antwortete nicht. Bist du dir sicher damit?, fragte ich. Er nickte. Dann kam ein Mann und fragte Edvard, ob er mit seiner hübschen Frau fotografiert werden wolle. Er schaute mich an, und ich bemerkte, dass er mich mit dem Blick des anderen Mannes sah und mich hübsch fand. Daraufhin gingen wir zusammen mit dem Fotografen zu einem Stand, wo ein provisorisches Studio eingerichtet war. Der Fotograf war überrascht, als »die junge Frau« bezahlte. Das Bild ist schön geworden, ich hatte es in München und in Røyken gerahmt an der Wand hängen. Jetzt ist es an den Kanten verschlissen, genau wie die auf dem Bild. Wir.

Sie trafen sich nur wenige Tage später wieder, selbstverständlich auf Tullas Initiative hin. Nach der Begegnung im Tiergarten war es ihr schlecht gegangen; sie hegte so viele Zweifel daran, wie sich dieses Leben ausnehmen würde, und es graute ihr so davor, der Mutter von allem zu erzählen. Würden sie und die anderen verstehen, dass es kein normales Zusammenleben sein würde, oder würde sie sich die ganze Zeit verstellen müssen?

Sollte ich gegenüber allen um uns herum so tun, als wäre alles normal? Wie sollte ich erklären, dass wir nie zusammen waren? Sollten wir wirklich nie zusammen sein? Was würde Aase dazu sagen? Alles wurde schwarz, und mir ging es schlecht, ich hustete und hatte Fieber. Ich musste ihn wiedersehen, es gab so viele Fragen, so viel Unsicherheit. Könnte es Aases Idee gewesen sein?

»Die Flasche ist bald leer.«
»Lass sie leer sein. Ich bin nicht Josefines Tochter. Sie ist Haushaltshilfe, eine Angestellte!«
»Aber du hast Angst vor ihr?«
»Ich will nicht, dass sie kündigt, das ist alles.«
»Du solltest dich also nicht betrinken, das wühlt sie auf.«

»Ich bin nicht betrunken, nur leicht angeheitert.«
»Nimm einen letzten Brief.«
»Ja, ein Glas, ein Brief.«
»Dann zurück damit in die Schublade.«

Sie hatte einen ungewöhnlich schwierigen Auftrag übernommen. Die deutsche Bürokratie war nahezu undurchdringlich. Auf der anderen Seite wirkte es tatsächlich verdächtig, dass eine alleinstehende Frau umherwanderte und eine unsichtbare Person heiraten wollte, die nicht aufzuspüren war und keine gültige Unterschrift ablieferte. Was er schickte, war unbrauchbar. Das Nächste schickte er überhaupt nicht; er hatte das Formular verloren. Das war wohl Schicksal. Für ihn bedeutete das vermutlich, dass es nicht geschehen solle. Schließlich war er hellsichtig, und dieser alles überschattende Zweifel, mit dem er sich monatelang herumgeplagt hatte, trug vermutlich das seinige dazu bei, dass er der Ansicht war, der Verlust des Formulars sei ein Zeichen dafür, dass die Ehe nicht vollzogen werden solle. Er hatte das erste Formular unterschrieben, und hätten sie das akzeptiert, dann wäre die Ehe Realität geworden. Wie es sich jetzt aber verhielt, wurde nichts daraus, und die Tage vergingen. Sie hatte große Probleme mit den deutschen Behörden, Männern, die keinen Respekt vor Frauen hatten und ihr weitere Unannehmlichkeiten bereiteten. Wenn sie sie nicht direkt belästigten, dann waren sie nicht weit davon entfernt, zudem fehlte es nicht an vulgären Kommentaren. Zum Schluss war sie übernervös; für eine Frau aus Norwegen war die Bürokratie zu massiv. Allerdings drangen die Planungen so weit vor, dass die bevorstehende Hochzeit in norwegischen Zeitungen angekündigt wurde.

Um die Beschaffung der erforderlichen Bescheinigungen aus Norwegen hatten sich die Mutter und der Schwager Thorvald Ellingsen, Elens Mann, bemüht. Gleichzeitig erhielt Tulla Bescheid, dass der Anwalt, der sich um ihre Finanzen kümmerte, ihre ökonomische Situation diskutieren wolle. Sie hatte den Verdacht, dass die Familie Wind von all den Abhebungen bekommen hatte – einige Tausend Kronen hatte sie Edvard gegeben; sie waren vermutlich der Meinung, sie habe im vergangenen Jahr einen verdächtig hohen Verbrauch gehabt. Der Anwalt kümmerte sich auch um das Geld der übrigen Familienmitglieder, und die meinten wohl, das Recht zu haben, ihre Finanzen zu kontrollieren. Die Bescheinigungen aus Norwegen waren sowohl vom norwegischen Außenminister als auch vom norwegischen Konsul in Berlin beglaubigt worden. Es wurde ernst. Bei Edvards Unterschrift fehlte das Datum; daher wurde sie für ungültig erklärt. Den nächsten Versuch unternahm Tulla persönlich. Sie fuhr zu Edvard, der sich in Dresden befand, um seine Ausstellung zu organisieren – die erste seit Langem. Er traf sich mit ihr, und sie gab ihm die Papiere, damit er unterschrieb. Jedoch vergaß sie, diese in datiertem und unterschriebenem Zustand wieder mitzunehmen. Er sagte, er würde sie schicken. Das aber vergaß er wiederum und fand sie später nicht wieder. Er nahm es nicht ernst. In Dresden kam es zu kurzen Begegnungen mit ihm, seine Ausstellung bekam sie hingegen nicht zu sehen. Er wollte sie dort nicht haben. Sie akzeptierte das. Er konnte mit ihr machen, was er wollte.

Edvard an Tulla: »Mein lieber Freund. Ich habe beide Papiere verloren. Das ist sonderbar, da ich meine Dokumente ansonsten nicht verliere. Es eilt doch überhaupt nicht.

Die Hauptsache ist, dass wir jetzt an einen Ort kommen, wo wir diese Angelegenheit in Ruhe und guter Luft regeln können. Ich habe über das mit der Gütertrennung nachgedacht. Darauf lasse ich mich nicht ein. Komm jetzt her, dann sprechen wir darüber. Es muss Cannes, Como oder die Schweiz sein. Die Hauptsache ist doch geklärt: Deine Familie ist in Bezug auf die Beziehung beruhigt. Komm also, sobald du kannst. Gruß, dein E. Munch.«

Tulla an Edvard, Berlin, Frühjahr 1900: »Dass du keine Gütertrennung möchtest, mein Lieber, ist mir vollkommen gleichgültig. Dann verstehe ich allerdings nicht ganz, was du zu mir gesagt hast, als wir darüber gesprochen haben. Ganz im Gegenteil bin ich aber nur froh darüber, dass du eine Entscheidung triffst. T.«

Jetzt wurde es für sie sehr schwierig. Dokumente verloren! In Norwegen war öffentlich bekannt geworden, dass sie die Ehe eingehen würden; von diversen Bekannten erhielt sie Glückwünsche. Er aber meinte, sie könnten warten. All ihre Mühen waren vergebens.

Tulla an Edvard: »Das soll kein Brief zur Selbstverteidigung sein, aber es wird ein verwirrter Brief. Du hast am Sonntag Dinge zu mir gesagt, und jetzt weiß ich nichts mehr, ich habe das Gefühl, zu einem Geschöpf reduziert zu sein, das keinerlei Recht zu leben hat. Du verachtest mich, und du verfluchst den Tag, an dem du mir begegnet bist, ich bin falsch und liederlich, herzlos und heuchlerisch, und du glaubst an keine Verbesserung bei mir. Wieso wagst du es dann, dich durch eine Ehe an mich zu binden, wie frei sie auch sein mag, so entsteht doch eine gewisse Bindung. Ich weiß, dass vieles von dem, was du sagst, ›Unsinn‹ ist, und ich versuche, besser zu werden, aber so schlecht, wie du mich machst, bin ich nicht. Ich weiß, dass mir feinere und tiefere Gefühle innewohnen, als du glaubst, obwohl ich aus der Bourgeoisie stamme, und ich weiß, dass ich mich weiterentwickeln werde, trotz meiner 30 Jahre, weil du mir beigebracht hast, in mich zu gehen; wenn ich aber sehe, dass das kleine Resultat, das ich erzielt habe, verächtlich aufgenommen wird, dann musst du verstehen, dass mir aller Mut versagt und ich keinen Ausweg sehe. Und dass du dich bei Freunden über etwas beklagst, das uns beide betrifft, macht es mir unnütz schwerer.

Mein lieber Freund, ich war auf viele Dinge vorbereitet, unter denen ich leiden würde, wenn wir verheiratet wären, und in die einzufinden ich mich aus voller Seele zwingen wollte, aber nach dem, was du am Sonntag gesagt hast, nach all dem Hohn, den du mir ins Gesicht geschleudert hast, finde ich, dass alles vergebens ist. Ich war krank und elend, und du hast gesagt, ich mache eine Szene. Das war herzlos von dir. Wenn du in Zukunft so zu mir sein solltest, wenn du alles verdrehst, selbst den kleinsten Scherz, den ich mache, und das nicht allein mir gegenüber, sondern in Gegenwart anderer, dann braucht es mehr Kraft, als ich habe, um das zu ertragen. Hast du für mich kein Gefühl der Freundschaft übrig, dann kann es niemals funktionieren. Glaubst du nicht, dass ich so viel von dir halte, dass ich mich mit allem abfinden werde, was zu deinem Besten ist, dann muss zwischen uns Schluss sein. Deine Tulla.«

Warum hat er die Möglichkeit nicht ergriffen? Sie schrieb, dass sie der Ansicht sei, es müsse Schluss sein, dennoch erklärte er sich nicht damit einverstanden und beendete die Beziehung? Sie gab ihm die Möglichkeit, war jedoch nicht in der Lage, es selbst zu tun. Ein anderer hätte dies als Zurückweisung aufgefasst. Er hingegen nicht. Warum?

Jetzt steht sie da, mit dem Glas in der Hand, soeben hat sie die Flasche geleert. Das soll das letzte sein, nur ein kleines, um aufrecht stehen zu können. Sie steht am Fenster, schaut auf den Kirkeveien hinaus, auf Menschen und Autos; bald wird es dunkel; es ist Nachmittag. Josefine klopft an die Wohnzimmertür, kommt herein und legt ein Scheit Holz im Ofen nach.

»Abendessen?«

»Nein, Josefine, das machen wir später.«

»Nur ein bisschen von dem Braten gestern?«

»Nein.«

»Bitte, Sie müssen etwas essen.«

»All right, bereite einen kleinen Teller zu. Eine kleine Scheibe Fleisch. Und ein bisschen Soße, das ist gut.«

Wie sollte es ohne Josefine funktionieren? Es läuft gut mit nur einer Angestellten im Haus, wenn sie wie Josefine ist. Und sie bleibt, das tut sie. Ich weiß es, und ich habe meine Gründe. Das ist auch etwas anderes als in der Tidemands gate, da gab es ständig neue Zimmermädchen. Allein die Köchin war länger da. Ich erinnere mich nur an Helene. Im Jahr darauf war es eine andere.

Tulla an Edvard, Berlin, 1900: »Lieber Edvard Munch. Ich breche mein Wort und schreibe dir. Ich bitte dich, mich zu treffen, wo und wann du willst, aber warte nicht zu lange! Ich komme nicht, um von dir etwas zu fordern, ich bitte dich nur, mir eine Erklärung zu gönnen und mich dir erklären zu lassen, was ich damals gemeint habe und was ich jetzt meine. Können wir nicht wie früher als Freunde miteinander reden? Reise nicht ab, bevor du mich getroffen hast! Ich hatte wieder eine dieser durchwachten Nächte, und es bringt nichts, sich hinzulegen, der Schlaf findet sich nicht ein, nur die Gedanken.

Ach, ich hätte so eine Lust, für dich die ganze Zeit durchzugehen, die ich dich kenne, von der ersten Stunde an. Jeden kleinen Gedanken, jedes Motiv. Ich sage dir, ich hätte nicht anders sein können, als ich zu Beginn unserer Beziehung war. Es gibt so viele Entschuldigungen dafür. All das Ungewohnte, die Angst, schwanger zu werden. Du weißt nicht, wie ich gelitten habe, wenn ich von dir heimgekehrt bin. Du musst die häuslichen Verhältnisse bedenken, aus denen ich komme, mit so wenig Verständnis in allen Belangen. Nie hatte ich meine Mutter anlügen müssen. Jetzt musste ich es, und das tat mir weh; ich hatte keine ruhige Stunde. Ich war glücklich, wenn ich zu dir kommen durfte, und so aufreibend und anders als alles, was ich bisher erlebt hatte, es auch war, so war vielleicht gerade das der Grund, warum sich meine Liebe von der ersten Minute an so fest verankert hat. Bevor ich dir gehörte, wusste ich, dass es so sein musste, und als ich dich fragte, ob du S. hast, wie ich es von E. R. gehört hatte, war ich gerade da so entschlossen, die deine zu werden, dass ich weder den Tod noch eine tödliche Krankheit gescheut hätte, die ich als notwendige Folge betrachtete. Du hast mir vorgeworfen, dass ich glaubte, du würdest mich anstecken, und ich kann nur entgegnen, dass ich bis dahin keinen Mann intim gekannt hatte und nicht wusste, wie weit die Verantwortung eines Mannes reicht. Glaubst du, unverheiratete, sowohl ganz junge als auch etwas ältere Mädchen kennen sich mit so etwas aus? Was mich betrifft, so hatte ich weder von dem Wort noch von der Krankheit je gehört, bis R. vor zwei Jahren davon sprach, obwohl ich drei Monate in einem Hospital gewesen bin. Viel mehr habe ich nicht zu sagen, nur so viel, dass ich niemals in irgendeine Richtung kaltblütig gehandelt habe. Ich trug zwei Willen in mir, und der eine war der stärkere, aber ich hatte kein anderes Motiv, als dass ich mir gewiss war, dass du für mich alles warst. Und dass ich nicht begriff, wie ich es aushalten sollte, ohne dich zu leben, alles war so wertlos, so hoffnungslos. Du sagst, in mir sei so viel Begehren nach dir; und das war von Anfang an da. Aber ich bitte dich, mir voll und ganz zu glauben, wenn ich sage, dass es jetzt nicht mehr so ist, nicht in der gleichen Weise. Du hast mich verändert, und meine Gefühle für dich sind viel, viel tiefer, als sie es waren. Gute Nacht. Deine Tulla.«

Der Schnee liegt wie ein Schleier über Majorstuen und Frogner. –12 °C. Große schwarze Autos fahren still durch die Straßen. Der Schnee sorgt dafür. Ein Teppich aus Stille, von kaltem, nordischem Temperament. Nicht auszudenken, wenn sie in Paris wäre. Sie sollte versuchen, dorthin zu kommen, denkt sie, vielleicht Olaf und Suzanne und den kleinen Jan besuchen. Und Wenche und Karen Lisbeth. Wenn doch nur Agnes mitkommen könnte, dann könnten sowohl Mutter als auch Stiefmutter sie besuchen. Aber nein, sie kann nicht, das Theater nimmt all ihre Zeit in Anspruch. Zudem müsste Tulla jemanden finden, der die Oberaufsicht für den Kiosk und alles andere übernimmt. Jemand Zuverlässiges. Daraus wurde 1925 nichts; daraus wird in diesem Jahr nichts. Es ist, als stünde die Zeit vollkommen still und raste gleichzeitig davon. Nichts passiert; nichts wird, wie man es erwartet hatte; man ist einfach nur hier, steht da und sieht nach draußen, betrachtet diese in Pelz gehüllten

Menschen, die irgendwohin wollen oder irgendwo gewesen sind. Da draußen ist die Zeit so offenkundig.

Agnes hat für den Sommer bereits zur Feier auf Hvasser eingeladen. Der 60. Geburtstag auf Hvasser mit der Mutter meiner Stieftöchter, das ist schön. Das ist nahezu radikal. Mama würde es vermutlich seltsam finden, wie gut wir befreundet sind. Aber so ist es, und wäre Agnes nicht, dann weiß ich wirklich nicht. Sie ist ein Fixpunkt im Leben. Seltsam, dass Hans sie verlassen hat. Ich hätte das nicht getan, egal wie aufbrausend sie sein kann. Aber sie waren sich wohl zu ähnlich. Gegensätze ziehen sich an. Gleich und gleich gesellt sich gern. Ich weiß nicht. Wie verschieden waren Hans und Agnes eigentlich? Ihm gefiel wahrscheinlich nicht, dass sie so verwegen war, denn das wollte er selbst sein. Und sie hatten denselben Hintergrund, waren sogar beide aus Bergen. Auf ihre Weise sind sie sich ähnlich. Edvard und ich? Völlig verschieden, das sagen alle. Aber wir konnten beide nicht warten. Waren beide monoman. Ich dachte nur an ihn, und er dachte nur an seine Arbeit. Auf unsere Weise waren wir uns auch ähnlich. Aber er hatte recht damit, dass unser Hintergrund verschieden war, obwohl beide Familien aus Løten stammten und er seine Mutter verlor, als er fünf war, und ich meinen Vater, als ich sechs war. Meine Trauer um Papa hat er nie anerkannt. Dass ein Vater ebenso unentbehrlich sein könnte wie eine Mutter. Als ich mich in Hans verliebte, war ich überglücklich, endlich, dachte ich. Das waren Glück und Tanz, viel Wahnsinn und fleischliche Lust. Endlich hatte ich einen Mann gefunden, mit dem ich wirklich zusammenpasste. Einen, der über Mittel verfügte, sodass ich kein schlechtes Gewissen mehr haben musste, Geld zu besitzen. Alles, was wir uns wünschten, konnten wir haben, und alles, was wir mit anderen teilen wollten, konnten wir teilen. Und das taten wir, denn so war Hans. Er war freigiebig. Jetzt weiß ich wahrhaftig nicht, wie es läuft, zurzeit ist sein Leben wohl ziemlich chaotisch, er wohnt im Grand, während sie wieder im Haus ist. Als es zwischen uns langsam in die Brüche ging, geschah etwas mit ihm, er wurde selbstgerecht und wollte mich immer zurechtweisen. Er wollte, dass ich von Edvard erzähle, darüber, was wirklich zwischen uns geschehen ist. Alle sprechen darüber, sagte er, in der Stadt kursierten Gerüchte. Das weißt du doch. Entweder war man für dich oder für ihn. Man hörte die unglaublichsten Geschichten darüber, was ganz am Schluss zwischen euch passiert ist. Wolltest du wirklich sterben? Wie viel Morphin hast du genommen? Wie du weißt, sagen sie, du hättest das Ganze nur inszeniert, um ihn dorthin zu locken. Wer, fragte ich? Mit wem hast du gesprochen?

Als es am schwierigsten war, wurde Arne von Gunnar Heiberg und Sigurd Bødtker angeheuert, um sie aufzumuntern. Er erzählte es ihr um Weihnachten herum, als sie langsam anfingen, füreinander zu schwärmen, als er ihren Körper an seinem spürte, wenn sie Arm in Arm spazieren gingen. Als er sich erlaubte, ihr über die Haare zu streichen und zu flüstern, dass es glühe, und sie nicht mehr entgegnete, dass ihre Haare in letzter Zeit so leblos und tot seien, weil sie selbst sah, dass ihr goldenes Haar seine Glut zurückgewonnen hatte. Einige Tage vor der Abreise nach Paris im November 1902 hatte sich Sigurd Bødtker mit Arne ins Grand gesetzt. Sie hatten einen Hot Toddy bestellt, da das Wetter an diesem Tag scheußlich war, und dann hatte er zu dem jungen Maler Arne Kavli gesagt, Gunnar Heiberg und er hätten eine Frage, Fräulein Tulla Larsen betreffend. Willst du uns helfen, ihr zu helfen?

Wir müssen äußerst vorsichtig sein. Stell keine überflüssigen Fragen. Irgendetwas ist in Åsgårdstrand passiert. Wir wissen, dass der Maler Munch wegen einer Handoperation im Krankenhaus war. Wir wissen, dass die Verletzung minimal ist, verstehen jedoch, dass er wütend ist. Sie hat uns mehrfach mitgeteilt, dass »sie gehen musste«, weshalb wir glauben, dass sie ihn verlassen hat, und nicht umgekehrt. Hingegen wirkt sie nicht wie jemand, der einen Kampf gewonnen hat. Aber sie stellt es zweifelsfrei so dar – dass sie ihn verlassen hat; ihn blutend zurückgelassen hat, haben wir erfahren, nachdem wir sie gefragt haben. Stell keine weiteren Fragen, sei so gut. Setze sie nicht unter Druck. Wir müssen jetzt äußerst vorsichtig mit ihr umgehen. Nicht Edvard Munch erwähnen. Nicht darüber sprechen, was in den letzten Jahren geschehen ist, lass es einfach außen vor. Sei so gut, und nimm dich Fräulein Larsens ein wenig an. Kannst du das, Kavli? Du bist jung und gut aussehend, und sie mag dich. Du hast schlicht und einfach einen guten und angenehmen Ton am Leib, und wir sind doch schon zusammen mit ihr im Theater gewesen. Da seid ihr doch gut miteinander ausgekommen. Zwar wurdest du auch damals vorab darum gebeten, sie ein wenig zu unterhalten, aber das hast du allem Anschein nach gut gemeistert. Du bist groß und stattlich und passt zu ihr, die sie doch selbst so groß und stattlich und offen gesagt bildschön ist und einen wie dich braucht. Einen Mann. Hake sie unter, stütze sie, damit sie nicht zusammenbricht, und lass sie sich vor allem amüsieren. Tröste sie. Male sie. Bringe sie dazu, zu vergessen.

Es war, wie aus einer Dunkelheit und einer Kälte aufzutauchen, die vollkommen unüberwindbar schienen. Zuerst die

Monate in Berlin und Potsdam, als ich wartete und wartete, dann München, nachdem er wieder abgereist war, und zum Schluss Røyken. Wo ich fast gestorben bin. Was für ein Unglück, Edvard Munch ~~zu begegnen~~ gern zu haben. Oder dass er mich gern hatte. Dass er, der niemanden in seinem Leben ertragen konnte, mich so lange gequält hat. Er wollte mich nicht gehen lassen. Das wirkliche Unglück war, dass wir einander gern hatten. Ich weiß, dass er das tat, egal, was er anderen gegenüber sagte, und das war das Problem. Aber er konnte nicht mit mir zusammen sein, denn er konnte mit niemandem zusammen sein. Am wenigsten mit jemandem, für den er Gefühle hatte. Irdische.

Arne Kavli, der Sohn des Schauspielers, der talentierte junge Mann mit Selbstvertrauen und Eleganz und einer Schwäche für diese große, mondäne Frau, die einen so intensiven Kummer in sich trägt. In ihre Beziehung bringt sie eine Art Sehnsucht ein, eine gewachsene Melancholie und nach und nach eine gelassene Freude. Da sind Komfort, Sommernachmittage, weiche Decken und Veranden, Sommer im Schärengarten und herrliche Sommerwochen im Gebirge. »Liebe Mama, das wäre der richtige Ort für dich«, schreibt Arne in einem Sommer aus Ulsvoldssæter begeistert nach Hause. »Wir wohnen alleine in einer kleinen Sennhütte, wo wir Frühstück bekommen. Mittag und Abendessen nehmen wir in einer größeren Hütte gleich nebenan ein. Wir sind bereits braun und erfrischt.«

Mit Arne war es »wir«. Niemals so viel »wir« wie mit ihm. Damals aber wusste sie es nicht zu schätzen. Und sie empfand eine Art Langeweile, weil der Schmerz nicht mehr reizte; der wohlbekannte Schmerz schmerzte nicht mehr.

Seine Haut ist so weich, er ist so jung. Ein Kind wird empfangen, aber ich verliere es, es blutet aus, und ich ertrinke in Bordeaux.

»Und nichts anderes als du selbst verändert sich, die du Furchen an den Augen und am Mund bekommst; ihr feiert mit Schauspielern und Künstlern, aber er ist nur der Nette, Heitere, Leichte, und du willst mehr. Er braucht dich, aber du brauchst ihn nicht mehr, und vielleicht braucht auch er dich nicht mehr, wenn du ihm das beigebracht hast, was du über die Radierung weißt, und er ist immer derjenige, der wichtiger ist, weil da immer eine Ausstellung, eine Reise ist, und für das, von dem du geglaubt hast, es könnte letztendlich deine Reise werden, deine Zeit, dafür ist keine Zeit. Er hätte das gern, aber du hast kein eigenes Zimmer in der Mansardenwohnung am Tordenskjolds plass 4, die über vier Räume verfügt: eine Stube, ein Schlafzimmer, Arnes Arbeitszimmer und ein Hausmädchenzimmer. Du hast es mit den Nerven; es geht dir nicht gut; du musst nachtanken; du musst dich sichtbar machen, jetzt, wo er dich auch nicht mehr malt. Du willst nicht mit Sommerhut in Sommersachen zwischen Johannisbeersträuchern stehen; so bist du nicht. Aber wer bist du?«

Eines Abends im Grand treffen sie Arnes Freunde aus Kindertagen in Bergen. Agnes Mowinckel mit ihrem Mann Hans Blehr. Mit Agnes hatten sie im Sommer 1904 bereits in Drøbak Kontakt, Tulla kennt sie also. Arne und Agnes sprechen über das Theaterspiel in der Kindheit. Arne war durch seinen Schauspielervater erblich vorbelastet, und seine kleine Schwester Aagot hat diesen Weg tatsächlich eingeschlagen, ist jetzt als Schauspielerin Aagot Nissen am Nationaltheater tätig. Hans plaudert ungezwungen mit Tulla, erkundigt sich nach ihren Auslandsreisen, erzählt ein bisschen von Amerika, und sie erzählt, dass auch sie dort gewesen ist, allerdings nur ein paar Monate. Aber immerhin, sagt Hans und sieht sie anerkennend an. Hans fragt nach Paris, ob sie Dagny Juel dort getroffen habe; ja, aber sie war verzweifelt, und das war ich auch, weshalb wir nur wenige Worte gewechselt haben; sie war auf dem Weg nach Norwegen. Sie war meine Cousine, sagt Hans. Wirklich, entgegnet Tulla und erzählt, dass sie im Jahr darauf in Berlin Stanisław Przybyszewski getroffen habe und er sich einen ganzen Abend lang darüber ausgelassen habe, wie fürchterlich sich Dagny ihm gegenüber benommen habe. Das war ein großartiger Abend, ein so intensiver Mann. Tulla liegt es fern, Dagny anzuklagen, aber wenn man einen ganzen Abend miteinander verbringt, dann erfährt man schließlich die Details, das ist klar.

»Hat er dich manipuliert?«, fragt Hans und sieht sie interessiert an. Nur sie.

Arne und Agnes existieren nicht mehr.

»Das habe ich nicht so empfunden«, antwortet sie, »aber ich weiß es nicht.«

Hans Blehrs Augen funkeln, wenn er sie ansieht.

»Hat er es bei dir probiert?«, fragt Hans.

»Bei mir? Selbstverständlich nicht«, sagt sie und lacht. »Ich war schließlich verlobt, ja, das weiß doch wohl jeder.«

»Jaja, man hört so einiges über Przybyszewski, und eine Verlobung ist doch wohl kein Nein?«

Hans sieht Arne schief an. Arne sieht Hans gelassen an, sagt, er müsse jetzt gehen; er müsse die letzten Justierungen an den Bildern für die Ausstellung in Stockholm vornehmen. Jäh steht er auf.

»Ich bleibe«, sagt Tulla, zu Arne aufsehend. Sie weiß, dass er es weiß.

Sie wendet sich zu Hans. Agnes steht daneben, der Blick dunkel, sie spricht mit Hans.

»Ich muss nach Hause zu den Kindern, aber bleib du ruhig.«

Mit langen, ungehaltenen bergensischen Schritten eilt Agnes zum Ausgang.

»Ich lasse mich scheiden«, sagt Hans mit einem langen Blick auf seine Ehefrau, die direkt nach Arne aus der Tür des Grand verschwindet. Dann dreht er sich um und richtet den Blick auf Tulla.

Hans entschied sich für Tulla. Und sie ließ es geschehen. Hans und sein Flirten, seine Stärke, die Fähigkeit, zu bekommen, was er begehrte, egal was die Leute sagten, zogen ihr den Boden unter den Füßen weg. Schlecht im Zuhören, gut im Durchführen. Hans Blehr stand nicht der Sinn nach Quengelei und Verantwortung und warum machst du nicht dies und warum hast du nicht das gemacht? Er war die Freiheit gewohnt; in Japan hatte er genau das tun können, was er wollte. Und das tat er auch. Mit mehreren, das weiß sie jetzt. Nachdem er Agnes kurz nach seiner Rückkehr aus Japan geschwängert hatte, begann er an der Ehe zu zweifeln. Agnes ist eine starke Persönlichkeit und kann sehr deutlich werden, weshalb der arme Hans wohl nicht ganz vorbereitet war auf ihre Einstellung zu der schnellen Schwangerschaft. Schließlich hatte sie sich darauf gefreut, entlastet zu werden, mehr Freiheit zum Arbeiten zu erhalten! Für Agnes war die Schwangerschaft vor allem ein Hindernis, während er keine Frau haben wollte, die wieder arbeiten ging, am allerwenigsten am Theater. Die kleine, hübsche Wenche war Gegenstand von viel Krach, und das bereits bevor sie zur Welt kam. Das hat Tulla von Agnes; sie weiß, dass Hans das etwas anders darstellen würde. Eins war für Hans jedoch unumstritten, denn der Arbeitgeber aus Bergen hatte ganz deutlich verlauten lassen, dass er nach seiner Rückkehr aus Japan die Angelegenheiten zu Hause klären müsse. Sie wollten keinen Angestellten mit Ehefrau am Theater. Die Schiffsmaklerfirma Joachim Grieg war ein seriöses Unternehmen. Sie hatten ihn gebeten, sie davon abzubringen. Aber Agnes würde das Theater niemals aufgeben. Das wusste Hans. Nach Wenches Geburt wollte sie zurück, und zwar schnell. Und er musste antreten, wozu er aber keine Lust hatte. Er wollte feiern, um die Häuser ziehen und leben, und dann saß Tulla Larsen im Grand, und peng – diese Frau! Diese Haare! Übersprudelndes Gold. Sie mochte Bergener. Hatte sich durch Arne ans Bergensische gewöhnt. So kam es zur Scheidung und zu Hans Blehr mit dem blonden Spitzbart und den vollen roten Lippen. Er sagte, sie erinnere ihn an Japan. Japan mit Eleganz und Größe. Dieses Haar muss ich einfach haben! Es ist so exotisch!

Es ist eiskalt. Eiskalt und widerwärtig. Ich gehe ins Bett, schließe die Augen, wickle die Decke um mich. Von dieser Kälte bekomme ich bestimmt Gicht oder eine Erkältung oder eine Depression. Wie lange soll man damit fortfahren? Da sind einige schwarze Löcher. Die Briefe ziehen mich immer runter. Dinge, die ich verdrängt habe, kommen wieder hoch, und es ist jedes Mal wieder überraschend und neu. Als ich mit Hans zusammen war, habe ich sie nicht oft gelesen und mit Arne nie.

Doch, einmal. Und da bin ich krank geworden, woraus sich viel Aufregung ergab und ich verstand, dass ich das nicht tun durfte. Zum Glück erfuhr niemand vom Grund für den kleinen Zusammenbruch, oder wie man es nun nennen soll. Ich bekam ein paar Pillen. Hysterie war glücklicherweise aus der Mode gekommen.

Die Rituale des Briefelesens begannen, als ich mit Hans zusammen war. In den ersten Jahren zogen wir oft um, und bei jedem Umzug kamen sie zum Vorschein, und ich musste ein neues Versteck für sie finden, und da geschah es, dass ich sie las. Vielleicht nicht jedes Mal alle, nicht wie jetzt. Schließlich ist es wirklich schmerzhaft. Das war eine fürchterliche Zeit in Berlin, während ich darauf wartete, was mein Schicksal für mich bereithielt. Er hätte diese Ehe nicht vorschlagen sollen. Dann hätte ich mir entweder das Leben genommen oder ich wäre irgendwie zu einer Art Klarheit gelangt. Dann wäre die Klarheit erzwungen worden. Es war doch, als wäre ich hypnotisiert; ich sollte verwandelt werden, und ich glaubte in der Tat, zum Besseren. Das war nicht der Fall. Aber es führte mich zu Arne. 1903 wurde in vielerlei Hinsicht ein freudvolles Jahr. Es brauchte nicht viel, um mich nach den entsetzlichen Jahren des Wartens, des Sehnens und der Selbstmordgedanken zu erfreuen. Arne hatte ein heiteres Gemüt. Ich fand für eine Weile Frieden.

Was führt dazu, dass ich jetzt keinen Frieden finde? Woher kommt diese Unruhe, vor der ich gezwungen bin zu fliehen, die mich dazu bringt, den Samt im Körper spüren zu müssen? Wegen der ich irgendetwas betäuben muss, von dem ich keine Ahnung habe, was es ist. Denn es geht nicht darum, dass ich ihn liebe, sondern darum, wer ich bin. Wer bin ich, die seinetwegen diese Veränderungen durchgemacht hat, wer bin ich, die ich das Morphin genommen habe, weil ich wollte, dass er kommt, wer bin ich, die ich reglos dalag, als er in der letzten Nacht kam und sich neben mich legte, und die gewartet hat, als er am Tag darauf ging, die in seinem Haus geblieben ist, Essen zubereitet und gewartet hat, und die nach dem Unglück von ihm weggelaufen ist, nach dem Blut? Wer bin ich, die ich mich nicht daran erinnere, was geschehen ist, und die 30 Jahre darauf verwendet hat, es zu vergessen? Es geht nicht darum, dass ich ihn noch immer liebe. Edvard Munch liebt man nicht.

»Du sagst, du verstehst meine Bilder«, schrieb Edvard, »du hättest im Übrigen einen Teil davon verstehen müssen. Du hast nichts verstanden, denn dann wärst du nie so gewesen, wie du warst. Du hättest verstanden, was ich durchlebt habe.« Aber durch das Betrachten deiner Bilder habe ich nicht deine Geschichte verstanden, Edvard, ich habe mein eigenes Leben verstanden. So ist die Kunst, und das hast du nicht verstanden. Ich selbst bin es, der ich in deinem Schrei begegne. Ich kann nicht genauso in dein Inneres schauen, wie ich den Blick auf mein Inneres richten kann, auf meine Hohlräume, meine zähen Fleischfasern, Gedärme und Nervenstränge. Ich sehe mich selbst. Und das tut weh.

Ich habe einen Revolver in der Tasche. Wozu soll ich ihn verwenden? Josefine hat Angst davor. Jedes Mal, wenn die Mädchen zu Besuch hier sind und ich sie wieder nach Hause bringe, ist er dabei. Karen Lisbeth und Wenche sind in all diesen Jahren zu mir gekommen. Acht sind es, seit ich alleinstehende »Schiffsmaklerwitwe« geworden bin, und in all den Jahren sind die Mädchen zu Besuch gekommen, einige wenige Male zusammen mit Agnes, aber meist alleine oder mit ihrem Dienstmädchen waren sie bis zum Abendessen bei mir. Anschließend habe ich die Kinder nach Hause in den Elisenbergveien gebracht, mit dem Revolver in der Tasche. Meinen Stieftöchtern soll nichts zustoßen. Bei all dem Geschreibsel da-

rüber, wie gefährlich es derzeit für junge Mädchen auf den Straßen ist, muss man seine Vorkehrungen treffen. Es kann nicht sein, dass sie um neun Uhr abends eingeschlossen werden müssen! Was für eine Empfehlung. Nein, da stecke ich lieber den Revolver in die Tasche. Vielleicht muss ich sie zum Schießkurs schicken, wenn sie jetzt bald von ihren Studien aus Paris heimkehren. Der Revolver war meine Rettung, als in den Kiosk eingebrochen wurde. »Mutige Frau im Kirkeveien«, stand in der Zeitung. Alfred fand es richtig tollkühn, und ich war stolz. Die Dame mit dem Revolver scheuchte die Diebe vom Hof. So beängstigend bin ich. Aber das habe ich schließlich schon ganz andere sagen hören, und niemand zweifelt wohl daran, wenn er mich in einer Ausstellung mit einem abgeschlagenen Kopf in der Hand dastehen sieht oder nackt mit einem kaltblütigen Lächeln um den Mund, während mein Opfer auf dem Bett daneben verblutet. Aber das ist nur Fiktion. Die Fotografie kann sich niemals mit dem Gemälde messen, sagt ein bekannter norwegischer Künstler, zu dem ich einst eine intime Beziehung unterhielt, denn der Fotoapparat kann weder im Himmel noch in der Hölle verwendet werden. Manchmal jedoch kann es in der Tat nützlich sein, ein Foto vom Tatort zu machen und nicht nur der Erinnerung zu vertrauen. Sowohl Himmel als auch Hölle finden sich auf Erden, denn wir erschaffen die Vorstellung von beiden gänzlich ohne Hilfe irgendeines Gottes. Die Erinnerung ist subjektiv. Und das Subjektive kann schnell Geschichten erschaffen, die sich recht drastisch von den Begebenheiten der Wirklichkeit unterscheiden. Man sollte vielleicht nicht immer so sehr der Erinnerung vertrauen, ich tue es jedenfalls nicht.

Mühsam und kraftlos faltet sie die Briefe zusammen und versucht den richtigen Umschlag für den jeweiligen Brief zu finden oder umgekehrt. Die Hände gehorchen ihr nicht recht, weshalb es etwas dauert. Josefine kommt mit einem Tablett. Darauf ein Glas Mineralwasser und ein Teller mit ein paar grünen Erbsen, die hin und her kullern, so wenige sind es, dazu eine halbe Kartoffel und eine dünne Scheibe Schweinefleisch mit einem Dessertlöffel Soße darüber. Sie stellt das Tablett ab, versucht vorsichtig, Tulla dazu zu bewegen, sich hinzusetzen, gibt ihr eine Gabel und platziert den Teller vor ihr. Dann nimmt sie die Briefe und die Umschläge, sortiert sie und packt sie zusammen.

»Soll ich sie auf den Dachboden bringen?«, fragt sie.

»Derjenige, der sie haben wollte, erinnerst du dich daran, was er gesagt hat?«

»Er sagte: ›Ich komme wieder.‹«

»Nicht, wozu er sie verwenden oder warum er sie haben will?«

»Das hat er wohl zu Ihnen gesagt, bevor ich gekommen bin. Es wirkte ein wenig intim.«

»Was?«

»Er hielt Ihre Hand und lehnte sich über Sie.«

»Und ich?«

»Sie waren nicht Sie selbst.«

»Herrgott.«

»Sie waren sehr traurig nach der Begegnung am Nachmittag, wenn Sie verstehen, was ich meine.«

»Was?«

»Sie brauchten vielleicht ein wenig Trost.«

»Wegen Edvard meinst du?«

»Soll ich sie auf den Dachboden bringen, zusammen mit seinem Bild?«

»Mach das. Ich lese sie nie wieder.«

»Sollten wir sie lieber verbrennen?«

»Nein, nicht jetzt.« Tulla steht auf. »Du kannst sie verbrennen, wenn ich sterbe.«

»Aber Sie haben doch nichts gegessen!«

»Ich gehe mich ausruhen. Ich kriege keinen Bissen runter.«

Durch das Esszimmer in der Dämmerung, kalt und tot, ohne Stimmen oder das Klirren von Glas und Besteck. Hinaus in die Halle. Josefine eilt hinterher und schaltet, nach Luft ringend, die Deckenlampe ein, damit es nicht so düster wirkt. Kein Ton aus dem ersten Stock. Josefine ist auf dem Weg die Treppe hinauf, die Briefe in der Hand. Wie oft hat sie sie wohl gelesen?

Ich öffne die Tür zum Schlafzimmer. An der gegenüberliegenden Wand steht das Bild von Nygaardsgrund. Es war sicher schlau, es nicht ins Wohnzimmer zu hängen. Jemand hätte das Bild gesehen, und dann wären die Fragen auf mich eingeprasselt. Nein danke. Soll ich es wirklich hier drin aufhängen? Wie auch immer, ich werde nie wieder davon träumen, in dem kleinen kümmerlichen Haus umherzugehen, denn ich weiß, wie es endet. Mit einem dröhnenden Schuss und Blut und einem wütenden, verwundeten Mann. Aber der Wert steigt jeden Tag, er hat es verstanden, sich einen Namen zu machen, Seine Majestät. Er darf auf dem Dachboden stehen und noch eine Weile frische Luft atmen, denn er kommt nicht herunter ins Wohnzimmer, diese Entscheidung ist getroffen. Dann werden wir sehen, ob ich ihn verkaufe. Möchte wissen, wie es dort aussieht auf dem Hügel, auf Ekely. Er wohnt seit fast 30 Jahren dort, verbarrikadiert sich, wie ich gehört habe. Nur eine Haushälterin, um für Ordnung zu sorgen. Armer Mensch. Wenn man bedenkt, dass er gestern auf der Straße an mir vorbeigegangen ist. Gut, dass ich ihn nicht aufgehalten habe. Denn was hätte ich sagen sollen?

> »Du ziehst die Decke bis zum Kinn hinauf und fröstelst, hättest dich nicht in voller Montur hinlegen sollen. Kann ich nicht genauso gut ins Bett gehen?, denkst du. Sollte ich nicht schlafen können, dann kann ich ein bisschen lesen, dann erweitert sich zumindest mein Horizont. Morgen Abend heißt es den Pelz überzustreifen.«

Mit Rulle Rasmussen am Arm werde ich drei Abende in Folge jeweils um acht Uhr zu einer neuen Premiere ins Nye Teater schreiten. Arne und Drude tauchen garantiert auch auf, zumindest an einem der Abende, Hans und seine »Femme« hoffentlich nicht. Agnes ist morgen vermutlich Ehrengast, und am Abend darauf wird sie in »Spiel des Lebens« auf der Bühne stehen. Möchte wissen, ob Seine Majestät eine Einladung erhalten hat. Er kommt garantiert nicht. Aber auf unangenehme Fragen über ihn muss ich mich vorbereiten. Je berühmter er wird, desto mehr steigt das Interesse an dem, was damals geschehen ist. Es gibt bald niemanden mehr, der nicht mit mir sprechen will, allerdings nur, um indiskrete Fragen zu stellen. Über ihn! Sie fragen nicht, was ich empfunden oder gedacht habe – nur, was er gesagt und getan hat. Aber ich erzähle nichts. Meine Lippen sind versiegelt. Das ist zu dumm.

Und das, was schwarz auf weiß geschrieben steht? »Ich finde es so schlimm, dass du unglücklich bist, du, die meinem Herzen mehr gegeben hat als alle anderen.«

Niels Juels gate 70, 4. Etage, Oslo,
Freitag, 24. November 1939,
1 °C, 30 mm Niederschlag

Dann fällt sie erneut, aber dieses Mal ganz langsam; sie hält sich an dem Mantel fest, der dort so günstig hängt, schafft es, Kräfte zu mobilisieren, um sich abzufangen, damit sie nicht hinknallt und sich erneut verletzt; langsam sinkt sie auf dem persischen Teppich auf die Knie und spürt deutlich die alte Verletzung in der Schulter; da ist eine Art Verrenkung, die sich nicht gut anfühlt, bestimmt weil sie sich an dem Mantel festhält, also muss sie loslassen, aber der Fall ist weich, dann befinden sich beide Knie auf dem Teppich, sie lehnt sich hinüber in eine Art sitzende Haltung, stützt sich mit der anderen Hand, der mit dem unversehrten Arm, auf dem Boden ab. Dann sitzt sie dort, direkt neben der Kommode mit dem Spiegel darüber, dem Einzigen, was von den Möbeln aus der Tidemands gate noch übrig ist. Draußen ist es still, lediglich der Atem desjenigen ist zu hören, der direkt vor der Wohnungstür steht. Oder derjenigen. Wahrscheinlich ist er es. Er muss es sein. Wer sonst sollte heute kommen? Sie kann keinen Besuch empfangen, nicht jetzt, sie ist nicht vorzeigbar, definitiv nicht, sie liegt fast auf dem Boden, und sie ist nicht angezogen, zumindest nicht so, dass sie jemanden hereinlassen könnte, und außerdem ist sie nicht ganz, nicht ganz …

Da sind wieder die Schritte, einige wenige Schritte, so als ginge der Betreffende zur anderen Tür im Aufgang und überprüfte diese, dann hinüber zum Fenster, dann zum Fahrstuhl und stopp. Nein, die Fahrstuhltür wird nicht geöffnet. *Geh, geh weg von hier.* Ich will keinen Besuch. Wo ist Josefine, wenn man sie braucht? Sie hätte ihr jetzt helfen können, aber sie kommt nicht, *sie rettet mich nicht,* sei so gut, nimm den Fahrstuhl nach unten, nimm den Fahrstuhl, nicht noch mehr Unruhe, aber da klackt es draußen erneut, klack, klack, klack. Sie weiß, dass es wieder losgeht, das wahnsinnige Läuten; trotzdem zuckt sie zusammen, so als wäre sie unvorbereitet gewesen, und sie muss an sich halten, es nicht herauszuschreien oder besser beim Einatmen zu seufzen, ein Seufzer, der nicht kommt, den sie zurückhalten kann, jetzt bloß nicht bewegen, und sie spürt, wie steif sie ist, dass sie nicht noch länger so dasitzen kann, und still streckt sie den schmerzenden Arm aus, beugt sich hinüber zur anderen Seite und schafft es, näher heranzukommen, sie lehnt sich hinüber, hält sich an der Schublade der Kommode fest und kommt langsam auf die Knie, stellt einen Fuß auf, zieht sich hoch, kommt auf die Beine und begegnet plötzlich dem Blick eines Menschen, den sie nicht wiedererkennt, niemand, den sie kennt …

Ein Totenschädel starrt sie an, mit tiefen Augenhöhlen und offenem Mund und einem stummen diffusen Schrei, den niemand hört, und sie lehnt sich zu ihr hin und küsst sie, sie spürt die Übelkeit und das Zittern, der Körper bebt und bebt, und es scheint, als würde die Person draußen prüfen, ob die Tür verschlossen ist. Still jetzt, lass sie dich nicht zu fassen kriegen; lass sie nicht glauben, dass hier drinnen jemand ist, geh, geh; es ist, als würde ihr etwas direkt in den Nacken atmen, ein kühler Windhauch, und mit einem Mal ist der Regen draußen so gut zu hören, und die, die sie mit erschrockenem Blick ansieht, lehnt sich zu ihr, legt die Stirn an ihre, und es ist kalt.

Dann küsse ich mich selbst als Tote, sieh nur, wie genau er es prophezeit hat, schließlich ist er hellsichtig, eine körperliche Liebe, die nur ein Mittel dafür ist, sich selbst zu lieben, so ist es, ich bin gezwungen, dieses groteske Geschöpf zu küssen, das direkt in mich hineinsieht, so nah, so nah …

Ihre Zeit ist vorbei. Dies ist die gnadenlose Zeit. Jetzt, da das Wort Zeit Bedeutung erlangt hat und bald das Einzige ist, das nicht unverständlich ist. Das andere ist Musik, Musik ist Zeit, die Zeit vergisst. Sie braucht Musik, muss eine Grammofonplatte hervorholen. Wo ist Josefine? Nie ist sie da, wenn man sie braucht. Oder soll sie sich ans Klavier setzen? Dort steht es doch; sie kann das Adagio wählen. Sie erinnert sich noch immer daran, zumindest an den ersten Teil; obwohl das meiste in Vergessenheit geraten ist, erinnert sie sich daran; sie muss sich daran erinnern. Es ist, als wäre die Luft um sie herum zu Sirup geworden, es liegt so viel Widerstand darin, keine Bewegung ist so leicht wie zuvor; alles geht so langsam, aber sie kommt unversehrt auf die Beine; nur die Schulter gibt ihr zu verstehen, dass sie existiert, legt sie jetzt aber einen kleinen Samtumschlag darüber, sollte es gehen. Wenn sie sich nur etwas ausruhen kann. Mit einem Mal ist es friedlich in der Halle, und die Kommode mit Telefon und Kleiderbürste und dem Spiegel darüber steht zu Diensten, so als würde sie nie etwas anderes tun, und sie steht wieder aufrecht, und das Herz klopft immer langsamer, langsamer …

Ist er wieder da? Ist es sein Atem, den sie hört? Sie öffnet die Schublade. Dort liegt er, unter den Handschuhen, ganz hinten. Schwer und gut in der Hand. Ja, da sind die Schritte wieder, dann aber hört sie den Fahrstuhl, und dann, wie sich die Schritte in den Fahrstuhl hinein bewegen, und sie nimmt ihn heraus, spürt die Schwere, zittert, als sie ihn hochhebt, aber sie schafft es, zielt auf die Tür, auf das kleine Guckloch, zu dem sie nicht hinkommt. Ist er da draußen? Die Fahrstuhltür knallt zu; der Fahrstuhl verschwindet die Etagen hinab. Es ist vorbei. Die Stille ist überwältigend. Den brauche ich, denkt sie; es ist wie damals, als die Mädchen jünger waren, da hatte ich ihn immer in der Manteltasche. Es ist an der Zeit, wieder damit anzufangen. Sie schließt die Hand fest um den Revolver und geht zurück ins Wohnzimmer, an der Küche und am Bad vorbei. Sie muss zurück zu dem Sessel beim Fenster. Von dort hat sie einen guten Überblick.

Kommt er wieder, dann gibt es keine Gnade. Man stelle sich nur vor, Menschen in dieser Weise zu belästigen, sogar jetzt, wo der Krieg vielleicht hierher kommt. Keine gute Kinderstube.

Josefines lange Blicke zum Schrank geben deutlich zu verstehen, wohin Tulla nicht gehen soll, aber sie tut es trotzdem. Jetzt hat sie gut reden, als sie gebraucht wurde, war sie nicht da. Wo ist sie? Tulla öffnet die Schranktür, aber da ist keine Josefine, die plötzlich das Zimmer betritt. Also wird es ein kleines Glas und das Grammofon. Der Regen ist deprimierend; es hat wirklich den ganzen Tag in Strömen gegossen, und kalt ist es auch. Zum Glück hat sie Feuer gemacht, bevor sie verschwunden ist. Gegen diesen Regen braucht man Medizin. Keine weitere Nacht im

Ullevål-Krankenhaus. Gott sei Dank ist sie nach Hause entlassen worden. Anfangs war es schön gewesen; sie brauchte die Tage, nachdem sie hingefallen war, als der Stuhl weggerutscht war, auf dem sie sich abgestützt hatte. Sie war auf dem Weg ins Bett gewesen und deshalb vermutlich müde und nicht ganz aufmerksam. Das kann jedem passieren. Aber sie müssen doch darauf achten, wen sie in ein Krankenhaus hineinlassen. Plötzlich stand er in der Tür; sogar Blumen hatte er dabei. Die Blumen wollte sie nicht mit nach Hause nehmen. Wirklich nicht. Sie kannte ihn überhaupt nicht. Eine wildfremde Person, die ins Krankenzimmer kommt, einen Stuhl ans Bett zieht und anfängt, unangenehme Fragen zu stellen! Niemand vom Personal hat überprüft, wer er war. Und so konnte sie sich auch nicht dazu überwinden, jemanden zu rufen. Dort herrschte kein Anstand.

Sie entscheidet sich für ein hübsches Glas, hebt es an und dreht das Kristall im Licht der Fenster. Es regnet in Strömen; es ist, als würde jemand in der Etage darüber stehen und eimerweise Wasser ausschütten. Sie will im Sessel beim Fenster sitzen, dort, wo das Licht gut zum Lesen ist, dort, wo sie die Flasche leicht neben dem Zeitungsständer verstecken kann, sollte Josefine sich plötzlich einfinden. Sie platziert Revolver, Glas und Flasche auf dem kleinen Tisch an der Fensterfront, neben dem Zeitungsständer. Die Zeitung ist auch in Reichweite, sollte weitere Tarnung nötig sein. Sie gießt ein, fast bis zum Rand. Das Samtgefühl ist da, und das wohlbekannte Gefühl, dass sie im Gleichgewicht ist, jetzt ein wenig Musik, dann gewinnt sie vielleicht Abstand zu all dem Unangenehmen. Sie setzt sich hin. Sie verkraftet es einfach nicht, an all das Elend zu denken. Minen und U-Boote, Bomber und Soldaten, wo soll das enden? Allein der Gedanke, dass wieder Krieg ist. Paris könnte bombardiert werden. Und Berlin. Ihre beiden europäischen Heimatstädte. Nie wieder wird sie dorthin fahren; das ist sicher, und jetzt geht es auch nicht, nicht mit dem Krieg. Musik bringt einen dazu, zu vergessen, zumindest das. So herrlich und entspannend. Wo ist Josefine? Hat sie freibekommen? Diese schwarzen Löcher des Vergessens. Nein, sie müssen vergessen werden. Noch ein Paradox. Man muss sich amüsieren, sagen sie, aber wie soll man sich jetzt amüsieren?

Noch ein kleines Glas, nur noch eins, und sie haben ein Schiff aus Bergen versenkt, viele tote Seeleute, es ist wieder Krieg, *wie damals, als wir in der Tidemands gate wohnten*, und jetzt hier, was ist in der Zeit zwischen den beiden Kriegen geschehen? Was ist geschehen? Hans und die Scheidung und der Kirkeveien, *und ich wurde plötzlich dieses Gerippe ohne Kraft*. Ein bisschen mehr noch. Nur ein kleiner Schluck. Dann ist man 70, und vor zwei Wochen hat der letzte Ehemann wieder geheiratet, eine 42-Jährige. Noch eine Frau Blehr. Seine vierte. Er ist bald 65, kann jedoch noch lange mit ihr als Bedienung, Bespaßerin und Pflegerin leben. Eines Tages wird sie dessen vielleicht überdrüssig, aber da ist er ja möglicherweise schon tot. Wie vielleicht auch Tulla. 70, allerdings hat sie aus diesem Anlass keine Urkunde erhalten. Das hätte sie gebrauchen können; eine Großtat ist es schließlich. Aber nein, es sind die berühmten Maler, die auf dem Podest stehen dürfen. Das Großkreuz des Königlich Norwegischen Sankt-Olav-Ordens hat er bekommen, noch bedeutender als Alfred, der nur ein armer einfacher Ritter ist. Aber zumindest hat er einen portugiesischen Orden, den *Ordem de Nossa Senhora da Conceição de Vila Viçosa*, einen prestigeträchtigen und ehrenvollen

Preis, wegen seines Talents als Portweinimporteur und sehr guter Geschäftsmann. Prost! Und selbstverständlich die Goldmedaille von den Olympischen Spielen 1912. Die hat Edvard nicht, denn das ist unter seinem Niveau.

Edvard hat zum 70. Geburtstag auch Bücher bekommen. Über sich selbst. Sowohl Jens Thiis als auch Pola Gauguin haben über ihn und seine Bilder geschrieben. Sie hat sie beide dort drüben im Regal stehen. Pola war zehn lebhafte Jahre lang Teil der Familie. Er hat sozusagen Sigurd Bødtker abgelöst, denn als Hans' Schwester Ingrid von Sigurd geschieden wurde, hat Pola sie geheiratet, und gleichzeitig hat Tulla Hans geheiratet, und Gunnar hat Birgit geheiratet, die andere Schwester von Hans. So war es einst, eine kleine Welt.

Und Edvard hat uns alle gehasst, uns, die gegen ihn waren, die laut ihm die gemeinsten Gerüchte verbreiteten. Ich bekam es zur Genüge zu hören. Verrückt war er. Aber das wurde mir wohl bereits bewusst, bevor ich ihn verlassen habe, und die Seine werden wollte ich trotzdem.

Thiis hat über die Familie Munch geschrieben; seitenlang über eine Unmenge an Großtaten und Finessen, die Familie, auf die Edvard so stolz war. Peter Andreas Munch – den konnte man doch nicht mit Petter Andreas Larsen kombinieren, dass sie das manchmal geglaubt hatte, dass er selbst es vorgeschlagen hatte! Über Gunnar schreibt Thiis: »Heiberg war seit jungen Jahren ein fanatischer Bewunderer von Munchs Kunst und blieb es, auch nachdem ihre persönliche Freundschaft aus unerklärlichen Gründen im Winter 1894/95 in Berlin zerbrochen war. Zweifellos gibt es einen Zusammenhang zwischen Heibergs

Dichtung und Munchs späterem erotischen Motivkreis sowie seinem sarkastischen *Alpha und Omega.*« Ja, das kann man wohl sagen. Es muss etwas mit einer anderen Frau zu tun gehabt haben, nicht nur mit ihr. Weder Edvard noch Gunnar haben ihr jemals erzählt, was dieses Unerledigte zwischen ihnen war. Aber sie hat es gespürt. Sie hebt das Glas, trinkt erneut. Nur ein bisschen.

Nervenaufreibender war es, Polas Buch aufzuschlagen, obwohl sie ganz sicher war, dass er nichts Negatives über sie schreiben würde. Dafür kannte er sie zu gut. Aber er hatte ihr auch Fragen gestellt, und was hatte sie gesagt, in welchem Zusammenhang hatte sie es gesagt? Würde er überhaupt etwas darüber schreiben? Was hat er über Edvards Bilder geschrieben? »Der Tanz des Lebens« wurde erwähnt, selbstverständlich. Ihr Bild, ihr Leben, ihre drei Gesichter, ihr Schicksal, von Edvard vorhergesehen. Über das Ereignis an sich schrieb er äußerst knapp. Das war fast ein bisschen komisch. »In seinem Privatleben war er in verworrene Beziehungen verwickelt, die zu klären für ihn schwer war.« Diffuser und seltsamer konnte man es schwerlich darstellen. Aber er hatte sie geschont; es hätte auch schlimmer kommen können. Das Ganze wirkte nur sehr passiv, so als trüge Edvard keinerlei Schuld. Das gefiel ihr nicht. Pola ließ eine lange Tirade über Aase als wichtiges Modell in der Zeit, in der er auch mit Tulla gearbeitet hatte, vom Stapel. Und Schau sei in diesen Jahren sein Mäzen gewesen. Gab es etwas, das man definitiv über sie sagen konnte, dann, dass sie seine Mäzenin gewesen ist, so oft, wie sie ihm Geld geliehen hat. Aber selbstverständlich davon kein Wort. Darüber ist sie froh. Es hat genug Getuschel und Gerüchte gegeben und genug Anfeindungen. Und das mit dem Geld war für sie wirklich keine große Sache, auch wenn es das vermutlich für ihn gewesen ist. Dass er Nana Krohg untersagt hatte, sie zu grüßen! Das war gemein nach all dem Üblen, das er Tulla angetan hatte, allem, dem er sie ausgesetzt hatte. Dass er nicht ehrlich sein und geradeheraus sagen konnte, was er meinte! Das hatte sie drei Jahre ihres Lebens gekostet und einen Schock, den sie nie ganz überwunden hat. Nachdem Nana geheiratet hatte, grüßte sie Tulla wieder.

Schade, dass sie nicht als Grafikerin weitergemacht hat. Aber die Geschichte ist schließlich bei den meisten gleich. Also den Frauen. Sie werden vergessen. So viele, von deren Existenz man nichts geahnt hat, nichts davon, dass sie Künstlerinnen waren. Vor einigen Jahren feierte die Herbstausstellung Jubiläum, und da entdeckte ich, dass Helene Gløersen, eine Verwandte, bei der allerersten Ausstellung 1885 vertreten war, und nicht nur das, sie hat auch weiterhin gemalt. Niemand hatte mir von ihr erzählt. Von Jakob Gløersen hingegen bekam ich zu hören, an seine Bilder erinnere ich mich. Nicht, dass sie besonders spannend gewesen wären, aber dennoch. Er war ein Verwandter, und deshalb besaß es Bedeutung. Als ich meinen Mut zusammennahm, sie zu besuchen, erwies Helene sich als eine liebenswürdige ältere Dame. Sie hatte ihren Lebensunterhalt als Porträtmalerin und Musikpädagogin bestritten. Sie hätte ich gern in jungen Jahren kennengelernt. Sie hätte ein Vorbild sein können. Aber Mama, die Schwestern und die anderen Mitglieder der Gløersen-Familie wollten dem kleinen Mädchen wohl lieber keine Flausen in den Kopf setzen.

»Glaubst du, das hätte alles verändert?«

»*Ich habe einige schöne Radierungen gefertigt.*«

»Eine, hast du gesagt.«

»Stell dir vor, wenn man mich ermuntert hätte!«
»Edvard hat dich ermuntert.«
»Zum Schluss nicht. Das war entsetzlich. Zum Schluss hat er gelacht. Wie hätte ich danach weitermachen können?«
»Ist es nicht an der Zeit, seine Briefe wieder hervorzuholen?«

Berlin, Frühjahr 1899. Da kam Edvard endlich nach Berlin, und dann wollte er Tulla nicht einmal sehen. Aber sie mussten sich natürlich sehen, und es wurde eine sonderbare Begegnung im Tiergarten. Nach zwei Minuten sagte er, dass sie sich überhaupt nicht verändert habe. *Aber genau das hatte ich doch! Ich war mir dessen selbst so bewusst. Er hatte mich traurig gemacht. Als wir uns das nächste Mal sahen, schlug er vor, ich solle den Prozess unserer Eheschließung in Gang setzen. Von den praktischen Aufgaben wollte er keine übernehmen, er brauchte all seine Energie für die Ausstellung in Dresden. Wenn er später gebeten wurde, ein einzelnes Dokument zu unterzeichnen, verlor er es oder vergaß es zu unterschreiben oder es zu senden oder alles auf einmal. Es schien, als würde sein Unterbewusstsein seinem eigenen Vorschlag entgegenarbeiten. Warum hatte er das Ganze losgetreten, wenn er nicht wollte, dass es geschah?*

Edvards Ausstellung war vorüber. Sie bekam sie nie zu sehen; sie wurde bestimmt kein Erfolg. Er schlug vor, in den Süden zu fahren, um dort über eine Lösung zu sprechen. Sie fand heraus: Würden sie Deutschland verlassen und dann für die Heirat zurückkehren, dann mussten sie sich erst erneut sechs Monate im Land aufhalten. Gut möglich, dass es leichter wäre, das Ganze in Frankreich oder Italien zu arrangieren.

Ich hätte begreifen müssen, dass er es nicht ernst meinte. Mit ihm zusammen nach Nizza zu fahren, nach dem, wie er mich in Berlin und Dresden behandelt hatte, war Wahnsinn. Ich hatte die unangenehmsten Erlebnisse mit der Polizei und den Behörden in Deutschland, er aber half mir in keiner Weise. Und trotzdem nahm ich seinen Vorschlag, in den Süden zu reisen, an. Es ging ihm schlecht, und er wollte in den Süden, die Ehe könne warten, meinte er; solange meine Familie wüsste, dass wir heiraten würden, sei es doch wohl nicht so wichtig, wann – ob in diesem oder im nächsten Jahr. Hatte er nichts begriffen? Niemand würde glauben, dass es tatsächlich zu einer Ehe kommen würde, wenn ich alleine und unverheiratet nach Hause zurückkehrte. Meine Mutter ließ er vollkommen außer Acht, sie hoffte, ich würde kommen, aber ich konnte nicht zu ihr in die Josefines gate fahren ohne Ehering am Finger. Es war öffentlich bekannt gegeben worden, und sie hatte die Papiere beschafft! Endlich hatte sie eine von mir getroffene Entscheidung akzeptiert, vielleicht hat sie sich gezwungen gefühlt, aber das hatte uns einander wieder nähergebracht. Sie machte sich Sorgen. Erst die Verlegenheit darüber, wen ich heiraten wollte, es war nicht schwer, zwischen den Zeilen der wenigen Briefe von ihr zu lesen, und dann darüber, dass es augenscheinlich nie geschehen würde. Was sollte ich ihr schreiben? Dass er keine Zeit hatte? Dass er krank war? Dass er es nicht so ernst nahm? Dass er sich umentschieden hatte?

Ich, die ich ihm sogar nach Dresden geschrieben und vorgeschlagen hatte, dass Schluss zwischen uns sein sollte. Das hatte er nicht ernst genommen. Er machte mir, und sich selbst, das Leben zur Hölle, wollte da aber nicht raus. Warum? Zuerst hatte ich in Berlin auf ihn gewartet und gewartet und gewartet. Über ein halbes Jahr hatte ich in Berlin und Potsdam gewohnt, gelesen und radiert, war spazieren gegangen und hatte mich mehr und mehr in mich zurückgezogen. Kränker und kränker wurde ich auch. Das hatte sicher mit all der Ungewissheit zu tun, all der Unruhe, die sich daraus für mich ergab. Das glaubte Dr. Asch auch, der eigentlich Edvards Arzt war.

In Nizza war es glühend heiß, und es gab massenhaft Verkehr auf den Straßen. Sie bezogen getrennte Hotels. Noch immer erinnert sie sich an eine grauenhafte Unterkunft am Bahnhof. Dann wollte sie herausfinden, wie sie das mit der Ehe dort regeln könnten, und ging zum Konsul. Eine neue Bürokratiemühle musste in Bewegung gesetzt werden, und sie verlor komplett den Mut. Es war hoffnungslos, in derselben Stadt zu sein wie er, denn dann konnte sie nicht rausgehen, aus Angst, ihm zufällig zu begegnen; so etwas wie im Gravesen wollte sie nie wieder erleben. Sie entschied sich, nach Cannes zu ziehen. Da entschloss er sich endlich, sie zu treffen, was selbstverständlich in Nizza stattfinden sollte, weshalb sie zurückfahren musste. Es wurde eine entsetzliche Begegnung. Er beschuldigte sie, mit anderen zusammen zu sein, mit ihnen intim sein zu wollen, und er war sicher, dass sie in Paris ein Verhältnis mit Gunnar Heiberg gehabt hatte.

»Du bist so ungerecht! Gunnar war mit Oda zusammen! Er war völlig geknickt; das waren sie beide! Ich habe versucht zu helfen! Du weißt doch, wie ich in dieser Zeit gelitten habe, wie nett sie zu mir gewesen sind, wie entsetzlich sie jedoch zueinander waren – das habe ich dir doch berichtet!«

Er erzählte von all den anderen Frauen, die er gehabt hatte. Dass er auch mit ihnen die unsäglichsten Dinge getan habe, dass sie jedoch die Schlimmste von allen sei, dass sie nur auf eine Sache aus sei. Vielleicht ging es darum, sie eifersüchtig zu machen, verfehlte jedoch seinen Zweck. Seine Ausbrüche wurden immer schlimmer, und er beschuldigte sie der übelsten Dinge. Sie hoffte, dass ihn dort im Hotelzimmer niemand hörte, so heftig war es, und beschämend, von dort wegzugehen, war es auch. Sie war so traurig. Weil er viele gehabt hatte, betrachtete er es als Selbstverständlichkeit, dass auch sie viele gehabt hatte, viele gewollt hatte. Wenn sie aber mit anderen im Café gewesen war, dann weil sie Abwechslung gebraucht hatte, denn es hatte sie krank gemacht, auf ihn zu warten, nie mit ihm zusammen zu sein. Sie hatte nur ihn gehabt, und sie wollte keine anderen. Sie wollten doch heiraten. Er meinte, sie habe nichts von dem verstanden, was er von ihr forderte, und dass es somit keine Grundlage für diese Ehe gebe. Warum sei es ihr so wichtig, dass es schnell ging? Er war krank und verkraftete jetzt keine weitere Drängelei bezüglich dieser Ehe; konnte sie das nicht einfach verstehen? Sie müssten die Hochzeit ein anderes Mal anberaumen oder absagen. Trotzdem dachte sie, dass er sie gern hatte, denn warum sonst sollte er sich so aufführen. Sie müssten lediglich das Praktische regeln. Und dann warten, bis sie nicht mehr krank waren.

Tulla an Edvard: »Mein lieber Freund. Ich kann nicht schlafen, ich kann nur daran denken, was du gesagt hast, und daran, dass du anderen mehr glaubst als mir. Egal was ich dir sage, es nützt nichts. Du zweifelst schließlich an mir, all das, durch das ich mich in diesen Monaten hindurchgekämpft habe, geht spurlos an dir vorbei. Jeglichen Gedanken an mich selbst und mein Glück habe ich aufgegeben. Du sagst, ich würde große Versprechungen machen, und glaubst mir nicht und verurteilst mich, nachdem du mich zwei Minuten gesehen hast. Wenn du wüsstest, wozu ich imstande wäre, wenn es darauf ankäme, und jetzt kommt es doch gerade darauf an. Jedoch erfordert es eine entsetzliche geistige und körperliche Stärke, über die ich aktuell nicht verfüge, deine Vorwürfe zu ertragen – weil ich dich liebe.

So kommt es, dass zwischen uns kein Wort ohne Streit gesagt werden kann. In all diesen Monaten, die wir getrennt waren, hast du eine Unmenge an Dingen über mich herausgefunden, die du mir jetzt an den Kopf wirfst, was meiner Ansicht nach deiner unwürdig ist. Ich muss dich um eine Erklärung dessen bitten, was du zu mir gesagt hast. Hast du geglaubt, dass eine solche Äußerung an einer liebenden Frau spurlos vorübergeht und sofort vergessen ist? Sie ist mir so nahegegangen wie nichts anderes zuvor. Es quält mich so entsetzlich, dass ich Tag und Nacht keine Ruhe finde. Lieber – glaube mir und nicht all den anderen. Deine Tulla.«

Bald gefriert der Regen in der Bewegung, lediglich 1 °C. Bald 0 °C, dann Minusgrade. Der Regen wird zu Schneeregen, zu Schnee, zu Eis. Heute hat dort oben jemand die Hähne geöffnet. Es strömt herunter; der Riddervolds plass ist überschwemmt. Jeder dort draußen riskiert, bis auf die Knochen nass zu werden, und muss bestimmt nach Hause waten. Dass sie das aushalten. Das Leben zwingt einen vorwärts; abhängig von Glück, Geld und Wohlwollen oder dem Gegenteil davon, wird man auf den oder von dem Weg geschubst, den man geht, man fällt und steht auf, aber die Zeit schubst einen immer weiter vorwärts durch Flüsse aus Wasser, Schnee und Eis.

Halte ich das noch aus? Die Zeit ist unbarmherzig und dennoch die einzige, die wir haben. Im Krankenhaus waren sie so erpicht darauf, dass ich Jahr und Tag wusste. Erinnerte ich mich daran, dann käme ich raus. Da war ich noch nicht senil. Heute ist der 24. November 1939. Der 24., Alfreds Geburtstag, das hatte ich vergessen. Den Geburtstag seiner Familienmitglieder zu vergessen ist menschlich, aus diesem Grund sperren sie einen nicht ein. 76 wird er, zum Glück bin ich nicht eingeladen. Er wird sicher auch nicht feiern, warum feiern, dass man bald tot ist?

Sie ist regelrecht dankbar dafür, dass sie nicht rausgehen muss, weder um einzukaufen noch um Besuche abzustatten, ins Theater zu gehen oder in der Stadt zu zechen. Dieses Leben ist vorbei. Aus und vorbei. Sie ist richtig glücklich, dass sie das nicht mehr macht, so wie es regnet.

Die Briefe von Edvard, einige Fotos, ein paar Briefe von Arne und mehrere von der Mutter liegen in der Schachtel oben im Bücherregal. Als sie vor neun Jahren aus dem Kirkeveien herzog, waren seine Briefe auf dem Dachboden aufgetaucht. Josefine hat sie in eine Schachtel gelegt; zuerst wurden sie zusammen mit Seiner Majestät in den Abstellraum im Keller gebracht, während Nygaardsgrund im Wohnzimmer aufgehängt wurde. Nachdem Tulla auf der Treppe hinunter zum Abstellraum, wo sie die Schachtel holen wollte, gestürzt war, hatte Josefine befunden, es wäre das Beste, wenn diese leichter zugänglich war, in der Wohnung. Schließlich ist sie nicht die Einzige, die in diesem Mehrfamilienhaus wohnt. Jeder x-Beliebige hätte kommen und sie auf der Treppe entdecken können. Jetzt steht die Schachtel offen sichtbar oben im Regal. Bald sollen die Briefe verbrannt werden.

Sie durchsucht den Stapel, in dem unten, zwischen seinen letzten Briefen, ihre Notizzettel liegen. Da ist das abgerissene Blatt; sie faltet es auseinander und betrachtet die Seite mit den Entwürfen, Durchstreichungen und erneuten Versuchen, das Unmögliche zu erklären. Dann dreht sie das Blatt um und liest, was sie Edvard letztendlich geschrieben hat.

Tulla an Edvard: »Selbst wenn man jemanden noch so gern hat, erfordert es große Stärke, zuerst darauf zu verzichten, immer mit ihm zusammen sein zu dürfen, und dann auf Haus und Heim, Kind und all die anderen tausend Dinge. Aber ich kann das, ich weiß, dass ich das kann, denn ich habe mich dorthin durchgekämpft, und ich habe alles niedergerissen, von dem ich wusste, es könnte für dich ein Hindernis darstellen, dann aber bist du heute gekommen und hast alles zunichtegemacht und mir das bisschen Lebensmut genommen, das ich noch hatte. Dass wir heiraten würden und ich dir zeigen könnte, wie ich alles darangesetzt habe, wiedergutzumachen, was ich dir mit und gegen meinen Willen an Unrecht zugefügt habe, war das Einzige, was mich aufrecht gehalten hat. Du sagst, du wirst mir vergeben, aber was bleibt einem Ertrinkenden, wenn ihm der Strohhalm genommen wird, dann muss er wohl untergehen. Ich habe Angst zu sterben, denn ich glaube an etwas nach diesem Leben, aber ich will so gerne sterben, denn hier bleibe ich für immer ein unglücklicher, einsamer Mensch, für nichts und niemanden nütze. Wenn ich mich vor dem Höchsten Gericht verantworte, kann ich nichts anderes bekennen, als dass ich diese Eheschließung, mit der du selbst mich beauftragt hast, forciert habe, weil ich glaubte, es wäre das Beste für uns beide. Nie hat es diesbezüglich irgendeinen Hintergedanken gegeben, nie den Gedanken an irgendein Recht, dessen ich mich dir gegenüber bedienen wollte. Aber alles, was mir im Leben heilig war, alles, was dem Leben für mich irgendeinen Wert gegeben hat, war, dich zu heiraten, vor allem meinetwegen, weil ich dich gern habe, das ist vermutlich das, was du als meinen Egoismus bezeichnest.«

»In seinem Privatleben war er in verworrene Beziehungen verwickelt, die zu klären für ihn schwer war«, schreibt Pola. Diesen Satz hat sie mehrfach gelesen. Ebenso den Rest des Buches. Das ist ziemlich seltsam. Über jemanden, mit dem man gelebt hat und gereist ist. Er hat erreicht, was er wollte, und die Liebe zur Arbeit wurde erwidert. Er erschafft durchaus gute Kunst, aber er ist unmöglich gegenüber denen, die er liebt; das hat er selbst gesagt. Das kann er nicht. Und deshalb ist es schwer, alles zu vergessen. All diese jungen Menschen, die sich plötzlich für sie interessieren, die die merkwürdigsten Fragen stellen, weil sie etwas gehört haben. Aber sie tauchen nicht mit Blumen im Ullevål-Krankenhaus auf; das tun sie nicht. Sie haben Takt und Anstand. Wenn sie Nein sagt, dann sagt sie Nein. Sie wird nichts erzählen. Zum Glück leben noch immer einige von denen, die Bescheid wissen, bei denen man sich entspannen kann. Die seltenen Male, wenn man sie trifft. Mit den Jahren sind auch diese Zusammenkünfte weniger geworden. Die Jungen sind anders als früher. Nicht so höflich.

»Bald bist du tot.«

»Das weiß ich.«

»Du hast nicht die richtigen Entscheidungen getroffen.«

»Ich habe überlebt.«

»Du hättest ein bisschen geschickter sein sollen, dich selbst ernster nehmen sollen.«

»Das war nicht möglich. ~~Niemand hat mich ernst genommen.~~«

»Dann kannst du nicht erwarten, dass sie dich jetzt ernst nehmen.«

»Die Erziehung war so anders.«

»Das war für alle gleich.«

»Ich wurde gleichsam nur zu einem Paar hübscher Beine.«

»Ausreden. Du hast einige Bilder erschaffen.«

»Das war nichts, um darauf aufzubauen.«

»Bist du dir da so sicher?«

»Das spielt jetzt keine Rolle. Ich bin bald tot.«

»Nur weil er dich ausgelacht hat? Zuvor hatte er dich doch gelobt.«

»Es war tot zwischen uns, sage ich! Peng!«

Wir sterben. *Ich sterbe.* Es vergeht kein Tag, ohne dass sie daran denkt. Und an all das andere, was im Kopf herumschwirrt. Noch immer nicht komplett grau. Das soll der Segen der Rothaarigen sein. Viel anderes gibt es schließlich nicht, womit sie gesegnet ist. Nie hätte sie geglaubt, dass ihre Haare, die Papa geliebt hat, bei den Leuten so viele Ideen auslösen würden. Dass man heißblütiger und gewagter sei, mit der Veranlagung zur Prostitution und zum Einzigen, was noch schlimmer ist, dem Aberglauben. Dass aber so viele Menschen auf diesen Unsinn hereinfallen, das hatte sie wirklich nicht geglaubt. *Schmerz ertragen wir schlechter, das hat der Arzt zu mir gesagt. Sonst nichts. Ich finde in der Tat, dass ich ziemlich viel Schmerz ertragen habe. Aber so wie Edvard Rothaarige dargestellt hat, so hat er wirklich zu diesen idiotischen Ideen beigetragen.* Wenn jemand fragt, dann sagt sie natürlich nichts, aber es ist klar, dass es ihr wehtut. Schließlich ist es das, was er will. Oder wollte. Es ist lange her, dass sie einige seiner neueren Bilder gesehen hat. Er hat vor langer Zeit aufgehört, sie zu malen, zum Glück. Vermutlich sitzt er oben auf dem Hügel und schmollt. Sie hat ihn verlassen, letztendlich. Der Mann war verrückt, das hätte sie vor langer Zeit begreifen müssen. Mit dem Schuss hat er sie zu Tode erschreckt, und das war vermutlich seine Absicht. Ihr wurde schwarz vor Augen, und als sie wieder zu sich kam, kniete er, mit einem Lappen in der Hand, in einer Blutlache. Sie zitterte und zitterte, aber ihr war klar, dass sie bei Bewusstsein bleiben musste, nicht in Ohnmacht fallen durfte. Und dann schrie er, und alles wurde noch schlimmer. Sie musste weg, nur weg. Zum Glück ist sie zur Vernunft gekommen. Sie war kurz davor zu sterben.

Vielleicht gibt es auch hier Krieg. Es gibt sicher Krieg, viele glauben nicht, dass die Neutralität dieses Mal halten wird, sie glauben, er kommt auch hierher, vielleicht werden wir in einer ausgebombten Stadt leben, vielleicht wird der Riddervolds plass hier draußen wie Guernica, davon reden sie, die Schwarzmaler, und ich habe selbstverständlich die Bilder von Guernica gesehen, und ich habe gelesen, was Lise Lindbæk aus Spanien geschrieben hat, und das war erschütternd, aber das ist zwei Jahre her, und seither ist es schlimmer und schlimmer geworden, und jetzt herrscht Krieg zwischen Deutschland und England und Frankreich, und ich höre den Regen herabstürzen und sehe Kugelhagel, Minen und Bomben, jetzt werfen sie Minen aus Flugzeugen ab, die deutschen Flugzeuge haben es in England gemacht, und wie weit ist es von dort bis zu uns, nicht weit …

Seither liest sie keine Nachrichten mehr, schlägt kaum noch die Zeitung auf, weil es so erschreckend ist, und sie ist nur ein altes Gerippe, da kann man ebenso gut gleich sterben.

Sie erzählt nichts. Das tut sie nicht. Er kann mit so vielen Blumensträußen kommen, wie er nur will, und behaupten, sie seien alte Freunde. Sie sagt nichts. Er fragte so unbefangen, ob es in Ordnung wäre, wenn er eines Tages zu ihr nach Hause käme, um das Gespräch fortzuführen. Welches Gespräch? Er redete; sie war still.

»Ich bin früher schon einmal bei Ihnen gewesen«, sagte er, »erinnern Sie sich?«

»Nein.«

»Es war eine dieser netten Gesellschaften, die Sie geben. Es ist eine Weile her. Sie wohnten damals im Kirkeveien.«

»Das ist lange her.«

»Nun, zehn Jahre, was ist das schon in der großen Abrechnung?«

»Viel.«

»Dann halten wir das so fest. Aber ich erinnere mich gut an Sie.«

»Ich erinnere mich nicht an Sie.«

»Wir waren damals auch viele, und es kursierten viele Flaschen. Gute Flaschen. Alte. Von P. A. Larsen, erinnere ich mich.«

»Wir hatten ein großes Lager.«

»Ich weiß durchaus, wer Ihr Bruder ist. Seine Frau war eine Freundin meiner Mutter.«

»Und sie hieß?«

»Solveig.«

»Seine Frau, nicht Ihre Mutter.«

»Ach so. Nein, das kann ich aus dem Stegreif nicht sagen.«

»Ach so. Lebewohl.«

»Ich komme wieder.«

»Wozu?«

»Zum Reden.«

»Worüber?«

»Alte Zeiten. Ihre Reisen.«

Sie sieht ihn lange an; von ihr bekommt er keine Hilfe.

»An diesem Abend haben Sie einige Briefe erwähnt.«

»Tat ich das?«

»Von Munch. Sie kannten ihn doch, nicht wahr?«

»Das glauben Sie also?«

»Und die Briefe haben Sie noch immer?«

Da hörte sie auf zu antworten. Sie hatte bereits zu viel gesagt.

»Ich komme wieder«, sagte er, nachdem er sich erhoben hatte. »Sie können doch darüber nachdenken, ob Sie mir etwas über den Maler erzählen wollen. Alle liegen auf der Lauer.«

Sie antwortete ihm nicht. Die Krankenschwester lächelte ihn an, als er ging; er drückte ihr die Hand. Sie war es also gewesen. Sie hatte geplaudert. Die Schwester wusste, wer sie war. Sie kann also nicht mehr rausgehen. Das war er da draußen, ganz sicher. Er darf nicht hereinkommen. Sie legt die Hand auf den Revolver, hebt ihn hoch, zielt auf die Tür …

Sie geht zum Klavierhocker, öffnet den Deckel und sucht zwischen den Noten, an dem einzigen Ort, wo Josefine nicht Staub wischt. Irgendwo dort liegt die Fotografie. Der Flügel musste verkauft werden; hier hinauf bekamen sie nur ein Klavier. Alfred hat alles geregelt. Wir kaufen eine Wohnung für dich in einem nagelneuen Mehrfamilienhaus, sagte er; da wird alles leichter. Sie zog in die Niels Juels gate ein, bevor der Flügel aus dem Kirkeveien verschwand.

So bin ich hierhergelangt, zum Glück wollte Josefine mitkommen. Und hier steht das Klavier, ebenso neu wie die Wohnung. Das ist bereits acht Jahre her. Hätte ich 1904 eine Tochter bekommen, wäre sie jetzt 35. Vielleicht mit Mann und Kind. Oder einem Beruf. Einer Karriere. Der Flügel ist ein Verlust. Er war schön, so dunkel und glänzend. Josefine hat darauf geachtet, dass er immer staubfrei und blank war. Auch ein Geschenk von Hans. Das muss man ihm lassen – großzügig war er. Aber anfangs vielleicht zu draufgängerisch. Ich bekam nicht die Zeit, mich zu sehnen, wir stürzten uns einfach aufeinander. Und aßen uns vielleicht zu satt. Ich empfand keine Leidenschaft, wie es bei Edvard der Fall war. Eine einsame Reise in die Besessenheit, nach ihm war ich schließlich verrückt. Immer alleine, in Gedanken immer bei ihm. Vermutlich wurde es so stark, weil er sich immer sträubte. Da ist sie, die Fotografie aus dem Tiergarten: Mathilde und Edvard Munch, steht auf der Rückseite. Und dann ein paar Bleistiftkritzeleien kreuz und quer: Mathilde Munch. ~~Mathilde Munch …~~

Kurz nach der Begegnung im Tiergarten haben wir uns erneut getroffen. Er beschuldigte mich aller möglichen Vergehen, wie mit dem Pianisten Kiær intim zu sein, der mir sein Zimmer in Potsdam überlassen hatte, als ich so krank war, er glaubte sogar, dass ich es mit Sigbjørn getan hatte. Trotzdem wollte er die Beziehung nicht beenden. Oder wollte er, konnte aber nicht? Ich wusste, dass es enden musste, dass ich verrückt war, das Ganze nicht zu beenden. Aber ich konnte doch nicht. Also gab ich ihm die Möglichkeit: »Nach dem, was du am Sonntag gesagt hast, nach all dem Hohn, den du mir ins Ge-

sicht geschleudert hast, finde ich, dass alles vergebens ist, dann muss Schluss sein zwischen uns.«

Das schrieb ich; das schickte ich ab. Er begriff dennoch nicht, dass dies ein Abschluss war. Zumindest eine Möglichkeit, die er ergreifen konnte. Warum hat er nicht einfach geschrieben: »Nun gut, dann ist Schluss zwischen uns.« Warum hat er das nicht getan, als ich ihm die Chance gegeben habe?

Sie küsste den Tod, und der Tod, das war er. Sie braucht Ruhe, und sie braucht etwas zu essen, aber der Magen dreht sich ihr um, wenn sie Essen nur sieht; das Einzige, was runtergeht, ist Flüssignahrung. Das sättigt auch. *Hauptsache, Josefine bemerkt nichts. Dann kündigt sie, und das darf sie nicht. Sie hat mehrfach damit gedroht. Dieses verfluchte Krankenhaus, dass ich dort wieder hinmusste. So ist es, wenn man leicht hinfällt, das Skelett ist so mürbe, dass es beim kleinsten Anlass birst.*

»So ist es, alt zu werden«, sagte sie zu dem jungen Arzt.

»Nein, so einfach ist es durchaus nicht, gute Frau; das hat mit Unterernährung zu tun. Sie ernähren sich falsch; Sie nehmen nichts Kräftigendes zu sich.«

Sie konnte nicht erwidern, dass sie mit dieser lästigen Angewohnheit vor langer Zeit aufgehört hatte. Sie braucht keine Nahrung. Josefine bereitet ihre kleinen Käsebrote zu, aber die meisten legt sie nur zwischen die Zeitungsseiten, und dann wandern sie in den Ofen, ohne dass Josefine etwas davon merkt. Wenn sie im nächsten Sommer noch lebt, muss sie einen anderen Weg finden.

Die Wohnzimmerfenster sind wie Mattglasscheiben; Wassermassen tanzen vor ihren Augen; alles ist verschwommen. Hier von der 4. Etage aus wirken die Menschen unten auf dem Riddervolds plass wie kleine schwimmende Insekten. Diejenigen, die sich rausgetraut haben und wegen des heranfahrenden Busses, der Wassermassen über sie spritzt, zur Seite springen, sehen aus wie in einem Film, so klein und seltsam sind die Menschen dort unten. Klein, seltsam und sehr nass. Sie sinkt in den Sessel, nimmt das Glas und füllt es erneut mit der funkelnden, zähen dunkelroten Flüssigkeit. Lässt sie langsam in die Mundhöhle fließen, dort eine oder zwei Sekunden verweilen und dann weiter in den Körper hinunter. Die Ruhe kehrt augenblicklich ein. Es kribbelt in Armen und Beinen. Und draußen lässt der Regen nicht nach. Wäre Tulla Larsen religiös, würde sie denken, dass Gott heute weint. Aber Gott existiert nicht, auch wenn das Mathilde Elisabeths Trost gewesen ist.

»So ist es, wenn man sich für ein modernes Leben entschieden hat. Da bekommt man keinen Trost.«
»Das waren andere Zeiten.«
»Nicht nur das. Auch andere Männer.«
»Außergewöhnlich waren sie, allesamt. Edvard, Arne und Hans. Aber auch Papa war außergewöhnlich, voller Leben!«
»Und tot. Deiner Mutter ist es gelungen, die Familie zusammen und die Firma in Schwung zu halten.«
»Vielleicht habe ich nach Papa gesucht, vielleicht war es das?«
»Ist das ein Trost?«
»Vielleicht. Ein bisschen habe ich gelebt. Man stelle sich vor, ich hätte zugelassen, dass Gott mich tröstet!«

Aber Gott hört nicht auf zu weinen. Noch ein kleiner Mund voll rotes Samtgefühl, dann gilt es lediglich die Augen zu schließen und zu spüren, wie die Ruhe sich ausbreitet; es rieselt sowohl unter der Haut als auch draußen am Fenster, und sie spürt es, und es tut gut, die Augen bleiben geschlossen, und der herrliche Dämmerschlaf findet sich ein und nimmt sie in einer Landschaft zwischen Schlaf und Wachzustand, zwischen dem Gelebten und dem Ungelebten gefangen.

Ich komme von draußen; es ist, als befände sich das Licht hinter mir. Zuerst öffnet sich die Tür, und ich werde durch sie hineingezogen. Sie fällt hinter mir ins Schloss, ich weiß es. Für immer eingeschlossen, denke ich und denke gleichzeitig, nein, vielleicht nicht, denn das ist nur ein Traum! Aber die Tür ist geschlossen, und ich werde vorwärts geschoben: Vorbei an der Kommode mit dem Spiegel darüber und durch eine Tür zum Badezimmer und vom Bad durch eine Tür hinein ins Schlafzimmer und vom Schlafzimmer durch eine Tür hinein ins Wohnzimmer, und dort am Klavier begegne ich einer alten Frau, die den Blick hebt und mich anstarrt, aber der Blick ist nach innen, in ihren Schädel hinein gerichtet, und ich komme ihr so nahe, dass ich nur noch ihre Pupillen sehe, und ich frage mich, hat sie geweint, denn die Augen sind so rot, aber da entdecke ich, dass sich da etwas Rotes in ihren Augen spiegelt, es funkelt wie Rubine, daher drehe ich mich um, um herauszufinden, was sich da spiegelt, und es wirbeln kleine Reflexe wie Schneeflocken um mich herum, und da begreife ich, dass es die Fenster und der Regen sind, die ich in ihren Augen sehe, und dass das, was wie blutunterlaufene Augen aussieht, in Wirklichkeit rot gefärbte Regenmassen sind, die das Fenster hinabfließen, so als regnete es Blut, es gießt in Strömen, immer weiter und weiter. Eimer voller Blut werden von der darüberliegenden Etage heruntergeschüttet, es heftet sich an die Fenster, es breitet sich darüber aus, es hämmert und sickert und fließt in die Wohnung und bildet auf dem Boden am Fenster eine große Pfütze, und dort knie ich mich hin, um es wegzuwischen, und da spüre ich, wie mein Rock das Blut aufsaugt, wie meine Beine von dem Blut rot gefärbt werden, und es rinnt zwischen meine Beine, und ich weiß, dass es nicht mehr weg geht. Wie viel ich auch schrubbe, es wird niemals verschwinden. Und als ich mich umdrehe, ist die Alte nicht mehr im Raum, aber dort an die Wand gelehnt steht ein Bild, und ich brauche nicht hinzugehen und es umzudrehen, um zu wissen, dass es das Bild von einem schwarz gekleideten Mann und einem Knochen ist, und ich weiß, dass das Blut seines ist und dass es von seinem Herzen kommt und dass er solche Schmerzen hat, dass man weinen könnte, und ich spüre, wie wund meine Augen sind, sie müssen völlig rot sein, denke ich und starre auf das Blut, das fließt und fließt und fließt …

»Hallo, hallo?«

Das ist Josefines leise, rücksichtsvolle Stimme.

»Hallo? Sie müssen aufwachen.«

Josefines Stimme ist weit weg, so als würden Tausende von Jahren sie trennen.

»Tulla! Tulla?«

Josefine schüttelt sie; sie hat Angst; sie verrät, wie sehr sie sich sorgt. Und langsam begreift Tulla, dass die Szene, in der sie sich befindet, nicht dieser Welt angehört; dass sie geschlafen hat oder von allem weggedriftet ist, von dem Schrecken und der Angst vor ihm, der vor der Tür gestanden hat, und vor allen anderen, die womöglich draußen stehen mit Blumen und Konfekt und Fragen, Fragen, Fragen. Sie will auf überhaupt nichts mehr antworten.

»Hallo! Tulla! Hallo!«

Josefine ist durchnässt und ängstlich, da öffnet Tulla die Augen und sieht sie an, und sie lächelt.

»Aber nein, Josefine, was ist los mit dir, ich bin nur ein bisschen weggedöst.«

»Herrgott, jetzt haben Sie mich aber erschreckt, ich war sicher, dass Sie dem Tode nahe waren, so wie Sie gewimmert haben …«

»Das waren nur alte Gespenster. Schlimmer ist es mit denen, die draußen vor der Wohnungstür stehen und hereinwollen! Wo warst du? Hier herrschte ein Tumult ohnegleichen!«

»Es ist mehrere Wochen her, dass ich um einen freien Tag gebeten habe. Hatten Sie das vergessen? Ich habe es Ihnen gestern auch noch einmal gesagt.«

»Das hast du nicht.«

Josefine stellt die Flasche zurück in den Schrank und bleibt mit dem Glas in der Hand stehen. Den Revolver unter Tullas Hand entdeckt sie nicht.

»Ich bin in der Küche, wenn etwas sein sollte.«

Dann macht sie kehrt, entscheidet sich jedoch um und reicht Tulla das leere Glas. Sie nimmt es mit der anderen Hand. Weiß, dass sie es bald brauchen wird, ist aber nicht imstande, daran zu denken, daran, dass sie es nicht tun sollte.

Noch ein Brief, den sie seit vielen Jahren nicht mehr gelesen hat. Und dann ihre eigenen langen Entwürfe. Als sie nicht mehr so vertraut mit ihm umging, sondern gut durchdenken musste, was sie schrieb, fing auch sie an, »Zettel« zu sammeln, wie er es nannte. Schließlich hatte er sie darum gebeten: Schreib alles, was du denkst, denn wir müssen einander alles sagen. Nichts darf ungesagt bleiben; alles muss raus. Aber in den Briefen sage ich dir doch alles, hatte sie geantwortet. Das tue er nicht, entgegnete er daraufhin. Aber dann, in den letzten Jahren, war es anders geworden. Sie sollte ihm nicht schreiben. All ihre Zettel aus diesen letzten Jahren. Was soll sie damit? Welche Gefühle wecken sie heute in ihr? Was sie hier betreibt, ist eine Reise zwischen den Zeiten; sie bewegt sich in einer Glasglocke, einer Glocke, in der die Zeit nicht voranschreitet, sondern vor und zurück, vor und zurück. Was soll diese Nostalgie? Eine Sehnsucht danach, dass etwas hätte anders werden sollen? Denn es kann nicht darum gehen, dass sie ihn noch immer liebt. So ist es nicht. Sie ist so nicht. Er hat sie verletzt; sie will ihm nicht begegnen. Dennoch ist es, als wollte sie mit dem in Kontakt kommen, der er damals war. Mit der, die sie damals war, mit all diesen Gefühlen.

Tulla an Edvard, Grez, 12. Mai 1899: »Wie ich mich auf all diese kleinen Zettel freue (hm!), obwohl ich es durchaus vorziehen würde, es von deinen Lippen gesagt zu bekommen, aber nun, wie du willst.«

Das Paradoxe ist, dass das intensive Leben, das damals so entsetzlich für sie war, dem Tod so nahe, sich nun ins Gegenteil verkehrt hat: Jetzt ist es das Leben, dem sie durch diese zerschlissenen Seiten begegnet. Nicht nur ihrem eigenen oder seinem, sondern dem Leben an sich. Dieses Gefühl für das Leben, diese Melancholie, die dadurch hervorgerufen wird, dass sie diese Worte betrachtet und weiß, wie viel Zeit heute zwischen ihnen liegt und damals zwischen ihnen lag, tun weh. Und dennoch ist dieser Schmerz ein besserer Schmerz als die Schulter, das Bein oder das Magengeschwür. Es ist wie ein kleiner Rausch, eine Reise, und das braucht sie …

»Dazu kommt etwas Sonderbares: Du mit deiner Gesundheit, deiner Energie, deinem Durst nach … Liebe bist dennoch auf eine Art kalt. Ich, der ich kalt bin, reflektierend, muss dich wärmen. Ich verlasse deine Umarmung nicht gestärkt. Es ist, als müsste ich dir jedes Mal von meiner wenigen Kraft etwas abgeben. Daher auch meine große Schwäche. Und so frage ich mich … Ich liebe dich also nicht, da ich diese Überlegungen anstelle. Ich habe oft das vermisst, was ich als Geschwisterliebe bezeichne. Ich habe oft an deiner Liebe zu mir gezweifelt, geglaubt, sie beruhe mehr auf dem Sinnlichen.« Dieser Brief von ihm kam nach dem entsetzlichen Streit in Nizza. Da war er bereits in Mailand, auf dem Weg nach Lugano, und sie fuhr hinterher.

Jedes Mal schlug er vor, dass wir später reden sollten, dass wir uns an einem anderen Ort treffen sollten, weiter weg, einem Ort, der womöglich seiner Gesundheit zuträglich wäre. Schließlich hatten wir nichts geklärt, einander nur beschimpft. Es gab so vieles, worüber wir richtig miteinander reden mussten. Wie Erwachsene. Ich war gezwungen, ihm hinterherzufahren.

Sein ewiges Gerede davon, dass ich keine Wärme besaß und nichts fühlte. So, als wäre das Physische ein Gegenpol zum Innigen und Empfindsamen. Das ist doch die Verlängerung, das ist doch der Vertrag, das ist die Außenseite. Zu glauben, dass ich ihn nur sexuell begehrte, das ist so …

Das Gegenteil war der Fall. Ich wollte mit ihm zusammen sein, das war mir genug, aber er musste doch verstehen, dass ich ihn gern liebkosen wollte oder seine Lippen auf meiner Haut spüren …

»Alle diese Dinge überkreuzten sich in meinem Gehirn. Krank vom Fieber, gereizt von Stärkungsmitteln, nervös bis zum Wahnsinn – all das rief diese Ausbrüche hervor, die dir so wehgetan haben. In dieser Zeit kam einfach alles zusammen. Meine Arbeit im Dienste der Kunst, die zerbrach, meine Krankheit, die deine gesunde Natur nicht begreift, deine Forderung nach Befriedigung der Liebe, dennoch hat meine Liebe nicht nachgelassen (sie wurde im Zweifel geboren und ist noch immer im Zustand des Zweifels), sie hat nicht nachgelassen, im Gegenteil, aber der Zweifel ist dennoch gewachsen.«

Seine Liebe war gewachsen; sie war stärker geworden; das ist es doch, was er schreibt, und gleichzeitig der Zweifel. Aber woran zweifelte er? Wenn er schreibt, dass die Liebe gewachsen sei, so konnte es doch wohl nicht die Liebe an sich sein, an der er zweifelte, woran aber zweifelte er dann? Wusste er das überhaupt? Sie zweifelte auch. Aber nicht an ihrer Liebe zu ihm. Sie zweifelte an seiner Liebe zu ihr, und deshalb ging es ihr schlecht. Und immer war er krank; immer herrschte Ausnahmezustand, und deshalb wurde ihr nicht klar, dass die schlimmste all seiner Krankheiten nicht physischer, sondern psychischer Natur war. Wenn er ihr schrieb und in seinem Schmerz zu erklären versuchte, dass er nicht in der Lage sei, Liebe zu empfinden, und dass er immer die Beziehungen zu denen zerstöre, die er gern hatte, dann glaubte sie ihm nicht. Sie glaubte, es sei die Krankheit, die ihn so werden ließ. Aber er hatte recht. Alles, was er schrieb, all die Ambivalenz und der Zweifel, war real. Auch wenn er es nicht schaffte, zu sehen, wer sie wirklich war, sah er sich selbst so deutlich wie durch eine Lupe, eine Lupe jedoch, die alles drum herum ausließ, eine Lupe, die nur Platz für ihn selbst hatte. Nach außen hin fehlte ihm etwas ganz Wesentliches: die Fähigkeit, die Situation anderer, den Standpunkt anderer zu sehen. Ab und an war ihr der Gedanke gekommen, dass es die Begegnung mit ihr gewesen ist, die ihn krank gemacht hatte. Und der einzige Trost war, dass er nicht krank geworden wäre, wenn da nicht etwas gewesen wäre, und dieses Etwas könnte man als Liebe bezeichnen.

»Ich habe das Gefühl, dass ich nicht der Mann bin, der dich langfristig zufriedenstellen kann. Du mit deiner frischen, gesunden Natur, aber deiner großen Forderung nach Liebe, deinem – so kann man es durchaus sagen – Durst nach Liebe. Und dagegen ich, reflexiv krank – bei mir kann man durchaus sagen krank –, zumindest bis zum Äußersten geschwächt, mit meiner stets zweifelnden Liebe, ich, der im Grunde ein Träumer ist, der die Liebe in die zweite Reihe stellt, nach ~~der Kunst,~~ meiner Arbeit.«

Sie war nicht sonderlich gesund und frisch, als sie diesen Brief erhielt. Das war derart paradox, dass sie lachen musste; daran erinnert sie sich gut. Ihre »frische, gesunde Natur« hatte das Veränderungsprojekt und die Unruhe, die Bleichsucht, den Spitzenkatarrh, Vergiftungen und Erkältungen, den steifen Nacken und die Kopfschmerzen nicht überlebt. Die Natur hatte nicht überlebt. Es waren nicht mehr viele Kräfte vorhanden, um mit ihnen nach Liebe zu dürsten.

Noch immer spürt sie, wie es ist mit einem Körper auf Reisen, stets ein neuer Ort, stets diese Unruhe: Ist er hier oder nicht? Haben wir eine Weile Ruhe oder müssen wir weiter? Weiter! Sie wohnten eine längere Zeit in der Schweiz; sie sahen sich mitunter, aber meist war sie alleine, sowohl in Mendrisio als auch in Lugano. Er wollte die Hochzeit verschieben; er wollte mit allem warten. Aber auch ihr ging es schlecht, späterhin wurde sie ernsthaft krank. Sie hielt es nicht mehr aus.

Edvard an Tulla, Schweiz, Sommer 1900: »Lieber Freund! Wenn ich zur Ruhe komme, du zur Ruhe kommst, kann ich dir wohl öfter schreiben, besonders wenn ich voll und ganz glaube, dass du verändert bist! Vielleicht werde ich später auf deinen letzten Brief zurückkommen, obwohl ich dir in gewisser Hinsicht bereits in Mendrisio darauf geantwortet habe. Vorläufig muss es so laufen, wie es läuft. Du findest, die Ehe wäre gut für mich, es ist edel von dir, dass du auch an mich denkst und dass dies deine Bestrebungen zu deren Erreichung anspornt. Wenn es mir wirklich besser geht und ich eine kleine Reise verkrafte, werde ich dich in Lugano besuchen, und wir können darüber sprechen. Im Übrigen musst du begreifen, dass an Nummer 1 für mich steht, in Arbeit zu kommen. Es hat mich übrigens verwundert, dass du nicht eigenständig darauf gekommen bist, dass du mir deinen halben Kreditbrief schicken wolltest, ich brauche mindestens 1500 Kronen, und dass du mich nötigst, dich daran zu erinnern, obwohl ich deinetwegen so viel geopfert habe. Bevor es zwischen uns einen wirklich freundschaftlichen Umgang geben kann, muss ich glauben, dass du dich damit abgefunden hast und dass du zur Vernunft gekommen bist. Also auf Wiedersehen in Lugano, sobald es mir besser geht. Dein Edvard.«

Sie sieht ihn aus weiter Entfernung. Dort ist er. Endlich. Sein Körper, seine Bewegungen, sein Rücken. Sie schließt die Augen, schwankt. Wie verrückt kann man werden? Was ist das? Er steht am Schalter, löst ein Ticket, muss wieder weiter, hat ihr aber nichts davon gesagt. Er flieht vor ihr; genau das ist es, was er tut. Sobald er begreift, dass sie weiß, wo er ist, zieht er weiter. Er hat vorgeschlagen, dass sie sich treffen; dass sie reden; dass sie diese Dinge klären. Die Zukunft planen. Das war sein Vorschlag! Trotzdem flieht er jedes Mal, wenn sich eine Möglichkeit dazu bietet. *Bin wirklich ich es, vor der er eine solche Angst hat?*

»Da bist du also«, sagt sie, so freundlich sie kann, zu seinem Rücken. »Reist du jetzt weiter?«

Oder klingt sie verzweifelt? Hysterisch? Ironisch? Herrgott. Er dreht sich um, bemerkt sie; sein Gesicht verändert sich, sie sieht, wie sehr es ihn erschöpft; wie er die Spannkraft verliert, das Nach-vorn-Gerichtete. Sie vermag es kaum, sich auf den Beinen zu halten, klammert sich an eine der Säulen in der Abfahrtshalle, versucht sich zu sammeln, ruhig zu bleiben. Er dreht sich um und versteht durchaus, dass es nicht zu vermeiden ist; er muss ihr begegnen; daran führt kein Weg vorbei, und er nimmt es in Angriff; er kommt auf sie zu; sie richtet sich auf, entfernt sich einen Schritt von der Säule, versucht, ausgeglichen zu wirken. Er hält einige Meter vor ihr inne. Sie möchte so gern seine Arme um sich spüren, seine Wärme, die er doch besitzt, ungeachtet dessen, was er selbst sagt, ungeachtet dessen, was er selbst glaubt. Er steht da und sieht sie an, und sie wird gezwungen, die letzten Schritte zu ihm hinzugehen, ganz zu ihm hin. Dann lehnt sie sich an seinen Körper. Schließt die Augen, nur für einen kleinen Moment. Die Arme sind untätig; sie darf sich an keiner Umarmung versuchen, das darf sie einfach nicht; er könnte …

Es ist nicht verwunderlich, dass man ein wenig blutroten Portwein braucht, um sich zu stärken. Dieses intensive Gefühl, dass es Liebe war; dass es etwas gegeben hat, das ihr ein völlig anderes Leben hätte bereiten können, wenn sie nur gewusst hätten, wie. Sie war viel zu unterwürfig; der

Abstand zwischen ihnen in den jeweiligen Lebensentwürfen war viel zu groß. Er glaubte, er müsse alles bestimmen, und er tat es, und sie glaubte, so sollte es sein, und befolgte es, und so wurde sie letztendlich zu einer leblosen Puppe, die nicht sprechen oder fühlen konnte; sie konnte nicht einmal Schwester oder Nonne sein. Denn das Genie hatte gesprochen, und er, der vollkommen lebensuntauglich war, meinte dennoch am besten dafür qualifiziert zu sein, der Architekt ihrer zerbrechlichen Liebe zu werden …

Meine Liebe, was für ein Leben. Und was für ein Glück, dass Arne es geschafft hat, mich aufzutauen, mein Lächeln wieder hervorzuholen. Ich erinnere mich daran, wie wir im Frühjahr 1903 durch die Straßen von Paris schlenderten, wie er vorsichtig seinen Arm in meinen hakte, mir die Möglichkeit gab, mich an ihn zu lehnen, nicht viel, keineswegs aufdringlich, aber ausreichend, damit ich mich immer sicherer fühlte. Wir gingen durch die Straßen, die ich auf und ab getrabt war, als ich auf Edvard gewartet hatte, jetzt hatte ich einen Mann an meiner Seite. Sogar zu Lemercier gingen wir und ließen unsere Platten drucken, sprachen ein wenig mit dem Mann, der dort arbeitete, diskutierten mit Lemercier persönlich unterschiedliche Methoden. Langsam wurde ich zu einer neuen Person. Für immer verändert, aber dennoch in der Lage, weiterzuleben. Das hätte ich nie geglaubt. Eines Tages küsste der helle, gute Arne mich, und ich nahm diesen Kuss in Empfang. Legte meine ganze Schwere hinein …

Allerdings war es erst Hans, dem es gelang, mich im Sturm zu erobern. Ich war gewiss reif dafür, nach den ruhigen Jahren mit Arne. Je heller und freier seine Bilder nach und nach wurden, desto dunkler wurde ich. Dann kam Hans und ließ sich meinetwegen von Agnes scheiden. In einem einzigen Au-

genblick war es entschieden. Und jetzt hat er es wieder getan: Im Herbst ließ er sich von Elsa Florelius scheiden, und seine neue Flamme ließ sich von ihrem Ehemann scheiden, und eine Woche später haben sie und Hans geheiratet. 42 ist sie. Prost. Männer bekommen mehr Leben ab als wir. Nur weil Frauen so dumm sind, alles zu akzeptieren, um beschützt und inspiriert und befruchtet zu werden. Und ist man älter, dann wird man entsorgt – zugunsten der jüngeren. Arne und ich, das hätte sowieso nicht gehalten. Ich war es, die gegangen ist, ja, aber auch er war im Gehen begriffen. Hans war ein Mann der Tat, und er regelte alles, weil er mich haben wollte. Ich aber sah, wie Arne mehr und mehr Zeit auf Hildur verwendete, die ihm Modell stand, und hätte ich nicht um die Scheidung gebeten, dann hätte er es getan, bevor das Jahr vorüber war. Zwischen uns war alles friedlich, selbst die Scheidung. Die Menschen sind so unterschiedlich …

Männer suchen sich jüngere Ehefrauen. Die können sich ihrer annehmen, wenn sie älter werden, und die können sie dazu bringen, sich jünger zu fühlen. Tun sie es bewusst? Oder geschieht es einfach, wie es mit ihr geschehen war? Wie kam es, dass die Jüngeren sie hatten haben wollen? Fühlten sie sich trotz des Alters von ihr angezogen – oder wegen des Alters? Glaubten sie, sie hatte Erfahrungen, von denen sie profitieren konnten? Warum hatte sich Hans Blehr von ihr angezogen gefühlt?

Er brachte mich dazu, mich eine ganze Weile lang jünger zu fühlen. Es bestand wirklich kein Unterschied zwischen uns. Er war so weit gereist und weltgewandt. Während ich, nein, ich weiß nicht, immer diese Unsicherheit. Das stammt vermutlich aus den Jahren mit Edvard. Ohne ihn, meine ich. Den Jahren ohne Edvard. Fast ausschließlich ohne. Mit Hans kehrte es sich um; zu einem bestimmten Zeitpunkt bekam ich das Gefühl, dass er dennoch der Jüngere war. Er brachte mich dazu, mich alt zu fühlen oder älter. Nicht so, dass ich deprimiert gewesen wäre, aber dennoch. Letztendlich war ich es doch. Auch deswegen …

Das Telefon klingelt. Sie hört Josefine aus der Küche kommen, in den Flur. Sie hört Josefine antworten. Sie hört Josefine kommen. Hat Alfred vorhin nicht angerufen? Oder ist es Wenche? Agnes kann es nicht sein; sie ist im Theater beschäftigt, nein, sie ist es nicht. Es ist der Fremde; sie ist sich sicher, noch bevor Josefine kommt. Die Zeitung liegt auf dem Revolver; sie legt die Hand auf die Zeitung.

»Es ist jemand, der sagt, es sei lebenswichtig, mit Ihnen zu sprechen.«

»Das ist vermutlich der, der vorhin hier gewesen ist.«

»Nein, das glaube ich nicht. Es ist eine Frau.«

»Und worum geht es, hat sie das gesagt?«

»Das wollte sie nicht sagen. Sie wirkt sehr nett. Eine sehr sympathische Stimme.«

»Nein, ich gehe nicht ran. Du kannst dich für das Interesse bedanken.«

»Und wenn es das Krankenhaus ist?«

»Was dann? Ich will mit niemandem von diesem entsetzlichen Ort sprechen. Sie sollten sich schämen.«

»Was ist daran so gefährlich? Es ist doch nur ein Telefon. Sie können doch einfach auflegen, wenn Ihnen danach ist. Wenn es unangenehm werden sollte, meine ich.«

»Aber meine Nerven, Josefine! Du verstehst überhaupt nichts. Ich halte das nicht aus.«

»Aber liebe …«

»All right, dann tue ich es. Aber nur deinetwegen. Dann musst du dich keinen Unannehmlichkeiten aussetzen.«

Sie geht in den Flur hinaus; die Schulter schmerzt noch immer, zudem ist ihr leicht schwindelig; vermutlich hat sie zu lange stillgesessen. Der Telefonhörer liegt auf der Kommode. Plötzlich denkt sie, dass es besser gewesen wäre, den Revolver in der Schublade zu lassen, unter den Handschuhen. Es ist wahrscheinlicher, dass sie ihn hier draußen braucht.

»Ja? Mit wem spreche ich?«

»Einen Augenblick«, sagt eine Frauenstimme.

Dann ist er da. In der Leitung. Sie weiß sofort, dass er es ist; sie ist sich ihrer Sache sicher.

»Nur einige wenige Fragen.«

»Worum geht es?«

»Sie waren doch einst mit Edvard Munch verlobt, nicht wahr?«

Sie antwortet nicht; es ist still. Sie hört seinen Atem, empfindet dasselbe unangenehme Gefühl wie zuvor. Dann dreht sie sich um und begegnet ein weiteres Mal ihrem Blick. Die Augenhöhlen sind schwarz, aber die Pupillen leuchten rot.

»Wann sind Sie Edvard Munch zum ersten Mal begegnet? Hallo?«

Wann ich Edvard zum ersten Mal begegnet bin? Ich dachte, Sie seien Schauspielerin, darf ich Sie malen? Und dann dieser kalte Windhauch im Nacken.

»Hallo?«

»Ich war 20 Jahre alt. Es war die Ausstellung im Diorama, 1889. Dort habe ich das erste Bild gesehen. So bin ich ihm zum allerersten Mal begegnet.«

Sie sollten nicht glauben, dass Sie mich kennen.

»Aber dann haben Sie ihm in die Hand geschossen, nicht wahr?«

»Wissen Sie was, anstatt so an Herrn Munch interessiert zu sein, sollten Sie sich lieber fragen, warum Sie in der Begegnung mit seinen Bildern das sehen, was Sie sehen.«

»Ich studiere Kunst, nicht Philosophie.«

»Und was habe ich mit Kunst zu tun?«

Erneut hört sie seinen Atem, weiß, dass er niemals eine Frage über ihr eigenes Leben stellen wird.

»Was denken Sie darüber, dass Stenersen seine Sammlung der Kommune vermacht hat? Sollte die Allgemeinheit Zugang zu Munchs Kunst bekommen?«

»Selbstverständlich. Er hat wirklich ein Museum verdient.«

Endlich legt sie auf. Der Körper zittert. Im Spiegel sieht sie Josefine in der Küchentür stehen; sie presst die Hände aneinander, aber sie sagt nichts. Josefine hätte sie nicht überreden sollen, dieses Gespräch anzunehmen. Wirklich nicht. Aber was soll Tulla tun? Sie braucht Josefine so dringend. Doch darüber will sie nicht sprechen, nie mehr, daher schlüpft sie durch die Tür ins Bad und geht durch das Schlafzimmer ins Wohnzimmer, hin zu dem Sessel am Fenster. Dort liegt der Revolver. Das war ein ungewöhnlich regenreicher Tag. Im Fenster sieht sie ihren eigenen Schatten. Draußen wird es dunkel. Sie ist lediglich ein Widerschein; das Alter ist unmöglich auszumachen. Die zerzausten Haare wie eine Glorie, selbst wenn sonst alles undeutlich ist. Will sie, dass andere sie so sehen? Was ist eigentlich der Sinn? Gott? Wäre der Krieg bereits hier, dann hätten sie auf dem Riddervolds plass eine

Seeschlacht austragen können. Dann wäre der Regen dort unten auch rot gefärbt worden. Ein großer roter Damm aus Blut …

Ich gehe nicht mehr raus. Warum sollte ich? Dann falle ich nur und breche mir den Oberschenkelhals. Ich sei so dünn, dass ich beim kleinsten Anlass zerbrechen würde, sagte der Arzt kürzlich. Jetzt müssen Sie zusehen, dass Sie etwas essen, ansonsten sterben Sie an Unterernährung. So direkt war er. Aber ich habe keinen Appetit. Und es braucht wirklich viel, um zu dünn zu werden, und es sieht mich auch keiner mehr an, warum sich also darum scheren. Und die Mode hat die schlanke Linie faktisch unterstrichen. Als ich im Kirkeveien wohnte, sollten alle Kleider tragen, die über den Knien enden, und fast nichts darunter. Das war eine enorme Veränderung im Vergleich zu nur zehn Jahren davor. Eine Revolution. Ich hatte ein paar dieser Kleider, und ich weiß, dass ich gut darin aussah. Dank der Figur. Gertenschlank war ich. Jetzt ist es zu viel des Guten, sagt der Arzt. Zu wenig also. Aber dennoch ist es eine Freude, ich wäre gern leicht wie ein Vogel. Dann könnte ich in die andere Welt fliegen, anstatt der Länge nach hinzufallen. Wenche hat keine Lust mehr, mich zu drängen. Die Einzige, die sich wirklich Sorgen macht, ist Josefine. Sie hören nicht zu, aber trotzdem, sagt sie. Und es ist mir durchaus bewusst. Ich wiederhole mich. Es ist nicht mehr so amüsant, Zeit mit mir zu verbringen, nehme ich an. Obwohl es vorkommt, dass ich Besuch bekomme. Aber früher war es mehr. Es verläuft eine Grenze zwischen vor und nach dem 70. Geburtstag, der Ansicht bin ich wirklich. Trine lacht, wenn ich das sage, und es ist weniger als ein halbes Jahr her, aber trotzdem bin ich mir meiner Sache sicher. Ich bin abgeschrieben …

Es ist nicht das erste Mal, dass irgendein Kunststudent fragt, ob sie Edvard Munch wirklich privat gekannt hat. Selbstverständlich hat sie erwähnt, dass er sie ein wenig in Grafik unterrichtet hat. Mehr aber nicht. Doch das ist nicht das, was sie hören wollen. Sie will nicht abwertend über ihn sprechen, jedoch kommen alte, merkwürdige Gefühle in ihr hoch, so als gäbe es zwischen ihnen noch immer etwas Unerledigtes. Hätte sie ihn damals ansprechen sollen, als sie ihn gesehen hat? Dieses Gespräch, das zwischen ihnen nicht stattgefunden hat, beschäftigt sie nun seit zehn Jahren. Was sie gesagt hätte; was er geantwortet hätte; was sie vorgebracht hätte und so weiter und so weiter. Zehn Jahre nur mit diesem Gespräch. Und es ist nicht Liebe. Auch nicht Hass. Das ist das Leben.

Wie war er? Wer?, frage ich dann. Wer, sagen sie, als wäre ich eine Idiotin, die es nicht sofort versteht.

»Ja, wer«, wiederhole ich.

»Edvard Munch natürlich«, antworten die jungen Idioten.

»Ach so. Ich dachte, ihr meint Arne oder Hans oder Agnes oder Olaf oder Oda, Brokken, Christian, Gunnar, Sigurd, Per. Ihr könnt etwas über eine ganze Epoche erfahren. Aber alles, was ihr wollt, ist, dass ich etwas über den Griesgram oben auf dem Hügel herunterleire. Nein danke.«

Jedes Mal wenn es in die Ferne rückte, hat sie die Briefe hervorgeholt, sich in die Vergangenheit einsaugen lassen, Vergangenheit zur Gegenwart gemacht, alles andere vernachlässigt. Selbst nach Arne und Hans, selbst da, selbst jetzt. Es ist die entsetzliche Gewissheit über die Zeit, die vergangen ist. Es ist das unerklärliche Gefühl, in die alte Zeit einzutreten, die Gegenwart aufzuheben, den

Tod aufzuheben, das Leben aufzuheben. Lediglich den guten Schmerz zu spüren. Erst nach Nizza war es wirklich schwer geworden, und als er nach Hause fuhr und sie in München blieb, nahmen Leere und Hoffnungslosigkeit überhand. Das Warten bekam eine neue Dimension, und die Hoffnung stand zwei ganze Jahre lang an der Grenze ihrer Belastbarkeit.

Er irrte sich, was sie betraf; er wusste nicht, wer sie war. Er verurteilte sie zu Unrecht. Sie wollte so gerne, dass er verstand, was sie dazu brachte, so zu handeln, wie sie handelte, damit er nicht nur die Fehler sah. Sie liebte ihn so innig; das tat sie, ungeachtet dessen, was er über ihren enormen sexuellen Trieb dachte; es war doch das Heiligste, von dem sie wusste, und hatte nichts mit kalter Sinnlichkeit zu tun, wie er behauptete. Er sagte das, weil er Angst vor ihrer Liebe hatte; das dachte sie damals, und deshalb konnte sie nicht glauben, dass er nicht mit ihr zusammen sein wollte. Sie wusste, dass er es eigentlich wollte, aber er hatte eine solche Angst. Deshalb musste sie ihn sehen; deshalb mussten sie gemeinsam einen Ausweg finden. Er antwortete, indem er sie verleumdete, sie aller erdenklichen Niedrigkeiten beschuldigte; er meinte, sie sei mit anderen zusammen gewesen; er meinte, sie habe kein Herz und wolle ihm nur die Kraft aussaugen. Alles, was er vorbrachte, äußerte er im Affekt, und sie dachte, das müsse bedeuten, dass sie ihm etwas bedeutete. Dass es sie aber glücklich machte, das ist unmöglich zu verstehen. Sie hätte einsehen müssen, dass die Beziehung dem Untergang geweiht war. Aber die Freude darüber, mit ihm zusammen zu sein, war so groß, das Gefühl physischer Nähe so stark, selbst wenn sie einander nicht einmal berührten. Seine Ambivalenz war doch ein Zeichen! Wenn er nur gesund würde, dann würde alles anders werden. Wenn sie beide stark und gesund würden und nicht mehr so nervös waren. Sie selbst litt vermutlich unter Bleichsucht, und bei ihm stimmte etwas mit der Lunge nicht. Sie mussten bloß gesund werden.

Dann aber musste sie einsehen, dass er sie hintergangen hatte, dass er nicht offen zu ihr gewesen war. Dass er mit denen zu Hause über sie sprach, dass er ein Komplott geplant hatte, um den Kontakt zu ihr zu kappen.

Tulla an Edvard, Herbst 1900: »Mein lieber Freund, jetzt weiß ich Bescheid, ich habe alles über deine Telegramme erfahren, und ich habe nichts mehr zu sagen. Du fährst nach Hause, ich bleibe wohl irgendwo hier unten. Ich verspreche dir, dass ich dir den Frieden und die Ruhe lassen werde, die du brauchst. Ich werde dir nicht schreiben, wenn du es nicht willst. Erhalte ich die Erlaubnis, mich bei Aase und Inger nach dir zu erkundigen? Ich habe nicht als Erste an deine Tante geschrieben, sie schrieb mir und bat mich, dich in Ruhe zu lassen, damit du arbeiten kannst. Hättest du in Brunnen nur nicht über mich gelacht, als ich gesagt habe, ich wolle ernsthaft anfangen zu radieren. Jetzt ist alles so hoffnungslos. Um eins möchte ich dich aber bitten: Fahr nicht nach Hause, ohne dass ich die Erlaubnis erhalte, dich zu sehen, und schreib schnell, wenn du das hier bekommst, das würde mir ein wenig Mut machen. Willst du mir das versprechen? Ach, du hättest meinem Schwager nicht meinen Brief zeigen sollen, er tat so, als hätte er ihn gelesen, aber das hat er nicht. Ich wünsche dir von ganzem Herzen, dass du wieder so wirst wie früher. Danke für alles, was du für mich gewesen bist, danke für die Zeit, die ich gelebt habe. Ich liebe dich bis zu meiner letzten Stunde. Deine Tulla.«

Ich bin nicht gestorben. Da hätte er etwas zu malen gehabt. Man stelle sich nur vor, dass er in dieser Sache gelogen hat. Ich war im Sterben begriffen, und er hat gelogen. Und alle haben ihm geglaubt. Diese einseitige Betrachtung der Dinge. Er hat doch wohl gesehen, dass ich mich nicht mit dem Selbstmordkostüm verkleidet hatte, er hat mich doch dort liegen sehen, vollkommen erschöpft, er hat sie erzählen hören, wie sie mich gefunden haben und was sie unternommen haben, um mich zu retten. Vielleicht hatte ich nicht genug Morphin geschluckt, kann sein, es waren nur zwei Flaschen, dass er aber sagt, ich hätte Theater gespielt, dass es eine Erfindung war, um ihn zu täuschen, das ist so gemein. Andere Menschen haben in der Tat ebenfalls Gefühle. Auch wenn sie vielleicht nicht derart voller Schreie sind wie deine. Aber wer weiß. Denn wer weiß, wer von uns am meisten, besten, richtigsten und schlimmsten empfindet? Wir können es nicht messen. Einige reden nur lauter als andere …

Warum konnte er nicht ehrlich mit ihr sein und es freiheraus sagen? Was stimmte nicht? Warum schlug er vor, gemeinsam gen Süden zu reisen, wenn er nicht mit ihr zusammen sein wollte? Warum schrieb er hinter ihrem Rücken an andere? Sie ertrug es nicht, wenn andere über sie redeten, in dieser Weise über sie sprachen, sie demütigten. Aases Mann Harald hatte Kontakt zu Thorvald Ellingsen aufgenommen, ihrem Schwager, und ihn gebeten, sie nach Hause zu holen. Selbst jetzt noch war Aase involviert. Das war so erniedrigend, so klein. Als wäre das nicht schon genug gewesen, arrangierte Edvard ein Treffen mit Thorvald und zeigte ihm den Brief, in dem sie geschrieben hatte, dass sie entschieden hatte, sich ihm hinzugeben, obwohl sie glaubte, er leide an Syphilis. Nicht auszudenken, wenn

Thorvald das gelesen hätte. Das tat er zum Glück nicht. So respektlos, so gemein. Hätte er den Brief gelesen, wäre ihr ganzes Leben als unverheiratete Frau, die in einer freien Beziehung mit dem Bohemien Edvard Munch lebte, bekannt geworden. Sie hätte ihrer Familie nie mehr unter die Augen treten können. Glücklicherweise war Thorvald kultiviert genug, den Brief nicht zu lesen. Er, der so gewaltig bourgeois war, dass Edvard vermutlich auf ihn spuckte. Da aber begegnete Edvard einem Gentleman.

»Sprichst du mit deinen Freunden weiterhin über mich und alles, was ich mit dir getan habe, dann versperrst du mir jeden Weg.« Er wollte es ihr verderben. Wenn er sie nicht bekommen konnte, und das wollte er schließlich nicht, dann sollte auch kein anderer sie haben. Aber noch immer bat er sie, sich zu verändern; dann sollten sie auf wundersame Weise letztendlich zueinander finden, ob als Bruder und Schwester, Mönch und Nonne oder schlussendlich vielleicht in Liebe. Das würden seine Gefühle später entscheiden. Er wollte wohl, dass sie in seinem Kloster verfaulte. Und vorher konnte er sie nicht sehen; er durfte nicht in Versuchung geführt werden, das Innere seiner Augen durfte nicht sanft werden. Das zerstörte sein Sehvermögen; mit dem Sanften dort drinnen konnte er nicht malen. Das hatte er begriffen. Hätte er das Formular einfach unterschrieben und datiert, dann wären sie getraut worden, und dann hätte er mit ihr eine Sklavin besessen; da ist sie sich sicher. Sie hätte alles für ihn getan, wie ungerecht er auch war …

»Glaubst du nicht, dass ich Triebe in mir habe? Was glaubst du, habe ich durchgemacht, seit du mich ›geweckt‹ hast? Und das war keine kalte Sinnlichkeit, das war eine Auswirkung

von Sorge und Schmerz, die sich mit einer gewaltigen Kraft gemeldet hat und die mich beinahe zu einer Last hat werden lassen, was ich verabscheue – da hörst du es, du hast es mir beigebracht. Das ist ein kleiner Teil von dem, was ich gelitten habe, neben dem Umstand, nichts für den einzigen Menschen zu sein, den ich gern habe und von dem ich nichts anderes glauben kann, als dass er mich im Grunde auch gern hat. Ich kann die Hoffnung nicht fahren lassen, niemals, ich wünsche und hoffe, dass es für uns beide eine Rettung gibt. Ich glaube, meine starke Liebe zu dir macht dich ohnmächtig. Jetzt werde ich alles tun, um auf Distanz zu bleiben, für lange Zeit weit weg von dir.«

Edvard kehrte nach Kristiania zurück, ohne sich vorab mit ihr zu treffen, obwohl Thorvald wie auch sie ihn inständig darum gebeten hatten. So rücksichtslos war er. Aber sie konnte nicht nach Hause fahren; so viele Sorgen sich die Mutter auch machte, es war unmöglich. Sie hielte es nicht aus, all das verborgene Lächeln, all die höhnischen Blicke, all die Fragen, sowohl die unausgesprochenen als auch die ausgesprochenen. Sie musste im Süden bleiben, und die Wahl fiel auf München, die nächstgelegene Großstadt. Dort hatte sie Freunde, nicht zuletzt Anni und Max Dauthendey in der Schönfeldstraße, die sich des Kadavers annahmen, der sie nunmehr war.

»Du bist schön, bedenke nur, was er zurückgelassen hat«, sagte die Frau.

»Wir sollten in einer vollkommen freien Beziehung leben, aber alles ist vertagt …«

»Dann lebe so lange!«

»Ich kann nicht ohne ihn leben.«

Sie tat alles, um zu überleben. Radierte, so gut sie

konnte, obwohl er sie in Brunnen ausgelacht hatte, als sie sagte, sie wolle damit fortfahren. Da hatte sich eine Unsicherheit in ihr festgesetzt, die niemals lockerließ. Er, der sie zuvor immer gelobt hatte, gesagt hatte, dass sie weitermachen solle, ihr eine eigene Presse versprochen hatte, mehr Anleitung seinerseits. Sie musste weitermachen, das spürte sie, jedoch empfand sie jetzt eine vollkommen andere Unsicherheit. Einen ganz anderen Widerstand. Sie ging durch die Straßen, an den hohen grauen Gebäuden entlang, schaute in Gärten, Alleen, Schaufenster, betrachtete Gesichter, Körper, Frauen, Männer, Kinder, suchte nach Motiven. Aber es war tot, tot ...

Ein weiteres Weihnachten fern der Heimat. *Arme Mama.* Dauthendey hatte an Edvard geschrieben; das wusste sie; der Brief war ans Grand Café adressiert worden, er hatte ihn Heiligabend zu ihnen eingeladen, eher im Scherz gesagt, dass er ihn ihr gern als Geschenk unter den Weihnachtsbaum legen wolle, aber nein, sie erhielten keine Antwort. Sie hörte nichts, sah nichts, verstand nichts. Sie waren noch immer verlobt; das hatte er selbst gesagt. Sie ertrug es nicht, mit all diesen Menschen zusammen zu sein; sie hielt es nicht mehr aus, in Pensionen und Hotels zu wohnen; sie musste etwas anderes finden. Und sie musste ihre Mutter sehen, die eine alte Frau geworden war. Wenn sie doch über das Altern damals schon gewusst hätte, was sie heute weiß! Wie entsetzlich war es der armen Mama ergangen. All die Menschen um sie herum, die geboren wurden, heirateten und starben. Sie war nicht viel älter als 30 gewesen, als sie die beiden kleinen Jungs und ihre Mutter verlor, und dann starben nur einige Jahre später Frithiof und ihr Mann. Das Leben ist grausam, wenn man begreift, worauf es für alle hinausläuft.

Man betrachtet ein neugeborenes Mädchen und sieht bereits die Konfirmandin vor sich stehen und die Ehefrau mit Mann und Kind. Und dann den Tod. Die Mutter war 72 Jahre alt, als sie auf Tulla wartete und wartete, die fast nie von sich hören ließ und die nie nach Hause kam. Sie wurde krank vor Sorge. Sie war älter, als Tulla jetzt ist. Dann doch nach Hause. Sie musste, ihrer Mutter wegen.

»Ich muss auch eine gewisse Rücksicht nehmen, ich habe eine Mutter, auf die ich Rücksicht nehmen muss, solange sie lebt.«

Dann ging sie in ihr Kloster. Sie würde es ihm beweisen. Er sollte nicht Recht bekommen. Das stand fest. Sie hatte seine Bedingungen akzeptiert, und jetzt würde sie es ihm beweisen. Im Winter 1901 reiste sie aus München ab und ließ sich in der ehemaligen Frydenlund-Schule in Røyken nieder, die mittlerweile eine Pension war. Dort blieb sie anderthalb Jahre. Einsam. Glücklicherweise entschloss sich einige Monate später die Schriftstellerin und Malerin Cecilie Dahl, dorthin zu gehen, und da waren es zwei einsame Seelen. Noch immer weiß sie nicht, ob jemand Cecilie gebeten hatte, dort draußen auf sie aufzupassen, oder ob sie aus freien Stücken nach Røyken gekommen war. Cecilie unterstützte sie, so wie viele Frauen sich umeinander kümmerten. Elisabeth, die Schwester von Max, hatte darüber in »Vom neuen Weibe und seiner Liebe« geschrieben, ihrem »Buch für reife Geister«. Es war in dem Herbst erschienen, in dem Tulla in München wohnte und die ganze Zeit mit den Dauthendeys zusammen war. Max und seine Frau praktizierten freie Liebe und hatten großen Respekt vor Elisabeth und ihren Ideen. Daher las Tulla das Buch sofort nach Erscheinen, verstand die

Denkart jedoch nicht ganz. Du bist eine »new woman«, sagte Elisabeth, aber deine Majestät, der Maler, ist kein »new man«. Ihr habt keine Zukunft. Vergiss ihn! Komm und lebe mit mir! Sollte sie ihn aufgeben, nur weil er unmodern war und sich nicht auf die neue Frau und ihre Prämissen der Liebe verstand? Das würde doch bedeuten, dass sie ihn nie bekommen würde. Das wäre doch wohl keine gute Strategie!

In Røyken tat sie das Gleiche, was sie die letzten 18 Monate in Berlin und Potsdam getan hatte und in München, nach all dem Schrecken mit Edvard. Sie ging spazieren, las die Bücher, die man lesen sollte, und arbeitete an ihren Bildern. Noch immer war sie mit dem Veränderungsprojekt beschäftigt; noch immer war sie Edvard Munchs Verlobte. Sie musste nur eine etwas bessere Version ihrer selbst werden. Ernsthaft und in sich gekehrt, aber gleichzeitig mit einem strahlenden Sonnenscheingesicht, das war es, was er haben wollte. An ihrem Geburtstag, dem 10. August 1901, hörte sie nichts von ihm. Sie hatte gehofft und gehofft. Er wusste doch, dass sie diesen Tag feierte; dass sie das in ihrer Familie alle taten. Aber nein, selbstverständlich nichts. Nicht im Jahr zuvor, warum also jetzt? Warum diese absurde Hoffnung? Auch am Tag darauf kam nichts. Vor zwei Jahren war dies in der Tat der Fall gewesen. Bilder, Skizzen und ein Brief. Es kam nichts. Alles war komplett schwarz. Aber es sollte ein Jahr vergehen, hatte er gesagt, und sie war streng genommen noch nicht länger als ein halbes Jahr in Røyken, sodass er sie vielleicht deshalb nicht kontaktierte? Das würde in gewisser Weise einem Bruch der Vereinbarung gleichen. So konnte man sich selbst täuschen. Da hätte sie verstehen müssen, dass er sie nie wieder kontaktieren würde. Dass es vorbei war.

Sie hatte Freunde, die sie unterstützten, nicht zuletzt die Freunde aus München, von denen sie noch immer besorgte Briefe erhielt. Wie geht es dir, du wunderbarer Mensch, bist du noch immer so betrübt? Hat sie noch immer nichts von sich hören lassen, deine Majestät? Aber nein. Die Majestät schwieg. Sie hoffte, er leide genauso wie sie. Bald wünschte sie ihm nichts anderes als Schlechtes. Er war kein richtiger Mensch, nur eine Arbeitsmaschine. Alles war schwarz in schwarz in schwarz, und sie wusste, dass sie einen Arzt aufsuchen sollte, aber sie wollte in keine Anstalt. Das war vollkommen ausgeschlossen. Lieber sterben. Auch daran lieber sterben. Es gab keinen Ausweg, und kein anderer außer ihm konnte ihr helfen.

Sie musste mit ihm sprechen, wenigstens ein Gespräch, bevor es zu Ende war. Sie litt; sie hielt es kaum noch aus; sie war fertig, sie musste sich das Leben nehmen. Aber wie sollte sie das machen? Die arme Cecilie musste täglich auf unterschiedliche Szenarien reagieren; Tulla war von den Selbstmordgedanken besessen, besessen von dem Gedanken, dass sie nur ein letztes Gespräch mit Edvard brauchte, bevor sie dem Ganzen ein Ende setzte. Sie vermochte es nicht, ihn nicht zu lieben, wie viel sie auch investierte, um ihn loszulassen, ihn vollkommen auszublenden. Sie hatte seine Bilder; »Seine Majestät« hing an der Wand über dem Bett, und noch immer kam es vor, dass sie ihn zu sich herunter ins Bett nahm. Wäre er nur gekommen, vielleicht hätte ihr das die Kraft gegeben, nach vorn zu schauen. Würde sie ihn sehen, würde sie vielleicht begreifen, dass da nichts war. Sie schrieb Briefe an Max und Anni und schilderte, wie entsetzlich es ihr ging, und Max schrieb an Edvard. Aber selbst das veränderte nichts. *Ich wurde kränker und kränker, hatte keine Kraft mehr, aber er kam nicht …*

Tulla an Edvard: »Lieber E. M. Lies diesen Brief, den ich heute erhalten habe. Er sagt all das aus, was ich so gerne möchte, was zu erreichen ich mich bemühe und was ich als unmöglich erachte, solange ich nicht mit dir gesprochen habe. Verstehst du denn nicht, dass du mir das zugestehen musst: Du bist mir ein Gespräch schuldig. Auf diese Weise darf man sich nicht von einem Menschen trennen, mit dem man zusammen gelebt hat und gereist ist. Du weißt, ich trete nicht an dich heran, um etwas von dir zu verlangen, verlange überhaupt nichts mehr, aber es kann nicht sein, derart gedemütigt zu werden, wie du es getan hast, ohne dass man einen Grund für dieses Tun erfährt. Heute kann ich nur eins sagen: dass ich mich für immer und ewig mit dir verbunden fühle. Gott gebe, dass ich anders empfinden könnte, aber das ist ja das Fürchterliche, dass ich dich ebenso sehr liebe wie zuvor. Glaubst du nicht, es hätte Stunden gegeben, in denen ich wünschte, dich zu hassen, wie damals in Nizza oder, ja, viele andere Male, aber es ist, als wäre ich besessen von dir. Je härter du wirst, desto mehr ist bei mir das Gegenteil der Fall. Und daher bitte ich dich, mir ein wenig zu helfen: Ich habe es in München versucht, ich habe mich in alles Mögliche gestürzt, um nicht mit diesen Gedanken alleine zu sein, die sich nur um dich drehten. Fast nie war ich alleine, ich wagte es nicht, denn dann trank ich, um den Gedanken zu entkommen. Dann traf Aases Brief ein, ohne ein Wort von dir, da war alles vorbei, da wurde für mich alles unvorstellbar, aber nicht hoffnungslos, denn du hattest mir so etwas ja nie gesagt. Du hast mir alles erklärt, und nachdem ich mich dann zu dem Gedanken an ein Zusammenleben durchgekämpft hatte, das kein Zusammenleben war, wo ich nichts fordern durfte, schon gar kein Kind, und nachdem die letzten Worte, die du in Brunnen zu mir gesagt hast, gelautet hatten, dass wir bis auf Weiteres verlobt sind, weigerst du dich, mit mir zu sprechen, mir das ins Gesicht zu sagen, was du meinst. Ich erinnere mich durchaus an deine Worte, aber das war doch nicht das Entscheidende, das, was sogar jedes leichte Mädchen von ihrem Liebhaber zu hören berechtigt ist. Würdest du dich weigern, zu einem Sterbebett zu kommen, zu dem du gerufen wurdest? Ich weiß nicht, ob du dich daran erinnerst, dass du mir das einst versprochen hast. Also sag, wann du kommen willst oder wann ich kommen soll. Wenn du abreisen willst, ohne erst mit mir zu sprechen – dann muss ich dir hinterherreisen, gegen meinen Willen, rastlos, bis ich dich finde. Verstehst du jetzt, dass du mich treffen musst, dass es für uns beide zum Besten ist, dass wir uns treffen? T. L.«

Was hatte Aase mir geschrieben? Wann habe ich ihm diesen Brief geschickt? Habe ich ihm den überhaupt geschickt? War das am Ende des Aufenthalts in München oder nachdem ich eine Weile in Røyken gewesen bin? Ich habe immer wieder über Aase nachgedacht und ihre Rolle in der Geschichte mit Edvard. Vielleicht bin ich ihr gegenüber zu hart gewesen. In letzter Zeit kam mir der Gedanke, dass das Ganze vielleicht ihre Idee gewesen ist. Dass sie es war, die vorgeschlagen hatte, dass er um meine Hand anhalten soll. Selbstverständlich könnte sie trotzdem auf mich neidisch gewesen sein, und brachte sie uns dazu, zu heiraten, dann wäre dies vielleicht die einfachste Art gewesen, uns zu kontrollieren, Anteil zu nehmen, indem ich ihre Rolle in einem anderen Leben spielte.

Ebenso gut könnte es sein, dass sie ihrerseits das Gefühl hatte, eine Hilfe zu sein. Oftmals ist man sich der eigenen Beweggründe nicht bewusst.

Das letzte halbe Jahr brauchte sie Luft. Mehrfach fuhr sie mit Cecilie nach Kristiania, um ihre Mutter zu besuchen. Cecilie und Mathilde Elisabeth wurden gute Freundinnen; sowohl Tulla als auch Cecilie wohnten während ihrer kurzen Abstecher von Røyken nach Kristiania in der Josefines gate. Oda fragte, ob sie Modell für sie stehen wolle, und sie sagte zu, weil Oda so viele gute Gemälde erschaffen hatte und so viele prachtvolle Porträts. Das, was sie 1900 von Gunnar gemalt hatte, war wirklich gut. Es war eine Ehre, von ihr gemalt zu werden, und ihr Modell zu stehen war angenehm. Tulla musste nach Kristiania fahren, denn mit ihrem bewegten Dasein war es für Oda schwierig, nach Røyken zu kommen. »Du musst mit ihm reden«, sagte Oda. »Vorankommen. Du darfst daran nicht zugrunde gehen. Kein Mann ist das wert.«

Aber sie begegnete Edvard nie, nicht einmal, als sie Aase und Harald besuchte. Wusste er, dass sie kommen würde, und hielt sich daher absichtlich von den Freunden fern? Die Verlobung hob er trotzdem nicht auf. Hatte er das Ganze vergessen? Wie war es möglich, keinen Kontakt aufzunehmen? Was war mit ihm los? ~~*Wie grausam konnte er sein*~~*; trotz allem war ich ein Mitmensch.* Aber sie sprach nicht mehr mit Aase über ihn. Sie wollte nicht mit ihr sprechen, obwohl sie noch immer Umgang pflegten und eine Art von Freundinnen waren. Aase versuchte, das Gespräch auf Edvard zu lenken, und fragte, was Tulla fühlte und dachte, Tulla aber machte komplett dicht. Sie wollte einfach nicht alles in Aases Hände geben; sie war sicher, dass Edvard die Geschichte dann aus Aases Perspektive hören würde, und das war gewiss nicht dasselbe, wie es von ihr selbst zu hören, so viel hatte sie begriffen. Sie alle betrachteten sie mit Besorgnis, und das war demütigend, das konnte nicht sein; das konnte einfach nicht sein – *das konnte nicht so weitergehen …*

Oda hat mich gemalt, während ich fröstelnd, ihren Schal um mich gelegt, dastand. Das Bild wurde in dem Jahr bei der Herbstausstellung gezeigt. Im Katalog nahm sie Rücksicht, dort stand nur »Porträt«, das Bild hieß jedoch eigentlich »Verzweiflung«, das sagte sie allen Eingeweihten. Und das war nicht verwunderlich, denn ich sah alles schwarz in schwarz. Konnte nicht mehr. Vermochte nicht länger ohne Nachricht von ihm zu sein. Ich brauchte ein Gespräch, bevor ich weitermachen konnte. Ich war so verändert, dass ich nie mehr ich selbst werden würde, und mit der, die ich geworden war, konnte ich nicht leben. Das Schweigen hatte sich in Körper und Geist gepflanzt. Aber er hatte versprochen, dass er an ein Sterbebett kommen würde.

Die beiden kleinen Flaschen waren beschafft. Sie befanden sich in ihrem Zimmer in Røyken. Sie saß auf dem Bett und betrachtete sie. Saß lange da. War unsicher, wie man das machte. Hatte sie alles in Ordnung gebracht? Ihre Kleider sahen anständig aus, Edvard hing an der Wand, Nygaardsgrund neben dem Fenster. Auf dem Nachttisch stand neben einem mit einem Samtband gebundenen Stapel Briefe eine entzündete Kerze. Ihre Sachen hatte sie ordentlich zusammengepackt, hatte sich ein sauberes Nachthemd angezogen, das schönste, das sie besaß, mit Schiffchenarbeit. Die Haare hingen ihr locker über die Schultern. Sie löste das Samtband und suchte ganz unten im Stapel nach dem ältesten Brief. Es war der erste aus Florenz:

»Liebe Tulla, ich hoffe, du bist gut angekommen, ohne deine schlimmen Brustanfälle. Ich denke, du wirst dich in Paris gut erholen. Ich wünschte oft, dein Kopf würde dort unten an der Bettkante hervorlugen, wo du zu sitzen pflegtest. Ich werde dich auch sehr vermissen, wenn ich mir eine Pause gönne. ~~Aber~~ so oft vermisse ich dich, denn wir hatten uns doch halbwegs miteinander eingelebt. Aber ich weiß schließlich, wie absolut notwendig es ist, dass du eine Weile von mir weg bist. Das verstehst du doch wohl auch selbst ~~genau~~.«

Du hattest recht. Genau habe ich es nie verstanden.

Sie schraubte beide Korken heraus, stellte die Flaschen auf den Nachttisch. Legte sich im Bett zurecht, versuchte sich aufzusetzen, stellte sich vor zu trinken, und dann ließ sie sich nach hinten auf die Kissen sinken, ja, so musste es durchgeführt werden. Sie war jetzt merkwürdig kühl, nicht voller Verzweiflung. Welch Erleichterung, dass es entschieden war. Dann trank sie die beiden Flaschen und sank nach hinten. Zog die Decke über sich. Sie sank.

Sie sieht nach oben, und dort öffnet sich das Dach, die Wolken dringen herein, weiß und hübsch erfüllen sie den Raum, sie erfüllen das Bett, und es ist, als würde sich das Zimmer auflösen, der Stuhl schwebt, der Tisch schwebt, die Briefe wirbeln, sie wirbelt, schwebt über dem Bett, wird von Licht umschlossen …

»Lieber Munch. Tulla hat heute Abend eine Flasche Morphin geleert. Ich war in mein Zimmer gegangen, um mich hinzulegen, da vernahm ich aus ihrem Zimmer ein Stöhnen. Ich ging hinein, und sie erzählte, was sie getan hatte, und döste sogleich weg. Ich kochte starken Kaffee und holte das Mädchen. Fast drei Stunden waren wir mit ihr beschäftigt. Nach und nach nahm sie sechs Tassen Kaffee zu sich, bevor es half, aber sowohl Hände als auch Beine waren lange Zeit ganz kalt, und das Herz schlug kaum. Neben dem Bett standen zwei geleerte Morphinflaschen. Es ist jetzt halb vier in der Nacht, ich sitze hier und schreibe. T. hat eine ganze Weile verwirrt dahergeredet, jetzt erholt sie sich ein wenig. Es war ihr fester Vorsatz zu sterben. Ich aber denke, das darf nicht sein. Es muss einen Ausweg geben. Munch!, wissen Sie keinen? Sie ist der unglücklichste Mensch, den ich je gesehen habe. Sollten Sie den Wunsch verspüren, jetzt bald mit ihr zu sprechen, so fährt die Duen jeden Nachmittag um halb drei und halb sieben hier raus. Sonntag morgens um halb zehn. Gruß von Ihrer Cecilie Dahl.«

Er kam; bereits am nächsten Tag war er da. Er hatte einen Mann engagiert, der ihn herüberruderte. Das Wetter war recht gut, und es ging schnell. Sie war zu schwach, um sich hübsch zu machen. Sie lag noch immer im Bett; der Körper war völlig entkräftet, doch sie lebte. Cecilie hatte dafür gesorgt. Aber sie war so müde. Das Mädchen wusch ihr das Gesicht und kämmte die langen Haare; sie lagen schön über das Kissen drapiert und warteten nur darauf, dass er sie mit neuen Augen sah. Cecilie zündete Kerzen an und gestaltete das Zimmer regelrecht in eine katholische Kirche um, wie Tulla es in Frankreich und Italien gesehen hatte. Wie reizend es war, richtig sakral, und sie fühlte sich wie eine Nonne, und sie freute sich darauf, mit ihm zu sprechen. So verändert, wie sie war!

Er kam herein, blass und ergriffen. Sie lag da und wartete. Er setzte sich auf die Bettkante, nahm ihre Hand in seine und sagte, dass jetzt alles anders werden würde. Er würde auf sie aufpassen; er versprach, alles für sie zu tun, wenn sie nur nicht sterben würde. Gott, wie froh sie war.

Sie starb nicht. Vielleicht hat ihn das enttäuscht, dachte sie später; vielleicht war er deshalb so schweigsam, als sie auf dem Weg nach Åsgårdstrand waren, und vielleicht war er deshalb so entmutigt, dass er den kompletten nächsten Tag verschwand. Als Erstes reiste er nach Deutschland, um etwas wegen einer Ausstellung zu regeln, versprach jedoch, bald zurück zu sein und sie zu holen. In der Zwischenzeit sollten Sigurd Bødtker und seine Frau Ingrid sie mit in ihr Haus nach Drøbak nehmen. In Drøbak hatten sich auch viele der Freunde über den Sommer einquartiert. Bødtkers nahmen sie mit, und sie versuchte, den Leuten so gut wie möglich aus dem Weg zu gehen. Sie ging alleine spazieren, aß alleine, schlief, wenn sie konnte. Der Körper war erschöpft, der Kopf schwer; sie war nicht gerade eine amüsante Gesellschaft. Erneut wartete sie auf Edvard. Zehn Tage sollte er weg sein. Dann kam er, und sie machten sich bereit, gemeinsam zu reisen, zuerst mit dem Schiff nach Horten und dann nach Nygaardsgrund: seinem Haus in Åsgårdstrand.

Er trägt ihren Koffer. Endlich gehen sie gemeinsam. Das Herz klopft und klopft; sie hört kaum etwas anderes. Es pocht von innen. Von außen sieht sie sie: zwei Menschen nebeneinander auf der Straße, wie eines seiner Bilder. In dem Bild existiert ein Abstand. Es ist, als wären sie nie weiter voneinander entfernt gewesen, und gleichzeitig wird ihr das Herz schwer, denn ihr wird bewusst, dass all ihre Versuche sie nicht zu einer anderen gemacht haben, so wie er es gewollt hat. Sie ist nicht die andere, mit der er leben kann; sie ist eine andere andere geworden. Eine, mit der niemand leben kann, auch sie selbst nicht …

Schwester und Bruder. Das ist es, was sie sind, als was sie erscheinen sollen, was sie füreinander sein sollen. Dort vorn in der Kurve kommen ihnen eine Frau und ein Mann entgegen. Wie sie hofft, dass es sich um Unbekannte handelt, jemand, mit dem sie nicht sprechen muss, den sie bestenfalls nicht grüßen muss! Denn was soll sie sagen? Wer ist sie jetzt? Seine Schwester? Damit er sie akzeptieren kann, imstande sein kann, mit ihr zusammen zu sein, muss sie wie eine Schwester für ihn sein. Anfangs. Später könnte er vielleicht etwas anderes und etwas mehr für sie empfinden, hat er gesagt, aber da müsse sie geduldig sein. Sie hat ihm versichert, dass sie sich verändert hat, aber hat er das mitbekommen? Er stellt keine Fragen, spricht nicht mit ihr darüber, was sie gelesen oder woran sie in Røyken gearbeitet hat. Alles ist von dem Abend überschattet, an dem er eingetroffen ist. Er ist gekommen, er ist wirklich gekommen. Der Mann lüftet seinen Hut; die Frau nickt. Dann weiter. Und anschließend ihre Stimmen, *sie haben bestimmt über uns gesprochen, o Gott, lass sie nicht wissen, wer ich bin, lass sie nicht über mich reden, darüber, lass das privat sein, lass nicht alle davon wissen.* Aber während der Tage in Drøbak mit Sigurd und Ingrid Blehr, jetzt Bødtker, waren auch viele andere zugegen. Alle erfuhren davon; das ließ sich wohl nicht vermeiden, als sie plötzlich dort unten auftauchte. Unabhängig davon, wie in sich gekehrt sie gewesen war, konnte sie es doch an den Blicken erkennen, an den gesenkten Stimmen. Und weit entfernt auf der Straße hört sie das helle Lachen der Frau und das dunkle Brummen des Mannes, und sie glaubt, dass sie lachen; *sie lachen über uns. Über unseren Ernst oder unsere Befangenheit oder Edvards finsteren Blick, den ich nicht sehe, während ich hier entlanggehe …*

Sie wagt nicht zu atmen, wagt nicht zu sagen: Sieh doch! Eine hübsche Blume, ein hässlicher Hut! Die Angst kriecht in sie hinein, sie kann nicht mit ihm sprechen, ihn nicht anlächeln, und das Physische ist auch keine Option mehr, denn sie soll wie eine Schwester sein, wie eine Nonne, hat er gesagt. Ihre Arme hängen am Körper herunter, als wären es Bretter, als wären sie ohne Leben, ohne Willen. Denn sie darf nicht die Hand ausstrecken und seinen Jackenärmel streifen; oder die Hand vorsichtig in seine schlängeln, das kann sie nicht tun. Und wozu soll sie ihre Hände dann verwenden? Das lässt ihren kompletten Körper starr werden, und sie bemerkt auch, dass sie seltsam geht, so als wäre sie eine Marionette, und sie starrt vor sich hin, denn sie hat Todesangst, ihn anzusehen. Ihre Schritte begleiten einen monotonen Gesang in ihrem Inneren, genauso taktfest wie die Schritte: *Schwester, Bruder. Schwester, Bruder.* Die Bewegungen des Rockes werden zu *swosch, swosch. Swosch, swosch.* Was soll sie seiner Meinung nach tun? *Am liebsten nicht hier sein, am liebsten nicht bemerkt werden …*

Schwester, Bruder. Schwester, Bruder. Swosch, swosch. Swosch, swosch. Sie ist starr, der Hals ganz trocken, und sie schließt und öffnet die Augen, so als wollte sie sich in die Lage versetzen, klar zu sehen. Aber nichts ist klar; nichts ist geschmeidig; nichts ist offen. Ihre Brust zieht sich zusammen; es ist schlimmer als zu der Zeit, als sie unter

Spitzenkatarrh litt, viel schlimmer. *Poch, poch. Swosch, swosch. Schwester, Bruder. Schwester, Bruder.* Sie darf jetzt nicht krank werden, nicht gerade jetzt, wo er sie mit nach Åsgårdstrand nehmen will, wo sie endlich zusammen sein sollen.

»Du sagst ja gar nichts.«

»Was?«

»Wo ist dein Sonnenscheingesicht?«

»Sag mir nur, was ich sagen oder tun oder nicht tun soll, dann werde ich genau so sein.«

»Wie eine Schwester, habe ich gesagt.«

»Mit Sonnenscheingesicht?«

Er antwortet nicht, hält jedoch inne, sodass sie vor ihm geht, nur einen Hauch. Versteht er jetzt die Unangemessenheit seiner Frage? Sie hat Angst, etwas Falsches zu sagen, erstarrt, besitzt keine natürlichen Impulse mehr; die Angst vor Zurückweisung ist zu groß, die Angst, wegen eines unschuldigen Scherzes verurteilt zu werden. *Nein, nie wieder ein Scherz, das erträgt er nicht, nicht von mir. Aber was ist dann eigentlich noch übrig?* Sie wünschte, sie könnte das Tempo drosseln, sodass er wieder an ihrer Seite geht, sich umdrehen und ihn ansehen, fragen, ob alles in Ordnung ist oder ob sie etwas essen sollen, wenn sie angekommen sind, oder etwas von all dem anderen, was in ihr vorgeht. *Was jetzt? Was jetzt?* Aber sie traut sich nicht; sie geht nur, schaut nach vorn und bemerkt ihn direkt hinter sich, ein bisschen näher jetzt, noch ein bisschen, *und ich fange an ~~zu zweifeln~~* …

Dann durch die niedrige Tür hinein in sein kleines Puppenhaus, wie lange können sie hier sein, ohne dass, ohne dass …

Ja, ich fürchte mich vor dir, fürchte mich vor allem, fürchte mich so sehr vor dir, davor, was dir einfallen könnte, mir zu sagen, weil ich weiß, dass es nur Unsinn ist und du es tief im Inneren nicht einmal meinst, denn tief im Inneren, das weiß ich doch, hast du mich gern, du willst es allen anderen gegenüber nur nicht eingestehen und vielleicht nicht einmal dir selbst. Das weiß ich, aber ich fürchte mich, denn ich glaube nicht, dass du selbst es weißt, und ~~das kann ich nicht verstehen~~, aber jetzt …

Er stellt ihren Koffer hinter die Tür des ehemaligen Arbeitszimmers, das jetzt Gästezimmer ist. Dort soll sie wohnen. Für wie lange? Soll sie jetzt eintreten? Die Tür schließen? Für ihn ist Einsamkeit eine Lebensbedingung. Braucht er sie jetzt? Soll sie hier sein, bis sie ein ernstes Gespräch miteinander geführt haben, oder länger? Was soll sie sagen? Was wird er sagen? Wird es heute Abend geschehen? Dann öffnet sie den Koffer, betrachtet das, was sie mitgenommen hat, legt es aufs Bett. Zieht andere Schuhe an, legt die Jacke ab, nimmt einen Schal, weil es langsam kühl wird. Sie hört, dass er im Ofen Feuer macht; schließlich ist der 11. September; der Herbst steht vor der Tür. Sie geht in den Flur hinaus und klopft an die Tür zu seinem Zimmer. Will er, dass sie etwas zu essen zubereitet? Oder wollen sie etwas trinken? Er nimmt eine Flasche und zwei Gläser, zieht zwei Stühle zum Ofen hin. Sie müssen versuchen, miteinander zu reden. Dann setzt sie sich auf die Kante des Stuhls, starr und ängstlich. Sie sitzt dort; Edvard sitzt dort neben ihr. Er füllt ein Glas und reicht es ihr. Sie nimmt es, hält es in ihrem Schoß, dreht es. Rund herum. Sie sind bei ihm; endlich ist sie bei ihm. *Was soll ich sagen?*

Es ist, als wären sie von Watte umgeben. Dicke, langsam fließende Luft, und die Worte bleiben haften, bleiben außerhalb von ihnen haften, so als würden sie nicht ganz in sie eindringen; es ist, als hätte sie alles Erdenkliche aus sich, aus ihrem Körper, ausgelagert. Aber sie sprechen ruhig miteinander; sie schafft das. Über seine Reise nach Deutschland, über das Wetter, darüber, was er auf dem Grundstück gemacht hat, dass es schön ist, im Haus ein weiteres Zimmer zu haben, nachdem er das Atelier gebaut hat. Ab und an bittet sie ihn, zu wiederholen, was er gesagt hat, weil er so weit weg scheint, und dann tut er es und sieht sie an; sie merkt, dass der Blick forschend, unsicher ist. Sie sprechen über seine Arbeit; er redet lange. Er sagt nichts darüber, welche Veränderungen geschehen sollen. Was sie tun sollen. Sie besitzen nicht die Kraft, mit dieser Situation umzugehen. Wie soll sie anfangen? Schafft sie es jetzt mit der sanften, dicken Luft, an der alles um sie herum haften bleibt? Soll sie anfangen? Wagt sie es? Es pocht innen, es kribbelt im Bauch, sie kann kaum atmen. Sie muss es versuchen; es muss gelingen; es muss einen Ausweg geben. Sie müssen aus etwas herausfinden. Eine kleine, unschuldige Frage muss sie versuchen:

»Darf ich das Atelier sehen?«

»Dort hineingehen, meinst du?«

Ein kleines Lachen entrinnt ihr. Er sieht so seltsam aus, überrascht. Sollte sie nicht in sein Arbeitszimmer eintreten dürfen? Sie, die sie mit ihm zusammengearbeitet hat, er, der wie ein Lehrer für sie gewesen ist.

»Nur um zu sehen, wie es dort ist.«

Er schweigt. Sie spürt etwas im Magen; dort drinnen vibriert es wie Espenlaub. Sie sieht seine Unsicherheit, aber weshalb?

»Niemand darf dich sehen.«

»Was?«

»Niemand darf eine Frau hineingehen sehen, da fangen sie an zu tratschen.«

Sie sieht ihn an, sein Profil; er starrt vor sich hin, will ihrem Blick nicht begegnen. Wer ist dieser Mann; was macht sie von ihm abhängig?

»Das will ich nicht«, fährt er fort. »Nicht jetzt. Es war zu viel, die Schlägerei mit Ditten und all das. Du musst eine Hose und eine Jacke anziehen.«

»Mich als Mann verkleiden?«

Er schweigt. Sie wagt es nicht zu sprechen, wagt es nicht zu lachen. Sie wendet sich ab und spürt seinen Blick auf sich, sieht ihn aber nicht an, spürt, wie die Information in sie einsinkt; es ist, als wäre sie von einer Art Membran umgeben, von weichem Glas; es gibt ein wenig nach, jedes Mal, wenn er ihr antwortet, aber sie hört seine Worte nicht, und er wird unklar, undeutlich, wie auf einem Foto, wenn man nicht still steht. Du stehst nicht still, will sie sagen, die Hand heben und sagen: *Entspann dich jetzt; werde deutlich für mich …*

Der Klang seiner Stimme kommt von weit her; sie hört das Pochen des Herzens und den etwas kurzen Atem; sie sitzt unter einer weichen, beweglichen Glaswand, die von Schallwellen, Bewegungen, Licht bewegt wird. Sie sagt zu sich selbst, dass sie nicht rauswill; unabhängig davon, wie schwer ihr das Atmen fällt, muss sie vollkommen passiv sein, denn so will er sie haben, keine plötzlichen Bewegungen, keine eigensinnigen Forderungen, kein leichtsinniges Lachen oder Scherzen oder fliegendes Haar, nein, kein Bedürfnis nach körperlicher Liebe oder Händen, Haut, Lippen. Es ist wogendes, bewegliches

Glas, so als befände sie sich unter einer geschmeidigen Glasglocke …

Ich brauche nichts, ich bin hier bei ihm, und er steht auf, schaut auf sie herab; sie spürt es, aber auf dem Stuhl zu sitzen, den Kopf in den Nacken zu legen und zu ihm aufzusehen ist so schwer; momentan kann sie nur direkt nach vorn schauen, und sie hört ihre eigenen kurzen Atemzüge so laut, so laut, und sie will ihm sagen, dass sie müde ist; es wäre das Beste, schlafen zu gehen.

»Ich bin so müde, muss mich unbedingt hinlegen«, sagt sie, steht auf und verlässt ihn.

In der Tür dreht sie sich nicht um. Sie ist nicht bereit, einem Blick zu begegnen, den sie nicht einzuordnen weiß.

Dann liegt sie in dem schmalen Bett in dem Zimmer, in dem es nach Ölfarbe und Terpentin riecht, und es ist, als würde sie über dem Bett schweben, und sie sieht sich selbst dort liegen mit dem Bild von ihm, dem aus Quickborn, »Seine Majestät«, und sie drückt es an sich und schließt die Augen und ist so erschöpft, schwer wie Blei; eine Müdigkeit hat sich über sie gelegt; es ist, als sollte sie die Unruhe von vier Jahren innerhalb einer Nacht ausschlafen, denn jetzt ist sie endlich bei ihm, endlich ist sie dort, wo sie hingehört, und jetzt muss sie sich einfach nur ausruhen, denn sie muss stark sein, damit es ihr gelingt, die zu sein, die er will, ohne dass der Zweifel sich anschleicht; sie schließt die Augen, spürt die nahende Dunkelheit, lässt sich in den Schlaf gleiten, aber er ist leicht, denn es vergehen nicht mehr als ein oder zwei Stunden, bevor sie von einem schwachen Geräusch draußen jäh erwacht. In der Dunkelheit öffnet sie die Augen, liegt still da, ist auf der Hut …

Da sind Schritte vor der Tür; sie hört die Tür knarren, als sie geöffnet wird; sie hält die Augen geschlossen. Das kann nur er sein. Er kommt nicht herein, steht lediglich in der Tür. Sie rührt sich nicht. Was will er von ihr? Will er? Soll er? Oder will er sie auf die Probe stellen, ob sie sich von fleischlicher Lust mitreißen lässt? Will er, dass sie ihn mitreißt? Da bewegt er sich, er kommt herein, herein in sein altes Arbeitszimmer, heute Nacht ist es ihres, und sie weiß, dass er sie dort im Bett liegen sieht mit Nachthemd und einer Decke über sich, und sie hört, dass er einige Schritte zum Bett macht, und spürt, dass er die Decke hochhebt, und da sieht er sie an; sie weißt, dass er das tut, ihren Körper im Nachthemd ansieht, aber sie öffnet die Augen nicht; die Augenlider sind so schwer, so schwer. Er schlüpft neben ihr ins Bett; sie spürt ihn an sich heranrücken, dicht, dicht an sie heran, spürt seinen Atem, seinen Blick, und eine schwere Hand legt sich auf ihr Becken, gleitet über ihren Bauch und verbleibt dort, und sie denkt an einen Säugling unter seiner Hand, aber dieser Gedanke ist ein Samtgedanke, wie dünnes Espenlaub, das aufwirbelt und neben dem Bett zu Boden fällt. *Ich bin eine Nonne, und du bist ein Mönch. Ich bin eine Nonne, und du bist ein Mönch. Schwester, Bruder. Schwester, Bruder.*

Dann erwacht sie, und es ist Morgen, und er ist nicht da, und die Membran löst sich auf, und sie erinnert sich, dass er gesagt hat, sie dürfe in sein Atelier kommen, wenn sie sich nur wie ein Mann kleide, damit niemand sagen kann, er habe Damenbesuch im Atelier. In seinem Zimmer findet sie Hemd, Hose und Jacke. Es bereitet ihr Freude, seine Sachen anzuziehen. Da ist sein Geruch; da ist sein Leben, ein Fleck, ein am Ellenbogen verschlissener Hemdsärmel, in einer der Jackentaschen ein Zettel mit einer unverständlichen Notiz. Sie bewegt sich zwischen seinen Sachen, sieht sich an, was er an die Wände gehängt hat, welche Bücher auf dem Tisch liegen. Lässt die Finger über das hübsche geschnitzte Holz der Truhe gleiten, die sie ihm vor zwei Jahren geschickt hat. Sie bindet die Haare straff zusammen und versteckt sie unter einem alten Hut, den sie im Flur findet.

Sie geht nach draußen und den Hang zum Atelier hinunter. Eine Frau bleibt oben auf der Straße stehen und sieht zu ihr herunter; hat man sie womöglich bereits entlarvt? Das hat für sie keinerlei Bedeutung mehr. Sie können glauben, was sie wollen; ihr Renommee ist sowieso zerstört. Ein paar Treppenstufen hinauf, und dann befindet sie sich im Atelier. Er arbeitet, fährt zusammen, als er sie sieht, so als würde sie ihn bei etwas Geheimem oder Unerlaubtem überraschen, und dort steht sie, und sein Blick ist erschrocken und wütend, dann fragt er:

»Was tust du hier?«

»Ich komme herein, wie du es mir erlaubt hast.«

»In meinen Sachen?«

»Das waren die Bedingungen, die du gestern aufgestellt hast.«

»Verkleidet als ich?«

»Andere Männersachen habe ich schließlich nicht.«

»Du änderst dich nie.«

»Ich habe nur das getan, was du wolltest!«

»Du kannst dich nicht ändern.«

»Ich bin eine andere, das weiß ich, weil ich nicht mehr die bin, die ich zuvor gewesen bin. Ich lache nie, lächle nicht einmal.«

»Ja, warum lächelst du mich nicht an?«

»Ich habe fast aufgehört zu sprechen …«

»Und heute Nacht warst du tot.«

»Heute Nacht habe ich geschlafen.«

»Du bist also nicht wach gewesen?«

Sie sieht ihn an, plötzlich kraftvoll, plötzlich mit einer ungewohnten Deutlichkeit.

»Ich habe es nicht gewagt, mich zu rühren«, sagt sie, »bist du dir im Klaren darüber, was du zu mir gesagt hast, wessen du mich beschuldigt hast? Ich bin nicht dumm! Glaubst du, ich habe dich hierher begleitet, um mit dir intim zu sein, nach allem, was geschehen ist?«

»Aber warum bist du dann gekommen? Warum bist du eigentlich hier?«

»Du hast mich doch selbst darum gebeten! Nach dem Morphin hast du auf meiner Bettkante gesessen und gesagt: ›Jetzt kommst du mit mir, und dann fangen wir etwas vollkommen Neues an, etwas anderes. Wir müssen es für dich regeln, denn so, wie es ist, kann es nicht weitergehen.‹ Und du hast mir über die Haare gestrichen, und ich habe die Augen geschlossen, aber ich habe deinen Kuss auf meiner Wange gespürt; dein Atem war so nah, so nah, und ich wusste nicht, wie ich reagieren soll.«

»Leg den Hut ab.«

»Was?«

»Leg ihn ab. Und die Jacke. Nein, behalte sie an. Leg die Hose ab.«

»Nein.«

»Ich male dich.«

»Nein.«

Mit den Haaren, locker über seine Jacke fallend, und dem Gürtel, fest in der Taille gestrafft, steht sie da und sieht, wie er eine Leinwand hervornimmt. Das macht ihr Angst, wer ist sie jetzt? Was sieht er?

»Nein, Edvard. Das kann ich nicht.«

»Nur wir beide sind hier, warum also nicht?«

»Ich kann nicht.«

»Du hast dich nicht verändert. Du bist genauso starrsinnig wie immer.«

»Das ist es, was du bist …«

Sie gerät ins Schwanken. Spürt den Atelierboden wanken und die Übelkeit aufsteigen.

»Ich kann das nicht.«

»Ich habe es gehört.«

Er nimmt seine Jacke vom Kleiderhaken, nimmt den Hut, den er ihr vom Kopf genommen hat, setzt ihn auf und geht.

Von der Ateliertür aus sieht sie ihn die Treppe hinuntergehen, die Anhöhe hinauf, auf die Straße und dann nach links, und da steht sie als Mann mit seiner viel zu weiten dummen Hose und einem Gürtel um die Taille gestrafft, um sie oben zu halten, und langem Haar über dem Jackenrücken. Dort sieht sie ihn verschwinden, und sie schließt die Tür hinter sich, geht wieder ins Haus und zieht sich aus. Die Herrensachen legt sie zurück in sein Zimmer, lässt die Finger erneut über das Rosenmuster der Truhe gleiten, langsam streift sie ihre eigenen Sachen über, mit Taillenkorsett und Strümpfen, Bluse und Rock, ihr fröstelt, weshalb sie seine Jacke wieder anzieht, um ihm nahe zu sein und sich zu wärmen, wohl auch, damit er derjenige ist, der sie warm hält. Aber er ist nicht nah; er ist fern; er ist gegangen, und es ist erst Vormittag, fast noch Morgen, also setzt sie sich auf das Bett in dem Zimmer, in dem er früher gearbeitet hat, das momentan ihres ist; es riecht noch immer nach Ölfarben und Terpentin, und sie sitzt einfach da auf dem Bett und starrt in die Luft und weiß nicht, was sie tun soll. Soll sie einfach warten? Schließlich muss sie das, und das tut sie, dort sitzt sie und wartet und wartet und wartet, aber er kommt nicht; er kommt einfach nicht, wie lange sie auch wartet, und die Stunden vergehen, und sie sitzt dort und wartet, geht in die Küche und schaut aus dem Fenster auf die Straße, um nachzusehen, ob er nicht bald zurückkehrt; jetzt muss er doch bald wieder hier sein, so lange kann man doch nicht weg sein. Oder will er wirklich einfach verschwinden?

Ach doch, er kommt ganz sicher zurück; all seine Sachen sind hier; er kann nicht einfach fortgehen; das ist sein Haus, hier sind all die Leinwände und Arbeitsgeräte, er geht also nicht seiner Wege, aber wo ist er? Sicher im Hotel, sicher ist er dorthin gegangen, um sich zu beruhigen; und dort kann er jemanden getroffen haben; er ist doch so nervös, er war bestimmt nicht in der Lage, damit umzugehen, damit, dass sie plötzlich bei ihm ist, dass sie zu ihm ins Atelier gekommen ist, und das in Herrensachen; das war wohl etwas zu viel für ihn, obwohl er gestern Abend selbst die Idee dazu hatte, deshalb brauchte er vielleicht eine kleine Pause, musste darüber nachdenken, was er tun soll, denn schließlich muss auch er sich verändern; er kann doch nicht wegen der kleinsten Lappalie in die Luft gehen, jedes Mal, wenn etwas nicht genau so läuft, wie er will. Er kann nicht etwas sagen und dann seine Meinung ändern und etwas anderes meinen und dann wütend werden, weil man das Erste befolgt, was er gesagt hat, und nicht das Letzte, von dem man nicht einmal wusste. Deswegen ist er so aufbrausend, und da ist es doch vollkommen unmöglich, sie zu sein, und er sagt ja selbst, dass er unmöglich zu jenen ist, die er gern hat, und er hat sie gern, und deshalb ist für ihn alles so schwierig, aber sie ist geduldig; sie muss nur warten …

Oder ist es etwas anderes, etwas Ernsteres; *bereut er es, mich mit hierher genommen zu haben, vielleicht,* aber warum sagt er nie etwas, bevor er wütend wird und alles Mögliche herausspuckt; das ist vielleicht der Grund, warum er gegangen ist; er ist gegangen, um Rücksicht zu nehmen, oder vielleicht ist er dazu auch nicht imstande; er weiß nicht, was er sagen soll; er war heute so seltsam, so merkwürdig, und sie hat seine Sachen angezogen, wie er selbst es am Abend vorgeschlagen hatte, nimm ein Hemd und eine Hose, einen Hut und eine Jacke; du bist doch fast so groß wie ich; das geht; hier ist ein Gürtel, zieh ihn nur ordentlich straff, damit dir die Hose nicht runterrutscht …

Sie hat keinen Mut mehr, mit ihm zusammen zu sein. Sie fürchtet sich, fürchtet sich, etwas zu sagen, etwas falsch zu machen. Etwas, das ihm nicht gefällt; sie hat das Gefühl, in einem Gefängnis zu sitzen; sie meint, ihn sagen zu hören, dass die Verwandlung nicht gelungen ist, dass sie eine sonderbare Erscheinung geworden ist; sie ist gleichsam kein Mensch mehr; das ist kein Leben. »Aber du wolltest das doch; du bist es, der mich erschaffen hat«, antwortet sie ihm in Gedanken. Und er sagt: »Aber so wollte ich dich doch nicht.« Und sie fragt: »Du meinst also, das Resultat entspricht nicht der Bestellung?« Da nickt er: »So in etwa.«

Stundenlang ist sie in seinem Haus umhergegangen, fast den ganzen Tag lang, der Körper vollkommen empfindungslos. Steif und eigenartig, mit dem Gefühl, dass alles vorbei ist und gleichzeitig nichts begonnen hat, dass man auf etwas wartet, das alles verändern kann, dass es geschehen muss. Und man hält die ganze Zeit die Luft an, so als gäbe es für alles in einem drin keinen Abfluss; als müsste alles einfach dort bleiben, bleiben und bleiben, so als würde man niemals ein Wort herausbringen, wenn denn jemand da wäre, mit dem man sprechen könnte.

Sie ging in diesem Haus umher, das sie über ihrem Bett hängen gehabt hatte. Sie hatte dagelegen und geträumt, ihn in das Haus hineingehen und herauskommen, ihn zum Atelier laufen sehen, das sich außerhalb des Rahmens befindet, und zurück, wieder in das Bild hinein; sie hatte ihn zwischen den Bäumen an der Staffelei stehen und mit einer Tasse Kaffee auf der Treppe sitzen sehen. Jetzt befand sie sich selbst in dem Haus, in das hineinzugehen sie sich kaum vorzustellen gewagt hatte. Sie war hier drinnen, und sie wartete darauf, dass er nach Hause kam. Man könnte zu dem Glauben verleitet werden, dies sei das glückliche Ende einer spannenden Liebesgeschichte. Aber irgendetwas knirschte, etwas, vor dem sie in ihren Träumen die Augen verschlossen hatte, was jetzt aber real war, und das machte das Bild zu etwas komplett anderem; jetzt sah sie es deutlich, das Gemälde mit einem Haus unter Blattwerk und einer Frau darin, mit großen, tief liegenden Augen und schmalen Schultern, die vor einem der Fenster steht, denn sie kann nicht raus, und der Mann draußen kann nicht rein, und das Haus ist schief, weil das Fundament wackelt, und die Fenster beulen sich nach außen, als würden sie jeden Augenblick bersten, und über den Weg hinab wächst roter Wilder Wein, als wäre er das Haar einer Frau.

Sie befand sich in einem Vakuum, so als ginge sie in einer Glasglocke auf und ab und immer rundherum. Dort ging sie und wartete, und gleichzeitig auch nicht, denn schließlich wusste sie jetzt, dass es nichts gab, worauf sie warten konnte. Zwischenzeitlich wünschte sie sich nicht einmal, dass er zurückkommen würde, noch nicht, denn dann konnte die Ungewissheit länger anhalten. So als müsste das Kommende schlimmer werden als das hier. Sie wagte sich in sein Zimmer, setzte sich auf die Kante des Stuhls am Schreibtisch, schnellte jedoch hoch, sobald sie ein leichtes Knarren vernahm, denn vielleicht war er es an der Pforte. Sie blieb vollkommen still stehen und lauschte, aber nein, er kam nicht, dann bewegte sie sich wieder, langsam, wie ein Eindringling. Hinüber zu seinem Bett, sie ließ die Hand über die Decke gleiten; das war eine kleine Liebkosung; sie glättete sein Kopfkissen und setzte sich vorsichtig aufs Bett, steif und eigenartig, kerzengerade, bereit, aufzuspringen, sollte die Tür gehen, aber das tat sie nicht. Was sollte sie machen? Was sollte sie tun? Er bereut, dass ich hier bin, dachte sie. Das war zu viel für ihn; da sind zu viele widerstreitende Gefühle. Ich bedeute ihm etwas. Aber es würde nicht funktionieren – das tat es tatsächlich nicht. Und sie ging durch das ganze Haus, als wäre es das letzte Mal, versuchte sich alles einzuprägen – denn was, wenn es das letzte Mal war.

Dann hinein in die kleine Küche. An den Wänden hingen Kessel und Gefäße; in den Regalen standen Tassen und Teller. Sie schaute aus dem Fenster, auf die Straße, und sah sich selbst so deutlich von außen, ein schmales Gesicht mit tief liegenden Augen. Sie war so dünn geworden nach der Sache mit dem Morphin; sie hatte nichts mehr von der unbefangenen Frische, die er einst gemocht hatte. Das ist seine Schuld, seine Schuld, vernahm sie irgendwo in ihrem Inneren. Dann aber meinte sie, auf der Straße jemanden kommen zu sehen, und beeilte sich, sich zurückzuziehen; schließlich hatte er gesagt, niemand dürfe wissen, dass er Damenbesuch hat. Warum eigentlich nicht, schließlich war sie seine Verlobte, oder war sie das nicht?

Auf dem Regal über dem Küchenfenster lag der Revolver. So als hätte er auf sie gewartet, so als wäre sie es, die ihn gebrauchen sollte; er war ein Zeichen. Sie nahm ihn vorsichtig herunter. Er war schwer. Sollte sie ihn gebrauchen? Wäre sie dazu imstande? Sie streckte den Arm aus und richtete den Revolver durchs Fenster auf die Straße, zielte auf eine Blume am gegenüberliegenden Wegesrand. Spürte, wie der Arm zitterte; es gelang ihr nicht, die Hand vollkommen ruhig zu halten; das Handgelenk gab nach. Sollte sie es tun?

Sie legte den Revolver auf den kleinen Tisch und ging zurück in das Zimmer, wo sie ihre wenigen Habseligkeiten hatte, wo er in der Dunkelheit gestanden und sie angesehen hatte. Legte sich ins Bett, spürte wieder die Furcht der vergangenen Nacht, die Schlaflosigkeit, als langsam in sie einsickerte, dass er nicht zufrieden sein würde. Denn als sie gespürt hatte, wie sich seine Hand auf ihr Becken legte und langsam über ihren Bauch strich, wusste sie, dass er sie haben wollte, und dort lag sie, vollkommen still; er glaubte, sie würde schlafen; er wollte und wollte nicht. Er hatte doch gesagt, dass nichts geschehen dürfe. Aber was, wenn sie sich doch bewegte, nur ein wenig, eine kleine Andeutung, eine kleine, wogende Bewegung mit der Hüfte, mit dem Unterleib, so als würde das Unterbewusstsein Ja sagen? Sollte sie den Instinkt walten lassen, ihn spüren lassen, dass sie es wollte, dass sie seine Hände auf ihrem Körper spüren wollte, dass sie sich ihm öffnen wollte? Oder sollte sie sich verschließen, tun, was er geheißen hatte, das Einzige tun, worüber es anschließend möglich war zu sprechen, das, was die Bedingung war. Musste es tun, musste es tun. *Schwester, Bruder. Schwester, Bruder.* Das schien letzte Nacht das Sicherste. Jetzt war sie sich nicht mehr sicher. War er deshalb gegangen, weil sie eine andere war, genauso wie er es gewollt hatte, woran er jedoch nicht geglaubt hatte? Hatte er etwas von dem Verwandlungsprozess gesehen, den er selbst in Gang gesetzt hatte? Sie würde wohl niemals die sein, die sie laut ihm sein sollte. Aber wusste er eigentlich, was er wollte? Sie setzte sich wieder im Bett auf.

Der Revolver lag draußen in der Küche. Morphin war besser, aber das hatte sie hier nicht. Das Herz oder der Kopf? *Hätte mehr nehmen sollen, sollte jetzt nicht hier sein. Kann einfach gehen. Kann einfach gehen.* Das Herz oder der Kopf? Es war schwer, und es würde hässlich werden, würde sie das schaffen? Sollte es wirklich so enden? Es musste das Herz werden. Er würde sie schließlich finden. Sie dachte, sie müsse ihm etwas schreiben, sollte sie es wirklich tun. Aber was?

Zurück in der Küche mit der Schwere des Revolvers in der Hand. War er geladen? Das musste er sein. Aber wann würde er kommen? Was sollte sie schreiben? An seinen Schreibtisch mit dem Revolver in der Hand, fand Papier und Stift, legte den Revolver ab. Aber nein, es gab keine Worte, und er würde es nicht verstehen. Nicht noch mehr Briefe, dachte sie. Nicht mehr.

Eine, die nicht sprach, aber nicht forderte, eine, die gab, aber nicht forderte, das wollte sie sein. Das war es doch, was sie für ihn sein wollte. Er aber glaubte, sie wolle etwas haben, und das verkraftete er nicht. Sie wollte doch nicht nehmen; sie wollte geben. Jetzt muss er bald hier sein, dachte sie, und da muss er Hunger haben. Der Arme, ich halte ihn von seinem eigenen Heim fern, er kann nicht arbeiten, und er kann nicht essen. Ich muss ihm Essen servieren, wenn er kommt; das ist vermutlich etwas, das man als eine natürliche Handlung bezeichnen könnte. Also bereitete sie Essen zu. Holte Kartoffeln und Möhren, Eier und Lauch herbei. Schnippelte und briet, verquirlte die Eier, kochte.

Fertig mit der Essenszubereitung, setzte sie sich hin und wartete. Fühlte die Leere sich über sie ergießen, ins ganze Haus ergießen, eine Art sonderbares Gas, das unsichtbar durch die Räume schwebte und das Atmen erschwerte. Letztendlich musste er kommen. Sie wusste, dass der Revolver auf seinem Schreibtisch lag; sie wusste, dass sie ihn holen musste. Dem ein Ende setzen. Oder ihn zurücklegen, ins Regal über dem Fenster. Aber sie konnte sich nicht bewegen, und er kam doch sicher noch eine ganze Weile nicht zurück. Das Essen stand auf dem Tisch. Sie saß in der Leere und vermochte es nicht, aufzustehen, war völlig gelähmt, ohne Willen, ohne Antrieb. Konnte sich nicht einmal das Leben nehmen. Die Dämmerung brach herein, und sie saß dort, verspürte keinen Hunger, keinen Durst, nur die Gewissheit, dass es bald vorüber war. Es musste das Herz werden. Die große Veränderung musste eintreten, aber sie war einfach nicht dazu imstande. *Die Zeit schubst uns vorwärts, ob wir wollen oder nicht*. Sie wollte nicht.

Dann mit einem Mal ging die Pforte und gleich darauf die Tür. Er kam. Sie saß in der Küche, dem innersten Raum des Hauses, und es fiel ihr so schwer zu atmen, dass sie kaum aufstehen konnte. Aber sie kam auf die Beine; zitternd stand sie da und wartete. Sie hörte ihn ihren Namen sagen: »Tulla?« Ganz leise. Und noch einmal, etwas lauter: »Tulla.« Sie war nicht in der Lage zu antworten. Hoffte er, dass sie abgereist war, oder hoffte er, dass sie noch hier war? Sie wusste, dass die Antwort »beides« lautete. »Tullik?« Jetzt sollte es passieren; jetzt würde es sich verändern, und sie wusste nicht, wie sie es schaffen sollte, genügend Kraft aufzubringen, um die Veränderung zu ertragen. Sie hörte ihn an seinem Bett rumoren; vermutlich zog er sich die Jacke aus. Ein Stoß, dann Stille. Eine lange Stille, dann einige Schritte. Erneut Stille. Sie stand am Fenster, wusste, dass sie etwas sagen sollte, sich benehmen sollte. Erneut Schritte, dann stand er in der Tür. In der einen Hand hielt er eine Branntweinflasche, in der anderen den Revolver.

Er nahm Platz, legte den Revolver auf den Tisch und setzte die Flasche an den Mund. Sie trat einen Schritt auf ihn zu; endlich sah er sie an. Es war unmöglich auszumachen, ob er wütend oder verzweifelt war. Sie streckte die Hand nach dem Revolver aus, wollte ihn wieder ins Regal legen, sagen, Entschuldigung, ich habe es nicht so gemeint; ich habe nichts so gemeint; alles war ein einziges großes Missverständnis. Aber sie war nicht in der Lage, etwas zu sagen, und spürte im selben Moment seine Hand auf ihrer.

»Was tust du? Lass ihn liegen.«

»Wollte ihn nur wieder ins Regal legen, entschuldige.«

»Lass ihn liegen, sage ich.«

»Aber, ich habe es nicht so gemeint.«

»Wolltest du mich erschießen?« Ein hohles Lachen.

»Nein. Lass mich ihn zurücklegen.«

»Lass ihn liegen.«

Er presste ihre Hand fest auf den Revolver, bevor er unvermittelt wieder losließ. Sie wurde plötzlich so müde. Müsse sich hinlegen, dachte sie, müsse einfach verschwinden. Sie hatte nichts zu sagen.

Ohne ein Wort stellte sie das Essen vor ihn. Er schob es weg, mit einem Blick, den sie nicht verstand.

Dann nahm er den Revolver und zielte. Auf den Teller, auf sein Bett im Türspalt, auf sie. *Erschieß mich doch, erschieß mich einfach.* Er lachte wieder. Das war unheimlich. Er zielte erneut auf sie.

»Jetzt bist du fertig«, sagte er und lachte.

»Du bist betrunken«, sagte sie. »Du darfst nicht so viel trinken. Edvard.«

Sie sprach seinen Namen sanft aus. Er sah sie erneut an. Es war unmöglich zu deuten, aber tief dort drinnen in seinem Blick entdeckte sie einen Schimmer, vielleicht war es Liebe. Sie trat einen Schritt näher, wusste selbst nicht, warum; sie vergaß sich wohl einfach.

»Nein. Nein. Nein«, sagte er.

Es knallte. Die Luft um sie herum bebte, und sie spürte, wie ihr Körper zusammensackte. Hat er mich erschossen, dachte sie; hat er mich wirklich auch noch erschossen?

Und dann kommt er, setzt sich hin und ist betrunken und hat eine Flasche dabei, setzt sich hin und öffnet sie und schenkt sich ein Glas ein, und sie sagt: »Hast du nicht bereits ein bisschen viel getrunken? Solltest du jetzt nicht vorsichtig sein?« Das sagt sie ruhig zu ihm, und sie sieht die Knöchel der Hand, welche die Flasche hält, weiß werden, und sie sagt, ich habe es doch nicht so gemeint; ich denke nur an dein Wohlbefinden, deine Gesundheit, denn es ist nicht gesund, wenn du so viel trinkst; daran kannst du doch sterben, sei so gut, Edvard, hör jetzt auf. Und, schau her, wäre es nicht klug, wenn du etwas isst? Ich habe etwas zubereitet; du kannst es jetzt essen. Und er sagt:

»Nein. Nein. Nein.«

Als wäre es eine Art Uhr, die schlägt, so rhythmisch ist es:

»Nein, nein, nein.«

Und er schüttelt den Kopf und sagt:

»Nein, nein, nein.«

»Also gut«, sagt sie. »Du willst nichts essen«, sagt sie, und er zischt durch die Zähne: »Nein, nein, nein«, und sie versucht, etwas vor ihn hinzustellen, und sieht, dass er den Revolver hervorgeholt hat, der normalerweise oben im Regal liegt; mit dem sitzt er da; den dreht und wendet er, und sie sagt: »Nun gut, dann hast du wohl keinen Hunger, oder hast du vielleicht dort gegessen, wo du gewesen bist? Das ist ja auch vollkommen in Ordnung; du musst das schließlich nicht essen; es ist sicher auch nicht gut; schließlich kann ich nicht kochen; das weißt du ja; auch was das betrifft, bin ich vollkommen hoffnungslos, so wie in allem anderen auch. Ich kann doch nichts, du sagst selbst, wie untalentiert ich bin«, und er sagt:

»Nein. Nein. Nein.«

Und er schüttelt den Kopf und nimmt einen Schluck aus der Flasche, wiegt den Revolver in der Hand und sieht ihn an.

Und sie tritt einen Schritt näher, sagt: »Schluss damit«, vielleicht, oder: »Leg ihn weg«, oder irgendetwas anderes Dummes …

Sie tritt noch einen Schritt näher, er dreht sich um und blickt sie an, und er sieht aus, als würde er sie hassen; etwas an seinem Gesicht ist so erschreckend, und er hält den Revolver fest, aber er blickt sie an …

»Du bist nicht die Person, die du sein solltest …«

»Du auch nicht.«

»Warum bist du noch immer hier?«

»Warum hast du mich gebeten zu kommen? Warum hast du gesagt, dass du mich hier haben willst? Du willst es doch gar nicht.«

Er spannt den Hahn, sie sieht seinen Finger auf dem Abzug, und dann knallt es; es knallt und knallt und schallt durch das Zimmer, schallt, schallt, und sie vernimmt den Geruch des Revolvers in seiner Hand, da befindet sie sich auf dem Weg zum Boden und denkt, hast du mich wirklich erschossen, und sie spürt den Schmerz, als sie auf die Knie fällt, es hört nicht auf zu hallen, und sie liegt dort, und niemand kommt oder unternimmt etwas, und er …

Sie weiß nicht, was er tut, aber er hat den Abzug gedrückt, ob bewusst oder unbewusst, aber sie ist nicht tot, *ich kann nicht tot sein, denn mein Herz klopft so heftig: Schwester, Bruder. Schwester, Bruder.* Sie ist seine Liebste, so oder so. Sie kann nicht etwas sein, was sie nicht ist. Edvard wird in ihr immer eine Schwester oder Freundin sehen. Das ist nicht möglich. Das ist sie nicht. So viel Fantasie hat nicht einmal Edvard Munch.

»Muss ich es noch einmal sagen?«

»Eine Schwester, die nicht lacht und dich nicht neckt oder dich kitzelt?«

»Ja.«

»Also eine, mit der du unschuldig flirten kannst, in die zu verlieben oder mit der intimen Umgang zu pflegen aber nicht erlaubt ist.«

»Nein. Das nicht.«

»Wirst du eine Nonne, wie ich ein Mönch bin. *Wirst du eine Nonne, wie ich ein Mönch bin. Wirst du eine Nonne, wie ich ein Mönch bin. Swosch, swosch. Swosch, swosch. Wirst du eine …*«

Es ist 1889, ich bin fast 20. Ich bin in einer Kunstausstellung. Bin dort mit Fanny Lie und ihrer Mutter, aber im Moment weiß ich nicht, wo sie sind. Denn ich bin vor einem Gemälde stehen geblieben. Bin in es hinein verschwunden, kann man vielleicht sagen. Eine junge, ernste Frau wie ich selbst sitzt auf ein paar Steinen am Strand und sehnt sich. Es saugt mich ein, dieses Gemälde. Es bringt mich dazu, dass ich mich an einem Steinstrand verlaufen möchte; es bringt mich dazu, dass ich weit reisen möchte. Es bringt mich dazu, von etwas anderem zu träumen, einem anderen Ort, einer anderen Zeit …

»Sie dürfen nicht glauben, dass Sie mich kennen.«

Habe ich das gesagt? Hat er das gesagt?

Ich habe in seinen Bildern Sehnsucht gesehen, dabei war es nur eine unüberwindbare Angst vor dem Leben. Aber ich wollte ihn nicht retten; diese Sorte Frau bin ich nicht. Ich wollte mich selbst retten. Er war ein hilfloser Mensch. Vielleicht war das der Grund, warum es mir nicht gelang, mit ihm zu brechen, sondern ich mich erniedrigen lassen musste. Ich mochte das Hilflose; ich sah es, hörte es und akzeptierte es. Das Gefühl, das ihm die Hilflosigkeit verlieh, mochte er selbstverständlich nicht. Aber ich glaube nicht, dass er das verstanden hat.

Tulla an Edvard: »Du hast einmal zu mir gesagt, auch wenn ich vieles von dem, was du tust und bestimmst, unangemessen finde, so müsse ich wissen, dass es von deinem Standpunkt aus angemessen ist. Und ich sage dir, dass ich versucht habe, es mir einzuprägen, und ich werde besser. Ich könnte mich jetzt mit vielen Dingen abfinden, die ich in Berlin und Dresden nicht verstanden habe, an dem Tag in Nizza jedoch hast du bei mir jeglichen Mut zerstört. Irgendwo wusste ich, dass du krank gewesen sein musst, ich habe es gespürt. Du hättest schließlich tot sein können, oder ich, und wir hätten nichts voneinander gewusst. Mein lieber, lieber Freund, hab ein wenig Mitleid mit mir und glaube mir, dass ich alles in meiner Macht Stehende tue, um besser zu sein und zu werden. Glaube nicht, dass alles, was ich sage, Vorwürfe sind. Ich habe nichts gegen dich. Ich weiß, was du für mich geopfert hast, und ich schulde dir alles, aber du musst bereit sein, mit mir zu sprechen.«

Das Leben hat kein Fazit. Ein Leben ist keine Geschichte. Mit Pointen, überraschenden Wendungen und einem schönen Abschluss, wo alles an seinen Platz fällt. Wo man versteht, warum einige einander bekommen und andere nicht. Warum einige überleben und andere nicht. Wo man versteht, warum einige privilegiert sind und andere nicht. Wo man sich den Gegebenheiten anpassen muss.

Es gibt keine schlüssigen Zusammenhänge von einem Kapitel zum nächsten. All diese kleinen Details, die eben nicht zusammenhängen. Man erinnert sich nicht an das, woran man sich erinnern will, nur an das, was man vergessen will. Das Leben ist ein Puzzle, dessen Größe ich nicht erahne. Auch nicht, was für ein Bild es darstellen soll. Jedenfalls nicht vor dem Tod. Dann werde ich wohl Freiwild erster Güte sein. Zum Glück gibt es keine Nachfahren, die berichten können. Und die Bilder dürfen ihre eigenen Geschichten erzählen. Die Bilder der anderen. Meine sind nichts wert. Ausgenommen vielleicht drei, vier Stück. Eigentlich müsste man alles verbrennen, wenn man begreift, dass die Zeit naht. Das habe ich nicht getan, bevor ich in Røyken die Morphinflaschen leerte, was wohl der Beweis dafür ist, dass ich auf die Möglichkeit eines neuen Kapitels im Leben, über der Erde, hoffte.

»Josefine?«

»Jawohl?«

»Hör auf damit. Sag Tulla.«

»In Ordnung.«

»Du brauchst auch keinen Knicks zu machen, damit hören wir auch auf. Hauptsache, du kommst weiterhin. Solange du die Kraft aufbringst. Das Praktische klären wir mit meinem Bruder, nicht wahr?«

»In Ordnung.«

»Nimm die Kiste und leg diese alten Briefe wieder hinein und stell sie ins Bücherregal an ihren Platz. Nimm auch die Bücher, leg sie unter die Kiste.«

»So wie immer?«

»Ich schenke sie Ruth. Was hältst du davon?«

»Sollten wir sie nicht besser verbrennen?«

»Ich sage ihr, dass sie sie verbrennen soll, wenn ich, wenn ich …«

»Aber …«

»Kannst du sie für mich anrufen, bist du so nett? Ruth Skavlan, das ist Astrid Skavlans Schwester. Die Schauspielerin, weißt du. Also Astrid. Es sind meine Nichten.«

»Ja. Soll ich nicht Dedichen anrufen? Den Arzt?«

»Sie heißt jetzt übrigens Reiss. Also Ruth.«

»Und das Abendessen?«

»Sie ist die Schwägerin von Elisabeth Reiss.«

»Ich mache Omelett mit Pilzen, das mögen Sie.«

»Ich habe keinen Hunger.«

»Sie müssen trotzdem essen.«

»Danke, Josefine. Das weiß ich. Wir warten trotzdem noch.«

»Wollen Sie an Unterernährung sterben?«

»Nimmst du das Bild ab? Das dort drüben beim Klavier?«

»Der Arzt hat gesagt, dass Sie essen müssen.«

»Das sagen sie alle. Aber ich bin immer schlank gewesen. Dort oben, nimm es jetzt herunter.«

»Die Frau im Wald?«

»Die Braut. Ja, das.«

Josefine geht hinüber zum Klavier und nimmt den Druck von der Wand. Sie sieht hinüber zu der alten Frau am Fenster, dann hinunter auf das Bild.

»Sie hat ja keine Augen, nur schwarze Löcher.«

»Gib es mir.«

»Es ist schön.«

»Jetzt bin ich fertig.«

Nachwort

Anfangs hatte sie keinen Namen. Sie war »ein Mädchen aus der Oberschicht, das noch dazu Geld hatte«, »die Tochter des Weinhändlers«, »ein hübsches, verwöhntes, reiches Mädchen«, »eine Frau aus dem besseren Bürgertum«, »die Frau, die sich mit brennenden Kerzen am Fußende des Bettes aufbahrte«. Dann änderten sich die Geschichten ein wenig, sie war nicht mehr eine namenlose Frau aus Homansbyen, sie hatte einen Namen bekommen: Mathilde »Tulla« Larsen. Dennoch wurden die Geschichten über sie nicht nennenswert objektiver; noch immer waren Texte zu lesen, in denen sie wie ein Klischee erschien: »Tulla Larsen war eine freigiebige Frau mit reichlich Lebenserfahrung.« ... »Das war Tulla Larsen aus Homansbyen – die Tochter eines Weinhändlers, P. A. Larsen. Sie war reich, verwöhnt, hübsch, rothaarig und heißblütig.«

In Biografien und kunsthistorischen Betrachtungen über Edvard Munch war Tulla Larsen immer unsympathisch, anstrengend und gemein – unheimlich in ihrem enormen Bedürfnis, die Macht über das Leben des Künstlers zu erlangen, eine verständnislose und egozentrische Frau. Wieder und wieder habe ich so etwas über sie gelesen. Die Frau, die offensichtlich im Begriff war, das Leben und die Karriere Edvard Munchs zu zerstören. Sie hatte ihm in die Hand geschossen, auf die Gefahr hin, dass er

Tulla Larsen, *Zwei Menschen,* Radierung
(postum abgedruckt 2019), Munch-Museum

nie wieder einen Pinsel hätte halten können! Sie hatte einen Selbstmord inszeniert, um eine Begegnung zu erpressen! Sie hatte ihn durch ganz Europa verfolgt, um ihn zur Eheschließung zu zwingen.

Durch unzählige Beschreibungen des Lebens und der Kunst von Edvard Munch erlangt man, unweigerlich, eine Nähe zu ihm, während die Personen in seinem Umfeld mehr auf Abstand geraten, so auch Tulla Larsen. Sie spielen nur eine Rolle in Bezug auf das Leben von Edvard Munch. Bis in die Gegenwart sind es vor allem zwei Ereignisse in der Beziehung zwischen Larsen und Munch, die in der Munch-Literatur in verschiedenen Variationen wiedergegeben werden. Da ist zum einen die behauptete Inszenierung eines Selbstmords und zum anderen das, was oft nur als »der Schuss« bezeichnet wird. Manch einer schreibt auch über »die Verfolgung«, wonach Larsen dem armen Künstler durch ganz Europa gefolgt sein soll, um ihn in die Ehe zu zwingen. Kurzen Einführungen über Tulla Larsen folgen gern mehr oder weniger dramatische Erzählungen über den Selbstmordversuch und den Schuss.

War Edvard Munch so dumm, dass er sich auf eine Beziehung mit einer vollkommen idiotischen Person einließ – nur weil sie hübsch war? War er dieser Typ Mann? Das erscheint zweifellos seltsam, unabhängig davon, wie man die Erzählungen über das Verhältnis der beiden zu verstehen versucht, sowie auch in Anbetracht der verschiedenen und höchst interessanten Bilder, die er von Frauen in vielen außergewöhnlichen Situationen erschaffen hat. Auch weil die Moral und die Denkweise seiner Zeit oft erheblich verurteilender und konventioneller waren als seine Kunst. War es das, womit er nicht umgehen konnte? Wurde er deshalb von Tulla Larsen so verletzt?

Oder war er deshalb so wütend auf sie? Was auch immer der Grund war, er schrieb jedenfalls seitenlang über sie und ihre Beziehung, auch dann noch, als diese bereits beendet war. Hatte es etwas damit zu tun, wie er öffentlich als Künstler – und als Mensch – erscheinen wollte?

Es braucht nicht viel Fantasie, um zu verstehen, dass Edvard Munch von mehr als nur einem hübschen Gesicht und einem wohlgeformten Körper angezogen worden sein muss. Zu Beginn der Beziehung übernahm er einen aktiven Part und suchte Kontakt zu ihr. Nichts deutet darauf hin, dass Larsen anfangs aktiver war als er, wie viele Biografen behaupten. Sie hatte Geld und sah gut aus, zudem war sie mit ziemlicher Sicherheit auch amüsant und weltoffen und aller Wahrscheinlichkeit nach eine gute Zuhörerin. Für Tulla Larsen repräsentierte Edvard Munch die Kunst und die Bohème mit ihren neuen Ideen und spannenden Arten zu leben. Es ist jedoch zu vermuten, dass die Erwartungen an die Entwicklung der Beziehung höchst unterschiedlich waren und dass es für Larsen schwer war, Munchs Zweifel zu verstehen.

Vor allem bis in die 1990er-Jahre hinein sahen es die meisten Biografen und Kunsthistoriker als gegeben an, dass Larsens Handlungen in Bezug auf Munch ausschließlich in Eigeninteresse begründet und nicht von den geltenden gesellschaftlichen Konventionen des Bürgertums sowie den Erwartungen seitens der Familie und der Gesellschaft geprägt waren. In den Darstellungen über Edvard Munch wurde sie somit eher zu einem Objekt von Munchs Frustrationen als zu einer Person, die sich in der Konfrontation mit den Anforderungen der Gesellschaft und der Familie in Bezug auf ihr Tun und ihre Lebensweise selbst zahlreichen Herausforderungen gegenübersah.

Durch eine solch einseitige Beschreibung wurde ihre Stellung als Frau in Hinblick auf die gesellschaftlichen Konventionen in einem gegebenen historischen Kontext nicht ernst genommen. Das, was als Geschichte zwischen und über zwei Menschen hätte dargestellt werden können, die tatsächlich eine Liebesbeziehung hatten, wurde stattdessen meist unter dem Motto »Munchs Probleme mit seinem Plagegeist« behandelt.

Welchen Bedingungen unterlag eine Beziehung zwischen einem Mann und einer Frau zur Zeit der vorletzten Jahrhundertwende? Auch die Frauen, die genauso gut ausgebildet waren wie ihre männlichen Kollegen, die gesellschaftlich engagiert und emanzipiert waren, sahen sich selbst innerhalb von Bohème- und Künstlerkreisen hinsichtlich ihres Verhaltens oft mit viel strengeren Vorgaben konfrontiert. Denn wenn es darum ging, Verantwortung für Aufgaben in den Bereichen Erziehung und Haushalt zu übernehmen, waren die meisten männlichen Künstler nicht nennenswert an Gleichstellung interessiert. In radikalen Künstlerkreisen existierten zwar neue Konzepte, die Liebe und das Zusammenleben zwischen Mann und Frau betreffend, doch das Verhältnis zwischen Larsen und Munch basierte auch auf den Konventionen der Ehe, die in den bürgerlichen Kreisen existierten und der Frau in der Hierarchie einen eindeutigen Platz zuwiesen. Larsen und Munch standen, jeweils auf ihre Art, mit je einem Fuß in beiden Lagern und waren, durch ihre unterschiedlichen familiären Hintergründe, sowohl von der konservativen Haltung als auch von den Vorstellungen der Bohème von der emanzipierten Frau und dem überlegenen männlichen Künstler – dem Genie – geprägt.

Über 100 Jahre lang ist Tulla Larsen zum Gegenstand

von Fiktionalisierung geworden. Sowohl in Edvard Munchs höchst subjektiven, von Frustration geprägten Notizen über sie und ihre Beziehung als auch in der über ihn verfassten Literatur wurde ihr ihre Rolle zugeteilt. Dadurch erfüllte sie in den Erzählungen über den Mann, zu dem sie lediglich vier Jahre ihres Lebens eine Beziehung unterhielt, eine Funktion. Wenige haben es als notwendig erachtet zu untersuchen, wer Tulla Larsen wirklich war. Und überraschend wenige haben die Zeit, in der Larsen und Munch lebten, als einen relevanten Verständnishorizont für das einbezogen, was zwischen ihnen geschehen ist.

In den ersten Jahren hat Edvard Munch zahlreiche Entwürfe zu Briefen an Tulla Larsen geschrieben, von denen sie viele nie zu Gesicht bekam. Das waren »die Zettel«, auf die er in seiner Kommunikation mit ihr immer wieder Bezug nahm. Diese Zettel sollten letztendlich zu dem einen, großen, ernsthaften Brief werden, den sie unbedingt lesen musste. Der, auf den sie wartete und wartete, von dem sie sagte, sie wisse, was er beinhalte, weil Munch bei ihren Begegnungen viele entsetzliche Dinge zu ihr sagte. Aber vielleicht war er zu feige, denn er schickte ihn nie ab. Es gibt Grund zu der Annahme, dass die Briefe, die er ihr tatsächlich schickte, nicht so extrem waren wie ein Teil der Entwürfe und dass die Liebe, die er höchstwahrscheinlich für sie empfunden hat, dazu beitrug, seine wichtigste Botschaft zu verschleiern: dass es ihm unmöglich war, sich zu teilen, und dass seine Liebe zu ihr bei Weitem nicht so stark war wie der Wille und die Liebe zur künstlerischen Arbeit. Tulla musste geopfert werden.

Hier der Entwurf zu einem Brief vom 25. Mai 1899, den sie wahrscheinlich nicht erhalten hat:

»Ich habe dir oft gesagt, dass ich nicht lieben kann. So ist es. Ich musste an mein Leben denken, als ich in Fiesole war und sich Florenz strahlend weiß vor meinen Fenstern im Arnotal ausbreitete. Ich lag krank darnieder und kam nie hinunter in die Stadt mit all ihren Herrlichkeiten, sah sie nur vor meinen Augen ausgebreitet. So ist mein Leben. So wie ich dir Freude, Sonnenschein und Glück wünsche, dir, die du all das genießen kannst und willst, und mach mir keine Vorwürfe, sondern bedaure mich. Ich, der das Leben weder leben kann noch will, ich, der ich nur mit einer schmerzlichen Sehnsucht im Fenster sitze und das bunte, sonderbare, fürchterliche Leben um mich herum betrachte. Das Leben, meine Liebe, macht mir Angst. Ich spüre den eisigen Windhauch des Lebens mit einer Botschaft des Todes durch mich hindurchfahren, und sein buntes, leuchtendes Panorama blendet mich. In der Zeit, in der wir zusammen waren – in all den Augenblicken, wenn wir eng umschlungen dalagen, wenn wir die Herrlichkeiten von Florenz betrachteten, wenn wir zusammen einen von Sonne erleuchteten Weg entlanggingen, wenn wir zusammensaßen, und selbst in Augenblicken, die das intensivste Glück darstellen sollten –, da schien das Glück nur wie durch einen Türspalt auf mich. Von einer Tür aus, die meine dunkle Zelle vom hellen Tanzsaal des großen Lebens trennte … Ich erhaschte nur einen Schimmer, liebe Tulla, dieses wunderbaren, fürchterlichen Lebens. Aber es war ein Schimmer, und vielleicht wäre ich glücklicher ohne diesen Schimmer – ich, der ich gegen meinen Willen geboren wurde und nicht das Leben und nicht den Tod will. Gesund kam ich zu dir, und wie ein Gespenst verlasse ich dich.«

Der große Brief sollte schließlich auch eine Art Manifest sein, also einer Wirklichkeitsauffassung Ausdruck verleihen; und wahrscheinlich auch eine Art Lebensgeschichte, für die er sich über Tulla Larsen hinaus weitaus mehr Leser wünschte. Er hatte nie Zeit, sich diesem Projekt zu widmen. Mitte bis Ende der 1930er ging er einen Großteil des Materials durch, das er all die Jahre über gesammelt hatte – empfangene Briefe, Quittungen, Notizen, Verträge usw. –, vielleicht in einem erneuten Versuch, alles zu einer autobiografischen Erzählung zu vereinen. Im Zuge des Sortierens schrieb Munch an Aase Nørregaards Mann Harald, der um die Jahrhundertwende lange Zeit als sein Anwalt tätig gewesen war. Er habe sich Gedanken über die Zeit nach dem Schuss in Åsgårdstrand gemacht und sich an ein Gespräch erinnert, das er 1905 mit Aase und Harald über eine nicht namentlich genannte Frau geführt habe:

»... als du und deine Frau bei mir draußen wart, sprach ich wohl etwas unüberlegt über eine bezaubernde junge Dame, die wir beide kennen. Ich hatte den Eindruck, dass dies missverstanden wurde. Es bezog sich darauf, dass ich damals glaubte, sie hätte mir einige Unannehmlichkeiten bereitet. Es kann durchaus sein, dass ich damit falschlag ...«

Bei dieser Frau handelt es sich ganz sicher um Tulla Larsen, und ich glaube, dass er recht hat; sie bereitete ihm vermutlich nicht sehr viele Unannehmlichkeiten, nachdem sie ihn 1902 verlassen hatte. Dass das Porträt, das er von ihr gemalt hat, bis zu seinem Tod an der Wohnzimmerwand seines Hauses auf Ekely hing, wie ein Foto vom

Dezember 1943 belegt, ist in diesem Zusammenhang sowohl interessant als auch rührend.

Dieser Roman basiert auf der Lebensgeschichte von Tulla Larsen. Auch hier ist sie fiktionalisiert, dieses Mal jedoch auf der Grundlage ihrer eigenen Biografie, soweit es möglich war, deren Teile zusammenzusetzen. Die Begegnung mit dem großen Künstler hat Tulla Larsen stark geprägt. Trotzdem ist sie daran nicht zugrunde gegangen, und im Laufe ihres späteren Lebens hat sie in vielerlei Hinsicht bewiesen, dass sie nicht die Schrulle gewesen sein kann, von der man in der Munch-Literatur liest. Dass ich durch die Arbeit an diesem Buch entdeckt habe, was für schöne Radierungen sie selbst gefertigt hat, war ein Bonus für mich und hat der Geschichte eine neue Facette hinzugefügt.

Lene Therese Teigen
Oslo, 2020

Dank

Ein ganz besonderer Dank gilt dem Grafiker Giske Sigmundstad, der Neudrucke von Tulla Larsens Radierungen angefertigt hat. Den Tag in deinem Atelier werde ich nie vergessen.

Dank an das Munch-Museum in Oslo, an Ute Kuhlemann Falck und Karen Lerheim, die mir Zugang zu Tulla Larsens Druckplatten gewährten. Ebenso danke ich der Kulturabteilung der Gemeinde Oslo für das Munch-Stipendium 2018.

Für gute Gespräche während des Schreibprozesses bedanke ich mich bei Patricia Berman, Hilde Bondevik, Magne Bruteig, Signe Endresen, Irene Engelstad, Frank Høifødt, Lise Lyche, Nils Messel, Ingeborg Winderen Owesen, Torill Steinfeldt, Anne Wickstrøm und Gerd Woll. Tausend Dank an Anitra Terese Eriksen für ihre unerschütterliche Überzeugung, dass Tulla Larsen ihre eigene Erzählung verdient, an Mona Gjessing, die Modell stand, sowie an Ada Hesjevoll für Hilfe und Rat in Bezug auf den visuellen Aspekt des Buches.

Einen großen Dank an den Verlagsleiter Gunnar Rebnord Totland und den Redakteur Håkon Øvreås für den Glauben an das Buch, für Widerstand, Vertrauen und Engagement, sowie an Thea Veronica Kjernmoen für gute Vorschläge in der Schlussphase des Projekts.

Ulf Breistrand ist seit meinem ersten Tulla-Projekt – einem Auftrag von NRK vor 25 Jahren – an meiner Seite. Du bist mein wichtigster Leser und Mitstreiter. Danke für unendlich viele gute fachliche Gespräche und für alles andere auch.

Tulla Larsens Leben

1869 Tulla, geb. am 10. August, Taufname: Mathilde. Mutter: Mathilde Elisabeth, geb. Gløersen, Vater: Peter Andreas Larsen, beide aus Løten, Heirat 1850 in der Vår-Frelsers-Kirche in Kristiania (heute Domkirche Oslo), nachdem Peter Andreas 1847 in der Raadhusgaten 4 den Kolonialwarenhandel P. A. Larsen eröffnet hatte, der schnell zu einem der führenden Wein- und Spirituosengeschäfte wurde. Geschwister: Cecilie Cathrine (geb. 1851), Elen Beate (geb. 1853), Peter Gerhard (geb. 1854), Carl Wilhelm (geb. 1856), Carsten Emil (1858 – 1860), Ole Christian (1860 – 1861), Therese (geb. 1862), Alfred Waldemar Garman (geb. 1863), Pauline Gerhardine (geb. 1866), Frithiof Garmann (geb. 1867) und Petter Andreas (geb. 1871). Kurz vor Tullas Geburt zieht die Familie auf das Grundstück »Løkken« in Fredriksberg, Drammensveien 111.

1873 Der große Bruder Frithiof stirbt. Das erste Enkelkind der Familie, Aagot Ellingsen (Eltern: Elen Beate und Thorvald Ellingsen), wird geboren.

1875 Der Vater stirbt. Im Weinhandel wird die Mutter u. a. von Sohn Carl und Schwiegersohn Thorvald Ellingsen unterstützt, später auch von Sohn Alfred.

ca. **1876** Tulla kommt auf die Hartvig-Nissen-Mädchenschule.

1884 Bruder Alfred übernimmt die Geschäfte von P. A. Larsen.

1886 Tulla wird in der Uranienborg-Kirche konfirmiert und wechselt für zwei Jahre auf Nikka Vonens Pensionatsschule für Mädchen in Dale i Sunnfjord.

1891 Die Mutter, Tulla und Gerhard ziehen in eine große Wohnung in Homansbyen, in die Josefines gate 23, 2. Etage. »Løkken« wird anfangs vermietet, 1892 an Ingar Nilsen verkauft.

1898 An ihrem Geburtstag lernt Tulla Edvard Munch kennen, sie steht ihm Modell.

1899 Tulla und Edvard werden im Frühjahr ein Paar. Zusammen reisen sie nach Deutschland, Frankreich und Italien. Später reist Tulla alleine zurück nach Paris und hält sich im Sommer in Kristiania, Drøbak und auf dem Hof Smerud in Fåberg, im Gudbrandsdal, auf. Nach einem kurzen Aufenthalt in Kopenhagen lässt sich Tulla im Herbst in Berlin nieder, später auch in Potsdam.

1900 Tulla reist nach Südfrankreich, Italien und in die Schweiz; teils in Begleitung von Edvard. Im Herbst lässt sie sich in München nieder.

1901 Tulla zieht in die Pension Frydenlunds skole in Røyken, wo sie späterhin mit ihrer Freundin, der Malerin Cecilie Dahl, zusammenwohnt.

1902 Im August unternimmt Tulla einen Selbstmordversuch in Røyken, kommt dann wieder mit Edvard zusammen. Im September wartet sie in Drøbak auf ihn, reist mit ihm nach Åsgårdstrand. Flieht, nachdem er sich am 11. September in die Hand geschossen hat, zurück zur Mutter nach Kristiania und reist im November mit Sigurd Bødtker und Frau sowie dem Maler Arne Kavli (geb. 1878) nach Paris.

1903 Tulla und Arne Kavli heiraten am 10. Oktober in Paris. Sie wohnen in Frankreich und Belgien, ab Herbst 1904 in einer Dachgeschosswohnung am Tordenskjolds plass 4.

1910 Im Februar zieht Tulla in die Eckersbergs gate 24, 2. Etage.

1911 Die Ehe mit Arne Kavli wird geschieden. Am 17. Februar heiratet Tulla den Schiffsmakler Hans Blehr (geb. 1875). Sie wohnen erst in der Eckersbergs gate 24, Erdgeschoss, dann in der Gyldenløves gate 39, 2. Etage, bauen später ein Haus in der Tidemands gate 28 und ziehen im Oktober 1914 dort ein. Tulla bekommt ihr eigenes Atelier.
1912 Tullas Bruder Alfred gewinnt die Olympische Goldmedaille im Segeln und wird Ritter des St.-Olav-Ordens.
1921 Die Ehe zwischen Tulla und Hans Blehr wird geschieden. Sie zieht in den Kirkeveien 42, vis-à-vis dem Frognerpark, eröffnet später einen Kiosk. Ab 1927 vermietet sie die 1. Etage.
1922 P. A. Larsen wird in A S Vinmonopolet integriert. Die Firma wird noch immer von Bruder Alfred geführt, u. a. mit Tabakproduktion und Weinimport.
1930 Im Oktober zieht Tulla in die Niels Juels gate 70, 4. Etage, am Riddervolds plass.
1942 Tulla stirbt am 25. Mai im Alter von 72 Jahren.

Bildnachweis, von links oben: 1) Edvard Munch, *Karikiertes Porträt von Tulla Larsen*, 1905. Öl auf Leinwand. Ausschnitt. Munch-Museum. 2) Edvard Munch: *Tulla Larsen*, 1898. Radierung. Ausschnitt. Munch-Museum. 3) *Tulla Larsen*, 1900. Foto: Loescher & Petsch, Berlin. Archiv Munch-Museum. 4) *Foto von Tulla Larsen u. ihrer Schwester Therese*, ca. 1873. Ausschnitt. Fotograf: Klem, Frederik Johannes Gottfried (Gottfred). Oslo Museum/OB.F19936a. 5) Oda Krohg: *Verzweiflung/Frau Blehr*, 1902. Öl auf Leinwand, in Privatbesitz. 6) Edvard Munch: *Tulla Larsen*, Gemälde 1898–99. Öl auf Leinwand. Munch-Museum. 7) Arne Kavli: *Porträt von Tulla Larsen*, Pastell u. Öl auf Leinwand. © VG Bild-Kunst, Bonn 2022. 8) *Tulla Larsen*. Ausschnitt. Foto: Charlotte Barth, Lillehammer. Archiv Munch-Museum. 9) *Tulla Larsen*. Ausschnitt. Fotograf unbekannt. Archiv Munch-Museum. 10) Edvard Munch: *Frauenkopf*, 1905. Radierung. Munch-Museum. 11) Edvard Munch: *Zwei Frauenköpfe vor Mondsäule*, 1899. Farbstifte. Munch-Museum. 12) *Tulla Larsen*. Ausschnitt aus dem Foto von Tulla Larsen u. Edvard Munch, 1899. Fotograf unbekannt. Archiv Munch-Museum. 13) Arne Kavli: *Dame in Rot*, 1904, Öl auf Leinwand. Ausschnitt. © VG Bild-Kunst, Bonn 2022.

NORLA Norwegian Literature Abroad

Diese Übersetzung wurde gefördert durch NORLA – Norwegian Literature Abroad. This translation has been published with the financial support of NORLA.

MIX Papier FSC FSC® C014496

1. Auflage 2022

Originally published by Solum Bokvennen, Oslo 2019.

Aus dem Norwegischen von Daniela Stilzebach

Lektorat: Claudia Jürgens, Berlin
Umschlaggestaltung: Lisa Neuhalfen, moretypes Berlin
Umschlagfoto: © Ildiko Neer / Trevillion Images
Satz: Birgit Cirksena · Satzfein, Berlin
Druck und Bindung: GGP Media GmbH, Pößneck
ISBN 978-3-86915-254-7

www.ebersbach-simon.de